HEYNE <

Das Buch

Schon in ihrer Kindheit ahnt Gabriella, dass sie anders ist: Früh erkennt sie, dass es jenseits der »normalen« Welt noch eine zweite gibt, eine, die den Sterblichen für gewöhnlich immer verschlossen bleibt. Aus Andeutungen ihrer Mutter weiß Gabriella auch, dass sich um ihre Herkunft ein Geheimnis rankt.

Als Erwachsene gewöhnt sie sich daran, dass sie immer einsam ist – bis sie Darran kennenlernt, einen Grenzgänger, der ein schemenhaftes Zwischenreich, die »Graue Welt«, bewohnt. Bei Darran fühlt Gabriella sich erstmals beschützt und zu Hause. Doch die Liebe zwischen ihnen wird in Darrans Welt nicht gern gesehen. Und Gabriella steht eine Entdeckung bevor, die ihr gesamtes Leben infrage stellt – und eine Beziehung zu Darran nahezu unmöglich macht ...

Die Autorin

Mona Vara, geboren 1959 in Wien, hat an der Universität Wien eine Ausbildung als Übersetzerin absolviert. Sie ist eine der bekanntesten deutschsprachigen Autorinnen erotischer und (über)sinnlicher Literatur. Mona Vara lebt, arbeitet und schreibt in Wien.

Lieferbare Titel
978-3-453-77264-9 - Hexentöchter

MONA VARA

Tochter der Schatten

Roman

WILHELM HEYNE VERLAG
MÜNCHEN

Verlagsgruppe Random House FSC-DEU-0100
Das für dieses Buch verwendete FSC®-zertifizierte Papier
Holmen Book Cream liefert Holmen Paper, Hallstavik, Schweden.

2. Auflage
Originalausgabe 11/2011
Copyright © 2011 by Mona Vara
Copyright © 2011 by Wilhelm Heyne Verlag, München,
in der Verlagsgruppe Random House GmbH
Printed in Germany 2011
Redaktion: Babette Kraus
Umschlaggestaltung: Nele Schütz Design unter Verwendung eines Foto von
shutterstock/Mayer George Vladimirovich
Satz: IBV Satz- und Datentechnik GmbH, Berlin
Druck und Bindung: GGP Media GmbH, Pößneck
ISBN: 978-3-453-40885-2

www.heyne.de

Zeit und Ort:

Die Geschichte spielt in der Gegenwart, in Venedig, Wien sowie in Amisaya, der »Grauen Welt«.

Personen:

Gabriella Bramante, Tochter von Strabo, dem Herrn der Grauen Welt
Camilla Bramante, ihre Mutter
Darran, ein Jäger
Strabo, der Herr von Amisaya
Tabor, einer seiner Vertrauten
Julian, ein weiterer Jäger, Darrans Freund
Markus, ein ehemaliger Jäger, der Amisaya entkommen ist, um Gabriella zu töten
Levana, Darrans Schwester
Alderan, ihr »Schatten« und Beschützer
Rita, Gabriellas Freundin und Markus' Geliebte
Malina, eine Kriegerin aus Amisaya
Antonio, Murat
Georg, Rias Freund

Prolog

Kein Zweifel – seine Beute war kurz vor ihm hier gewesen. Der Jäger schloss halb die Augen und spürte der Ausdünstung nach, die sich wie eine klebrige Substanz auf seine Sinne legte – sie war so stark, dass er ihr blind folgen konnte.

Vor ihm lag eine enge Straße, die entlang eines Kanals verlief, von diesem nur durch ein rostiges Geländer getrennt. Eine Gruppe lachender Menschen kam ihm entgegen. In seiner Zwischenwelt nahm er ihre Stimmen nur gedämpft wahr, und sie interessierten ihn auch nicht; ihn lockte nur seine Beute. Üblicherweise ging er einfach durch Menschen hindurch, als wären sie Schatten. Sie hinterließen – wenn überhaupt – kaum mehr als ein Gefühl von lästiger Kühle auf seiner Haut, als dränge er sich durch die schmutzigen Kanäle, von denen diese Stadt durchzogen war. Dieses Mal wollte er sich jedoch nicht von der Beute ablenken lassen. Es war zu wichtig, ihr Odem aus Hass und Wut zu intensiv. Er wich den Menschen aus, bis sein Ärmel leicht an der abblätternden Hausmauer des verfallenen Palazzos zu seiner Rechten streifte und hindurchglitt. Ein alter Mann humpelte unvermittelt aus einem Haustor und lief mitten durch den Jäger hindurch. Er fuhr sich über das Gesicht, als wollte er die Reste von einem Spinnennetz wegwischen, und ging kopfschüttelnd und vor sich hinmurmelnd weiter.

Der Jäger beachtete ihn nicht. Er bog in eine Straße ein, folgte dieser einige Schritte und trat dann durch einen Torbogen hindurch. Seine Schritte waren selbst in seiner Zwischenwelt völlig lautlos, als er in die Mitte des düsteren Hofes trat und ausdruckslos auf den Körper zu seinen Füßen blickte.

Vor ihm lag der vom Todeskampf gekrümmte Körper einer Frau. Ein schmaler Sonnenstreifen beleuchtete die angstverzerrte Maske des Todes. Dicke Strähnen blutverklebten Haares lagen über ihrer Stirn und über ihrem Mund. Sie war nicht mehr dazu gekommen, zu schreien. Ihre Kehle war zerrissen, zerfetzt wie ihr Kleid. Darunter ihr Leib aufgeschlitzt, als hätte jemand mit scharfen Krallen nach ihren Eingeweiden gesucht. Ihr Blut war weit über den Boden gespritzt, klebte sogar an den Wänden des alten Palazzos und vermischte sich mit den abblätternden Farben einer alten Malerei.

Die Beute war ganz nahe, nur wenige Augenblicke und er würde sie stellen.

Er kehrte der Toten und dem besudelten Hof den Rücken. Hinter sich hörte er das Knarren einer Tür und gleich darauf den erstickten Aufschrei einer Frau, der in ein hysterisches Kreischen überging. Aber da war er schon längst wieder in der engen Straße. Die Spur führte über eine schmale Steinbrücke. Danach wurde der Odem seltsam verschwommen, als hätte seine Beute verschiedene Richtungen abgesucht. Der Jäger blieb stehen und schloss die Augen, um sich besser konzentrieren zu können. Etwas war anders, die Stärke der Ausdünstung schwankte stark. Das war ungewöhnlich.

Das Gekreische hinter ihm erstarb, er hörte verschiedene Stimmen von Menschen, Rufe, entsetzte Schreie. Zwei Männer rannten durch ihn hindurch, ohne ihn auch nur wahrzunehmen.

Er drehte sich nach rechts und ging weiter. Er hatte die Spur wieder aufgenommen.

❊❊❊

Gabriella spürte die Bedrohung schon lange, bevor sie körperlich von ihr heimgesucht wurde. Dabei hatte der Tag selbst nichts Beängstigendes an sich. Die Sonne hatte die Nebelschwaden aus den engen Straßen und Kanälen gesogen, und man konnte von manchen Brücken bis zum Canal Grande sehen. Die Stimmen der Stadt waren nun deutlich zu vernehmen, nicht mehr gedämpft, wie noch eine Stunde davor, und Touristengruppen drängten sich schnatternd und fotografierend durch die Straßen. Gabriella schüttelte die Beklemmung von sich ab.

Ihre Mutter war vor der Auslage eines Schuhgeschäfts stehen geblieben und studierte nun schon seit gut zehn Minuten die Schuhreihen. Das war nichts Neues. Camilla Brabante liebte Schuhe und verharrte vor jeder Auslage mindestens ebenso lange wie Gabriella vor Geschäften, die Stofftiere, Puppen und Masken anboten. Manchmal gingen sie sogar hinein, und ihre Mutter probierte einige Paare, ließ sich auch welche für Gabriella zeigen, und dann bedankten sie sich und verließen das Geschäft wieder. Gabriella fragte sich oft, weshalb diese unpraktischen Schuhe mit den hohen Absätzen einen derartigen Reiz auf ihre Mutter ausübten. Sie stöckelte daheim spaßeshalber auch ganz gerne vor dem Spiegel darin herum, immer in Gefahr, zu stolpern und sich ein Bein zu brechen, aber sobald sie das Schlafzimmer und den bis zum Boden reichenden Ankleidespiegel verließ, schlüpfte sie eilig in ihre flachen Sandalen oder die bequemen Sportschuhe.

Dieses Mal war ihre Mutter jedoch nicht von den eleganten Auslagen der teuren Schuhgeschäfte angezogen worden, sondern von einem Geschäft, das mit billigen Sportschuhen für Kinder warb. Gabriella bemerkte das Stirnrunzeln ihrer Mutter, den Seitenblick auf Gabriellas Füße, und bewegte die Zehen, die schon wieder vorne anstießen. Sie war stolz darauf, dass sie im Moment recht schnell wuchs. Nicht mehr lange und sie würde ihrer Mutter bis zur Schulter reichen, und dann fehlten nur noch ein paar Jahre und Zentimeter, und sie war ganz erwachsen.

Als ihre Mutter keine Anstalten machte, weiterzugehen, sondern den Blick sehnsüchtig zu den teuren, eleganten Damenschuhen wandern ließ, trat Gabriella ungeduldig von einem Fuß auf den anderen und suchte nach interessanteren Objekten. Sie beobachtete einige Touristen, eine Katze, die sich schläfrig auf einer kleinen Mauer streckte, und legte schließlich den Kopf in den Nacken und sah hinauf. Von ihrem Platz aus konnte sie die Spitze des Campanile erkennen. Ihre Mutter und sie waren im Vorjahr mit dem Aufzug zur Glockenstube hochgefahren, um Venedig von oben zu betrachten, aber die kleine Gabriella war beim Hinunterschauen fast panisch geworden, und ihre Mutter hatte sie bald wieder auf den sicheren Boden des Markusplatzes gebracht. Gabriella nagte an ihrer Unterlippe. Jetzt hätte sie vielleicht keine Angst mehr. Jetzt war sie schon acht Jahre alt, nun gut, genau genommen sieben Jahre und sechs Monate, und bestimmt mutiger als damals.

Sie wandte den Blick ab und sah sich um, als wieder eine Gänsehaut über ihren Rücken und ihre Arme kroch und die feinen Härchen sich aufstellten. Das Gefühl war jenem auf dem Turm sehr ähnlich: das Bewusstsein, völlig hilflos nur einen Schritt von der Vernichtung entfernt zu stehen. Es war aber auf dem Turm nicht die schwindelnde Höhe gewesen, sondern die Vorstellung, der Boden könne ihr plötzlich unter den Füßen weggezogen werden, der Turm einfach unter ihr verschwinden und sie viele Meter tief hinabstürzen. Sie schauderte und griff unwillkürlich nach der Hand ihrer Mutter.

Camilla sah auf sie hinab. »Was ist denn?«

Gabriella sah sich ängstlich um. Das Gefühl, das gleiche wie damals, auf dem Campanile, verstärkte sich. Als würde sie jeden Moment aus schwindelnder Höhe fallen. Oder vielmehr, als würde sich unter ihr die Erde auftun und endlose Tiefe und Dunkelheit sie verschlingen. Sie schauderte abermals.

Ihre Mutter blickte ebenfalls um sich. Sie war blass geworden. »Sind sie es? Sind sie wieder da? Siehst du einen von ihnen?«

Gabriella drängte sich an sie. Sie konnte keinen dieser Männer, die außer ihr kein anderer wahrzunehmen schien, sehen. Aber sie spürte etwas. Hass, Tod, auch wenn sie ihnen im Moment keinen Namen zu geben vermochte.

Ihre Mutter schüttelte sie leicht. Sie hatte sich zu ihr heruntergebeugt, und ihre grünen Augen waren weit aufgerissen. »Wo sind sie, Gabriella? Wo?«

Gabriella hob die Schultern. Das Gefühl kam von überall her. Auf dem kleinen Platz waren jedoch nur harmlose Touristen und einige alte Männer zu sehen, die sich an einem alten Brunnen versammelt hatten und lebhaft gestikulierten und lachten.

»Ist es nur einer?«

Gabriella schüttelte stumm den Kopf. Die Angst schnürte ihr die Kehle zu.

»Wir müssen nach Hause. Schnell.« Ihre Mutter packte sie an der Hand und zog sie mit sich. Sie lief mit, im Schatten ihrer Mutter, die teils höflich, teils energisch die Leute vor ihnen zur Seite drängte. Sie waren nicht weit von daheim, wenn man nach der Luftlinie rechnete, aber Venedigs verschlungene Gassen, die oft in Kanälen oder in einem Hinterhof endeten, ließen kein schnelles Fortkommen zu. Sie mussten einen Umweg machen, um zu der Brücke zu gelangen, die über das jenseits des Canal Grande gelegene Viertel führte.

Gabriella spürte, wie die Bedrohung hinter ihr zunahm. Ihre Mutter drängte sich rücksichtslos durch eine Horde lärmender Touristen. Einer von ihnen, ein stämmig gebauter Mann in Jeans und mit kariertem Hemd, stieß gegen Gabriella. Sie stolperte, entglitt dem Griff ihrer Mutter und wäre gefallen, hätte der Mann sie nicht aufgefangen. Er sagte etwas halb Amüsiertes, halb Verärgertes, und dann wurde Gabriella zur Seite geschoben. Ein ganzer Schwarm Menschen drängte sich an ihr vorbei.

Gabriella geriet in den Sog und wurde mitgeschoben. Sie schrie nach ihrer Mutter, hörte auch sie rufen, sah sie auf der Brücke nach ihr Ausschau halten. Ihre Mutter winkte ihr zu, eilte ihr entgegen, Gabriella rannte zu ihr hinüber, aber da wurde die Bedrohung so übermächtig, dass Gabriella für Sekunden erstarrte. Nur mit Mühe drehte sie, mit weit aufgerissenen Augen, den Kopf.

Da war eine Frau. Sie kam langsam auf sie zu, und die Menschen auf der Straße wichen ihr erschrocken aus, sodass sich eine Gasse zwischen ihr und Gabriella bildete. Sie war schmutzig – Gabriella sah grässliche rote Flecken auf ihrem Rock, ihrem T-Shirt, ihren Händen und sogar in ihrem Gesicht. Sie roch nach Abfall, nach Verwesung. Nach Blut und Tod. Aber das war es nicht, was Gabriella so sehr erschreckte, dass sie sich herumwarf und davonlief, weg von der Frau, auch weg von ihrer Mutter, die nach ihr schrie und versuchte, sie zu erreichen. Es war der Blick der Fremden: hasserfüllt und tödlich.

Ihr eigenes Keuchen dröhnte in ihren Ohren, als sie sich durch die Menschen drängte. Sie kannte sich gut in Venedig aus. Sie und ihre Freunde streunten gerne durch die Stadt, um bei ihren – oftmals abenteuerlichen – Ausflügen, die unzähligen Straßen, Brücken und verborgenen Winkel zu erkunden.

Die Fremde holte stetig auf. Sie war zwar weniger wendig als Gabriella, aber sie hatte längere Beine als eine Siebenjährige und stieß die Leute, sofern diese nicht ohnehin vor ihrem Anblick zurückschreckten, rücksichtslos zur Seite.

Und dann wurde Gabriella der Weg von einem Kanal abgeschnitten. Sie überlegte nicht lange. Jetzt, zur Touristensaison, waren viele Gondeln unterwegs, und eine glitt in eben diesem Moment an ihr vorüber. Sie lief ans Ufer und stieß sich, ohne auch nur einen Moment langsamer zu werden oder zu zögern, vom Rand ab. Sie und ihre Freunde spielten dieses Spiel oft, auch wenn es streng verboten war und der elfjährige Enrico deshalb erst kürzlich beinahe eine Tracht Prügel eingesteckt hätte. Sie landete auf der Gondel, stolperte, rutschte, wich der wütenden Hand des Gondoliere aus, das teils erschrockene, teils empörte Falsett einer amerikanischen Touristin gellte in ihren Ohren, und dann war sie mit einem Satz, für den ihre Freunde sie bewundert hätten, schon wieder in der Luft und klammerte sich einen Herzschlag später an das Ufer auf der anderen Seite. Ihre Turnschuhe streiften das Wasser, sie zog die Beine an und kletterte hinauf, zerkratzte sich trotz der festen Jeans ihre Knie, verletzte sich die Finger, schlüpfte unter das eiserne Geländer hindurch und war auch schon auf der gegenüberliegenden Straße und lief weiter.

Die Fremde hatte nicht, wie Gabriella hoffte, einen Umweg gemacht, sondern war ihr – ungeachtet des wütend gestikulierenden Gondoliere – nachgesprungen. Die Gondel schwankte jetzt bedenklich, und die Amerikanerin schrie nicht mehr, sondern kreischte in den höchsten Tönen. Gabriella konnte es ihr nachempfinden, und wäre nicht jeder Atemzug kostbar gewesen, hätte sie ebenfalls vor Entsetzen und Angst laut aufgeschrien. Sie musste sich nicht erst umdrehen, um zu wissen, dass die Fremde weiter aufholte. Sie trieb ihren Hass vor sich her wie eine Giftwolke, die Gabriella den Atem nahm.

Gabriella wand sich zwischen zwei Männern hindurch und sprintete auf die Gasse zu, die zur Brücke über den Canalazzo führte. Von dort war es ein relativ gerader Weg nach Hause. Vielleicht hatte ihre Mutter denselben Einfall und erwartete sie dort. Der Gedanke, einen Carabinieri anzusprechen und um Hilfe zu bitten, durchzuckte sie, aber dann fiel ihr ein, dass ihre Mutter immer einen weiten Bogen um die Polizei machte und ihr verboten hatte, den Carabinieri gegenüber auch nur ein Wort über das zu verlieren, was nur sie sehen konnte und sonst niemand. Aber diese Frau hinter ihr war echt und kein grauer Schatten wie diese Männer, die ihrer Mutter immer solche Angst machten; auch die anderen konnten sie sehen, sonst würden sie bei ihrem Anblick nicht so erschrecken.

Gabriella hetzte weiter. Endlich kam die Brücke in Sicht.

Sie stutzte, als sie den Mann darauf erblickte. Er stand genau in der Mitte, als würde die Brücke ihm allein gehören, und blickte Gabriella mit unbewegtem Ausdruck entgegen. Sein Anblick nahm ihr kurzzeitig den Atem und kostete sie wertvolle Sekunden, in denen die Fremde weiter aufholte. Dann atmete sie tief ein und lief auf die Brücke. Dieser Mann war nicht gefährlich, auch wenn ihre Mutter Angst vor Männern wie ihm hatte. Jedenfalls war er weit harmloser als ihre Verfolgerin, von der ganz spürbar Gefahr ausging.

Sie hatte Männer wie ihn, in ihren grauen Hosen und Jacken, schon früher gesehen. Aber sie hatten sie entweder gar nicht beachtet oder nur stumm und ausdruckslos beobachtet. Wann immer sie jedoch ihrer

Mutter davon erzählt hatte, war diese erschrocken gewesen. Dabei strömten diese Männer nichts aus. Nichts als ... Gleichgültigkeit. Diese Männer waren überhaupt seltsam. Sie waren da und waren doch nicht da. Und so war es auch mit diesem. Sie konnte die Menschen hinter ihm nicht erkennen, aber er warf keinen Schatten, und gelegentlich streifte ein Arm oder Ellbogen durch ihn hindurch.

Der Mann auf der Brücke stand wie ein Fels. Gabriella sah, dass die Menschen, nicht wie sonst üblich, einfach geradeaus weitergingen. Es war, als würde er wie ein unsichtbares Hindernis den Strom der Menschen teilen, als würden sie die Berührung meiden, ohne zu wissen, was diese Scheu auslöste. Das war ungewöhnlich, denn normalerweise liefen die Menschen glatt durch die »Grauen«, wie Gabriella diese geheimnisvollen Männer nannte, hindurch.

Als sie sich ihm näherte, bemerkte Gabriella, dass er sie nicht beachtete, er sah nur über sie hinweg auf ihre Verfolgerin, deren stoßweisen, keuchenden Atem sie jetzt hinter sich hörte und fast körperlich zu fühlen glaubte.

※ ※ ※

Der Jäger spürte sie schon lange, bevor er sie sehen konnte. Und dann lief sie, ohne ihn wahrzunehmen, direkt auf ihn zu. Er war nicht verwundert. Für Menschen war er nicht einmal ein Schemen, sie gingen durch ihn hindurch wie durch Luft. Und tatsächlich existierte er für sie auch nicht: Er lebte in einer Zwischenwelt, zu denen sie keinen Zugang hatten. Sie konnten ihn berühren oder sogar mitten in ihm stehen bleiben, ohne ihn auch nur zu erahnen. Das galt auch für seine Beute – sie sah ihn erst, wenn es für sie zu spät war und er sie fasste.

Sie verfolgte jemanden, ein Kind. Aber sie würde kein zweites Mal zuschlagen.

Das Kind kam näher und zog seine Aufmerksamkeit an. Es steuerte genau auf ihn zu. Normalerweise störte ihn das nicht, aber bei diesem kleinen Mädchen machte er unwillkürlich einen Schritt zur Seite, als wollte er dieses junge Leben nicht mit seinem Schattendasein berühren. Im letzten Moment machte es ebenfalls einen Sprung seitwärts und lief geradewegs durch ihn hindurch.

❋❋❋

Gabriella rannte direkt auf den Grauen zu, weil die Menschenströme links und rechts von ihm kein Durchkommen ermöglichten. Er wich nicht aus, aber das taten sie nie. Kurz bevor sie ihn erreichte, sah sie rechts von ihm eine Lücke zwischen den Menschen und sprang hinüber, von einer seltsamen Scheu gepackt, ihn zu berühren. In diesem Moment machte auch er einen Schritt zur Seite. Gabriella konnte nicht mehr stehen bleiben. Sie lief mitten durch ihn hindurch ...

Für einen Moment war es ihr, als würde die Zeit stehen bleiben. Als stünde sie in einem dichten Nebel. Oder im Wasser. Sie war in ihm. Sie spürte ihn, eine starke, beängstigende Präsenz. Gefühllosigkeit. Und das im wahrsten Sinne. Nicht in Form von Härte, sondern als Fehlen jeglichen Gefühls. Nur Wille. Der kalte, zielgerichtete Wille zu jagen. In diesem Augenblick war ihr, als würde alles Leben aus ihr weichen und von ihm aufgesogen werden.

Sie schrie auf – lautlos. Eine gewaltige Anstrengung, und dann war sie durch ihn hindurch.

Gabriella blieb keuchend und benommen stehen, drehte sich – ungeachtet der Gefahr, die ihr folgte – um und sah ihn an.

Der Graue schnellte ebenfalls herum und starrte sie an. Ihre Blicke trafen sich.

Für einen Moment war dem Jäger, als bliebe die Zeit stehen. Die Menschen um ihn herum schienen in der Bewegung zu erstarren. Seine Beute hing mitten im Sprung in der Luft. Er kämpfte gegen seine Versteinerung, die ihm das Bewusstsein abschnürte, wollte die Hand ausstrecken, um die Beute zu packen, aber er konnte sich nicht rühren.

Dann war das Kind durch ihn hindurch.

Er kämpfte sich aus seiner Lähmung, wandte sich um und erschrak bis ins Mark. Das Kind war stehen geblieben, keine vier Schritte von ihm entfernt, und sah ihn mit weit aufgerissenen Augen an. Das Kind ... *sah* ... ihn an ... Sein Herz erstarrte zu Eis.

Gabriella wusste, dass sie davonlaufen sollte, aber sie konnte nicht. Sie stand einfach nur da und starrte den Grauen an. Und er blickte zurück. Verständnislosigkeit, Fassungslosigkeit zeichnete sich auf seinem Gesicht ab, das soeben noch völlig ausdruckslos gewesen war.

Und dann war die Fremde da. Sie rannte direkt auf Gabriella zu, und diese war nicht fähig, auch nur einen Schritt zu machen. Es war, als hätte die Berührung des Fremden ihren ganzen Körper verändert.

Die blutbefleckte Fremde nahm den Grauen nicht wahr. Sie glitt durch ihn hindurch. Gabriella sah den Triumph in den Augen ihrer Verfolgerin, und schon streckte diese die Hände nach ihr aus, die Finger zu Krallen gekrümmt. Hass und Mordlust trafen Gabriella wie ein tödlicher Schlag.

Da stieß die Hand des Grauen vor und packte den Arm der Fremden. Die Frau wurde mitten im Sprung zurückgerissen. Die Maske des Hasses verwandelte sich in eine Maske des Grauens. Sie konnte sich nicht bewegen, wurde vom Griff des Mannes emporgehoben, wie eine Puppe, nur die Zehenspitzen berührten noch den Boden. Ihr Mund war zu einem Schrei geöffnet, aber man hörte keinen Laut.

Der Graue beachtete die Frau nicht, sein Blick hielt den von Gabriella fest, die sich ebenfalls nicht lösen konnte.

Sie wusste nicht, wie lange sie so gestanden hatte, und erst die Stimme ihrer Mutter riss Gabriella aus ihrem Bann. Leben kam in sie, ihr Körper gehorchte ihr wieder. Sie wirbelte herum und lief weiter, die Brücke hinab. An der nächsten Ecke blieb sie jedoch stehen, um noch einmal zurückzuschauen.

Der Graue stand immer noch reglos dort. Seine Augen waren geweitet, er wirkte erschrocken. Sein Opfer hing wie eine Marionette in seinem Griff.

Gabriella hörte wieder den Ruf ihrer Mutter. Sie sah, wie der Graue den Blick auf Camilla richtete, die an ihm vorbeirannte, ohne ihn zu sehen. Weshalb bemerkte niemand etwas? War die Frau in dem Moment, als er sie berührte, ebenfalls aus dem Blickfeld der anderen Menschen verschwunden?

Und dann geschah etwas, das sie in ihren Träumen zu fürchten gelernt hatte. Es war, als würde sich die Erde unter dem Grauen und der Fremden auftun und sie verschlingen. Eben waren sie noch da. Und im nächsten Moment war die Brücke leer. Er hatte die Fremde mit sich genommen.

Angst erfasste Gabriella, schüttelte ihren mageren Kinderkörper. Erinnerungen an ein früheres Erlebnis stiegen in ihr hoch. Der Graue – ein anderer als heute – hatte damals einen Mann mitgenommen, und sie hatten sich beide aufgelöst. Ihre Mutter hatte ängstlich darauf reagiert, als sie es ihr erzählte, ihr dann jedoch eingeredet, dass es ein Albtraum gewesen sei. Und kurz darauf waren sie aus der Stadt, in der sie damals lebten, fortgezogen, hierher nach Venedig.

Dann war auch das hier ein Albtraum? Schlief sie vielleicht? Sie blinzelte krampfhaft.

Eine Hand packte Gabriella. Sie schrie auf, aber es war nur ihre Mutter. Camilla kniete vor ihr nieder, presste sie an sich, murmelte Unverständliches, dann sprang sie auf und riss Gabriella mit sich. Sie nahm sie auf den Arm, als wäre sie noch ein kleines Kind, stöhnte unter dem Gewicht, weigerte sich jedoch, ihre Tochter abzusetzen.

Sie eilte mit Gabriella auf dem Arm weiter, man merkte ihren Schritten die Last an, aber sie hätte ihr Kind nicht mehr abgesetzt, solange es nicht in Sicherheit war. Gabriella spürte die Angst ihrer Mutter wie einen kalten Hauch, der auch sie frösteln ließ. Sie schlang die Arme um ihren Hals und blickte zurück, bis sie in die nächste Straße einbogen.

»Die Frau«, flüsterte sie, »sie ist mit ihm verschwunden.«

Ihre Mutter gab keine Antwort. Sie hastete weiter. Sie erreichten die Anlegestelle des Vaporetto am Canal Grande. Es wollte soeben ablegen, aber Camilla eilte darauf zu, und man ließ sie noch an Bord. Dann tuckerte das Schiff in die Mitte des Canalazzo, um nach einigen Minuten auf der anderen Seite anzulegen. Von hier aus waren es nur wenige Minuten bis zu ihrem Haus. Camilla ließ Gabriella zu Boden, packte sie jedoch so fest am Handgelenk, dass es schmerzte, und zog sie, um sich schauend, weiter. Sie war trotz der Anstrengung blass, rote Flecken glühten auf ihren Wangen, die Augen waren groß und voller Angst.

Sie eilten die Calle entlang und erreichten den Campo S. Barnaba. Camilla Brabante drückte sich, ihr Kind mit sich zerrend, die Hausmauern entlang, wich Kellnern aus, die mit der lässigen Gebärde des Einheimischen einigen Touristen Kaffee und Croissants servierten, und erreichte dann die Brücke, die sie über den Rio di S. Barnaba brachte. In diesem Viertel hatten früher die verarmten Adligen Zuflucht gefunden, die man nach dem Viertel *Barnabotti* nannte. Und auch Camilla hatte gehofft, hier untertauchen und neu anfangen zu können. Hier hatte sie sich anonym und sicher gewähnt.

Einmal links, dann rechts, dann wieder links, und sie befanden sich in einem Wirrwarr alter Gässchen. Endlich hatten sie das Wohnhaus erreicht. Camilla verharrte, blickte sich noch einmal um, sah jedoch keinen Verfolger. Dennoch trat sie nicht ein. Sie zog Gabriella mit dem Rücken an sich und legte die Hände auf ihre Schultern. »Sieh dich um. Siehst du einen?«

Gabriella blickte links und rechts die Straße entlang. Sie war leer. Sie schüttelte den Kopf. Camilla stieß die nur angelehnte Eingangstür auf und zerrte Gabriella hinter sich hinein in den Gang. Der vertraute Geruch von abgestandener Luft, Essensausdünstungen und feuchten Mauern hüllte sie ein, als sie die Treppe emporliefen, über ausgetretene Stufen, über die schon Generationen von Venezianern vor ihnen auf und ab gegangen waren. Sie blieben vor ihrer Wohnungstür stehen, und Gabriella tastete gewohnheitsmäßig über die tiefen, schriftartigen Kratzer in dem alten Holz. Sie faszinierten sie. Manchmal glaubte sie sogar, es wären geheimnisvolle Botschaften längst dahingegangener Bewohner dieses Hauses. Dieses Mal ließ ihre Mutter ihr jedoch keine Zeit, die Spuren mit den Fingerspitzen nachzuzeichnen, sie drängte sie zur Seite. Ihre Hand zitterte, als sie den Schlüssel in das Schloss steckte. Es quietschte wie immer ein wenig, und Gabriella sah, wie ihre Mutter selbst bei diesem vertrauten Geräusch zusammenzuckte. Dann sprang die Tür auf, und Gabriella wurde in die kleine Diele geschoben.

Camilla warf die Tür hinter sich zu und schob die Riegel vor. Sekundenlang lehnte sie sich von innen an die Tür, als wollte sie damit das Eindringen der Verfolger verhindern, schloss die Augen und lauschte hinaus. Sie flüsterte etwas, das Gabriella nicht verstand.

Dann stieß sie sich von der Tür ab und ging durch den engen Flur in das kleine, nach Schimmel und Kanalwasser riechende Wohnzimmer. Sie öffnete alle Fenster und machte einen langen, tiefen Atemzug, ehe sie sich auf einen der wackeligen Stühle fallen ließ, die um den Tisch standen, und das Gesicht in den Händen verbarg.

Gabriella war in der Tür zum Wohnzimmer stehen geblieben. »Er hat sie geholt«, flüsterte sie. »Sie war böse. Sie ...«, Gabriella versuchte, ihre Empfindungen, die Erinnerung, in Worte zu fassen, »sie wollte, dass ich tot bin.«

Ihre Mutter fuhr hoch. »Die Frau, die auf die Brücke lief und dann plötzlich weg war?«

Dann hatte ihre Mutter das Verschwinden der Frau also auch bemerkt!

»Er hat sie festgehalten, bevor sie mich erreichen konnte. Er hat mir geholfen.« Sie war sich nicht sicher, ob es Absicht oder Zufall war. Die Bilder wirbelten durch ihren Kopf. Wirklich klar in ihrer Erinnerung war nur der Blick des Mannes haften geblieben, dessen Intensität, der fassungslose Unglauben darin. Viele Jahre später sollte sie noch etwas anderes darin finden – eine schmerzliche Sehnsucht –, aber davon ahnte sie an diesem Tag nichts. Noch war der Graue, der Jäger, ein Fremder für sie.

»Und dann hat er mich angesehen«, fuhr die kleine Gabriella fort. »Ich glaube, er ist ziemlich erschrocken, weil ich ihn auch gesehen habe.«

Für einige Herzschläge war Camilla wie erstarrt. Und dann waren ihre Worte leise und kaum verständlich, als würde etwas ihre Kehle zuschnüren. »Er hat bemerkt, dass du ihn sehen kannst?«

Gabriella nickte heftig und ging auf ihre Mutter zu. Camilla hatte ihr vor Jahren schon verboten, diese Männer zu beachten, die offenbar nur sie und sonst niemand sehen konnte. Sie waren auch nicht oft aufgetaucht, höchstens einmal als ein vorbeigleitender Schatten, ein Schemen an einer Hausmauer, der mit ruhigem, gleichgültigem Blick die Menschen musterte. Sie hatte heimlich hinübergeschielt, um sie zu beobachten, aber diese Männer hatten ihr nie die geringste Beachtung geschenkt. Nie zuvor jedoch hatte sie einen dieser Grauen so deutlich gesehen wie diesen, heute auf der Brücke. Und schon gar nicht hatte sie einen von ihnen je berührt, geschweige denn, dass sie durch einen von ihnen hindurchgelaufen war. Sie wusste, dass sie etwas getan hatte, was ihre Mutter ihr schon vor Langem streng verboten hatte, aber sie war verwirrt und hoffte, ihre Mutter würde ihr erklären, was geschehen war. Sie hatte Angst vor der Frau gehabt, vor deren Zorn, und sie war zutiefst erschrocken, als dieser Graue die Frau mit sich genommen hatte; aber sie hatte nicht die geringste Furcht vor *ihm* verspürt.

Sie zuckte zusammen und wich einen Schritt zurück, als plötzlich wieder Leben in Camilla kam und sie aufsprang. Sie glaubte, ihre Mutter würde sie packen, aber diese stürzte ins Schlafzimmer, zerrte den Koffer unter dem Bett hervor und warf ihn auf das Bett. Sie drehte sich nicht nach Gabriella um, als sie sagte: »Such zusammen, was du mitnehmen willst. Wir können nicht alles einpacken. Nur deine Lieblingssachen.«

Gabriella kam unsicher näher und blieb in der Tür stehen. »Warum denn?«

Ihre Mutter antwortete nicht. »Es war einer von ihnen … einer von ihnen …«, sagte sie immer wieder. »Aber er bekommt dich nicht.«

Über Gabriellas Rücken krochen Angstschauer. Und zugleich war sie neugierig. »Wer denn? Wer bekommt mich nicht?«

»Such deine Sachen zusammen«, erwiderte ihre Mutter mit gepresster Stimme. Gabriella sah, dass ihr Tränen über die Wangen liefen, als sie Wäsche in den Koffer warf.

Gabriella stand an der Tür ohne sich zu rühren. »Ich glaube nicht, dass er uns gesucht hat«, wagte sie einzuwenden. Sie fühlte sich so schuldig, dass ihr schlecht war. Warum nur war sie durch diesen Mann hindurchgelaufen? Und warum hatte sie ihn danach angesehen, anstatt wegzurennen? Um ihre Mundwinkel zuckte es, ihr Hals war wie zugeschnürt. Sie wollte nicht von hier weg. Es gefiel ihr in Venedig. Sie hatte Freunde, mit denen sie einfach so durch die Stadt streunen durfte – solange sie nicht in Kanäle fielen, – was natürlich schon vorgekommen war. Sie ging hier zur Schule, und in den beiden Jahren hatte sie nicht nur die Sprache gelernt, sondern sich auch diesen weichen venezianischen Akzent angewöhnt, sodass sie sich kaum von den anderen Kindern unterschied. Ihre Mutter war hier geboren und aufgewachsen. Sie hatte einmal sogar erwähnt, dass sie hier auch Gabriellas Vater kennengelernt hätte. Der jetzt allerdings schon lange tot war. Gabriella vermisste ihn nicht. Er war, wie Mutter einmal sagte, kurz nach ihrer Geburt gestorben, bei einem Autounfall in Mailand.

Ihre Mutter machte eine ungeduldige Handbewegung. Sie zitterte am ganzen Leib. Die Wäsche fiel ihr aus der Hand. Sie wischte sich mit dem Handrücken über das Gesicht. »Leg dein Lieblingsspielzeug zurecht, damit ich es in die Koffer packen kann.«

»Es tut mir so leid«, begann Gabriella zu schluchzen. »Ich wollte das nicht. Ich wollte auch nicht durch ihn hindurchlaufen. Aber er stand einfach so da, und da war die Frau und griff nach mir, und ich lief los. Und ich wollte ausweichen. Aber er machte einen Schritt zur Seite. Und dann ...« Sie heulte los.

Ihre Mutter warf den Pulli, den sie in ihrer Hand hielt, auf das Bett und kam zu Gabriella. Sie zog sie zum Bett, dann auf ihre Knie, und schließlich durfte Gabriella, den Kopf an Camillas Hals geschmiegt, weiterschluchzen, während ihre Mutter sie tröstend in den Armen wiegte und leise und zärtlich auf sie einsprach.

»Du kannst ja nichts dafür, mein Liebling. Niemand kann etwas dafür. Höchstens ich, weil ich mich in den falschen Mann verliebt habe.« Die Stimme ihrer Mutter war nicht mehr als ein Flüstern, und Gabriella verstand die Worte kaum. »Aber ich war so glücklich mit ihm.« Camilla sprach mehr zu sich selbst. »So unendlich glücklich. Ich wusste ja nicht ...« Sie seufzte, dann legte sie ihre Wange auf den Kopf ihrer Tochter und hielt sie fest an sich gedrückt. »Nein, niemand hat Schuld«, hauchte sie. »Niemand.«

Camilla ließ ihren Blick durch das Zimmer schweifen. Über die neuen Vorhänge, die liebevoll ausgesuchte, wenn auch billige Einrichtung. Venedig war ihre Heimat. Sie war so froh gewesen, als sie hergezogen war, und so sicher, hier ruhig leben zu können. Sie hatte es sich gemütlicher eingerichtet als in ihren früheren Stationen, weil sie hier hatte bleiben wollen. Zumindest für einige Jahre.

Damit war es jetzt, nach gerade zwei Jahren, vorbei.

❊ ❊ ❊

Camilla hatte Karten für den Nachtzug nach München gekauft, und sie saßen in einem Abteil zweiter Klasse, eng aneinandergedrängt, als müssten sie sich gegenseitig Schutz geben. Der kleine Koffer lag sicher verstaut im Gepäcknetz. Der größere, den Camilla nicht hatte hinaufstemmen können, stand neben ihnen, und Gabriella hatte die Füße darauf gelegt.

In München kannten sie niemanden, aber Camilla fand überall schnell Arbeit. Sie hatte nach dem Tod ihrer Eltern deren kleines Restaurant, gar nicht weit weg vom Markusplatz, geerbt, das sie allerdings bald hatte aufgeben müssen. Nun arbeitete sie als Köchin, und wenn in der Küche kein Job zu finden war, dann eben als Kellnerin. Daneben machte sie Übersetzungen aus dem Englischen und dem Deutschen ins Italienische, um das karge Einkommen aufzubessern. Damit waren sie und ihre Tochter flexibel, weil sie überall Arbeit fand, und den beiden Verlagen, für die sie arbeitete – einer hatte seinen Sitz in Mailand, der andere in Rom –, war es gleichgültig, wo sie ihre Arbeit erledigte.

Sie blickte auf die Koffer. Sie hatten viel zurücklassen müssen, und Camilla schalt sich jetzt selbst dafür, so vertrauensselig in die Zukunft geblickt zu haben. Es tat immer noch weh, daran zu denken, was sie in Venedig verloren hatten. Freunde. Die nette Wohnung. Feucht und dunkel, billig, aber das erste richtige Heim seit Jahren. Es schmerzte sogar, an die Kommode zurückzudenken, die sie auf einem Flohmarkt gekauft und mit Gabriellas Hilfe liebevoll renoviert hatte. Gabriella hatte, anstatt gleichmäßig die weiße Farbe aufzutragen, damit auf der Rückseite kleine Männchen gemalt. Camilla lächelte unter Tränen. Aber am meisten tat die Erinnerung an Gabriellas Anblick weh, als ihre kleine Tochter schniefend nach Hause gekommen war, nachdem sie den Großteil ihrer Spielsachen, die sie nicht hatten einpacken können, ihren Freunden geschenkt und sich zugleich verabschiedet hatte.

Camilla strich sich über die Augen und bemühte sich, an das zu denken, was vor ihnen lag. Sie überlegte, machte Pläne und blätterte in dem schmalen Reiseführer, den sie, kurz bevor sie in den Zug gestiegen waren, noch gekauft hatte. München war eine gute Wahl. Sie sprach gut Deutsch, und Gabriella würde sich schnell anpassen. Sie sah die Liste der empfohlenen Restaurants durch. Es gab viele Biergärten. Und es war kurz vor dem Oktoberfest. Das bedeutete, dass sie leicht Arbeit finden konnte, die sie zumindest über die ersten Wochen und Monate brachte.

Einige Stunden später lag Venedig weit hinter ihnen. Weiter als einige hundert Kilometer – Jahre und Welten lagen dazwischen. Welten und er, Gabriellas Vater. Er würde das Kind nicht bekommen und wenn sie den Rest ihres Lebens vor ihm fliehen musste.
Nie!
Nie ...
Camilla zog Gabriella enger an sich, schloss die Augen und versuchte zu schlafen.

❋❋❋

Die Rückkehr war meist von Schmerz begleitet. Der Jäger selbst spürte lediglich einen leichten Widerhall, da er nicht völlig in die Graue Welt eintrat, aber er wusste es. Er beobachtete es, wann immer er einen seiner Gefangenen zurückbrachte.
Auch dieses Mal war es nicht anders. Die Frau war zuerst wie erstarrt und setzte ihm keinen Widerstand entgegen, aber jetzt wand sie sich, klammerte sich an ihn und fluchte und flehte ihn zugleich an, sie gehen zu lassen. Sie wusste, was mit jenen geschah, die flüchteten, sich unter die Menschen mischten und schließlich sogar das Gesetz brachen und töteten.

Manche kamen teilnahmslos zurück, lagen reglos da und warteten auf ihr Schicksal. Andere schlangen die Arme um ihre Körper, verkrochen sich in sich selbst und weinten, bis das Urteil gesprochen war und die Henker kamen.

Auch jetzt dauerte es nicht lange, bis die Nebelwesen die Frau umringten. Aber sie lag nicht ruhig, sie schrie weiter, stieß mit Fäusten gegen die wabernden Nebelwesen, um sich zu wehren, aber ihre Hände glitten durch die körperlosen Schatten. Sie konnte sie nicht fassen, sie nicht wegstoßen. Sie wurde in ihrer Angst ganz hysterisch, drohte, rief Verfluchungen aus, schlug um sich.

Der Jäger verharrte ruhig in seiner Zwischenwelt und sah zu. Er hatte schon oft einen Entflohenen oder eine Entflohene zurückgebracht, der Anblick war ihm vertraut. Während er selbst wartete, dass er verhört wurde und bezeugte, was er gesehen und getan hatte, glitt sein Blick über die Frau hinweg und zu den anderen, die sich in einiger Entfernung drängten.

Wie immer, wenn einer von ihnen zurückgebracht wurde, waren die Bewohner von Amisaya in Scharen gekommen, um dem düsteren Schauspiel beizuwohnen. Sie strömten aus allen Richtungen herbei, hielten sich jedoch in angemessenem Abstand – keiner von ihnen wollte mit den Nebelwesen in Berührung kommen, ja auch nur ihren kalten Atem nach Tod und Vernichtung spüren.

Sein Blick glitt weiter, über die Köpfe der zerlumpten Gestalten hinweg, über den endlosen Horizont, der nur durch einen grauen Dunstschleier begrenzt wurde.

Selbst wenn er dem Schauspiel nicht schon so oft beigewohnt hätte, wäre er davon nicht erstaunt oder gar berührt gewesen. Jäger hatten keine Gefühle. Sie hatten keine Gedanken. Sie waren nichts weiter als ein Arm des Herrschers, der nur einem Zweck diente: Entflohene aufzuspüren und zurückzubringen.

Er hatte noch nicht einmal darüber nachgedacht, weshalb sie flohen. Sie taten es eben. Als verfügte die Welt jenseits der Barriere eine Anziehungskraft, die weit über normale Gravitation hinausging. Er hatte sie dort verfolgt, gleichmütig und gleichgültig, während er wartete, bis ihr Odem sie veränderte und sich die Bösartigkeit zeigte. Erst dann schlug er zu, fasste sie und brachte sie hierher.

Aber nun war es nicht wie immer. Er war sich dessen nicht gleich bewusst, aber da war etwas, das ihn abermals auf die Frau blicken ließ, um sie zu beobachten. Etwas, das Verwunderung in ihm auslöste. Weshalb wehrte sie sich so sehr? War es nicht gleichgültig, was mit ihr geschah? War die Vernichtung ihrer Existenz denn schlimmer als dieses Leben hier? Er sah wieder zu den sich drängenden Menschen im Hintergrund und blickte zum ersten Mal bewusst in ihre Gesichter. Er suchte nach einem Begriff für das, was er in ihren Mienen sah. Es fiel ihm schwer. Er konnte sich nicht erinnern, jemals zuvor Gefühle ausgedrückt zu haben. Sie hatten ... Angst? Und zugleich glühten ihre Augen gierig.

Die Stimme des Herrn von Amisaya riss ihn aus seinen Betrachtungen. Er beeilte sich, seine Gedanken freizumachen und dem Herrscher Zutritt zu seinem Geist zu gewähren. Dieser sah nun mit seinen Augen die Verfolgung, betrachtete mit ihm gemeinsam das blutige und noch blutende Opfer, schritt mit ihm die Straße entlang, den die flüchtende Beute genommen hatte.

Normalerweise hätte der Jäger keine Sekunde darüber nachgedacht, Strabo seinen Geist völlig zu öffnen, ihm jeden Winkel preiszugeben, aber plötzlich war auch hier etwas verändert: Es war ihm unangenehm, dem Herrscher das Bild des kleinen Mädchens zu zeigen, das durch ihn hindurchgelaufen war und ihn ... *berührt* ... hatte. Aber es war zu spät. Der Herrscher war schon bei diesem Teil seiner Erinnerung angelangt, und es war unmöglich, sie abzublocken. Der Jäger hatte auch keine Erfahrung damit; das Bedürfnis, einen, wenn auch noch so geringen Teil seiner Erinnerungen in sich zu verschließen, hatte er bisher nie verspürt.

Und dann geschah etwas noch Seltsameres: Für den Bruchteil eines Lidschlags bemerkte er Strabos Verwirrung, sein Erschrecken, und dann brach die Verbindung ab.

Der Jäger versuchte noch, dieser Verwirrung nachzuspüren, als auch schon das Urteil über die Geflohene gesprochen worden war. Die Nebelschwaden um sie verdichteten sich. Sie schrie auf. So gellend, dass sogar der Körper des Jägers in der Zwischenwelt vibrierte. Ein Schrei, von so hasserfüllter und zugleich verzweifelter Intensität, dass selbst die gierigen Zuschauer zurückwichen.

Dann lösten sich die Nebelschwaden auf, und der Platz, an dem die Frau soeben noch gekämpft hatte, war leer. Auch die zerlumpten Gestalten starrten in die Leere, eine Mischung aus Lüsternheit und Grauen in den Augen.

Was empfanden sie? Der Jäger war verwundert, aber er fand keine Antwort. Weshalb drängten sie sich hier? Sie hatten Angst und strömten doch herbei? Nicht um zu helfen, sondern um sich an dem Schauspiel zu ergötzen. Für Sekunden zogen andere Bilder vor seinem inneren Auge vorüber: Parallelen zur menschlichen Welt, Menschen, die sich um andere drängten, gafften, die gemeinsam schrien, die sich versammelt hatten, lachten und gleichzeitig alle diesen gierigen, angespannten Ausdruck im Gesicht hatten.

Die Stimme des Herrschers ertönte so unvermittelt

in seinem Kopf, dass er erschrocken zusammenzuckte. »Deine Arbeit ist getan. Du kannst gehen.«

Er verneigte sich leicht. Da war etwas, das seinen Körper leichter machte als noch zuvor. Es nahm ihm die Schwere, die körperliche Beklommenheit, die er viel später, nachdem er gelernt hatte, seine Gefühle zu erkennen und zu benennen, als *Besorgnis* bezeichnen würde.

Der Herrscher hatte nicht gesehen, wie das Mädchen ihn berührt hatte. Die Verbindung zwischen dem Grauen Herrn und ihm war vorher, schon beim Anblick des Kindes, unterbrochen worden, und die Berührung, diese wundersame Innigkeit, blieb sein Geheimnis. Ein Frösteln durchlief ihn bei diesem Gedanken. Noch nie hatte ein Jäger ein Geheimnis gehabt. Allein schon die Vorstellung war absurd. Aber er hatte jetzt eines, und es verwirrte und ... *erfreute*? ihn zugleich. Das Mädchen hatte ihn angesehen. Es hatte ihn ganz bewusst angeblickt. Es hatte ihn *bemerkt*. Noch in der Erinnerung glitt ein Schauer über seinen Körper.

Und doch war es unmöglich, Menschen konnten ihn nicht sehen.

Als er dieser öden Welt, deren zerlumpten Bewohnern und ihrem staubigen Horizont den Rücken kehrte, folgte er nicht etwa seinem Auftrag, sondern suchte erneut die Stadt auf, in der er die Frau gefunden hatte.

Allerdings wurde er dieses Mal nicht vom üblen Odem der Beute angezogen, sondern von dem Kind. Er verharrte längere Zeit am Rand eines großen Platzes, an einem geschützten Ort, wo keiner der scheinbar ziellos umherlaufenden Menschen ihn berühren konnte, und blickte sich unschlüssig um. Er stand vor einem neuen Problem: Wie sollte er jemanden finden? Wie machten das die Menschen? Wie unterschieden sie einander?

Zum ersten Mal sah er die Menschen bewusst an. Er

war auf seiner Jagd viel herumgekommen, aber er hatte den Menschen nie besondere Achtung geschenkt. Nun betrachtete er sie eingehender, studierte ihre Züge, besonders die der kleineren, der Kinder. Die Menschen, stellte er überrascht fest, hatten eine stärkere Identität als er und seinesgleichen. Das begann schon mit der Kleidung. Dann die Frisur. Größe, Gang, Haarfarbe, ja sogar die Hautfarben waren unterschiedlich! Er wurde zunehmend verwirrter. Da waren dunkelhäutige Menschen mit dunklem Haar und dunklen Augen und mittelbraune mit blondem Haar und hellen Augen. Und die Kinder, diese kleinen Wesen, waren überhaupt schwer zu fassen. Sie wuselten überall herum, waren einmal hier, einmal dort, schrien so laut, dass der Lärm bis in seine gedämpfte Sphäre dröhnte.

Er wusste nicht, wie viel Zeit in dieser Stadt oder auf der Erde vergangen war, seit er sie mit seiner Beute verlassen hatte. Es konnten Stunden und auch Tage sein. In seiner Welt gab es Zeit nicht in dieser Form – sie hatte ihre eigenen Zeitabläufe und ihre eigenen Gesetze. Er wusste nicht, wie Menschen sie empfanden oder damit umgingen. Blieben sie lange Zeit am gleichen Ort wie die Wesen von Amisaya?

Er versuchte, sich die Haarfarbe des Kindes in Erinnerung zu rufen. Hell, aber nicht so wie von diesem Mädchen dort. Und kürzer war das Haar gewesen. Er verließ seinen sicheren Platz und ging langsam durch die engen Straßen, über die Brücken, wich den Menschen aus, zuckte vor jeder weiteren Berührung zurück, schaute sich um und suchte.

Da war etwas in ihm, das immer stärker wurde – eine Art Drängen. Was war das? Der Wunsch, sie zu finden und das Rätsel zu lösen? Er grübelte über diese Empfindung nach, als plötzlich einer der anderen Jäger neben ihm auftauchte.

Er hatte diesen hier schon oft gesehen. Manchmal jagten sie sogar gemeinsam, aber noch nie hatten sie sich unterhalten, außer über die Jagd und ihre nächsten Schritte. Man traf zusammen, verfolgte die Beute und trennte sich nach erfolgreicher Jagd wieder.

Er nickte ihm zu und ging weiter. Er wollte sich jetzt nicht ablenken lassen. Der andere blieb jedoch an seiner Seite, und er spürte dessen Verwunderung.

»Was hält dich an diesem Ort? Hier ist keine Beute.«

Zuerst wollte der Jäger nicht antworten, dann sagte er widerwillig: »Ein Kind. Ich muss das Kind finden.«

»Ein Kind? Weshalb?«

Der Jäger blieb stehen und betrachtete den anderen zum ersten Mal bewusst: helles Haar, dunkle Augen. Eine leicht gebogene Nase. Und dann war da eine gewisse Präsenz des anderen, an dem er ihn erkannte, selbst wenn er ihm den Rücken zukehrte. *Präsenz*, dachte er noch einmal, aber keine *Empfindungen*, wie er sie gespürt hatte, als das Kind durch ihn hindurchlief. Dieses Kind ... Er musste es finden. Die Empfindung wiederholen und prüfen, sie verstehen lernen. Dieses Bedürfnis löste unterschiedliche Reaktionen in ihm aus – neugierige und zugleich unangenehme, als würde er sich auf verbotenem Terrain bewegen.

Der hellhaarige Jäger zuckte mit den Schultern, als er keine Antwort bekam. »Wie willst du ein Kind finden?« Er wies mit der Hand über diesen Ort, wo sich die Menschen scheinbar sinnlos in Grüppchen zusammendrängten, aneinander vorbeiliefen, manchmal kurz verharrten und dann wieder weitereilten. »Sie sehen sich alle so ähnlich.«

Der Jäger schüttelte den Kopf. »Nicht, wenn man genau hinsieht.« Mit zunehmender Lebhaftigkeit ging er daran, dem anderen die Unterschiede zu erklären, und mit jedem Wort entdeckte er selbst neue. Seine Erkenntnis faszinierte ihn. Und endlich wandte er sich der Beschreibung des Mädchens zu. »Es heißt«, schloss er seine Ausführungen, als ihm wieder einfiel, wie die andere Frau es gerufen hatte, »Gabriella.«

Er hatte schon begriffen, dass Menschen sich manchmal mit Namen riefen. Der Herr der Grauen Welt hatte einen: Strabo. Er runzelte die Stirn. Ihn hatte noch nie jemand bei einem Namen gerufen. Oder doch? Als er versuchte, sich zu erinnern, stellte sich seinen Gedanken ein zäher Widerstand entgegen, bis er den Versuch aufgab. Sie brauchten keinen Namen: Die Jäger sprachen sich untereinander nicht an, es genügte ein Blick, eine Handbewegung, um zu wissen, wer gemeint war. Außerdem jagten sie meist allein. Selten zu zweit und nie zu mehreren.

»Weshalb ist dir das so wichtig?«

Der Jäger zögerte, drehte sich zu seinem Begleiter um und studierte dessen Züge. Sollte er es ihm sagen? Oder das Geheimnis besser für sich behalten? Endlich sagte er: »Das Kind hat mich gesehen. *Angesehen.*« Er verschwieg, dass es sogar durch ihn hindurchgelaufen war und etwas ausgelöst hatte, das er nicht verstand. Aber auch dieser Blick war nicht gewöhnlich gewesen, sondern wie eine zweite Berührung. Bei der Erinnerung lief ein Schauer über seinen Rücken, seine Haut, ließ seinen Körper leicht erzittern. Da war etwas Neues in ihm. Ein Gedanke? Nein, es war etwas, das in seinem Körper ebenso widerhallte wie der Hass derer, die er verfolgte.

Es war lange Zeit still zwischen ihnen. Schließlich sagte der hellhaarige Jäger langsam: »Manchmal sehen die Menschen uns tatsächlich an.«

Er wirbelte herum. »Mir ist noch nie aufgefallen, dass sie uns sehen!«

»Mir schon.« Der andere zuckte mit den Schultern.

»Vor sehr vielen Menschenjahren das erste Mal.« Er sprach so langsam und fast widerwillig, als bereitete es ihm Mühe, die Erinnerung hervorzuholen. »Die Menschen nannten sie eine Hexe. Die Beute war unter jenen, die sie quälten.« Er konnte sich an das höhnische Lachen der Frau erinnern, als er die Beute, einen Mann, gepackt und mitgenommen hatte, und an dessen Gesicht, das zuerst vor Lust am Quälen ganz verzerrt war und dann vor Angst.

Er war damals auch wiedergekommen, von einer seltsamen, verbotenen Neugier getrieben. Aber da hatte sie schon gebrannt, die Flammen schälten ihr die Haut vom Körper, und ihr Haar loderte wie eine Fackel. Man behauptete, sie hätte den Teufel gerufen. Er hatte einige Zeit gebraucht, um zu begreifen, dass sie ihn damit meinten. Er hatte dann begonnen, zu erforschen, wer der Teufel war, und war verwundert gewesen. Seltsam, dass er nach einem Wort dafür suchte, das seine Gefühle damals ausdrückte. Der dunkle Jäger unterbrach seine Gedankengänge.

»Wenn sie uns sehen ... haben sie dann Angst vor uns?«

»Angst?« Er überlegte. Ja, diese Menschen hatten damals Angst gehabt. Sogar vor dieser dem Tod geweihten Frau. Und vor dem, was sie mithilfe des Teufels tun könnte. »Sie ... nennen uns manchmal Teufel«, sagte er nachdenklich. »Und manchmal behaupten sie, wir brächten unsere Beute in die Verdammnis.«

Der dunkelhaarige Jäger hob die Augenbrauen.

»Aber«, fuhr der hellhaarige Jäger fort, »ich hatte noch nie das Bedürfnis, die Menschen zu erkunden. Oder sie gar zu unterscheiden. Du solltest das auch vergessen. Und auch dieses Kind.« Er zuckte mit den Achseln. »Manche sehen uns eben. Nimm es hin und vergiss es. Weich ihnen einfach aus. Das ist das Klügste und bringt dich nicht in Schwierigkeiten.« Er hob grüßend die Hand und ging davon.

Der Jäger blieb zurück. Er versuchte, den Empfindungen Namen zu geben, die in ihm auftauchten, als hätten sie bisher in großer Tiefe im Verborgenen geschlummert. Als wäre es dieses Kind gewesen, das sie auslöste oder wie einen Samen in ihn pflanzte. Dieses Kind hatte *Gefühle* gehabt und ihn damit berührt. Er schlenderte weiter und fand sich am Rand des Wassers. Die irdische Sonne brach durch dunkle Wolken, und es war, als würden ihre Strahlen das Wasser, das Land, die Gebäude und die Menschen wie mit goldenen Fingern berühren. Er stand, schaute umher und staunte. Und tief in ihm wuchs etwas heran, zart, noch fast unmerklich, aber unaufhaltsam.

Erstes Kapitel

Camilla lag im Sterben. Seit Wochen. Seit Monaten. Im Grunde seit Jahren. Seit dem Moment, in dem man bei ihr die Krebserkrankung festgestellt hatte. Aber das war erst der Anfang gewesen.

Und jetzt wartete sie auf ihre Tochter. Sie hatte oft gewartet, aber noch nie so schmerzlich. Es gab so viel zu sagen, und sie hatte nur noch so wenig Zeit. Sie war so müde. So unendlich müde.

Sie lag in einem Zimmer im siebten Stock. Als es ihr noch besser ging – ehe sie zu schwach zum Sitzen gewesen war –, hatte sie viel Zeit am Fenster verbracht und den weiten Blick über die Stadt genossen – ein wochenlanges Abschiednehmen. Wie viele Jahre hatte sie hier, in diesem Krankenhaus, verbracht? Fünfzehn. Zuerst in der Küche und nun, ihre letzten Wochen, sterbend, in einem Krankenzimmer.

Ihr Blick wurde immer wieder von dem Schatten auf der anderen Seite des Raumes angezogen. Er war seit Tagen dort und wartete. Sie hatte mit ihm gesprochen, ihn gefragt, ob er sie mitnehmen wolle. Die anderen Patienten, alle todkrank wie sie, hatten Angst bekommen. Sie hatten ihr Beruhigungs- und Schlaftabletten gegeben, weil sie mit nicht vorhandenen Personen sprach. Camilla verzog halb ironisch, halb schmerzlich das Gesicht. Sie hatte weiterhin mit ihm geredet. Das hatte ihr immerhin dieses Einzelzimmer eingebracht.

Und sie sprach auch jetzt wieder. Mit dem Schatten in der Ecke. Er war es, auch wenn er nicht antwortete, sondern nur still in seiner Ecke blieb und wartete. Er würde nicht mehr viel Geduld aufbringen müssen – ihre Zeit war bald gekommen.

Sie hörte die Schritte ihrer Tochter. Alle ihre Sinne hatten nachgelassen, aber Camilla glaubte sie schon zu hören, wenn sie aus dem Lift stieg. Sie fühlte sie. Jetzt kam sie näher und wartete vor der Tür. Sie musste wohl Mut fassen. Armes Kind. Es war nicht leicht zu sterben, und es war für Gabriella nicht leicht, sie gehen zu lassen. Sie hatten immer nur einander gehabt. Vielleicht zu sehr? Hätte sie ihre Tochter nicht viel früher loslassen müssen? Sie konnte sie ohnehin nicht vor ihm oder den anderen beschützen. Im Gegensatz zu Gabriella sah sie diese Dämonen ja nicht einmal.

Sie öffnete die Augen, als die Tür aufging.

Gabriella trat auf Zehenspitzen herein, beugte sich über sie und küsste sie auf die Wange. »Du siehst gut aus. Es geht dir besser, nicht?«

».Ja, viel besser.« Es war die übliche Lüge zwischen ihnen. Sie wussten es beide und lächelten verlegen.

Sie sah ihrer Tochter zu, wie sie herumzukramen begann, ihre Sachen ordnete. Sie würde sie sehr bald abholen und heimnehmen müssen. Camillas Herz krampfte sich vor Mitleid zusammen.

Draußen brach die Dämmerung über die Stadt herein und drängte die Schatten aus den Zimmerecken in die Mitte. Sie sah Gabriella zu, wie sie die weißen Socken zusammenrollte, die sie getragen hatte, als sie noch hatte aufstehen können. Ihre Hausschuhe standen unter dem Bett, aber Camilla wusste, dass sie sie nie wieder benutzen würde.

Sie hatte so lange Zeit alles still beobachtet, dass Gabriella zusammenzuckte, als sie sprach. Italienisch. Die Sprache ihrer Kindheit und Jugend. Es fiel ihr leichter, und es war so wichtig, mit Gabriella zu sprechen, sie hatte schon lange genug gezögert. Nun war die letzte Gelegenheit, eine weitere würde der Tod – oder sein Schatten – ihr nicht mehr lassen.

»Gabriella. Ich muss dir etwas sagen.«

»Ja?« Gabriella hockte sich neben sie auf das Bett.

Camilla sah sie eindringlich an. »Über deinen Vater. Er ist nicht tot.« Sie atmete tief durch und zwang sich, nicht in die Ecke zu sehen, als sie weitersprach. Fast fürchtete sie, er könnte sie daran hindern. »Ich frage mich, ob er überhaupt sterben kann.« Sie quälte sich durch jedes Wort. »Diese Männer, die du siehst, seit du ein Kind warst – sie gehören zu ihm. Er ist wie sie.«

Gabriella starrte sie ohne zu blinzeln an.

»Ich habe ihn kennengelernt«, sprach Camilla jetzt mit ruhiger Stimme weiter, »als ich ein Praktikum machte. Er stand plötzlich vor mir, als wäre er aus dem Boden gewachsen. Als ich begriff, dass etwas nicht mit ihm stimmte, war ich schon mit dir schwanger ...« Sie legte mit einem zärtlichen Lächeln ihre Hand auf den Bauch, als würde sie ihre noch ungeborene Tochter dort fühlen.

Sie rang sich mühsam die folgenden Worte ab. Ihre Stimme wurde immer leiser. »Er ist einer jener Todesengel. Jener Männer, die ich nicht sehen kann, du aber schon.«

Es fiel Gabriella schwer, ihre Mutter nicht entsetzt anzusehen. Fantasierte sie? Hatte man sie deshalb in ein Einzelzimmer verlegt?

Ein kalter Schauer lief ihr über den Rücken. Sie wollte widersprechen, über die Worte ihrer Mutter lachen, ihr Fragen stellen, aber sie brachte kein Wort heraus. Ihre Mutter meinte es ernst, das war keine Fantasterei. Sie war völlig klar.

Gabriella erhob sich halb und sah sich im Raum um. Einer der Grauen musste in das Zimmer eingedrungen sein. Ihre Mutter hatte ihr einmal, als sie noch ein Kind war, gesagt, diese Grauen Männer seien Todesengel, die

Verdammte holten. Sie selbst hatte nie recht daran geglaubt – sie wirkten nicht beängstigend genug, nicht einmal, wenn sie ein Opfer packten und mit ihm spurlos verschwanden. Aber wenn diese Gespenster es jetzt auf einmal wagten, ihre todkranke Mutter mit ihrem Anblick zu beunruhigen, konnten sie sich auf etwas gefasst machen.

Ihre Mutter berührte zart ihre Hand, um ihre Aufmerksamkeit wieder auf sich zu lenken. »Aber was immer er ist – ich habe ihn geliebt und er mich. Das sollst du wissen.« Sie schloss die Augen. »Und jetzt geh bitte.«

»Aber ...?«

»Doch, ich muss jetzt ... allein sein.«

Gabriella erhob sich zögernd. Ihre Mutter ergriff ihre Hand und zog sie mit überraschender Kraft zu sich, dann schlang sie den Arm um sie und küsste sie auf beide Wangen. Es war wie ein Abschied, so dass Gabriella beinahe zu weinen begonnen hätte.

»Ich will noch nicht gehen.«

»Geh nur.« Ihre Mutter hatte die Augen geschlossen. Sie lächelte. »Ich möchte schlafen, das Sprechen hat mich müde gemacht. Reden wir ein anderes Mal weiter. Morgen.« Es würde kein Morgen geben. Er würde ihr keines lassen. Er wartete.

❊ ❊ ❊

Als sich die Tür hinter ihrer Tochter schloss, sagte Camilla: »Du kannst dich mir endlich zeigen. Ich weiß, dass du hier bist. Schon lange.«

»Natürlich. Du hast ja auch mit mir gesprochen. Du hast mich verjagt. Allerdings vergeblich.« Die dunkle Stimme klang fast ein wenig amüsiert. So wie früher. Camilla lauschte ihr nach und tausend Erinnerungen stiegen in ihr hoch.

»Aber du bist geblieben«, sagte sie schließlich.

»Natürlich.« Der Schatten bewegte sich auf sie zu. Und je näher er kam, desto mehr verdichtete er sich zu einer Gestalt. Er blieb neben ihr stehen. »Ich habe dir auch geantwortet, aber du konntest mich noch nicht hören.« Seine Stimme wurde ganz zärtlich. »Ich war in all den Jahren oft bei dir, aber früher konntest du mich auch nicht sehen.«

»Aber Gabriella konnte das.«

»Ja. Und es hat dir mehr Angst gemacht als ihr.«

Sie blickte in ein Gesicht. Gabriella sah ihm ähnlich. Das helle Haar, die Nase, sogar das Kinn, wenn es auch bei ihrer Tochter nicht so ausgeprägt war. Und ihre Augen waren heller. Sie hatte die Augen ihrer Großmutter.

Eine warme Hand nahm ihre. Camilla zuckte nicht zurück. Sie erlaubte, dass er sie umschloss und hielt. Die Welt um sie herum verdunkelte sich, die Geräusche des Krankenhauses wurden sanft und versiegten. Je weiter das Leben da draußen zurückwich, desto deutlicher wurde *er*.

»Du hättest nicht zu fliehen brauchen. Ich hätte mein Versprechen nicht gebrochen, mich nie wieder einzumischen.«

»Aber nun bist du gekommen, um mich zu holen? Wartest du deshalb?«

Er schüttelte langsam den Kopf. Sie betrachtete ihn. Er hatte sich nicht verändert. In all den Jahren nicht, während sie alt und krank geworden war. Auch Gabriella würde altern und irgendwann sterben, sie war menschlich, wie sie. Sie hatte bei ihrer Tochter immer ängstlich nach Anzeichen von Fremdheit gesucht, aber sie war immer ihr kleines Mädchen geblieben. Immer Gabriella, ihre Tochter, die ihr niemand wegnehmen durfte. Schon gar kein Vater, der Menschen holte, um sie in die Verdammnis zu bringen.

Er beugte sich über sie. Zärtlich streiften seine Lippen

über ihre Stirn. »Camilla, meine Liebste, ich hole keine Menschen. Du hast Gabriella damit erschreckt. Und dorthin, wo du nun gehst, kann ich dir nicht folgen. Es ist eine Gnade, das Vergessen, das Sterben. Gleichgültig, was davor war, der Tod löscht alles aus.«

»Alles?« Sie wollte sich dagegen aufbäumen, aber sie war zu schwach.

»Ganz gewiss deinen Schmerz. Und die Furcht.«

Camilla hielt Strabos Blick und seine Hand fest wie die letzten Anker zu ihrem Leben. Er lächelte. »Ich liebe dich, Camilla. Habe keine Angst.«

Sie wollte etwas sagen, aber ihre Stimme erstarb. Dunkelheit und tödliche Kälte erfassten ihre Welt und löschten die Züge von Strabos Gesicht aus. Sie fiel in tiefe, unendliche Schwärze. Sie wollte schreien und konnte nicht.

Und dann, zuerst zaghaft, dann immer heller, strahlender, kam das Licht auf Camilla Brabante zu, und Wärme hüllte sie ein.

Zweites Kapitel

Was immer der Jäger in all den Jahren über die Menschen gelernt hatte, niemals war ihm dieses kleine Mädchen aus dem Kopf gegangen, und nie hatte er aufgehört, es zu suchen, wie er auch nie den Namen vergessen hatte: »Gabriella«. Er war zwischen der Jagd oft in diese Stadt der Kanäle zurückgekehrt, von der unsinnigen Hoffnung getrieben, dieses Mädchen doch noch zu finden. Vergeblich.

Und als er an diesem Tag zur Jagd gerufen wurde, ahnte er nicht, wie einschneidend er für sein weiteres Leben sein würde. Er beeilte sich nicht einmal sonderlich, sondern schlenderte seinem Jagdgefährten ruhigen Schrittes entgegen.

»Ich habe die Beute schon aufgespürt. Es sind zwei«, sagte dieser ohne Einleitung, »eine Frau und ein Mann.«

»Hallo, Julian.«

Der andere Jäger zog erwartungsgemäß eine gequälte Grimasse. »Du sollst mich nicht so nennen. Es ist gefährlich.«

Er hob die Schultern. Er fühlte sich schon viel sicherer als noch vor einigen Menschenjahren. Es gefiel ihm, sich den Menschen anzupassen. Schließlich verbrachte er sehr viel *Zeit* hier.

Zeit war für ihn irrelevant gewesen, bis er gesehen hatte, wie bedeutsam sie für die Menschen war und welchen Veränderungen sie und ihre Welt mit dem Fortschreiten der *Zeit* unterworfen waren. Für Menschen war sie so wichtig, dass sie sogar Zeitmesser herstellten und nicht nur Gebäude – vornehmlich Türme – damit schmückten, sondern sie in kleinem Format auch an den Handgelenken trugen. Er hatte sogar einmal einen ganzen Tag auf einem Platz verbracht, um den Weg der Zeiger einer Kirchturmuhr zu verfolgen und die Reaktion der Menschen auf die Wanderung der Uhrzeiger zu beobachten. Es war amüsant gewesen. Sein Jagdgefährte, den er seit einiger Zeit Julian nannte, obwohl »Julian« sich jedes Mal sichtbar krümmte, wenn er ihn so ansprach, hatte sich für eine Weile zu ihm gesellt, ihm und den Menschen zugesehen, ihm höflich-gelangweilt zugehört, als er die Zeit und das Treiben der Leute kommentierte, und war dann wieder verschwunden.

Er hatte sich seit der Verschmelzung mit diesem Kind tatsächlich verändert. Anfangs war er beunruhigt gewesen, aber inzwischen hatte er, wann immer der Herr über Amisaya seinen Geist durchforschte, gelernt, gewisse Gedanken und vor allem Empfindungen nicht nur für sich zu behalten, sondern sie so gründlich wegzuschließen, dass nicht einmal Strabo sie entdecken konnte. Dieser suchte auch nicht danach – vermutlich kam er gar nicht auf die Idee, einer seiner Jäger könnte selbstständig denken oder Fragen stellen.

Oder sich gar einen Namen geben.

Menschen hatten schließlich auch welche. Nur Jäger hatten keine, als wären sie wesenlose Geschöpfe, mit mehr oder weniger gefühllosen Schattenkörpern, die weder hier noch dort existierten und deren einziger Sinn darin bestand, den Befehlen des Grauen Herrn gemäß die Beute zu jagen und zu stellen.

Sein eigener Name war einfach eines Tages da gewesen, als hätte ihn jemand gerufen: Darran. Er fühlte einen unbestreitbaren Triumph, wann immer er an ihn dachte. Namen gaben Persönlichkeit und sogar Selbst*bewusstsein*. Sie unterschieden nicht nur Gegenstände, sondern auch ein Wesen vom anderen. Mit seinem Namen hatte er sich selbst eine Identität gegeben, die nicht einmal Strabo ihm nehmen konnte und die nur durch seinen Tod ausgelöscht wurde.

Julian betrachtete ihn argwöhnisch. »Du siehst mit jedem Tag menschlicher aus. Wenn du nicht aufpasst, wirst du Strabo oder den Wächtern unangenehm auffallen.«

Darran steckte provokativ seine Hände in die Hosentaschen und wippte auf den Zehenspitzen. Das gefiel ihm. Es war auf gewisse Weise befreiend. »Weshalb? Ich tue ja nichts. Ich gehorche den Befehlen, ich ...«

»Du redest zu viel«, brummte Julian, schon halb abgewandt. »Und du denkst zu viel nach.«

»Du doch auch.«

Julian wirbelte zu ihm herum. »Ich mache aber nicht so viel Aufhebens darum!«

Darran zuckte nur mit den Schultern. Abermals eine menschliche Geste, die Julian noch mehr aufbrachte.

»Es ist nicht unsere Aufgabe, die Menschen nachzuäffen oder ...!«

»... oder zu denken«, beendete Darran seinen Satz. »Also, kommen wir zur Sache. Es sind zwei. Welchen soll ich verfolgen?«

Julian brummte etwas, dann straffte er die Schultern. »Du nimmst den Mann.« Im nächsten Moment glitt er davon.

Darran sah ihm nach, dann nahm er die Hände aus den Hosentaschen und nahm die Verfolgung seiner Beute auf.

Sie war weit fort, die Spur war nur schwach, und als sie in eine größere Stadt führte, verlor sie sich in dem dort herrschenden menschlichen Gefühlschaos beinahe völlig. Dass er mit seiner Veränderung auch menschliche Gefühle spüren konnte, daran hatte er sich ebenfalls erst gewöhnen müssen, und so war es ihm anfangs des Öfteren passiert, dass er von einer bösartigen Aura angezogen wurde und der Spur nachgegangen war, um dann festzustellen, dass er vor einem schlichten Menschen stand.

Die Erkenntnis, dass auch Menschen Bösartigkeit ausströmten, hatte ihn anfangs verblüfft. Sie dampfte sogar dann noch aus ihren Körpern hervor, wenn sie gerade niemanden töteten oder verfolgten. Sie wirkten nach außen hin überraschend normal, unauffällig, und doch war bei manchen ihr ganzes Wesen vergiftet. Wäre es jemand von Amisaya gewesen, so hätte der Graue Herr schon längst einen seiner Jäger geschickt, um denjenigen zurückzubringen. Hier dagegen konnten die heimlich Bösartigen, die hinterhältig Neidischen, die Hasser und Gierhälse ohne Strafe durchs Leben und ihre Zeit gehen. Sie konnten schaden, wehtun, kaputt machen, ohne jemals dafür belangt zu werden. Es gab natürlich auch Ausnahmen. Manchmal wurden Menschen von anderen Menschen gejagt, gefangen genommen, oft sogar getötet. Aber oftmals waren sie nicht gerade diejenigen mit der schlechtesten Aura. Darran war anfangs oft deswegen verwirrt gewesen, aber inzwischen hatte er es als eine der vielen menschlichen Widersprüchlichkeiten akzeptiert.

Nun jedoch verschloss er sich gegenüber den fremden Gefühlen und konzentrierte alle seine Sinne auf die Beute. Da war die Spur. Zuerst schwach, dann stärker. Hass war in ihr, klebrig und tödlich. Darran folgte ihr schnelleren Schrittes. Sie konnte ihm nicht entkommen, ihr bösartiger Odem verseuchte die Straße, die er entlanglief. Kaum noch wenige irdische Minuten, vielleicht nur Sekunden, und er würde sie fassen.

Aber da, just in diesem Moment, geschah das Unfassbare. Jemand ging an ihm vorbei. Ohne ihn zu beachten, ohne ihn auch nur eines Blickes zu würdigen, eilte eine junge Frau kaum zwei Armlängen entfernt vorüber und lief mit einer Schar anderer Fußgänger über eine Straße.

Darran war es, als träfe ihn ein Schlag, der zugleich die Spur der Beute auslöschte und ihn selbst bewegungslos an die Stelle bannte. Er war so perplex, dass er wie angewurzelt mitten auf eben dieser Straße stehen blieb, während eine endlose Wagenkolonne, mehrere Radfahrer und eine Straßenbahn durch ihn hindurchfuhren. Und als er endlich begriff und dem Mädchen nachlaufen wollte, stellte er fest, dass er wie ein Anfänger bis zu den Knien in der Straße eingesunken war, weil er vergessen hatte, sich zu konzentrieren. Er war so verwirrt, dass sich die Materie daraufhin wie eine klebrige Substanz an seine Füße heftete und er regelrecht durchwaten musste, bis er seine Gedanken wieder unter Kontrolle hatte. Zu jedem anderen Zeitpunkt hätte er beschämt um sich gesehen, ob ihn auch kein anderer Jäger beobachtete, aber so starrte er, ohne zu blinzeln, auf den Rücken der jungen Frau. Sie hatte ihn nicht einmal gestreift, und doch hatte er ihre Nähe gefühlt wie eine Berührung. Sie hatte eine Aura wie sonst kein Mensch. Eine Ausstrahlung, die er wahrnehmen konnte wie die Menschen den Duft von Blüten oder Parfüm.

Sie war es. Sie musste es sein! Er spürte, fühlte, sah, *roch* sie. Ein Jäger vergaß niemals die Ausstrahlung eines anderen. Und diejenige der kleinen Gabriella hatte sich tief in sein Wesen geprägt.

Darran verschloss seine Sinne gegenüber Julians drängendem Ruf, denn: Er hatte *sie* gefunden.

Anfangs war es mehr sein Instinkt, der ihn der jungen Frau folgen ließ, während sein Verstand immer noch in der Straße steckte und nur langsam zu ihm zurückkehrte. Sein Blick hing wie gebannt an ihr. Ihr Haar war bräunlich. Das Kind damals war dunkelblond gewesen.

Aber er ließ sich nicht beirren – Menschen veränderten ihre Haarfarbe oft und grundlos. Er hatte an den Menschen beobachtet, dass sich deren Haar auch im Laufe des Lebens verfärbte: von Braun zu Grau zu blond oder Weiß mit violettem Schimmer.

Er ging gerade nur so schnell, dass er sie nicht aus den Augen verlor. Wenn er sie nur berühren könnte! Der unwiderstehliche Drang, es zu tun, ergriff ihn, dass er die Fäuste ballte. Und zugleich schreckte er davor zurück. Er fiel ein wenig zurück, als sie langsamer wurde und gelegentlich einen Blick über die Schulter warf. Er musste vorsichtig sein. Wenn dies die kleine Gabriella war, dann sah auch sie ihn, sofern sie diese Fähigkeit nicht verloren hatte. Und er wollte ihr keine Angst einjagen, er wollte sie beobachten, studieren, kennenlernen. Er musste herausbekommen, was an ihr anders war als an allen anderen.

Inzwischen wusste er genug, um sich in der komplizierten Welt der Menschen zurechtzufinden. Sie lebten in Häusern und suchten meist bestimmte Orte auf, an denen sie *arbeiteten*. Wenn er herausfand, wo sie sich aufhielt, konnte er sie jederzeit wieder aufsuchen, selbst wenn der Befehl des Grauen Herrn ihn ans andere Ende der Welt senden sollte.

Es wurde Abend, es dämmerte bereits. Die junge Frau ging mit raschen Schritten, ohne nach rechts oder links zu schauen. Das bedeutete vermutlich, dass sie sich auf dem Weg in ihr Heim befand.

In dieser Stadt war Darran noch nie auf Jagd gewesen. Er sah sich neugierig um. Der Weg führte durch einen Markt. Die Besitzer räumten ihre Stände ab, Abfall lag auf der Straße, ein Windstoß wirbelte trockenes Laub und Papierschnitzel hoch. Ein Kind lief ihm über den Weg, ein Hund lief hechelnd durch ihn hindurch, und eine Frau fuhr ihm mit einem Kinderwagen zuerst über die Zehen, dann durch seine Schienbeine. Er sah, spürte, merkte nichts davon, denn dort war *sie*.

Ihre Schultern waren etwas nach vorn gebeugt, sie hielt den Kopf gesenkt, als wäre sie müde. Er versuchte, die Jahre zu zählen, die vergangen waren, seit er in der Stadt der Kanäle auf sie getroffen war. Sie konnte nicht alt sein, nicht einmal nach menschlichen Maßstäben. Und sie sah auch nicht alt aus, nur traurig.

Er war so in ihre Betrachtung versunken, dass er ihr, als sie abrupt stehen blieb, viel zu nahe kam. Er wollte ausweichen, aber in diesem Moment drehte sie sich plötzlich um. Darran erschrak und verschwand, löste sich auf, um sie von der anderen Seite unbemerkt zu beobachten. Nur einen Wimpernschlag später und sie hätte ihn entdeckt. Sein Herz klopfte überraschend schnell, und sein Atem ging hastig. Er legte die Hand auf die Brust. Bisher hatte er seinen Körper nie so befremdlich deutlich gefühlt.

Ihr Blick glitt suchend über den Markt, aber als sie in die Richtung sah, aus der er ihr gefolgt war, befanden sich nur Menschen dort. Er selbst stand schon längst hinter einem Marktstand verborgen in ihrem Rücken. Er kniff die Augen zusammen, sich selbst kaum dieser menschlichen Geste bewusst, als er beobachtete, wie sie – ebenfalls mit zusammengekniffenen Augen – die Straße hinauf- und hinuntersah. Endlich schüttelte sie den Kopf, als wollte sie einen Gedanken vertreiben, und ging weiter.

Er folgte ihr, dieses Mal vorsichtiger und aus so großer Entfernung, dass er sie nicht mehr deutlich sehen, sondern nur noch ihre Aura spüren konnte. Sie blieb vor einem der mehrstöckigen, schmalen Häuser stehen, die sich an den Markt anschlossen. Er sah ihr aus sicherer Entfernung zu, wie sie einen Schlüssel hervorzog, das Haustor aufschloss und im Haus verschwand.

Das kleine Mädchen Gabriella hatte sich in der Zwischenzeit wirklich stark verändert. Das war hier so üblich. Kinder wuchsen, wurden größer, ihr Äußeres passte sich ihrem reifenden Charakter an, und schließlich alterten sie. Nur in Amisaya schienen alle gleich zu bleiben. Nein, das stimmte wohl nicht. Veränderung gab es auch dort, allerdings viel langsamer, wie Julian ihm einmal erklärt hatte. Die Menschen in Amisaya waren nicht unsterblich, selbst wenn sie nicht von den Nebeln aufgelöst wurden. Aber sie alterten in einem Zeitraum, den man auf der Erde »eine halbe Ewigkeit« genannt hätte – auch wenn Darran fand, dass Menschen diesen Ausdruck oft und recht leichtfertig verwendeten, oft schon auf Minuten und Stunden bezogen.

Verglichen damit hatte er tatsächlich schon eine halbe Ewigkeit darauf gewartet, dieses Mädchen wiederzufinden.

Zufrieden blickte er die Fassade empor. Hinter einem dieser Fenster also wohnte sie. Und hier würde er sie immer wieder finden. Er wartete noch eine Weile, dann verschmolz er mit den Schatten und folgte dem nunmehr ungeduldigen Ruf des anderen Jägers, um endlich die Beute zu stellen.

❊ ❊ ❊

Als Darran dieses Mal dem Grauen Herrscher entgegentrat, hatte er noch mehr zu verbergen als sonst. Nicht nur seine Gedanken, seine Fragen, seine wachsende Irritation und Abneigung gegen diese Welt und seine Aufgabe darin, sondern vor allem das Wiedersehen mit dem Mädchen. Verglichen mit diesem Gefühlssturm, den er verbergen musste, war seine bisherige Verschwiegenheit nichts. Es kostetet ihn seine gesamte, jahrelang kultivierte Konzentration, um sich dem Grauen Herrn zu verschließen. Zu allem Unglück verweilte dieser auch noch länger als üblich in seinem Kopf. Darran wagte es nicht einmal, deshalb unruhig zu werden.

Strabos Geist kroch durch seinen Verstand. Er konzentrierte sich auf die Jagd nach der Beute, auf deren Widerstand. Er war zu spät gekommen, und wäre Julian nicht eingeschritten, so hätte die Beute abermals ein Opfer geschlagen. Sie hatte es verletzt, aber nicht getötet. Dankbarkeit Julian gegenüber durchflutete ihn und wurde sofort von Strabo wahrgenommen.

»Weshalb hast du die Jagd unterbrochen?«

Die Stimme hallte in Darrans ganzem Körper wider. Verdruss über dieses Verhör stieg in ihm hoch, den er jedoch sofort unterdrückte. Das kürzlich bei den Menschen aufgeschnappte Wort »Datenschutz« blitzte durch seinen Kopf und wurde so rasch verdrängt, wie es aufgetaucht war. »Ich glaubte, eine weitere Spur gefunden zu haben«, erwiderte er ohne zu zögern.

Als er begriff, was er getan hatte, erstarrte er beinahe. Er hatte Übung darin, sich zu verweigern, seine Gedanken zu verbergen, aber noch nie hatte er dem Grauen Herrn bewusst die Unwahrheit gesagt. *Lügen* sagten die Menschen dazu. Er hatte dieses Wort oft gehört, aber bisher nicht begriffen, worum es dabei wirklich ging. Jetzt wusste er es – ein hochinteressanter Vorgang, der es wert war, näher betrachtet und eingeübt zu werden. Er hielt ganz ruhig, als der Graue Herr weiterforschte. Ergebnislos.

Schließlich zog sich der prüfende Geist zurück. Darran war versucht, laut aufzuatmen, wusste es jedoch besser. Es fiel ihm mit jedem Moment schwerer, den Schein von Gleichgültigkeit zu wahren, denn innerlich kochte es jetzt hoch. Das Wiedersehen mit Gabriella, Neugier, Entsetzen und Widerwillen, dies alles brodelte in seinem Kopf und drohte seinen ganzen Körper zu überschwemmen.

Die sich drängenden Menschen. Sie starrten ihn an. Früher war er ihren Blicken mit Gleichgültigkeit begegnet, ja hatte sie nicht einmal wahrgenommen – jetzt tat er nur so, als würde er sie nicht bemerken. Manche sahen ihn ängstlich an, als fürchteten sie ihn. In anderen Augen wieder glühte kaum verborgener Hass, der sich auf ihn konzentrierte. Er war wie der Schmerz feiner Stiche auf seiner Haut. Dort, jener untersetzte Kerl mit breiten Schultern, kleiner als Darran, aber viel breiter, kräftiger; er fing Darrans Blick ein. Er wollte wegsehen und konnte nicht. Zu heftig und zugleich faszinierend war der Zorn in den Augen des anderen. Jetzt hob er die Faust und schüttelte sie gegen ihn. Er schrie etwas. Darran sah durch ihn hindurch, kein Muskel zuckte in seinem Gesicht, obwohl sein Körper sich anspannte, wie um den Hass abzuwehren.

Sein Hass war verständlich, dachte er, als er mit einem gleichgültigen Ausdruck auf die sich krümmende Gestalt vor ihm blickte. Die Verzweiflung über die Ausweglosigkeit seines Schicksals ließ den Mann sich winden, aber er kam nicht davon: Schon näherten sich die Nebelwesen, um die Schuldigen aufzusaugen, bis nichts mehr von ihnen übrig blieb. Nicht einmal ein Gedanke.

Da löste sich mit einem Mal eine zerlumpte Gestalt aus der gaffenden Meute und stürzte auf die Nebelwesen zu. Eine Frau. Lange braune Haarsträhnen hingen ihr ins Gesicht und über die Schultern. Ihre Jacke klaffte vorn weit auseinander und bedeckte ihre Brüste nur unzureichend. Die Männer starrten sie mit offenen Mündern an, und zum ersten Mal bemerkte Darran die Begierde in ihren Gesichtern.

Strabos Stimme donnerte über die Menge. Sie wich in einer gemeinsamen Bewegung zurück, und die Nebelwesen zögerten, lauerten. Die Frau drängte sich weiter vor, einige wollten sie aufhalten, aber sie riss sich los und fiel neben dem Mann auf die Knie.

Er wimmerte, als sie ihn herumdrehte, und bedeckte sein Gesicht mit den Händen, es hatte vor Angst kaum mehr menschliche Züge. Sie sprach ruhig auf ihn ein. Darran konnte die Worte nicht verstehen, aber ihm entging nicht ihr eindringlicher Tonfall. Der Mann wurde ruhiger.

Der Graue Herr selbst näherte sich. »Er hat die Gesetze gebrochen. Er ist geflohen.« Darran hörte Strabos Worte mit Verwunderung. Sollte dies eine Art von Erklärung, womöglich sogar eine Rechtfertigung sein?

Die Frau sah nicht hoch. »Geflohen? Von hier? Wer würde das nicht?«

»Er hat getötet und er wird es wieder tun. Er hat durch die Verwandlung den Verstand verloren und ist eine Gefahr auch für dich. Geh zurück oder du teilst sein Schicksal.«

Sie erhob sich langsam, sah noch einmal auf den Mann hinab und trat dann zurück. Ihr Blick war hasserfüllt. Strabo betrachtete die Frau lange Zeit und senkte dann als Erster den Blick.

Die Nebelwesen näherten sich, zuerst zögerlich, dann stürzten sie sich gierig auf den Mann.

Darran sah weg, er konnte den Anblick schon lange nicht mehr ertragen. Aber er konnte ihn auch nicht völlig ignorieren – ebenso wenig wie die Schreie. Er zwang sich zur Ruhe und konzentrierte sich darauf, das verräterische innere Zittern zu kontrollieren, ehe der Herrscher etwas bemerkte. Ein Jäger, der Gefühle entwickelte und dachte, war gefährlich. Würde man ihn entdecken, wäre er vermutlich bald wie die anderen ein Opfer der Nebelwesen.

Das Mädchen. Gabriella. Er klammerte seine Gedanken an sie – die Erinnerung war wie ein Lichtstrahl in dieser Düsternis.

Dann war es endlich vorbei. Und er war wieder frei. Er verschwand und ließ Amisaya und den Grauen Herrn hinter sich. Als er genug Abstand gewonnen hatte und Strabos Geist ihn nicht mehr erreichen konnte, gestattete er sich ein völlig neues Gefühl: Freude.

Drittes Kapitel

Man sagt, die Tage bis zum Begräbnis und das Begräbnis selbst wären die schlimmsten, und das stimmte auch, was Gabriella betraf. Am Tag danach war die Trauer schon dumpfer und etwas erträglicher geworden. Sie hatte während des Begräbnisses nicht geweint – das tat sie nie in der Öffentlichkeit – und sich erst daheim gehen lassen. So heftig musste sie weinen, dass sie danach erschöpft eingeschlafen war und am nächsten Tag bis zur Mittagszeit schlief. Und nun schlurfte sie, in ihrem alten Bademantel, in die Küche. Unschlüssig betrachtete sie die Wollmäuse, die sich in ihren abgetretenen Fellschlappen verfangen hatten, und beschloss, das Reinemachen noch einen Tag zu verschieben.

Kurz darauf saß sie gähnend am Küchentisch und wärmte sich die Hände an ihrem Kaffeebecher. Schräg vor ihr wartete ihr Laptop geduldig darauf, dass sie sich an eine längst fällige Übersetzung machte. Das hätte vielleicht vom Grübeln abgelenkt, aber sie konnte sich nicht aufraffen. Ihr war nicht nach Arbeit. Ihr war nach Traurigsein. Der Regentag warf tiefe Schatten ins Zimmer, und ähnlich düster, wenn nicht noch weit schlimmer, war auch ihre Stimmung.

Sie nahm die Brille ab und putzte sie gedankenverloren mit einem Zipfel des Bademantels, während sie aus dem Fenster in den Hof hinabsah. Dieser Anblick lenkte sie immer ab und entführte sie kurzzeitig in eine heile Fantasiewelt, in der sie ihr Schicksal beherrschte und nicht umgekehrt sie vom normalen Leben beherrscht wurde. Der runde Stiegenaufgang des gegenüberliegenden Hauses erinnerte sie noch heute, nach so vielen Jahren, an einen Turm und war wie bei einer Ritterburg mit wildem Wein überwuchert. Kurz nachdem sie hierher gezogen waren – Gabriella war ungefähr dreizehn gewesen – hatte sie sich in dieses Haus geschlichen, in der Hoffnung, einem verwunschenen Prinzen oder einer Prinzessin zu begegnen. Alles, was sie vorgefunden hatte, waren jedoch nur dämmrige Gänge, ein muffiger Keller, der bis tief in die Hölle zu führen schien, und eine böse Hexe in der Gestalt der Hausmeisterin gewesen, die sie im breitesten Wiener Dialekt verjagt hatte. Der allgegenwärtige Geruch nach Kohl und gerösteten Zwiebeln hatte ein Übriges getan, um ihre hoffnungsvolle, romantische Träumerei endgültig zu zerstören. Von da an hatte sie lieber vom Fenster aus geträumt.

»Er ist einer der Todesengel. Jene Männer, die ich nicht sehen kann ...« Camillas schwache, müde Stimme dröhnte in der Erinnerung in Gabriellas Ohren. Sie umschloss ihren Kaffeebecher so fest mit den Händen, dass die Knöchel weiß hervortraten. Ihre Mutter hatte sie einfach mit dieser lapidaren Enthüllung allein gelassen! Die Heftigkeit ihres Zorns überraschte sie selbst. Anstatt ihr schon früher alles zu sagen, was auch ihre seltsame Gabe erklärt hätte, war ihre Mutter mit ihr von einem Ort zum anderen vor diesen Grauen geflohen. Und nun ließ sie sie mit diesen wenigen, verworrenen Worten allein zurück, ohne die Möglichkeit, noch Fragen zu stellen!

Energisch stellte sie den leeren Kaffeebecher auf den Tisch, setzte die Brille auf und lief ins Schlafzimmer ihrer Mutter. Sie hatte ihre Sachen bisher nicht angerührt, sondern nur die nötigen Dokumente herausgesucht, aber heute war der richtige Tag, um in der Vergangenheit ihrer Mutter und damit auch in ihrer eigenen zu kramen.

Camilla hatte ihre ganz persönlichen Sachen in einem

alten Koffer unter dem Bett aufbewahrt. Gabriella kniete hin und zog ihn hervor. Sie blies kleine Staubwölkchen von seiner Oberfläche, bevor sie ihn hochhievte und auf das Bett warf. Mit zwei entschlossenen Griffen öffnete sie die Klappen und kippte den Deckel auf.

Sie wusste zwar nicht genau, was sie erwartet hatte, aber auf den ersten Blick sah der Inhalt enttäuschend unspektakulär aus. Ausgeschnittene Zeitungsmeldungen, Kartonmappen, einige lose daraufliegende Ansichtskarten. Gabriella drehte sie herum und erkannte die Schriftzüge ihrer Großmutter, sorgfältig und zierlich, etwas altmodisch, wie die Leute früher geschrieben hatten. »Mia cara … Bacci …« Gabriella studierte die Handschrift, die Orte, von denen die Karten kamen, den Inhalt. Die Karten sagten nicht viel aus, außer dass ihre Großeltern nur sehr wenig gereist waren. Kein Wunder, wenn man ein Ristorante besaß, war Urlaub Luxus.

Noch zwei Briefe, in derselben feinen Handschrift. Gabriella zögerte nicht, sie zu lesen. Die Briefe stammten aus der Zeit kurz nach Gabriellas Geburt. Ihre Großmutter hatte sich für das Foto der Kleinen bedankt und gehofft, sie bald selbst im Arm halten zu können. Soviel Gabriella wusste, war das nie der Fall gewesen. Ihre Großeltern waren gestorben, ehe Camilla mit ihrer Tochter nach Venedig zurückgekehrt war.

Unter den Kartonmappen kam eine kunstvoll geschnitzte Holzschatulle zum Vorschein. Gabriella war sich kaum bewusst, dass sie den Atem anhielt, als sie sie aufklappte. Ihr Blick fiel sofort auf ein Kristalldöschen, durch das eine getrocknete Rose schimmerte. Von ihrem Vater? Würde der »Todesengel« denn überhaupt Rosen schenken?

Ein Halstuch, das sie nie an ihrer Mutter gesehen hatte, lag unter der Dose. Und das waren dann auch schon alle Schätze. Kein Wort über ihren Vater. Nichts. Als gäbe es ihn überhaupt nicht. Auf ihrem eigenen Geburtsschein stand: Vater unbekannt. Sie biss sich auf die Lippen, während ihr die Tränen über die Wangen liefen. Sie wischte sie nicht weg. Sie putzte sich auch nicht die Nase, sondern wischte trotzig mit dem Ärmel darüber und schniefte auf.

»*Einer der Todesengel* ...« Jedes Mal kroch es ihr kalt den Rücken entlang, wenn sie an diese Worte dachte. Konnte sie diese Männer deshalb sehen, weil ihr Vater einer von ihnen war? Oder litten sie und ihre Mutter unter derselben Geisteskrankheit? Dieser Gedanke machte ihr erst richtig Angst.

Sie setzte sich neben den Koffer auf das Bett und nahm sich die Zeitungsartikel vor: Alle handelten von unerklärlichen und unaufgeklärten Todesfällen. Die Opfer sahen aus, als wäre ein wildes Tier über sie hergefallen, die Mörder konnten jedoch nie gefasst werden – es schien, als hätten sie sich in Luft aufgelöst. Und die Todesfälle reichten über ... Gabriella blätterte rasch durch ... einen Zeitraum von gut zwanzig Jahren. Weshalb hatte ihre Mutter diese Ausschnitte aufgehoben? Hingen diese Vorfälle etwa mit den Todesengeln zusammen? Ein Zeitungsartikel, den sie vor zwei Tagen gelesen hatte, fiel ihr plötzlich ein, weil er diesen hier ähnelte: ein brutaler Mord, aber keine Spur von dem Täter.

Sie war so vertieft, dass das Geräusch der Türklingel durch ihre Nerven schnitt wie ein Messer. Vor Schreck fielen ihr die Zeitungen aus der Hand, und sie brauchte zwei Atemzüge, bis sie schließlich aufstand. Ihr Herz schlug bis zum Hals, und ihre Knie waren immer noch weich, als sie schon bei der Tür stand und durch den Spion hinauslugte. Zuerst erkannte sie nur eine riesige Sonnenbrille, obwohl es am Gang noch dunkler war als in der Wohnung. Dann machte sie einen gebleichten Haarschopf aus, ein weißes wattiertes Jäckchen mit Pelzbesatz und glänzende schwarze Leggins. Rita.

Gabriella warf einen desinteressierten Blick in den Spiegel neben der Tür – sie sah furchtbar aus, verschlafen, die Augen vom Weinen ganz gerötet und verschwollen, das Haar zerstrubbelt. Der alte Bademantel war eine einzige Katastrophe. Sie zog ihn fester zusammen und riss die Tür auf. Rita war eine neue Kollegin, die Gabriella vor einigen Wochen regelrecht auf einer Bank bei der U-Bahn-Station aufgegabelt hatte. Das Mädchen mit dem weißblonden Haar und den pinkfarbenen Jeans war ihr allerdings nicht wegen ihrer Aufmachung aufgefallen, sondern weil Gabriella dachte, sie sehe interessiert einem Grauen nach, der soeben durch die Straße streifte und dann wie ein Hauch in einer Hausmauer verschwand.

Der Gedanke, eine Leidensgenossin zu treffen, hatte Gabriella zu Rita hingezogen, die seltsam verloren auf der Bank saß und gedankenverloren dem Grauen nachstarrte. Erst als sie näher gekommen war, hatte sie gesehen, dass die junge Frau älter war, als sie zuerst gedacht hatte, und vermutlich nicht auf den Grauen gestarrt hatte, sondern die Augen so voller Tränen hatte, dass sie wahrscheinlich ihre ganze Umwelt nur schemenhaft wahrnahm. Zuerst hatte sie vorbeigehen wollen, aber dann war ihr die geschwollene Lippe aufgefallen. Sie hatte sich hingesetzt und ein Gespräch begonnen. Und am Ende hatte sie ihr eine Visitenkarte von Antonios Imbissstube in die Hand gedrückt und sie wissen lassen, dass ihr Boss eine Hilfskraft für die Küche suchte. Rita war zwei Tage danach eingestellt worden.

Ihre Kollegin zuckte erschrocken zusammen, als die Tür so unvermittelt aufgerissen wurde, dann lächelte sie scheu. »Hallo, Gabi. Stör ich dich?«

»Nein.« Das klang nicht freundlich. Nicht einmal

höflich, und sie rang sich ein halbherziges Lächeln ab. Es waren nicht viele Leute zum Begräbnis gekommen, denn Camilla hatte sehr zurückgezogen gelebt. Aber Rita war da gewesen. Für das Begräbnis hatte sie ihre neonpinkfarbenen Leggins gegen schwarze Jeans eingetauscht und ihr grelles Haar unter einer dunklen Kappe verborgen. Heute war sie wieder ganz sie selbst, bis hin zu den weißen Stiefelchen mit Bleistiftabsätzen. Mit leisem Neid musste Gabriella zugeben, dass ihre Kollegin niedlich damit aussah, auch wenn sie selbst einen großen Bogen um solche Kleidung machte. Aber sie hatte auch nicht Ritas zarte Figur.

»Darf ich reinkommen?« Rita hob ihr etwas unbeholfen ein Päckchen entgegen. »Ich hab was zu essen mitgebracht. Wenn du Kaffee hast? Oder Tee?« Als Gabriella nur stumm und überrascht das Päckchen anstarrte, trat sie von einem Bein aufs andere. »Das habe ich einmal im Fernsehen gesehen. Wenn jemand stirbt, dann kommen die Nachbarn und bringen etwas zu essen. Weil die Angehörigen sich dann wohl nicht zum Kochen aufraffen können. Oder es einfach vergessen.«

Rita blieb etwas zögerlich in der Diele stehen, bis Gabriella ihr die weiße Jacke abnahm. Die war nichts zum Wärmen, sie reichte knapp bis zur Taille. Gabriella fröstelte. »Geh nur weiter. Lass die Stiefel an!«, setzte sie hinzu, als Rita sich daranmachte, sie auszuziehen.

Rita schob den Vorhang zur Seite, der die Diele von der Küche trennte, und trat ein. »Nett hast du's hier.«

»Hm, ja danke.«

»Tut mir echt leid, das mit deiner Mom, Gabi.« Rita sagte oft Mom, anstatt Mutter oder *Mama*, wie Gabriella das gewöhnt war. *Mama*, mit italienischem Akzent. »Als meine damals gestorben ist, war das sehr schlimm. Ich war erst fünfzehn, weißt du. Na ja, ist ja auch schon eine Weile her.« Rita grinste schief. »Da musste ich damals allein durch, mein Dad war nämlich schon nicht mehr richtig gesund.«

»Ich verstehe.« Das tat sie tatsächlich. Obwohl Rita kein Plappermaul war, wusste sie, dass ihr Vater schon an fortschreitender Alzheimererkrankung litt. Kein leichtes Los, weder für den Vater noch für sie.

Die Kücheneinrichtung war altmodisch und abgewohnt, aber der Raum war so groß, dass noch bequeme Stühle und ein großer runder Tisch darin Platz hatten, auf dem Gabriella meistens den Laptop stehen hatte.

Rita zog sich einen Stuhl zurecht, setzte sich hin und beobachtete Gabriella. Dazwischen sah sie sich um.

»Du lebst allein, oder?«

Gabriella nickte nur.

»Hast du jemand?«

Gabriella wandte Rita den Rücken zu und verdrehte die Augen. Bisher hatte sie Rita noch weniger über sich preisgegeben als umgekehrt. Aber diese Frage musste ja einmal kommen. »Nicht im Moment«, erwiderte sie, kurz angebunden. Schon längere Momente nicht mehr; genaugenommen hatte ihre letzte Beziehung, oder ihr Verhältnis, denn für eine Beziehung hatte sie selbst zu wenig Zuneigung aufbringen können, vor einem Jahr geendet – zu der Zeit, als ihre Mutter kränker geworden war. Gabriella hatte ihrem Bekannten keine Träne nachgeweint. Sie hatte auch keine Zeit dazu gehabt, ihre Sorgen hatten sie zu sehr bedrückt.

»Und dein Vater?«

Ihr Vater? Gabriella war knapp davor, höhnisch aufzulachen – ein Schemen, von dem sie nicht einmal wusste, ob er nicht den Fantastereien ihrer Mutter entsprang und sie nicht an derselben Krankheit litt. War das eigentlich Schizophrenie oder eher Verfolgungswahn?

»Der ist vor vielen Jahren gestorben«, sagte sie über die Schulter. »Als ich noch ein Kind war.«

Rita nickte. Sie blickte sich weiter um. An der Wand hingen einige gerahmte Zeichnungen, Gabriellas gelungenste Comics. Weitere Zeichnungen zierten das Wohnzimmer; bis auf die ganz schlechten, die niemand sehen durfte – die hatte ihre Mutter schmunzelnd in ihrem Schlafzimmer aufgehängt.

»Sind die von dir?«, riss Ritas Stimme sie aus ihren Gedanken.

Gabriella nickte stolz.

»Putzig. Kinderzeichnungen. Die hat wohl deine Mom aufgehängt.« Rita lächelte. Zumindest ihr Mund verzog sich zu einem Lächeln, die Augen waren hinter der Sonnenbrille verborgen.

»Hm«, meinte Gabriella. »Willst du nicht die Brille abnehmen? Oder soll ich Licht anmachen?«

»Nein, geht schon.« Rita klang plötzlich ganz kleinlaut.

Misstrauisch geworden, drehte Gabriella sich um. »Ach, sei doch einmal so nett und nimm sie trotzdem ab«, bat sie sie. Gleich darauf rutschten ihr die Tassen fast aus den Händen. »Um Himmels willen! Was ist denn mit dir passiert?«

»Gegen die Tür gerannt.« Rita grinste schief und zuckte zusammen. Kein Wunder, dieses Veilchen musste ordentlich schmerzen; es zog sich vom Auge fast über die ganze linke Wange. »Im Dunkeln, vorgestern Nacht, weil ich aufs Klo musste und kein Licht aufdrehen wollte.«

Gabriella setzte die Tassen härter ab als gewollt. Dann drehte sie sich abrupt um, holte Zucker und Milch. Das Kaffeewasser kochte, sie goss das Wasser auf und sah zu, wie der Kaffee durch den Filter lief, um Zeit zu gewinnen. Ihre Hände zitterten vor Wut, als sie die Kanne auf den Tisch stellte.

Sie sprachen nicht viel, sondern aßen fast schweigend.

Wenn Gabriellas Blicke nicht von Ritas knallpink lackierten künstlichen Nägeln angezogen wurden, dann sah sie auf das blaue Auge. Es zog sie an wie Zuckerwasser die Ameisen.

Rita wurde immer unruhiger, schließlich legte sie die Gabel weg. »Na schön, ich sag's dir.« Sie senkte den Blick. »Georg, er ... na ja, ihm rutscht halt manchmal die Hand aus, weißt du.«

Damals eine geschwollene Lippe. Jetzt ein blaues Auge. Gabriella blieb der Bissen im Hals stecken. Sie würgte, hustete. Rita schob ihr mit einem halb spöttischen, halb resignierten Ausdruck die Kaffeetasse hin. »Da, trink was.« Sie sah Gabriella zu, wie diese sich mit der Serviette über den Mund wischte. »Du hast wohl noch nie Streit mit einem Kerl gehabt, was?«

Gabriella blieb abermals die Luft weg. »Streit haben heißt nicht gleich schlagen!«

»Tun sie aber oft ganz gern. Wenn sie nicht mehr wissen, was sie sagen sollen. Und ich hab halt ein blödes Mundwerk.« Sie lächelte leicht und zuckte abermals zusammen. »Ich kann meinen Schnabel nicht halten, weißt du.«

»Das ist kein Grund ...«

Rita unterbrach sie. »Mein Dad hat meine Mom auch manchmal geschlagen, früher zumindest, als ich noch klein war. Später ist er dann ruhiger geworden, auch wenn er getrunken hat. Er hat sie aber wirklich gern gehabt.«

Gabriella antwortete nichts. Sie starrte auf ihren Teller und das halb gegessene Tortenstück, als wäre es Gift. Erst als Ritas Sessel knarrte, sah sie hoch. Rita nahm ihre Kaffeetasse, den Teller und stellte beides in das Spülbecken. »Ich muss jetzt gehen, ich wollte nur kurz Hallo sagen, bevor meine Schicht anfängt. Ich wäre auch am Abend gekommen, aber ich kann meinen Dad nicht so lang allein lassen.« Sie tippte sich an die Stirn. »Er vergisst schon alles. Auch oft, wo er wohnt. Oder dass er aufs Klo muss.« Sie ging zur Tür.

Gabriella sprang auf und folgte ihr. Rita zog sich soeben die dünne Jacke an. Die Sonnenbrille saß schon wieder auf der Nase. »Also dann, mach's gut. Und wenn du was brauchst, sag's mir, ja?« Sie öffnete die Tür, trat hinaus auf den dunklen Gang und blieb fröstelnd stehen. »Kalt ist es hier bei euch. Na ja, es wird halt langsam Herbst.« Sie zog sich das kurze Jäckchen enger um den Körper. Dann winkte sie Gabriella zu und ging zur Treppe.

»Rita?«, sagte Gabriella hastig.

»Ja?«

Gabriella lief ihr nach und umarmte sie. »Danke. Du bist wirklich nett.« Sie konnte nicht deutlich sprechen, weil sie Tränen unterdrückte, die ihr in die Augen stiegen. Ein Normalzustand in der letzten Zeit. Und das Grübeln machte es nicht besser.

Rita tätschelte ihr tröstend den Rücken. »Schon gut. Ich sag's ja, das ist jetzt eine blöde Zeit. Die geht aber vorbei.« Sie machte sich los – ein Lächeln, das ihr zweifellos wehtat – dann lief sie die Treppe hinunter. Gabriella drehte rasch das Ganglicht auf, damit ihre Kollegin nicht stolperte, stand da und lauschte den Schritten nach, bis sie unten die Haustür ins Schloss fallen hörte.

Als sie wieder in die Küche trat, fiel ihr Blick auf das geöffnete Päckchen. Darin waren noch zwei Stück Kuchen. Sie schenkte sich Kaffee nach, gab einen Extralöffel mehr Zucker hinein und rührte mit einem gedankenvollen Blick auf den Laptop um. Dann zuckte sie die Schultern, trug Kaffee und Torte ins Wohnzimmer, setzte sich auf die Couch und begann langsam zu essen.

Sie fühlte sich mit einem Mal jämmerlich allein und sah sich, nach Ablenkung suchend, im Raum um. Bisher hatte sie sich hier wohlgefühlt, aber mit einem Mal schien die Vergangenheit in jeder Ecke auf sie zu lauern. Das Schlimmste war für Gabriella, dass sie ihre Mutter in den letzten Minuten allein gelassen hatte, und allein war sie auch gestorben. Ihre Mutter hatte sie zwar fortgeschickt, aber sie hatte das Krankenhaus nicht verlassen, sondern draußen nur ein paar Worte mit der Schwester gewechselt. Nur wenige Minuten. Aber diese waren schon zu viel gewesen, denn als sie wieder ins Zimmer gekommen war, war ihre Mutter ganz ruhig gelegen, und der Tod hatte das Zimmer in vollkommene Stille gehüllt.

Sie fröstelte plötzlich und griff geistesabwesend nach der Decke, die neben ihr über der Stuhllehne hing. Rita hatte recht, es war wirklich kühl hier. Und befremdlich düster wurde es plötzlich. Sie schaltete die Stehlampe an, aber die Glühbirne verdrängte die Dunkelheit nicht, sondern machte sie Gabriella erst richtig bewusst. Die Schatten ringsum verdichteten sich, als wäre das Licht zu schwach, sie zu bekämpfen, und plötzlich hatte Gabriella das unheimliche Gefühl, sie bewegten sich auf sie zu.

Sie war nicht allein im Raum. Noch jemand anderer außer ihr war hier. Und es war ganz bestimmt kein Mensch.

Sie hatte Angst, und eine Gänsehaut lief ihr über den Rücken. Ihre Nackenhaare stellten sich auf. Mit weit aufgerissenen Augen sah sie um sich. Da! War da nicht eine Bewegung in der Ecke? Als würde dort etwas lauern? Und kam nicht die Kälte von dort, wie ein Hauch aus einem Eiskeller?

Gabriella sah sich nach einer Waffe um. Ihr Blick fiel auf die Kuchengabel.

Viertes Kapitel

Das Volk von Amisaya war in Scharen gekommen, um dem Spektakel beizuwohnen, das der Entflohene ihnen bot. Ein grausamer Zeitvertreib in einem Land, in dem schon seit Langem keiner mehr eines natürlichen Todes gestorben war. Mochte sein, dass viele Neid empfanden, weil sie des Lebens hier überdrüssig waren. Aber die Zeiten, in denen die Alten freiwillig in die Nebel gegangen waren, um aus dem Leben zu scheiden, waren vorbei. Diejenigen, die die große Katastrophe, die blutigen Kriege und Feldzüge überlebt hatten, klammerten sich an ihr jämmerliches Dasein, als gäbe es für sie alle noch einmal Hoffnung.

Vor Zeiten war hier alles grün gewesen, voller Blüten, Pflanzen, Bäche, Flüsse, Seen, so klar, dass man vermeinte, bis auf den Grund greifen zu können. Die Luft hatte vibriert vor Leben, Freude, Schönheit, Stimmen und Gesang. Nun strich der Wind schon lange nicht mehr durch flüsternde Blätter, sondern wirbelte Sand und Staub auf, heulte durch die traurigen Steinhütten, die sich an Felsen schmiegten, als hätten sie Angst, auf der freien Ebene vom kleinsten Luftzug davongetragen zu werden.

Auch die Kulisse für dieses Schauspiel war nicht mehr als eine Erinnerung an vergangene Pracht. Der Palast des Herrschers hatte bisher dem Verfall getrotzt, aber auch hier lag der ständig gegenwärtige Sand auf den Säulen, rieselte in kleinen Brocken vom Dach wie Hagelkörner, schlug sich an den blinden Fenstern oder wirbelte durch die zerbrochenen Scheiben. Wo früher die

Edlen, Höflinge und Krieger aus- und eingegangen waren, wo reges Treiben geherrscht hatte, fand sich nun nur noch Totenstille, lediglich unterbrochen vom Gemurmel der Schaulustigen, das an den hohen Mauern widerhallte.

Eine Schneise bildete sich vor einem Mann, der sich gemächlichen Schrittes näherte. Er verschwendete kaum einen Blick auf die anderen, die danach trachteten, trotz des Gedränges Abstand von ihm zu halten, er sah auch nicht auf das kreischende Opfer, das soeben von den Nebelwesen verschlungen wurde. Die Zeit, da ihn die Vernichtung eines anderen berührt hatte, war schon lange vorbei. Nein, während die anderen auf den Sterbenden gafften, war er immer nur hier, um die Jäger zu beobachten. Er kannte sie alle von früher, bis sie zu namenlosen Schatten verdammt worden waren. Vermutlich war er deshalb auch der Einzige, der das Aufflackern in den dunklen Augen des Jägers bemerkte.

Es war nicht lange her, da war er einer von ihnen gewesen. So wie dieser Dunkelhaarige hatte auch er dort gestanden, um der Verurteilung der Beute beizuwohnen. Anfangs gleichgültig und später voller Furcht, Strabo könnte bei seiner Prüfung seinen Schutzwall durchbrechen und herausfinden, dass er Empfindungen hatte.

Die Menge löste sich auf. Das traurige Schauspiel war vorbei. Der Graue Herr zog sich zurück, und der Jäger verschwand wie mit einem Fingerschnippen. Der trockene Wind von Amisaya, feinen Staub und den Geruch von Dürre und Verzweiflung mit sich bringend, fegte über den Ort, als wolle er die Menschen vertreiben und die Erinnerung an dieses letzte Opfer auslöschen.

Er warf noch einen letzten Blick zum Palast hinüber. Dort hauste nicht nur Strabo, der Herr von Amisaya, nur noch umgeben von einigen wenigen Getreuen und Wächtern, sondern dort lag auch, gut bewacht, das Tor zur Freiheit.

»Soll es immer so weitergehen?«, riss ihn eine Stimme aus seinen Gedanken.

Er drehte den Kopf und musterte sein Gegenüber. Gelbliche Haut, verfilztes Haar. Eine gezackte Narbe verlief quer über die linke Wange. Er ließ sich Zeit mit seiner Prüfung, auch mit der Antwort, so lange, bis der andere unruhig wurde. Endlich zuckte er mit den Schultern und setzte sich in Bewegung. Der Mann folgte ihm, andere schlossen sich an, misstrauische Blicke um sich werfend.

»Warte, Markus, wir haben etwas mit dir zu bereden.«

»Ich aber nicht mit euch.«

»Auch nicht, wenn es darum ginge, hier herauszukommen?«

Er blieb so abrupt stehen, dass der Sprecher beinahe gegen ihn prallte. Langsam drehte er sich um. »Wie war das?«

Eine kleine Gruppe drängte sich um ihn. »Wir haben eine Möglichkeit, hier herauszukommen«, sagte ein Glatzkopf, dessen Wangen so stark eingefallen waren, dass Markus das Gefühl hatte, mit einem Totenschädel zu sprechen.

»Wie?« Blitzschnell schoss Markus' Hand vor und packte den Mann an den Lumpen, die er anstelle eines Hemds trug. »Ich habe dich etwas gefragt.«

»Einer von uns kann diese Welt verlassen«, antwortete eine Frau an seiner Stelle. Es war diejenige, die zuvor mit dem Verurteilten gesprochen hatte, ehe er von den Nebelwesen eliminiert worden war.

Markus deutete mit dem Kopf zu der Stelle, an der die Nebelwesen den Gefangenen eliminiert hatten. »So wie der etwa?«

Die anderen sahen einander an. »Er war nicht der Erste.« Wieder war es die Frau, die sprach. Sie sah besser aus als die Männer, gepflegter, genährter. Das war normal, Frauen waren hier so selten, dass sie – eifersüchtig bewacht und beschützt – meist in Gemeinschaften mit mehreren Männern lebten, die sie wie ihren Augapfel hüteten. Und diese hier hatte von jeher eine besondere Stellung eingenommen. »Wenn wieder einer von uns geht, haben wir keine Chance«, fügte sie mit harter Stimme hinzu. »Die Jäger sind schnell, und die Jagd geht meist tödlich aus.«

»Malina hat recht. Aber einer wie du ...«, der Mann räusperte sich und verstummte, als Markus' kalter Blick ihn traf.

»Ein ehemaliger Jäger wie du«, ergänzte die Frau ohne Furcht in ihren Augen, »einer, der all die dreckigen Tricks kennt, mit denen man uns wieder einfangen kann.«

Markus sah sie ausdruckslos an. »Und was hättet ihr davon?«

»Strabos Bastard.«

Er legte den Kopf etwas schief. »Wie war das?«

»Er hat seine eigenen Gesetze gebrochen, das Tor durchschritten und sich mit einem Menschen eingelassen. Daraus ist ein Bastard entstanden, eine Buhlentochter.« Malina sprach das letzte Wort mit inbrünstiger Gehässigkeit aus.

»Wir sind nicht die Einzigen, die ihn hassen«, sagte der Glatzkopf. »Anderen geht es nicht viel besser als uns. Nur die Jäger tun, was er will, weil er sie zu seinen hirnlosen Puppen gemacht hat.«

Markus nickte. Wann immer einer von ihnen zum Jäger wurde, nahm der Graue Herr ihm alles, sein Gedächtnis, sogar seine gesamte Persönlichkeit, ehe er ihn zur Jagd in die Zwischenwelt schickte.

»Strabo können wir nichts anhaben, wohl aber seinem Bastard.«

»Strabo hat dort drüben eine Tochter. Sieh an.« Um seinen Gesichtsausdruck zu verbergen, drehte er ihnen den Rücken zu und schlenderte einige Schritte weit weg, bevor er sich wieder umwandte. »Wollt ihr versuchen, ihn mit ihr zu erpressen?«

Die Frau lachte höhnisch auf, und die anderen verzogen das Gesicht. »Wie ginge das? Versuchten wir, sie gefangen zu nehmen, hätten uns die Jäger schneller, als wir denken könnten. Nein, sie muss sterben.«

»Er hat ihr einen Teil seiner Seele gegeben, als er sie gezeugt hat«, fiel ein anderer ein. »Er liebt sie, beobachtet sie und ihre Mutter seit Jahren. Die Frau ist tot, aber das Mädchen lebt noch.«

»Ihr Tod wird ihn schwächen. Diesen Moment werden wir zu nutzen wissen«, ergänzte der Totenschädel.

Markus betrachtete einen nach dem anderen aus der Gruppe. Sein Blick verweilte für längere Zeit auf der Frau, und er begriff. Darum ging es also. »Ihr wollt Strabo vernichten?«

»Wir wollen unsere Freiheit.« Die Verbitterung hatte Furchen in Malinas einstmals schönes Gesicht gegraben. Sie deutete mit einer verächtlichen Geste um sich. »Sollen wir immer so leben? Sollen wir für immer seine Gefangenen bleiben, während nur durch die Barriere getrennt eine ganze Welt voller Fülle auf uns wartet?« Sie musterte Markus abschätzend. »Soll er immer wieder unsere besten Krieger zu seinen Marionetten machen, nur um diejenigen zur Strecke zu bringen, die frei sein wollen?«

»Wir alle wissen, wer und was die Jäger früher waren«, sagte einer aus der Gruppe, der bisher geschwiegen hatte. Ein kleiner, unscheinbarer Mann, der jedoch ungewöhnlich gut gekleidet war. Sein Haar war kurz geschnitten und sein Gesicht überraschend sauber. Rado. »Wir wissen, was er euch nimmt, wenn er eure Persönlichkeit löscht.« Er sah Markus bei diesen Worten wachsam an. »Und du warst sein bester Krieger und späterer Jäger.«

So lange, bis seine Gefühle hervorgebrochen waren. So wie bei diesem dunkelhaarigen Jäger, der dadurch verletzlich geworden war und dies vor Strabo verbergen musste. Er dachte an dessen kaum merkliches Zusammenzucken, die bebenden Nasenflügel, die geweiteten Pupillen, hütete sich jedoch, diesem Gesindel sein Wissen darüber preiszugeben.

»Rache an Strabo«, sagte er leise, wie zu sich selbst.

»Und Freiheit, wenn es dir gelingt, zu entkommen.«

»Entkommen, nachdem man Strabos Tochter getötet hat?«, fragte er ironisch. »Unwahrscheinlich. Außerdem könnte ich die Jäger erst dann wahrnehmen, wenn sie mich bereits fassen. Abgesehen davon«, er wandte sich zum Gehen, »ist es fraglich, wie lange ich durchhalte.«

Selbst wenn er den – oftmals tödlichen – Übergang durch die Barriere, die ihre Welten voneinander trennte, überlebte, hörte die Transition damit nicht auf. Sie führte zu Veränderungen im Gehirngewebe. Die Flüchtigen wurden wahnsinnig, ein Blutrausch setzte ein, der jeden anderen Gedanken in ihnen vernichtete. Das war der Moment, in dem die Jäger auf sie aufmerksam wurden und sich auf ihre Spur setzten. Davor hatten sie seltsamerweise keine Möglichkeit, den Betreffenden zu lokalisieren. Das war ein Schwachpunkt in Strabos Strategie, ihnen ihren Körper und ihre Erinnerung zu nehmen. Sie waren leere Hüllen, die lediglich Hass erfühlen konnten.

»Niemand von uns wird vergessen, wem wir die Freiheit zu verdanken haben, wenn alles gut geht«, setzte Rado, der schmächtige Mann, in einem schmeichelnden

Tonfall nach. »Und niemand wird, wenn dieses Land neu geordnet wird, Männer vergessen, die es führen können.«

Markus musterte ihn mitleidig. »So wie dieser Unglückliche, der zuvor zurückgebracht wurde?«

»Aber du«, erwiderte Malina mit ihrer dunklen Stimme, die ihn an früher erinnerte, an Zeiten, in denen Amisaya noch ein mächtiges Land voller Leben gewesen war, »du wirst nicht durch die Barriere kriechen müssen. Dir wird das Tor geöffnet.«

Markus schwieg. Endlich sagte er: »Ihr habt also einen Wächter bestochen. Womit?«

»Mit dem, was auch uns antreibt: Rache«, erwiderte ein Mann, der sich ununterbrochen kratzte. Er stank nach Fäulnis und war an den Armen schon ganz wund, die offenen Stellen an Handgelenken und Ellbogen schienen sich bis auf die Knochen gefressen zu haben. Sein Blick war etwas glasig, vermutlich nagte er regelmäßig an Raudalwurzeln, ein altes Heilmittel, das jetzt allerdings nur noch verwendet wurde, um Schmerzen zu betäuben. Oder um zu vergessen.

»Sobald du Strabos Tochter getötet hast, werden wir zuschlagen. Zugleich werden die Jäger eliminiert, sie sind also keine Gefahr mehr für dich. Und selbst wenn dich einer zurückbrächte?«, Malina lächelte kalt. »Wer wollte dich hier noch anklagen? Strabo wird zu dieser Zeit schon längst seinem Buhlenbastard gefolgt sein.«

»Ihr wollt die Jäger eliminieren? Hm.« Markus rieb sich das Kinn. Es kratzte. Schließlich nickte er zögernd. »Gut. Ich tue es. Aber wie werdet ihr wissen, ob der Plan geglückt ist?«

»Wir haben Späher«, sagte die Frau, »aber«, fuhr sie mit harter Stimme fort, als Markus die Augenbrauen hob, »mehr geht dich nicht an. Du bekommst deine Freiheit und eine Chance dafür, dass du den Bastard tötest und ihn damit schwächst. Das ist deine Aufgabe. Mehr braucht dich nicht zu kümmern, bis du sie erfüllt hast.«

Er holte tief Luft. Jetzt gab es kein Zurück mehr. »Gut. Ich bin einverstanden.«

»Dann komm mit. Wir haben keine Zeit zu verlieren. Die Jäger sind ausgeschwärmt, Strabo ist weit fort im Land. Die Gelegenheit ist günstig.«

Markus sah an sich herunter. »So werde ich dort nicht weit kommen, ohne aufzufallen.« Seine Kleidung bestand ebenso aus Lumpen wie die der anderen.

»Wir haben bessere Kleidung.«

Er nickte. »Und wie werde ich Strabos Tochter finden?«

»Das ist die Schwierigkeit«, sagte der Glatzkopf. »Wir wissen nur ihren Namen: Gabriella Bramante.«

Markus verschränkte die Arme vor dem Brustkorb und sah die anderen mitleidig an, einen nach dem anderen. »Und das ist euer Plan? Euer gesamter Plan?«

Betretenes Schweigen folgte.

»Nicht ganz«, warf da die Frau lächelnd ein. »Ehe er vorhin starb, hat unser Freund mir noch einiges verraten können.«

Fünftes Kapitel

Gabriella behielt den Schatten, der sich bedrohlich aus der Zimmerecke schob, scharf im Auge. War es einer von jenen, die auch ihrer Mutter Angst eingejagt hatten?

Sie umfasste die Gabel fester. Zugegeben, eine Kuchengabel war eine reichlich inadäquate Waffe, noch dazu einem körperlosen Phantom gegenüber, aber sie richtete sie dennoch drohend auf den sich nähernden Schatten, während sie sich erhob und sich Schritt für Schritt zur Tür hinüberschob.

Im selben Moment erfasste Dunkelheit den Raum und ließ die Konturen des Schranks verschwimmen. Das Tageslicht erlosch. Was immer sich mit ihr in einem Raum befand – es hatte es auf Gabriella abgesehen. Sie wusste, dass sie es nicht mehr bis zur Tür schaffen würde. Aber vermutlich war es sowieso sinnlos, vor einem Schemen zu fliehen, der offenbar durch Wände gehen konnte.

»Sie ist nicht allein gestorben.«

Gabriella zuckte erschrocken zusammen. Die tiefe Männerstimme ließ die Luft erzittern und vibrierte in Gabriellas Nerven weiter. Sie erfüllte den Raum, hallte wider, als befänden sie sich mit einem Mal nicht mehr in einer kleinen heimeligen Wohnung mit niedriger Decke, sondern in einem hohen Gewölbe. Die Konturen des Sprechers verschärften sich, als würde sich ein Schleier heben. Sie konnte seine Augen wahrnehmen, heller als das Dunkel um ihn herum. Dann, schwach, sein Gesicht. Es waren aristokratische Züge, markant, wohlgeformt; ein fremdes und auf verwirrende Art doch vertrautes Gesicht.

Sie stand in sehr aufrechter Haltung da, die lächerliche Kuchengabel in der Faust, und sah ihn kämpferisch an. Er blieb zwei Armlängen vor ihr entfernt stehen. Seine Stimme war jetzt sehr sanft: »Camilla war die schönste Frau, die ich je gesehen habe. Als ich sie sah, hat es mich getroffen wie der berühmte Blitz in eurer Literatur.« Bei diesen Worten schwang ein Lächeln in seiner Stimme mit. »Du siehst ihr sehr ähnlich.«

Gabriellas Augen wurden schmal. Ihre Mutter hatte sie an Schönheit weit übertroffen. Sie war zartgliedriger gewesen, eleganter, anmutiger, ihr Gesicht hatte schärfere Konturen gehabt. Gabriella war sich ihr gegenüber immer nichtssagend vorgekommen, ungeschickt und tölpelhaft.

Sie antwortete nicht, sondern schob sich die herabgerutschte Brille wieder auf die Nase, wartete ab, alle ihre Sinne auf den Mann vor ihr ausgerichtet. Als er die Hand hob, wich sie mit schmalen Augen zurück, bis sie an die Wand hinter ihr anstieß. Der Bilderrahmen – einer ihrer gelungeneren Comics – pendelte mit einem schabenden Geräusch hin und her.

Er ließ die Hand fallen. »Und sie hatte recht. Du siehst auch mir ähnlich.«

Gabriella machte den Mund auf. Und schloss ihn wieder. Sie hätte ohnehin kein Wort herausgebracht. Es war, als hätte man ihr die Luft aus den Lungen gesogen. Sie stand wie versteinert da, und erst als ihr schwindlig wurde, schnappte sie nach Luft, keuchte und hustete, doch schließlich wurde das Gesicht vor ihr wieder klarer.

»Ich war bei ihr«, sagte er schließlich, als sie immer noch nichts erwiderte.

Gabriella fragte nicht, wer der Mann war, sie fragte

nicht, weshalb er zu ihr kam, sie stieß hervor: »Du hast ihr solche Angst gemacht, dass die anderen dachten, sie würde fantasieren!«

Er legte den Kopf etwas schief, eine Geste, die auch Gabriella eigen war, wenn sie sich intensiv auf jemanden konzentrierte. »Sie hatte keine Angst mehr, als sie starb.«

»Sie starb aber sehr plötzlich«, brach es aus ihr heraus.

»Es war ihre Zeit. Sie hatte nur noch auf dich gewartet.« Er ging langsam im Raum umher und je länger er sich hier aufhielt, desto mehr schwanden die Schatten, und zurück blieb die dunkle Silhouette eines Mannes. Er sah zum Fenster hinaus, als er sehr leise sagte: »Sie schlief ein und ging ins Licht.«

»Sie hatte Angst, du würdest sie holen, wie diese Grauen die anderen Menschen holen! Hatte sie recht? Ja?«

»Die Jäger?« Er drehte sich mit einer ungeduldigen Geste zu ihr herum. »Sie haben nichts mit euch zu tun. Sie erfüllen andere Aufgaben.«

»Jäger? Du nennst sie Jäger? Was jagen sie? Menschen? Ist Mutter deshalb immer geflohen?« Sie trat näher. Er sah auf die Kuchengabel, als Gabriella damit auf ihn deutete, rührte sich jedoch nicht. »Was bist du eigentlich? Was sind die anderen? Gespenster? Außerirdische?«

Er überlegte, setzte zu sprechen an, schüttelte dann jedoch den Kopf. »Du würdest es ja doch nicht begreifen.«

»Vielleicht versuchen wir es einfach?« Gabriella stemmte die Hände in die Hüften. Sie war zu wütend, zu erregt, um noch Angst zu haben. Da stand ihr Vater, den ihre Mutter Todesengel nannte, redete von mysteriösen Jägern und hielt sie für dumm! Wenn sie aber jetzt keine Fragen stellte, würde sie vielleicht nie Antworten erhalten!

»Es ist für dich nicht gut, zu viel darüber zu wissen.« Er lächelte leicht. »Du bist ein Mensch, und ich danke den Ahnen dafür. Dass du sein könntest wie ich, war all die Jahre meine größte Angst.«

»Ein Todesengel?«, fragte Gabriella in aggressivem Ton.

Er schloss die Augen. »Nenne mich, wie du willst. Ich kann nichts weiter erklären. Und ich kann nichts bereuen. Ich habe unsere Gesetze gebrochen, als ich mit deiner Mutter lebte und dich verbarg, und ich war glücklich wie nie wieder.«

»Und jetzt? Was willst du hier, wenn du keine Fragen beantworten willst?«

Er sah sie eindringlich an. »Um dir von deiner Mutter zu erzählen. Du warst so unglücklich.«

Er trat näher und streckte die Hand nach ihr aus. Gabrielle erwartete, dass er durch sie hindurchgreifen würde, wie das bei den Grauen so üblich war, und zuckte erschrocken zurück, als sie seine Berührung fühlte. Eine warme menschliche Hand hatte ihre Wange berührt.

Sie zog die Augenbrauen zusammen. »Meine Mutter ist geflohen, bis ich zu schweigen gelernt habe. Sie hatte Angst vor dir und deinesgleichen!«

Er atmete tief und schwer ein. »Das war nicht nötig. Sie fürchtete, ich würde auf dich oder sie Anspruch erheben. Sie hatte in dem Moment Angst, als ihr klar wurde, dass du die Jäger sehen kannst, die anderen verborgen bleiben. Aber diese Furcht«, nun schwang in seiner Stimme ein harter, fast wütender Tonfall mit, »war völlig unbegründet.«

»Haben diese grauen Schatten, diese Jäger, die Menschen, die sie mitnahmen, getötet?«

Er schüttelte den Kopf. »Sie bringen jene zurück, die aus meiner Welt flüchten.«

»Und was ist deine Welt?«

Ihr Vater schien plötzlich zu lauschen, sein Gesicht wirkte nun veschlossen. Die Schatten verdichteten sich, sein Körper schien sich darin aufzulösen. »Ich muss gehen.«

Gabriella vergaß ihre Vorsicht und lief ihm nach, in die Dunkelheit der Zimmerecke. »Warte! Ich bin noch nicht fertig! Ich habe Fragen an dich! Du kannst doch nicht einfach so ...«

Sie sprach mit der leeren Ecke. Der Raum war wieder in das Licht der Dämmerung getaucht, die Stehlampe verbreitete ihren warmen Schein. Von dort, wo sie stand, konnte sie durch das Fenster den grauen Abendhimmel sehen. Minutenlang blieb sie so stehen, starrte auf die leere Wand, dann wankte sie zur Couch hinüber und ließ sich erschöpft darauffallen. Jetzt erst wurde sie sich bewusst, dass sie fror und immer noch die Kuchengabel in der Hand hielt. Sie warf sie auf den Tisch und hüllte sich in eine Decke. Es war, als hätte ihr dieses Treffen das letzte Fünkchen Energie genommen.

Sie horchte in sich hinein: In ihr herrschte ein Gefühlschaos aus Angst, Widerwillen, Unglauben. Was, um Himmels willen, waren diese Männer? Wer oder was war ihr Vater? Woher stammten sie? Wer waren die Entflohenen? Und was, um alles in der Welt, war sie? Je länger sie grübelte und doch keine Antworten fand, desto wütender wurde sie. Eines war klar: Es hatte sich etwas verändert. Eine ganze Menge hatte sich, genau genommen, verändert. Sie wusste nur noch nicht, was sie damit anfangen sollte.

✱✱✱

Es war nicht schwierig gewesen, Gabriellas Wohnung zu finden. Darran hätte nicht einmal das Namensschild entziffern müssen, um zu wissen, dass er vor ihrer Tür stand – der Hauch ihres Odems lag davor wie ein köstlicher Duft. Alles in ihm drängte danach, durch die Wand zu gehen, sie anzustaunen und herauszufinden, wie sie da drinnen lebte. Aber das wäre zu gefährlich, falls sie ihre Fähigkeit, ihn zu sehen, nicht verloren hatte, würde er sie erschrecken. Er hatte es lediglich ein einziges Mal gewagt, während der Nachtstunden auf Expedition zu gehen, als er annahm, dass sie wie die meisten anderen Menschen schlief.

Und das wäre beinahe schiefgegangen. Er hatte sich gerade durch die Wand geschoben und stand in einem Raum, der vermutlich als Küche diente, als er sie kommen hörte. Zuerst vernahm er ein lautes Gähnen und verärgertes Gemurmel, schließlich kündigte sich ihr Nahen durch ein schlurfendes Geräusch an. Er sprang durch die Wand, schwebte drei Stock hoch neben der Hausmauer und schalt sich selbst einen ungeduldigen Kerl, der beinahe alles verpatzt hätte. Er wusste genug über die Menschen, um zu wissen, dass sie ungebetene nächtliche Besuche nicht eben wohlwollend aufnahmen. Damit sie ihm aber nicht entwischen konnte, lungerte er von da an im Hauseingang oder sogar auf dem Gang vor ihrer Wohnung herum, immer bereit, schnell zu verschwinden, sobald die Tür aufging.

Das Mädchen blieb zwei Tage daheim, ohne auch nur einen Schritt vor die Tür zu setzen, und als sie dann eines Morgens endlich die Wohnung verließ, heftete er sich an ihre Fersen. Er folgte ihr bis zu einem der Verkaufsläden, in denen die Menschen gekochte Speisen bestellen und durch den Austausch von Geldmitteln erwerben konnten. Lokale nannten sie das. Oder Restaurants, wenn sie größer waren. Jenes, in dem Gabriella arbeitete, war klein, mit runden Stehtischen und einem kleinen rechteckigen Tisch mit zwei Stühlen, wo meist der Ladenbesitzer selbst saß. Er beobachtete sie eine Weile aus sicherer Entfernung, auch jene Menschen, die mit ihr dort arbeiteten, und kehrte schließlich in die Wohnung zurück, um sich in Ruhe bei Tageslicht umzusehen.

Er glitt durch die Wand neben der Tür und blieb gleich dahinter stehen, überwältigt von einer ihm neuen, aufregenden Gefühl der Erwartung. Er war hier! In ihrer Wohnung! Und ihr so nahe wie noch nie!

Langsam durchschritt er die Räume, sich dabei aufmerksam umsehend. So also lebte Gabriella. Er wiederholte den Namen im Geist, genoss den vertrauten Klang und Gedanken. Er hatte ihn erst einmal ausgesprochen, damals, als er, noch ganz verwirrt von der Begegnung, dem anderen Jäger von ihr erzählt hatte. Seit damals war er vorsichtiger geworden. Und auch unvorsichtiger, wie Julian ihm immer vorhielt.

Er mochte, was er sah. Die Wohnung war hell und wirkte selbst auf jemanden wie ihn heimelig. Gabriella hatte viele heitere Bilder an den Wänden. Er hatte in der Vergangenheit versucht, den menschlichen Sinn für Kunst zu begreifen, oder das, was sie darunter verstanden, und war an den formlosen Klecksereien gescheitert. Diese Werke gefielen ihm jedoch. Sie stellten überzeichnete Figuren dar, nicht gerade nach der Natur gemalt, nur mit Strichen, aber es sprang ihn förmlich an, was sie dachten und taten. Er trat näher und kniff die Augen zusammen, um das schwungvolle Gekritzel darunter zu entziffern. G a b r i e l l a. Bewundernd und andächtig blieb er davor stehen. Künstler nannten die Menschen solche wie dieses Mädchen.

Nachdem er sich umgesehen hatte, kehrte er zu dem kleinen Laden zurück. Sie war noch dort, servierte, lächelte, wechselte aber nicht viele Worte mit den anderen. Er machte es sich in ihrer Nähe gemütlich und lauschte mit halbem Ohr auf das, was in seiner Welt vor sich ging. Dort blieb alles ruhig. Zwei Jäger waren unterwegs, aber das ging ihn nichts an. Zufrieden sank er ein wenig tiefer in den Stamm eines Baumes, wo er sich vor Gabriella verbarg, und gab sich ihrer Betrachtung hin.

Was war nur so anders an ihr? Was? Sie sah eigentlich ganz normal aus. Vielleicht war ihr Duft stärker als bei anderen Menschen, aber es musste auch sonst einen Unterschied geben. Um das herauszufinden, würde er sie wohl längere Zeit verfolgen müssen. Der Gedanke löste ein neues, fremdes, nicht unangenehmes Kribbeln in ihm aus, und eine winzige Hoffnung, Gabriella könnte ihn sehen und er mit ihr sprechen, keimte auf.

Sechstes Kapitel

Als Markus sich Strabos Palast näherte, merkte er, wie sich seine Schritte verlangsamten. Sobald er durch das Tor trat, gab es kein Zurück mehr. Für keinen von ihnen.

Er fühlte die Blicke der anderen in seinem Rücken. Entschlossen straffte er die Schultern und ging weiter, immer direkt auf die graue Mauer zu. Von der Ferne sah sie aus wie Stein, und erst wenn man näher kam, bemerkte man das zarte Flimmern. Seit die Alten in den dunklen Tagen des Krieges alle Wege bis auf das Tor in Strabos Palast vernichtet hatten, umgab die magische Barriere Amisaya wie ein Gefängnis. Früher war es jedem von ihnen freigestanden, über die Erde zu reisen. Bis einige von ihnen auf die Idee gekommen waren, sich nicht friedlich mit den dort wachsenden Völkern zu vermischen, sondern sie zu erobern.

Viele hatten inzwischen versucht, die magische Grenze zu durchbrechen, und waren daran gescheitert. Vermutlich mehr, als Malina und die anderen auch nur ahnten, und die wenigsten hatten den Übergang geschafft. Er hatte sich während seiner Zeit als Jäger oft gefragt, weshalb sich die Flüchtigen den Schmerzen aussetzten. Inzwischen wusste er es: Es gab Menschen, die glaubten an eine Hölle – und Amisaya war wie eine Hölle.

Manche brüllten. Die meisten schwiegen, bissen sich die Lippen blutig, nur um mit den Schreien nicht die Wächter auf sich aufmerksam zu machen. Manche schmolzen schon in der Barriere zu einer formlosen Masse, andere schafften es hindurch, nur um als blutige Klumpen die ersehnte Freiheit zu erlangen. Die Jäger wurden gerufen, um sie fortzuschaffen, zurück nach Amisaya, wo sie in den Nebeln verschwanden. Er hatte diese Aufgabe noch mehr gehasst als sein restliches Dasein.

Strabo dagegen hatte offenbar recht ausgiebig Gebrauch von dem einzigen Tor gemacht, das aus den früheren Zeiten noch erhalten war. Hass kochte in Markus hoch, und er atmete tief durch. Spätestens wenn er durch das Tor trat, musste er seine Gefühle in den Griff bekommen haben, sonst würde er die Jäger auf seine Fährte ziehen.

Nur einen Schritt von der schimmernden Mauer entfernt, bog er scharf nach rechts. Die eingeschlagene Richtung brachte ihn näher an Strabos langsam verfallende Residenz. Zwischen deren Mauern und der Barriere gab es einen schmalen Weg, gerade breit genug für einen kräftigen Mann, um sich seitlich, an die Schlossmauer gepresst, durchzuschieben. Markus atmete tief aus, hielt die Luft an und zog Bauch und Brustkorb ein. Wenn er auch nur an der Barriere streifte, wäre sofort ein ganzes Rudel Wächter alarmiert, ganz abgesehen davon, dass sie ihm das Gewand vom Körper sengen würde. Er schob sich langsam weiter, Schritt für Schritt, blieb nur stehen, um kurz durchzuatmen. Dort war das verborgene Tor, durch das der Wächter ihn in den Palast lassen sollte. Er erreichte es und presste sich dagegen, atmete tief und erleichtert durch. Dann tastete er nach dem Türknauf. Die Tür sprang auf, und er glitt hindurch.

Ein Wächter in der ledernen Rüstung eines Kriegers verstellte ihm den Weg. Markus fühlte sein Herz heftiger schlagen als zuvor. Ihm wurde heiß und kalt zugleich. Schweiß brach aus, aber er vermied es, sich über die Stirn zu wischen, das hätte gezeigt, wie nervös er war.

Für lange Minuten starrte der Mann ihn an, die Waffe erhoben. Markus sah wie gebannt auf den Bogen der Alten, der nie sein Ziel verfehlte, tödlich wie die magischen Schwerter und Dolche. Früher hatte er diese Waffen getragen, zusammen mit der Rüstung eines Heerführers, in die das Wappen seiner Familie eingebrannt gewesen war. Aber jetzt zielte der Pfeil auf ihn. Wenn die anderen sich getäuscht hatten? Wenn dies der falsche Mann war? Eine Falle?

Sein Blick zuckte durch den Raum. Dort war das Tor, zwei Säulen, ein Torbogen inmitten der Halle. Wie ein Triumphbogen in der Welt jenseits der Barriere. Nur wenige Schritte zur Freiheit. Er konnte den Wächter niederstoßen und dann ...

»Markus?«

Er nickte kurz. Sein Mund war trocken. Er war nicht mehr wie früher. Das Leben in der Welt drüben hatte ihn verändert. Und die Rückkehr hatte ein Übriges getan.

Die farblosen Augen des Wächters bohrten sich in seine. »Du weißt die Bedingungen?«

»Ja.« Den Ahnen sei Dank, seine Stimme gehorchte ihm, klang weder heiser noch belegt.

»Strabos Tochter muss sterben. Wie mein Vater gestorben ist, weil er die Freiheit wollte.« Die Stimme des Wächters war hasserfüllt. »Du wirst nicht versagen? Deinen Schwur halten?«

»Wie ich ihn immer gehalten habe«, erwiderte Markus kalt. »Daran wird sich nichts ändern.«

Der andere kam mit dem Gesicht dicht an seines, er spürte seinen säuerlichen Atem. »Ich zahle mit meinem Leben dafür, dass du hier durchgehst und mich und meinen Vater rächst. Wenn du versagst, sterbe ich für nichts.« Als er sah, wie ein Zucken über Markus' Gesicht ging, verzog er höhnisch den Mund. »Früher wurden die Wächter abgezogen und in Gegenden verbannt, die noch grauenvoller sind als dieses tote Land, aber inzwischen geht Strabo kein Risiko mehr ein. Wächter, die einen Fehler begehen, landen entweder in den Höhlen oder werden von den Nebeln eliminiert.« Markus nickte; im Grunde war es ihm gleichgültig. Der Mann war nicht der einzige Tote, nur einer von vielen.

»Hier.« Der Wächter hielt ihm etwas hin. Eine Börse. Markus hatte dergleichen schon bei den Menschen gesehen. Er öffnete sie.

»Hier ist genügend Geld, damit du drüben überleben kannst, bis die Sache erledigt ist. Und auch ein *Ausweis*, so etwas braucht man dort angeblich. Und hier ...« der Wächter zog ein gefaltetes Stück Papier hervor, »die Adresse der verfluchten Tochter. Verlier sie nicht!«

»Nein.« Der Flüchtige war dafür gestorben, an diese Adresse zu kommen. Wie groß musste der Hass sein, dass er trotz der Angst im Angesicht der Nebelwesen noch die Kraft dazu gehabt hatte, das Stück Papier Malina zu übergeben, als sie sich über ihn gebeugt hatte. Markus wog die Börse in der Hand.

»Und nimm dich in Acht, man erzählt sich, sie werde von Ramesses bewacht.«

Markus hob langsam den Blick. Das hatten die anderen ihm verschwiegen. Verdammt sollten sie sein. Seine Augen wurden hart, und der Wächter wich einen Schritt zurück. Unsicherheit flackerte in seinem Blick auf, als er mit dem Kopf zum Tor deutete. »Dann geh jetzt. Es führt dich ans Ziel.«

Ein schimmerndes Licht erschien zwischen den Pfeilern, und dahinter wartete die Schwärze des Tores. Ein Windstoß kehrte buntes Laub in den Palast und brachte den Geruch von nasser Erde und Pflanzen mit sich. Gleich würde er es betreten. Das nervöse Gefühl in seinem Magen wurde stärker, es war, als würde eine Art

Gier ihn zum Tor und hindurchziehen. Die Gier auf Freiheit, auf Leben.

Er setzte sich soeben in Bewegung, als hinter ihm Rufe erklangen. Er rannte los und gelangte in den Tunnel, ehe er sich schloss. Hinter sich hörte er die Flüche des Wächters, Schreie, Kampflärm. Er wandte sich nicht um, lief weiter und erkannte, dass das innere Tor bereits geschlossen war, der schwarze Tunnel endete in der schimmernden Barriere. Und dennoch führte ihn genau dieser Weg immer noch an sein Ziel.

Markus wusste, was ihn erwartete, wenn er jetzt die magische Wand durchbrach. Er zögerte keinen Moment, sondern stemmte sich kraftvoll ab und schnellte vor. Im nächsten Moment erfasste ihn die Barriere. Sein Sprung brachte ihn ein Stück weit hinein. Er drängte weiter, stemmte sich gegen den Widerstand. Rasch hindurch, das geringste Zögern war tödlich. Sein Körper brannte, loderte. Er schrie lautlos auf. Und dann, mit einem Mal, war er hindurch. Er taumelte noch ein Stück weiter, fiel auf die Knie und drehte den Kopf. Hinter ihm war nichts. Die Barriere war verschwunden. Er lag inmitten von Bäumen, entlaubten Sträuchern, sterbenden Grünpflanzen. Und alles war erfüllt vom Hauch des Lebens.

Und dann packte ihn ein unvorstellbarer Schmerz.

Siebtes Kapitel

Die Straßen waren still an diesem Morgen. Der Markt stand leer und verlassen im Nieselregen, nasses Zeitungspapier lag zusammengeknüllt am Boden zwischen den Marktbuden, daneben waren Einkaufsmarken, Taschentücher, gebrauchte Fahrscheine, Zigarettenstummel und welkende Salatblätter verteilt. Eine ältere Frau und ihre Promenadenmischung schlichen sich an der Hausmauer entlang, als Gabriella aus dem Haustor trat und zwischen den leeren Marktständen hindurchging.

Sie hatte diesen Bezirk immer gemocht. Wochentags war er bunt, voller Leben, ein Konglomerat vieler Kulturen und Menschen. Wenn man langsam und bewusst durchging, hörte man von Deutsch über Türkisch, Arabisch, Polnisch, Serbisch, Italienisch, Rumänisch noch viele weitere Sprachen, die Gabriella meist gar nicht zuordnen konnte. Die Marktstraße zog sich viele Häuserblöcke entlang und mündete in einen großen Marktplatz mit Restaurants, zu denen auch das von Antonio gehörte, in dem Gabriella arbeitete. In der warmen Jahreszeit war an den Tischen vor den Restaurants jeder Platz belegt, aber jetzt war dort alles leer, und nur wenn die Sonne schien, saßen die ganz Widerstandsfähigen und Sonnenhungrigen noch draußen.

Es ließ sich nicht verleugnen, dass der offizielle Herbstbeginn schon lange zurücklag. Wie zur Bestätigung traf sie ein kalter Windstoß, zerrte an ihrem Haar und wirbelte Blätter und Papierabfälle hoch. Sie sah zum Himmel hinauf, zog sich die Kapuze ihrer Wetterjacke über den Kopf und auf machte sich auf den Weg zur U-Bahn.

Es war allerdings nicht nur der Wind, der sie plötzlich schaudern ließ, als würde sie von einer kühlen Hand berührt. Sie blieb stehen und sah sich um.

Und da war er auch schon. Wie das Amen im Gebet. Gabriellas gute Laune sank bis zu dem Kanalgitter unter ihren Füßen.

Ihr Interesse an den *Jägern*, wie ihr Vater sie nannte, war seit dessen Besuch noch weitaus lebhafter als je zuvor, auch wenn sie schon in ihrer Kindheit gelernt hatte, die grauen Männer, diese Schatten, zu übersehen, als wären sie tatsächlich nicht vorhanden: Sie ließ ihre Blicke so gleichmütig über sie schweifen wie über Häuserwände, parkende Autos oder das Straßenpflaster. Sie tauchten gelegentlich auf, strebten in die eine oder andere Richtung, manchmal schien es, als verharrten sie, wie Bluthunde, die eine Witterung aufnahmen, und dann gingen sie davon, ohne irgendetwas in ihrer Umgebung auch nur näher zu beachten. Bisher hatte Gabriella keinen dieser Männer ein zweites Mal zu Gesicht bekommen.

Mit einer Ausnahme. Und die machte ihr langsam Sorgen.

Dieser Graue, der dort, die Hände in den Hosentaschen auf der anderen Straßenseite dahinschlenderte, war ihr in der letzten Zeit ziemlich oft aufgefallen. Einmal lehnte er an einer Hauswand, wenn sie am Morgen das Haus verließ und in die Arbeit ging, wobei er oft ein bisschen einsank, als wüsste er nicht, wo die Luft aufhörte und die Mauer begann. Ein anderes Mal stand er mitten auf dem Gehsteig herum, ungeachtet der Leute, die sich um ihn drängten und eine seltsame Scheu hatten, dieselbe Stelle zu betreten, die er einnahm. Und dann wieder hatte sie ihn beim Heimkommen auf dem

Markt herumlungern sehen. Er sah nie in Gabriellas Richtung, und selbst wenn, glitt sein Blick stets gleichgültig und desinteressiert durch sie hindurch.

Und trotzdem war es unheimlich, ihn so oft zu entdecken. Als er ihr dann schon das vierte oder fünfte Mal über den Weg lief, begann Gabriella ihn zu beobachten. Ein komischer Kauz – falls man einen dieser Grauen überhaupt so nennen konnte. Die anderen streiften mit einem gleichgültigen Blick umher, mit Augen, in denen nicht das kleinste Fünkchen Leben zu finden war. Nicht er. Oft schien es Gabriella, als würde er die Leute um sich herum beobachten, und so etwas wie Interesse, ja sogar Neugier brachte Leben in seine Augen und sein Gesicht.

Jetzt schlenderte er parallel zu ihr die Marktstraße entlang. Sie schielte aus den Augenwinkeln zu ihm hinüber. Männer wie er jagten also Entflohene. Leider war ihr Vater sozusagen ebenfalls *entflohen*, ehe sie ihn hatte ausfragen können. Wusste dieser dort vielleicht von ihrem Vater? Spionierte er ihr deshalb hinterher? Oder gar ihrem Vater? War dieser auch auf der Flucht?

Sie beschleunigte ihre Schritte. Vielleicht konnte sie ihn bei der U-Bahn abhängen. Die Fußgängerampel sprang soeben auf Grün, und Gabriella sauste hinüber. Im Eingang zur U-Bahn-Station hielt sie kurz inne, um rasch über die Schulter zu spähen. Da war er! Überquerte soeben seelenruhig die mehrspurige Straße, als würden nicht zig Autos herangebraust kommen!

Sie hastete die Treppe hoch. Eine U-Bahn fuhr gerade ein, Gabrielle sprang atemlos durch die sich öffnenden Türen und wirbelte herum. Vom Grauen war nichts zu sehen. Die Türen schlossen sich, der Zug fuhr an, beschleunigte. Sie presste die Nase an die Scheibe. Da stand er auch schon. Er wirkte verblüfft, verwirrt, beobachtete sichtlich unschlüssig, wie der Zug beschleunigte, machte endlich einen Schritt darauf zu und blieb mitten auf den Gleisen stehen, während der Zug davonbrauste.

Triumphierend ließ Gabriella sich auf eine der Sitzbänke fallen.

❄ ❄ ❄

Sie ging oft und gerne in den Schlosspark von Schönbrunn. Er lag nicht allzu weit von ihrer Wohnung entfernt – ein willkommenes Reservoir aus frischer Luft, Bäumen und Grün inmitten der Stadt. Sie wanderte meist zügig unter den Baumalleen, zwischen exakt gestutzten Sträuchern, und manchmal kam sie sogar in Joggingschuhen und Trainingshose hierher, um ein paar gemütliche Runden zu drehen.

Als sie an diesem regnerischen Sonntag die großzügige Schlosshalle durchschritt, um in den Park zu gelangen, tat sie es nur, um die Herbststimmung zu genießen und ein bisschen frische Luft zu schnappen. Arglos wie sie war, erschrak sie zu Tode, als ihr Blick gleich beim Betreten des Parks auf den Grauen fiel. Er lehnte rechts am Stiegenaufgang des Schlosses, sah in die Luft und beobachtete offenbar ganz aufmerksam einen Schwarm Spatzen, der eine Krähe jagte.

Gabriella wandte sich scharf nach links und folgte mit klopfendem Herzen dem schmäleren der drei kiesbestreuten Wege, die vom Schloss in gerader Linie zur Gloriette anstiegen. Im selben Augenblick setzte auch er sich in Bewegung und schlenderte, die Hände auf dem Rücken zusammengelegt, parallel zu ihr den rechten Kiesweg entlang. Wenn sie vorher noch Zweifel gehabt hatte, so war sie nun völlig sicher, dass er ihr nachschnüffelte.

Vielleicht gab es auch in der Welt ihres Vaters Spinner? Stalker, die Menschen verfolgten? War er gefährlich? Ein Verrückter, der sie als sein nächstes Opfer ins Auge gefasst hatte? Die Zeitungsartikel im Koffer ihrer Mutter fielen ihr wieder ein, und ihr erster Gedanke war Flucht. Umdrehen, weglaufen, in die U-Bahn springen und heim! Sofort wurde ihr klar, wie lächerlich diese Idee war, denn inzwischen wusste er schon ganz genau, wo sie wohnte.

Ihr Herz schlug hart und schnell, sie fühlte, wie ihr Puls an den Schläfen pochte. Ihr wurde schwindlig, und zugleich begannen ihre Hände und Knie zu zittern. So etwas nannte man wohl eine Panikattacke. Sie durfte ihr nicht nachgeben. Links und rechts des breiten Kieswegs standen Bänke zwischen Statuen. Gabriella eilte auf eine Bank zu und ließ sich mit weichen Knien auf die regenfeuchten Bretter nieder. Sie atmete mehrmals tief durch und verwünschte dabei ihre Idee, hierherzukommen. An einem so regnerischen Tag waren hier kaum Leute unterwegs, und sie war mit diesem Kerl fast allein hier! Kein angenehmer Gedanke, obwohl ihr ohnehin niemand zur Hilfe kommen konnte, wenn er es wirklich auf sie abgesehen hatte. Wie sollte ihr jemand gegen einen Verrückten helfen, der für alle außer ihr unsichtbar war! Und wie flüchtete man vor einem wie ihm, einem, der durch Menschen, Autos und vermutlich sogar durch Wände gehen konnte? Durch Wände gehen ... Ein schlimmer Gedanke kam Gabriella: Jemand wie der brauchte bestimmt keinen Hausschlüssel. Ihr wurde heiß und kalt zugleich, wenn sie sich vorstellte, wie er durch ihre Wohnung schlich und sie vielleicht bespitzelte, während sie schlief oder ihm den Rücken zukehrte.

Sie ballte die Faust, als könnte sie aus dieser Geste Kraft gewinnen, und schielte zu ihm hinüber. Dort stand er, genau gegenüber von ihr. Er war ebenfalls stehen geblieben, wippte auf den Zehenspitzen und besah sich eine Statue.

Zeit gewinnen. Sich fassen. Nachdenken. Sie kramte in ihrem kleinen Rucksack nach einem Taschentuch. Als sie es entfalten wollte, fiel es aus ihren zittrigen Händen auf den Kies. Sie hob umständlich das nasse Papier auf, zerknüllte es in der Hand und sah dabei immer wieder verstohlen zu dem Grauen hinüber. Dann kramte sie weiter. Ihre fliegenden Finger stießen auf ihre Sonnenbrille, ein Geschenk von Rita. Ein schreckliches Ding, das sie aussehen ließ wie eine überdimensionale Fliege. Im Moment genau das Richtige. Hastig zerrte sie die Brille heraus und setzte sie auf. Die Welt wurde schlagartig noch dunkler, aber nun konnte sie ihn zumindest unauffälliger beobachten.

Sie starrte jetzt einfach hinüber. Er machte, genau genommen, einen recht harmlosen Eindruck. Im Grunde wirkte er weit weniger beängstigend als jene ausdruckslosen Grauen, die ihr sonst über den Weg liefen. Er blickte einer jungen Frau entgegen, die einen Kinderwagen vor sich herschob, und wich sogar zwei Schritte zurück, damit sie nicht durch ihn hindurchlief. Seine Miene war nicht im Geringsten bösartig, er schien nur neugierig und aufmerksam. Vielleicht war er doch kein gemeingefährlicher Spinner? Aber die ganz Harmlosen waren ja angeblich immer die Schlimmsten. Und daran, dass er sie schon seit längerer Zeit verfolgte, bestand kein Zweifel. Wenn sie nicht auch von hier wegziehen wollte, so wie ihre Mutter jahrelang geflüchtet war, dann musste sie herausfinden, weshalb er hinter ihr her war. Andernfalls hatte sie keine ruhige Minute mehr.

Sie atmete tief durch, dann stand sie entschlossen auf, zog sich den Rucksack über die Schultern, um die Hände frei zu haben, und setzte ihren Weg fort.

Rechts, nur noch wenige Meter vor ihr, lag der Neptunbrunnen – begehrtes Fotomotiv unzähliger Touristen. Heute, in diesem herbstlichen Regenwetter, war der Platz davor allerdings ganz verwaist. Lediglich zwei ältere Frauen in Regenmänteln standen davor und unterhielten sich gestikulierend über die Brunnenfiguren. Sie stieg weiter hinauf. Hinter ihr lag das Schloss. Sie befand sich nun auf einem jener Wege, die vergangene Künstler auf Gemälden festgehalten hatten, gemeinsam mit Damen im Reifrock, aufgeputzten Hündchen und Pagen und galanten Kavalieren. Heutzutage lustwandelten hier nicht mehr die Höflinge der Kaiser, sondern nur noch das gemeine Volk. Gabriella hatte dieser Gedanke oft zum Lächeln gebracht, aber heute hatte sie keine Zeit, sich zu amüsieren. Heute hatte sie Angst. Ihr Atem ging rascher als sonst, ihr Herz schlug härter in ihrer Brust, als sie den Weg hinaufeilte.

Links vom Neptunbrunnen schlug sie in einen Weg ein, auf dem man in einen abgelegeneren Teil des Parks gelangte. Dort wollte sie diesem Grauen auflauern und ihn zur Rede stellen. Ohne ihr Tempo zu verringern, sah sie verstohlen über die Schulter. Und tatsächlich, da kam er auch schon. Er hatte den Brunnen und die beiden Frauen passiert und folgte ihr, halb zwischen, halb in den teilweise entlaubten Hecken spazierend.

Unter den Bäumen war der Park in dämmriges Licht getaucht, und der Nieselregen legte sich wie ein grauer Vorhang zwischen Bäume und Sträucher. Hier wurden die Wege nicht so oft gesäubert wie auf den Hauptstraßen, und ein Teppich aus bunten Blättern raschelte bei jedem Schritt. Zu jedem anderen Zeitpunkt wäre Gabriella wie ein kleines Kind durch die Blätterhaufen geschlurft, um sich über das Aufwirbeln und Rascheln der Blätter zu freuen, aber jetzt schob sie die Sonnenbrille über die Stirn hinauf, ehe sie über Kastanien oder abgebrochene Zweige stolperte, und hetzte weiter. Sie bog in einen schmalen Weg ein, der in eine einsame Allee mündete, und blickte um sich. Außer ihr und dem Grauen war niemand in dieser Gegend des Schlossparks. Das war gut, sie brauchte keine Zeugen, wenn sie einen Unsichtbaren zur Rede stellte. Rasch bog sie abermals um die Ecke und blieb kurzatmig und klopfenden Herzens hinter einer gestutzten immergrünen Buxbaumhecke stehen.

Sie wartete.

Er kam nicht.

Gabriella pirschte sich an den Rand der Hecke und sah vorsichtig um die Ecke. Alles war leer. Nicht einmal der Ansatz eines Schattens von ihm war zu sehen. Sie runzelte die Stirn. Hatte sie sich doch getäuscht?

Da fühlte sie etwas. Ein kühler Hauch kroch über ihren Rücken, als hätten fremde Finger sie dort berührt. Eine Präsenz. Ganz nahe. Sie wirbelte herum. Und blickte ihm direkt in die Augen. Er stand kaum zwei Schritte von ihr entfernt und sah sie neugierig an.

Gabriella brauchte keinen Mut, um ihn anzuschreien, das kam vor Schreck wie von selbst. Sie ballte die Fäuste und machte einen drohenden Schritt auf ihn zu. »Was soll das? Weshalb läufst du mir nach? Was willst du von mir?!«

Er blinzelte überrascht, blieb jedoch stumm. Um seine Mundwinkel zuckte es. Er stand sekundenlang völlig still, wie eine Statue, dann drehte er sich um und wollte sich augenscheinlich davonmachen. Aber sie hatte nicht ihre Angst überwunden und ihm die Falle gestellt, um ihn jetzt einfach laufen zu lassen! Wütend rannte sie ihm nach und packte ihn am Arm.

Anstatt ihn jedoch zu fassen zu bekommen, griff sie durch ihn hindurch. Gleichzeitig spürte sie einen elektrischen Schlag, der von ihren Fingern bis in ihren Arm und ihre Schulter zuckte. Der Graue fuhr herum und ging zwei schnelle Schritte rückwärts, wich vor ihr zurück. Seine Augen waren schmal geworden, und Gabriella sah, dass er schwer atmete.

Sie standen einander gegenüber und starrten sich an. Er rieb sich mit einem verdutzten Ausdruck den Arm, und Gabriella massierte verärgert ihre Finger.

»Also?«, fuhr sie ihn endlich an. »Weshalb verfolgst du mich?«

Er machte den Mund auf.

»Nun?« Gabriella wartete ungeduldig. Ihr fiel ein, dass er möglicherweise gar nicht ihre Sprache verstand. Vielleicht konnte er sie nicht einmal hören.

»Ich ...« Er sprach leise, wie aus einer anderen Welt, als würde seine Stimme in ihrem Kopf klingen und nicht in ihren Ohren. »Ich ... bin«, er räusperte sich und suchte nach Worten, »zufällig hier«, schloss er lahm sein Gestotter.

Seine Unsicherheit gab Gabriella die Oberhand. »Wer hat dir den Auftrag dazu erteilt?«, fragte sie scharf.

Jetzt sah er peinlich berührt aus. »Niemand. Ich ...« Er räusperte sich abermals, und seine Stimme in Gabriellas Kopf wurde lauter, kräftiger. »Ich hätte nicht gedacht, dass du mich hören kannst.« Wieder dieses kleine Zucken der Mundwinkel, als versuche er zu lächeln, wüsste jedoch nicht, wie das ging. »Niemand sonst kann mich hören, ja nicht einmal sehen.«

Gabriella stemmte die Hände in die Hüften. »Ich schon. Und ich will jetzt eine Antwort. Du fällst mir nämlich schon länger auf. Du bist ständig in meiner Nähe und läufst mir nach!«

Er machte einen halben Schritt auf sie zu, streckte die Hand nach ihr aus und ließ sie wieder fallen. »Du kannst mich sehen? Uns alle?«

»Ich weiß nicht, ob ich alle sehe, aber eine ganze Menge von euch Typen sind mir schon über den Weg ge...«

»Und du kannst mich hören«, unterbrach er sie. Jetzt

zuckten die Mundwinkel stärker. »Hast du schon mit anderen gesprochen? Außer mit mir?«

»Wozu denn?«, fragte sie zurück. »Bisher bist du der Erste, der mich verfolgt.«

Sein Blick wurde mild. »Ich wollte dich nicht erschrecken.«

»Du bist lästig!«

»Das tut mir leid«, sagte er langsam. »Aber ich hätte dich nicht verfolgt, wäre da nicht diese Erinnerung an dich.« Sein Blick glitt über sie. »Du heißt Gabriella.« Es war keine Frage, sondern eine Feststellung. Er sprach den Namen mit einem italienischen Akzent aus. So wie ihre Mutter ihn betont hatte. Diese Vertrautheit tat weh. Wut kochte in ihr hoch. Er war also tatsächlich bis vor ihre Wohnungstür gekommen und hatte dort ihren Namen gelesen. Er hatte sie regelrecht ausspioniert. Und vermutlich hatte er nicht vor der Tür haltgemacht!

»Ich habe gehört, wie dich deine Mutter gerufen hat«, sagte er in diesem Moment. »Vor ...«, er zögerte, »langer Zeit in einer Stadt, die ihr Venedig nennt. Du warst etwa so hoch«, er zeigte eine Höhe von etwa einem Meter. »Ein Kind«, fügte er hinzu. »Du bist ...«

»Durch dich hindurchgelaufen«, beendete Gabriella an seiner Stelle mit tonloser Stimme den Satz. Die Erkenntnis traf sie wie ein kalter Regenschwall. Wie lange hatte sie nicht mehr daran gedacht? An die Frau, die sie verfolgt hatte? An ihn. Sie hatten damals Venedig verlassen, und Gabriella war lange Zeit unglücklich gewesen und hatte sich zurückgesehnt. Und jetzt, nach so vielen Jahren, stieg die lange verdrängte Erinnerung wieder empor. Die besudelte Frau, das blutige Gesicht von Hass verzerrt. Er, mitten auf der Brücke. Sein Erschrecken, als sich ihre Blicke getroffen hatten.

Gabriella schwieg, überwältigt von alten Bildern, und

auch er sah sie stumm an; sein Blick glitt über ihr Gesicht, als suchte er nach Vertrautem.

»Du hast die Frau mitgenommen«, sagte sie schließlich.

»Natürlich. Sie hat getötet und wollte es wieder tun.«

Ja. Sie hatte sie, Gabriella, töten wollen. Jetzt konnte sie sich an das hasserfüllte Gesicht der Frau wieder ganz deutlich erinnern. Und sie glaubte, die Stimme ihres Vaters zu hören, der sagte: *Sie bringen jene zurück, die aus meiner Welt flüchten.* Was war diese Welt? Ein überdimensionales Irrenhaus?

Gabriella machte einen Schritt auf den Grauen zu. Er wich etwas zurück, als hätte er Angst, sie könnte ihn abermals berühren. »Weshalb hat sie mich verfolgt?« Sie hatte sich die Frage damals oft gestellt, auch ihrer Mutter, bis sie merkte, dass sie ihr damit Angst machte. Und später hatte sie diese Frage vergessen. Sie war gewachsen, erwachsen geworden, und andere Erlebnisse hatten dieses verdrängt. Bis zu diesem Moment.

Er hob mit einer sehr menschlich anmutenden Geste die Schultern. »Ich weiß nicht, weshalb sie töten. Sie verändern sich einfach.«

»Wer sind *sie* …?«

Er blickte unruhig um sich, als fühlte er sich in die Ecke gedrängt, und wich noch einen Schritt zurück. »Ich muss fort.«

»Bleib da!«, rief Gabriella, als er von ihr wegstrebte, aber da war er schon aus ihrem Blickfeld. Sie lief ihm nach, um die Hecke herum, und blieb stehen. Die schmale Allee vor ihr war leer. Gabriella ballte die Fäuste, fluchte leise und gab einer noch in der Schale steckenden Kastanie vor ihr am Boden einen Tritt, dass diese viele Schritte weit flog und mit einem dumpfen Aufprall feuchte Blätter aufwirbelte.

❊❊❊

Der Schmerz ließ nur sehr langsam nach. Stunden vergingen, während Markus sich auf dem Boden liegend krümmte, ehe er eine erste Spur von Bewusstsein wiedererlangte. Zuerst empfand er nur Erleichterung, weil die Schmerzen weniger heftig tobten, erst längere Zeit danach folgte die Genugtuung, überlebt zu haben.

Der Geruch von nasser Erde und faulenden Blättern stieg ihm in die Nase. Etwas Warmes lief über sein Kinn. Er setzte sich auf und fuhr sich mit der Hand über das Gesicht. Blut. Und er nahm auch einen metallischen Geschmack im Mund wahr. Er hatte Nasenbluten und er hatte sich in die Zunge gebissen. Zuerst wollte er mit dem Ärmel über das Gesicht fahren, aber dann suchte er in seinen Taschen nach etwas, womit er sich abwischen konnte. Er fand jedoch nur die Börse, mit dem Ausweis und dem Geld.

Er sah sich um. Wald. Halb kahle Bäume und Sträucher, deren sterbendes Laub mit jedem Windhauch raschelnd zu Boden fiel. Er hatte Glück gehabt, nicht mitten in der Stadt aufzutauchen, wo ein sich vor Schmerzen krümmender, Blut spuckender Mann zweifellos aufgefallen wäre.

Markus sog tief die Luft ein und begann prompt zu husten. Er spuckte Blut aus, dann griff er nach einem spitzzahnigen Blatt in der Größe seines Handtellers und wischte sich damit über den Mund. Die Versuchung, einfach wieder zu Boden zu sinken und zu schlafen, war groß.

Nicht weit von ihm entfernt hörte er Stimmen. Eine Frau und ein Mann. Sie lachten. Dann wurde es still. Durch die Bäume hindurch sah er zwei Gestalten eng umschlungen einen Weg entlanggehen und schließlich hinter einigen Büschen verschwinden.

Er musste aufstehen. Zuerst kniete er sich hin, dann zog er sich an einem Ast hoch. Taumelnd kam er auf die

Füße und blickte an sich herab. Der Boden hatte zwar feuchte Flecken an seiner Hose und seiner Jacke hinterlassen, aber die würden trocknen, und wenn er seine Kleidung später abklopfte, fiel er vermutlich nicht weiter auf. In einem Baumstumpf entdeckte er eine kleine Wasserlache. Er tauchte die Hand hinein und wusch sich das restliche Blut vom Gesicht.

Bisher hatte er keine Ahnung gehabt, wie gut sie organisiert waren. Kein Wunder, dass so viele die Grenze überschritten und relativ lang hier überleben konnten, bis die Jäger sie fanden und zurückbrachten. Einer hatte es angeblich sogar ein halbes Jahr ausgehalten, bis die Jäger ihn aufgespürt hatten. Er schloss einen Atemzug lang die Augen. Ein halbes Jahr. Eine Unendlichkeit für jemanden wie ihn.

Als Jäger hatte er sich keine Gedanken gemacht; erst als er begonnen hatte, Gefühle zu entwickeln und Fragen zu stellen. Und dann war sein ganzes Wesen von etwas völlig anderem beherrscht, ja geradezu besessen gewesen. Und diese Besessenheit war während der endlosen, quälenden Zeit in Amisaya nicht von ihm gewichen.

Er versuchte, die Umgebung zu sondieren, aber er besaß nicht mehr die Fähigkeiten eines Jägers, sondern nur die eines Menschen. Dem noch dazu speiübel war.

Auf wackeligen Beinen ging er ein paar Schritte. Zuerst musste er Gabriella Bramante finden. Alles andere würde sich dann ergeben.

❊❊❊

Am nächsten Morgen wartete Darran bereits auf der anderen Straßenseite, bis Gabriella aus dem Haus kam.

Nicht nur sein Kopf, sein ganzer sonst so gefühlloser Körper war immer noch erfüllt von ihrem Wiedersehen. Die Erinnerung daran stimmte ihn auf eine neue, bislang unbekannte Weise fröhlich. Sie hatte mit ihm gesprochen. Sie konnte ihn nicht nur sehen, sondern sogar hören! Und sie hatte ihn berührt ... Nicht wie damals, als sie durch ihn hindurchgelaufen war und die ganze Welt für lange Momente stehen geblieben war; dieses Mal hatte ihn die Berührung wie ein Schlag getroffen. Und noch jetzt rieb er, wann immer er daran dachte, diese Stelle am Arm.

Er hatte sie über viele Tage hinweg verfolgt. Zuerst vorsichtig, aber dann, als sie ihn nicht zu beachten schien, immer mutiger werdend, bis er schließlich einfach in ihrem Blickfeld geblieben war, wann immer sie in seine Richtung sah. Er hatte es zwar vermieden, sie zu direkt anzustarren – obwohl es ihm schwerfiel, sie nicht anzusehen –, aber er hatte sehr scharf beobachtet, ob und wie sie auf ihn reagierte. Das Ergebnis war mehr als enttäuschend gewesen, obwohl er sich einredete, es sei beruhigend: Sie sah ihn offenbar nicht mehr. Ihr Blick ging jedes Mal über ihn hinweg, als wäre er eine Hausmauer.

Schließlich war er ihr ganz offen gefolgt, wohin auch immer sie ging. Seine Enttäuschung war immer größer geworden. Es war nicht nur die Berührung gewesen, auch wenn sie viel in ihm ausgelöst und sein ganzes Schattendasein verändert hatte – die Erinnerung an den Blick der kleinen Gabriella hatte sich ihm ebenso eingeprägt. Erstaunt, neugierig, erschrocken. Und genauso hatte auch er damals reagiert. Es war das erste Mal gewesen, dass ein Mensch ihn wahrnahm. Zumindest das erste Mal bewusst. Julian hatte ihm später noch öfter von Menschen erzählt, die seinesgleichen sahen, aber er selbst hatte, von Gabriella abgesehen, nur sehr selten welche getroffen, und dann war es immer wesentlich weniger erregend gewesen. Er wusste selbst nicht, was er sich von dem Wiedersehen erhofft hatte – dass sie ihn anblickte, ihn vielleicht sogar anlächelte, wie Menschen einander zulächelten?

An diesem besonderen Tag war er ihr bis in diesen Park gefolgt. Er hatte das Rascheln des Laubs gehört, als der Regen sanft darauf gefallen war, auch wenn er ihn nicht fühlen konnte. Sein Mädchen hatte sich allerdings seltsam benommen: Sie hatte wilde Blicke um sich geworfen, war den Weg regelrecht hinaufgehetzt und schließlich hinter den Hecken verschwunden. Er hatte sie nicht gleich sehen können, aber ihr Odem hatte ihn wie immer zu ihr geführt. Als er sie fand, stand sie etwas vorgebeugt, um eine dichte Hecke aus einem kleinblättrigen Busch spähend. Neugierig war er hinter sie getreten, hatte auf die enge Hose geblickt, die sich so reizvoll um ihr Hinterteil spannte, und hatte abgewartet.

Und als sie sich umgedreht und ihn angeschrien hatte, war er so verblüfft, ja so entzückt gewesen, dass er selbst keinen Ton herausbringen konnte. Sein nächster Gedanke war Rückzug gewesen. Er war es nicht gewöhnt, anderen seine Verblüffung oder seine Gefühle zu zeigen. Und dann ...

Da war sie! Sie trat soeben aus der Tür und machte eine scharfe Linkskehre, als sie ihn auf sich zukommen sah. Ein angenehmes Gefühl, wohliger Wärme nicht unähnlich, stieg in ihm hoch. Nicht einmal ihr finsterer Blick und ihre wenig schmeichelhafte Begrüßung konnten daran etwas ändern.

»Du schon wieder?«

Er versuchte etwas, das die Menschen Lächeln nannten. Offenbar misslang es, denn sie ging davon. Er lief ihr nach.

»Was willst du?«, fragte sie über die Schulter.

»Ich hoffte, mit dir zu sprechen.«

»Es gefällt mir nicht, wie du mir auflauerst. Und jetzt habe ich sowieso keine Zeit.« Zeit schien hier keiner jemals genug zu haben. Gabriella war da keine Ausnahme – eine große, bedrohlich wirkende Uhr an der Wand war ihm zuerst aufgefallen, als er ihre Wohnung betreten hatte. Sie ging rasch weiter, aber er hielt mühelos mit ihr Schritt.

»Ich habe Fragen.«

»Stell dir vor, die hätte ich auch«, erwiderte sie in einem spitzen Tonfall. »Aber nicht jetzt. Und vor allem nicht hier, mitten auf der Straße.« Sie wedelte mit der Hand, als wollte sie ein lästiges Insekt verscheuchen. Er sah sie nur verständnislos an und blieb neben ihr. Er konnte seinen Blick nicht von ihr lassen, um nur ja nicht die geringste ihrer Gesten zu versäumen. Gabriella ihrerseits sah auch ihn an. Das Anschauen während des Gehens fiel ihm nicht schwer, da er spielend durch Leute, Hydranten, Hunde, Kinderwagen hindurchlief; Gabriella dagegen musste ständig ausweichen, stehen bleiben, sich entschuldigen, und rannte schließlich mit einem unterdrückten Fluch gegen einen Müllkübel.

»Ich möchte ...«, fing Darran an.

»*Was* möchtest du?« Sie rieb sich verärgert das Knie.

»Ich hoffte, dich besser kennenzulernen«, er war nahe daran, unter ihrem unfreundlichen Blick zu stottern. Der Versuch zu lächeln war ihm gründlich vergangen. »Ich hätte so viele Fragen. Zu dir und dieser Welt hier!« Er wies mit einer weit ausholenden Geste um sich und köpfte dabei einen Mann mittleren Alters, der mit einer schwarzen Tasche unter dem Arm an ihm vorbeieilte. Der Mann griff sich nach dem Kragen, zerrte daran und strebte weiter, ohne sich umzudrehen, aber Darran sah, wie Gabriella sich mit einem Ausdruck von Ekel an den Hals griff.

Er hob erstaunt die Schultern. »Weder sieht er mich noch fühlt er mich.« Er hörte sie seufzen.

»Und nur weil ich dich sehe, heftest du dich an meine Fersen?«

Darran beschloss, seine Strategie zu ändern. »Mein Name ist Darran«, sagte er. Namen gaben Profil, eine Persönlichkeit. Er hatte erst begonnen, viele menschliche Dinge zu verstehen, nachdem er ihre Namen begriffen hatte.

Sie musterte ihn eingehend. Dann drehte sie sich auf dem Absatz um. Er sah ihr enttäuscht nach, aber da hielt sie inne, schien nachzudenken, und schließlich kam sie zurück. »Heute Abend. Wenn du willst, hol mich hier ab.« Sie runzelte die Stirn. »Kennst du dich mit Uhren aus?«

Er nickte selbstsicher. Er hatte Zeit und Uhren studiert.

»Gut, ich habe um zwanzig Uhr frei.« Sie hielt ihm ihre Armbanduhr unter die Nase. Sie war so nahe, dass ihr Odem ihn schwindlig machte. Er fühlte sich seltsam von ihr angezogen. Darran schluckte.

Sie tippte mit dem Zeigefinger auf das Ziffernblatt. »Großer Zeiger auf 12 Uhr, kleiner Zeiger auf acht Uhr, verstanden? Warte dort drüben«, sie wies herrisch auf eine Bank unter einem Baum. »Ich hätte da nämlich auch ein paar Fragen an dich!« Damit rauschte sie davon.

Darran sah ihr nach. Sie hatte sich wahrhaftig verändert. Höchst interessant, wie diese Menschenkinder heranwuchsen und ihre Persönlichkeit entwickelten und sich zugleich ihre Körper verwandelten. Kaum zu glauben, dass diese langen Beine und diese energisch schwingenden Hüften zu dem kleinen mageren Mädchen gehörten, das ihn seit damals nicht mehr losgelassen hatte. Er kniff die Augen zusammen. Reizend sah das aus, wie sich ihr Po in der engen Hose abzeichnete und sich hin und her bewegte, während sie davoneilte. Formvollendet.

Kurz bevor sie das Restaurant erreichte, drehte Gabriella sich blitzschnell um. Und ertappte den Grauen dabei, wie er selbstvergessen ihre Kehrseite studierte.

Achtes Kapitel

Markus hatte inzwischen seine Umgebung erkundet. Es hatte funktioniert! Er befand sich nicht weit von seinem Ziel, dem Ort, wo angeblich Strabos Tochter lebte.

Er fragte sich, wie viele nur zu dem einen Zweck entkommen waren, diese Frau zu töten. Dahinter steckte ein System. Jemand, der die Fäden zog, den Hass schürte und die Flüchtigen wie Marionetten seinem Willen folgen ließ. War es Malina? Sie war die Einzige, die genügend Macht und Gelegenheit dazu hatte. Und doch war sie eine Gefangene wie alle anderen. Es musste jemand aus Strabos unmittelbarer Nähe sein, jemand, dem er vertraute. Oder jemand, der so völlig unauffällig war, dass er nie den leisesten Verdacht auf sich lenkte.

Aber vorerst ging es darum, seinen Schwur zu halten. Und wenn es das Letzte war, was er tat. Als er das letzte Mal hier gewesen war, war er wie ein Schatten umhergezogen, nicht zu dieser Welt gehörend, unsichtbar. Fast unsichtbar.

Er lächelte, als er weiterging. Er kannte sich hier aus. Und zwar aus einem Grund, der ihn nach Amisaya gebracht hatte. Es würde einfach sein, sie zu finden. Wenn sein Gedächtnis ihn nicht im Stich ließ. Welch ein Glück, dass es dieselbe Stadt war, in der er so lange Zeit verbracht hatte. Er griff in die Jackentasche, um sich zu vergewissern, dass er die Geldbörse noch dabeihatte. Wahrhaftig, Malina und ihre Leute waren gut ausgerüstet. Er lachte in sich hinein, als ihm klar wurde, dass er Strabo einige gute Tipps geben könnte, was die Flüchtenden betraf. An Strabos Stelle würde er sie untersuchen, sie *filzen*, wie das in der Sprache der Menschen hieß.

Er sah sich um. Sie lebte nicht weit von hier. Er fand die Straße, die auf dem Zettel stand, und schlenderte sie hinunter, um wie zufällig vor dem Haustor stehen zu bleiben. Er studierte die Namenstäfelchen. »Bramante«. Hier wohnte also Strabos Tochter.

Er drückte auf den Klingelknopf neben dem Namensschild. Keine Antwort. Das hatte er auch nicht erwartet. Er drehte sich um und warf einen Blick zurück zum Markt. Hier gab es diese Fülle. Kein Wunder, dass die Amisayer ihre trostlose Welt verlassen wollten. Ein Hungergefühl überfiel ihn, während er zwischen den Ständen hindurchschlenderte. Dieses Gefühl kannte er nur zu gut aus Amisaya, wo es nie genug für alle gab. Nur die Kälte war neu und fremd, in Amisaya herrschte ein immer gleichbleibenes Klima: trocken, wasserlos, staubig, wenn man von den eisigen Stürmen absah, die mit der Dämmerung aufkamen und den Sand durch die Ödnis wirbelten. Er hatte als Jäger oft genug die Jahreszeiten beobachtet, bemerkt, wie sich die Kleidung der Menschen den Veränderungen anpasste. Er hatte Regen gesehen, Sonne, Schnee. Und danach das Erblühen der Natur wie ein Versprechen auf den Kreislauf des Lebens.

In diesem Moment sah er sie. Er erkannte sie sofort. Nicht, weil ihm die Ähnlichkeit mit Strabo – verblüffend genug – aufgefallen wäre, sondern weil sie mit der Luft sprach, als wäre sie nicht ganz richtig im Kopf. Markus allerdings wusste es besser, und das machte seine Mission nicht gerade leichter: Sie unterhielt sich mit einem Jäger. Das war äußerst ungewöhnlich, es sei denn, der Jäger war in der Lage, auf sie einzugehen. Dazu musste er allerdings einen Teil seiner Persönlichkeit wiedergewonnen haben.

Er verfluchte sein Unvermögen, seine ehemaligen Kollegen wahrnehmen zu können, und schlenderte unauffällig näher. Sie war so in das Gespräch mit dem Unsichtbaren vor ihr vertieft, dass sie Markus nicht beachtete. Jetzt zeigte sie der Luft vor ihr sogar die Uhr an ihrem Handgelenk.

Er blieb abseits stehen und beobachtete, wie sie sich energisch umdrehte und zu einem kleinen Restaurant ging. Nicht viel mehr als ein Stehlokal, das im Sommer einige Tische auf dem Marktplatz davor stehen hatte.

So, das war also Strabos Tochter. Die sich mit Jägern unterhielt, offenbar sogar mit ihnen stritt. Er rieb sich das Kinn. Hatte der Wächter die Wahrheit gesagt? Sollte es wirklich Ramesses sein, dessen Vater sich damals gegen Strabo gestellt und von diesem getötet worden war? Wie konnte er das herausfinden? In diesem Fall hätte er einen Verbündeten. Andere Möglichkeiten ergaben sich, neue Pläne tauchten in seinem Kopf auf. Pläne, die seinen Atem stocken ließen.

Er schlenderte wie unabsichtlich, wie ziellos über den Marktplatz, musterte jedoch scharf seine Umgebung. Manchmal fühlten die Menschen die Gegenwart gewisser Jäger, das hatte er schon früher beobachtet. Sie mieden dann den Ort, an dem er sich aufhielt. Und tatsächlich, er musste nicht lange warten, um dieses Phänomen zu entdecken. Eine Gruppe von Männern und Frauen, die Männer in Anzügen, die Frauen in Kostümen unter den Mänteln, strömte über den Platz, und das Grüppchen teilte sich erstaunlicherweise an einem Punkt, um dann wieder zusammenzufließen. Als stünde dort ein unsichtbares Hindernis. Ob ihnen das überhaupt bewusst war? Nein, sie unterhielten sich weiter.

Er wandte sich ab, ehe der Jäger sein Interesse spüren konnte, und machte eine Runde durch den Markt. Sein Magen knurrte lauter. Hungerfühl war etwas, das ihm von Amisaya nur allzu bekannt war. Er tastete nach der Geldbörse. Er hatte keine Ahnung, wie viel Geld sie beinhaltete – oder vielmehr wie viel er mit diesen Scheinen und Münzen kaufen konnte, aber für eine Mahlzeit würde es wohl reichen, und dies war zugleich eine gute Gelegenheit, ein paar Worte mit Strabos Tochter zu wechseln.

Er wandte sich wieder dem Restaurant zu und schlenderte näher, wie um sich die Speisekarte anzusehen, die neben dem Eingang hing. Dabei blickte er unauffällig durch das Fenster. Dort war sie. Sie begrüßte soeben lächelnd eine etwas kleinere blonde Frau. Er beachtete die andere nicht, bis sie sich umdrehte.

Und da war ihm, als müsse sein Herz stehen bleiben.

❊ ❊ ❊

Gabriella konnte sich an diesem Tag kaum auf ihre Arbeit konzentrieren. Ihr Lächeln fiel manchmal zu flüchtig aus, manchmal zu übertrieben. Sie war unkonzentriert, wann immer sie an das Gespräch mit diesem Grauen dachte, und aufgeregt, wenn ihr die Verabredung mit ihm wieder einfiel.

Sie sah immer wieder zur Tür hin, und plötzlich wurde ihr bewusst, dass sie sich auf den Abend freute. Das war doch fast so etwas wie ein Date, oder? Auch wenn es nur den Grund hatte, ihn auszufragen. Sie dagegen würde sich natürlich hüten, zu viel zu sagen oder auch nur ein Wort über ihren Vater zu verlieren. Dessen Rolle in ihrem Leben hatte sie noch nicht wirklich begriffen und schon gar nicht akzeptiert, auch wenn ihr etwas in ihrem Unterbewusstsein zuraunte, dass sie sich besser damit abfinden sollte.

Rita war schon da und hatte begonnen, in der Küche die Zutaten vorzubereiten. Sie wirkte abgehetzt, ihr Haar war zerrauft, aber ihre Wange und ihr Auge sahen schon viel besser aus. Unter der dicken Make-up-Schicht war die Verfärbung kaum noch zu sehen. Gabriella bemerkte, dass Antonio, der Lokalbesitzer, Rita immer wieder betrachtete und dann mit einem fast unmerklichen Kopfschütteln wieder wegsah. Rita selbst hielt ihren Kopf mit Bedacht stets so, dass möglichst wenig Leute einen direkten Blick auf die verfärbte Wange hatten. Gabriella nickte ihr herzlich zu, und Rita küsste sie auf die Wange und klopfte ihr auf den Rücken.

Noch war es ruhig, es ließen sich nur gelegentlich Kunden sehen, die auf einen schnellen Kaffee oder Imbiss hereinkamen und dann wieder eilig ihren Besorgungen nachgingen. Der große Ansturm war erst gegen Mittag zu erwarten und später am Abend, wenn man sich auf einen letzten Umtrunk traf. Antonio saß mit einem Bekannten an seinem kleinen Privattisch, und so gesellte sie sich zu Rita in die Küche und machte sich an den Abwasch. Sie hatten zwar eine Geschirrspülmaschine, aber die war seit zwei Tagen kaputt.

Rita setzte einige Male zu sprechen an, unterbrach sich dann aber gleich wieder. Offenbar hatte sie etwas auf dem Herzen, das sie loswerden musste, aber nicht wusste, wie. Und endlich fing sie an zu reden. Über ihren Freund. Und damit auch über ihr blaues Auge.

Gabriella biss sich auf die Lippe. Ihre Kollegin schämte sich. Gabriella dagegen schämte sich viel mehr für den Mann, der so etwas machte. Sie hatte ihn einmal gesehen – ein Typ, dem man ihrer Ansicht nach in der Nacht lieber nicht begegnete, oder nur mit Pfefferspray bewaffnet. An diesem Kerl hätte sie solch einen Spray liebend gern ausprobiert. Ausgiebig!

»Ich muss mir ab morgen Nachmittag drei Tage freinehmen, weil er fort muss, zu einem *Happening*«, erzählte Rita weiter. »Antonio weiß schon Bescheid. Murat wird für mich einspringen.«

»Geht schon klar. Und? Was genau ist sein *Happening* denn?«, fragte Gabriella ironisch nach.

Rita musste schmunzeln. »Ach, irgend so ein Treffen mit seinen Freunden. In Salzburg oder München, ich weiß auch nicht. Und da muss ich mich um meinen Paps kümmern, damit der mir nichts anstellt, wenn er allein ist.«

»Da gibt es aber auch Leute, die das profess...«

Rita schüttelte den Kopf. »Nein, die mag er nicht, die wirft er gleich raus. Wir haben das schon versucht. Es war sogar jemand von der Sozialhilfestelle hier, aber sie können nichts machen. Mit Georg dagegen versteht er sich ganz gut.«

Kein Wunder, dachte Gabriella bissig. Beide schlagen ihre Frauen, so etwas verbindet natürlich ungemein.

Die Ladenglocke bimmelte, Gabriella schluckte einen giftigen Kommentar hinunter und steckte den Kopf aus der Küchentür. Ein Blick genügte, um zu wissen, was mit dem Mann los war, der soeben zögerlich das Lokal betrat. Groß, ein wenig nach vorn gebeugt, als wäre ihm die schmutzige Windjacke zu schwer. Sie spannte über den Schultern und reichte nicht über die Handgelenke. Das dunkelgraue, wirre Haar ging ihm bis zum Hemdkragen. Und seine Augen – die waren viel zu dunkel und zu müde in diesem hageren Gesicht.

Antonio sah so kritisch auf den neuen Gast, dass Gabriella sich rasch aus der Küche schob und ihn anlächelte. Der Mann sah hungrig und halb erfroren aus. Sie überlegte schon, welche Arbeit sie ihm anbieten konnte, um ihm das Essen billiger zu geben, als er eine Geldbörse hervorzog. Er nahm zwei Münzen heraus und studierte sie lange, ehe er sie Gabriella auf der ausgestreckten flachen Hand hinhielt.

»Reicht das für ein Essen?« Er sah sie dabei nicht an. Es reichte kaum für eine Portion Suppe. Aber Gabriella war Meisterin in der Kunst, kleine Mahlzeiten zu strecken, damit Leute wie er satt wurden. Das hatte sie von ihrer Mutter gelernt. Sie waren oftmals wie Flüchtlinge in eine neue Stadt gekommen und für jede Hilfe dankbar gewesen.

Sie übersah geflissentlich Antonios hochgezogene Augenbrauen und deutete auf den von Antonio am weitesten entfernten Stehtisch. »Wenn Sie dort drüben warten, bringe ich Ihnen unsere Tagessuppe.«

»Danke.« Er hatte eine heisere Stimme, sprach leise. Sein Blick streifte sie kurz, aber eindringlich, dann ging er in die Ecke. Er sah zur Küchentür hinüber, aber die Schwingtür war zugefallen und verdeckte den Blick. Dahinter hörte sie Rita mit dem Geschirr scheppern.

Gabriella stieß die Tür auf, fasste eine ordentliche Portion auf einen Teller und war auch schon wieder draußen. Der Mann starrte auf die hinter ihr zufallende Tür.

»Vorsicht, sehr heiß.« Er nickte ihr zu, als sie ihm den Teller hinschob und noch den Brotkorb daneben hinstellte. Dazu einen Löffel und eine Papierserviette. Die Suppe würde ihm guttun, und mit dem Brot wurde er schon satt. Da konnte Antonio nicht viel meckern. Aber das tat er ohnehin immer erst nachher, nie direkt vor den Leuten.

Sie blieb hinter dem Tresen stehen und wischte Gläser trocken, während der Mann seine Suppe löffelte. Sehr langsam, als wäre jeder Bissen ein Festmahl, dabei sah er sich um wie ein geprügelter Hund, der Angst hatte, ein anderer könnte ihm sein Futter streitig machen. Armer Teufel. Sie hatte Blutspuren auf seinem hellgrauen Hemd bemerkt, auch auf seinem Kinn. Vielleicht hatte ihn jemand geschlagen. Und nicht das erste Mal, dafür zeugte eine schlecht verheilte Narbe an der Schläfe.

Und eine weitere quer über dem Handrücken. Er selbst sah nicht so aus, als wäre er besonders aggressiv, sondern wirkte eher gehetzt. Auch auf seinen Fingern war etwas Blut.

Eine große Tasse Kaffee brachte bestimmt etwas Farbe in seine blassen Wangen. Als sie die Tasse vor ihn hinstellte, schnupperte sie unauffällig. Ein Geruch nach Erde und Wald ging von ihm aus, als hätte er im Park übernachtet. Aber er roch nicht nach Alkohol und auch nicht wie jemand, der nichts von Wasser und Seife hielt. Sie wischte geflissentlich mit dem Tuch über den Nachbartisch, als sie mit dem Kopf nach hinten deutete: »Wenn Sie sich vielleicht ein bisschen frisch machen wollen? Dort hinten ist die Toilette. Ein sauberes Handtuch hängt auch drin.«

Er sah auf seine Hände und versteckte sie sofort unter dem Tisch. »Ja. Gut.« Er leerte die Kaffeetasse in einem Zug und verschwand danach im hinteren Teil des Restaurants. Zu Gabriellas Verwunderung drückte er sich so ängstlich an der Küchentür vorbei, als lauere dort drinnen ein Monster auf ihn, das jeden Augenblick hervorstürzen und ihn anfallen konnte.

Als er wieder herauskam, sah er schon weit manierlicher aus. Sauberes Gesicht, saubere Hände, irgendwie hatte er es sogar geschafft, sein Haar ordentlich nach hinten zu frisieren. Er hatte ein sympathisches Gesicht, in dem nicht einmal die schlecht verheilte Narbe oder der sprießende Bart wirklich störte. Wenn da nicht der unruhige Ausdruck in seinen Augen gewesen wäre, hätte er gar nicht so übel ausgesehen.

Gabriella hielt ihn an der Restauranttür auf, als er gehen wollte, und reichte ihm ein Päckchen. »Nur eine kleine Wegzehrung«, sagte sie, mit einem Mal verlegen über seinen überraschten Blick. Dann drückte sie ihm noch seine beiden Münzen in die Hand. »Sie bekommen noch etwas raus«, fügte sie leise hinzu, weil sie wusste, dass Antonio in diesem Moment Ohren wie ein Elefant bekam.

Sein Blick glitt langsam von ihrem Gesicht zu den beiden Münzen auf seinem Handteller. Als er wieder hochsah, las sie Beschämung in seinen Augen. Er schüttelte langsam den Kopf. »Nein, das ...«

»Ich will Sie nicht kränken«, stieß sie hervor. »Aber falls Sie morgen Zeit haben, so könnte ich Hilfe brauchen. Meine Kollegin ist für ein paar Tage nicht da.« Es wäre nicht das erste Mal; sie hatte einige *Kunden*, die ihr für ein warmes Essen halfen, den Müll rauszubringen oder schwere Kisten zu schleppen.

Sein Blick ließ sie nicht los, und sie wurde verlegen. Die Brille rutschte ihr von der Nase, und sie schob sie hastig wieder hinauf. Mein Gott, hatte sie ihn so falsch eingeschätzt? Vielleicht war er gar keiner von der Straße? Seine Kleidung war zwar abgetragen und billig, aber vielleicht hatte er nur einen über den Durst getrunken und war irgendwo im Park eingeschlafen?

Ritas Trällern klang bis zu ihnen heraus. Wieder glitt sein Blick zur Küchentür. Ihre Kollegin sang furchtbar falsch, und Gabriella sah, wie er sekundenlang die Lippen zusammenpresste. Dann nickte er ihr zu. »Gut, morgen.«

»Aber erst am Abend. Am Vormittag habe ich frei.«

»Ist gut.« Er steckte das Geld in die Jackentasche, drehte sich um und ging rasch davon.

Gabriella nahm das Geschirr und trug es in die Küche. Als sie bei Antonio vorbeikam, sagte sie: »Ja, ja, schon gut, ich geb die Summe von mir in die Kasse.«

»Glaube aber nicht, dass ich dir irgendwann dein Gehalt erhöhe, wenn du es so rauswirfst«, rief er ihr nach. Sie zuckte nur mit den Schultern und warf ihm ein strahlendes Lächeln zu. Er brummelte noch ein bisschen weiter, aber es klang schon freundlicher. Antonio war eben ein netter Kerl.

»Weißt du, ich bin froh, dass ich ihn hab«, platzte Rita heraus, kaum dass sich die Tür hinter Gabriella geschlossen hatte. Offenbar war ihr dieser Georg die ganze Zeit im Kopf herumgegangen. »Eben weil er auf meinen Dad aufpasst, wenn ich nicht da bin. Und ich muss ja sonst arbeiten gehen.«

»Und er ...?« Nicht, dass sie überhaupt fragen musste.

»... er hat im Moment keinen Job. Aber er sucht einen«, fügte sie wenig überzeugend hinzu.

Gabriella verkniff sich ein abfälliges Schnauben.

»Es ist aber schwierig, etwas Gutes zu finden«, sprach Rita hastig weiter. »Alles kann er natürlich nicht machen – das ist unter ... seinem Niveau.«

Zweifellos. Genauso sah er auch aus. Sie hatte hier auf dem Markt oft Gelegenheit, weniger vom Schicksal Begünstigte zu beobachten, solche wie der Mann, der vorhin hier gewesen war. Obdachlose, Arbeitslose, Menschen, die es irgendwie aus der Bahn geworfen hatte. Nur eine Gasse weiter gab es eine öffentliche Küche, wo sie sich versammelten. Es gehörte oft verflixt wenig dazu, abzustürzen, das konnte so ziemlich jedem passieren. Aber bei Ritas Freund galt diese Unschuldsvermutung nicht.

»Er ist auch nicht immer so. Er kann sehr lieb sein. Du weißt schon.« Rita blinzelte und lächelte, aber ihr Lächeln hatte nichts Anzügliches, deshalb blinzelte Gabriella zurück.

»Ich glaube, ich kann mich dunkel erinnern, was du meinen könntest.«

Seltsam, dass ihr ausgerechnet jetzt dieser Graue einfiel. *Darran.* Wie eifrig er seinen Namen genannt hatte, fast ein wenig stolz, als sei ein Name etwas Besonderes. Vielleicht war es das auch, denn bisher war sie nicht einmal auf den Gedanken gekommen, diese Grauen könnten Namen haben. Eigentlich war er nicht unsympathisch. Ein bisschen schüchtern, das machte ihn ... hm ... anziehend? Hatte er ihr wirklich auf den Hintern gestarrt, als sie davongegangen war?

Sie reckte den Hals, um aus dem Fenster hinauszusehen. Dort war der Baum, unter dem er warten sollte, aber von ihm noch keine Spur. Ein Blick auf die Uhr über der Spüle zeigte, dass es auch noch viel zu früh für ihr Date war. Noch fünf Stunden bis dahin.

Sie fuhr herum, als hinter ihr Geschirr klirrte. Ein Teller war zu Boden gefallen und in etliche Scherben zersprungen. Rita stand wie versteinert da und starrte mit weit aufgerissenen Augen zum Fenster hinaus. Sie war so blass geworden, dass Gabriella nach ihrem Arm griff.

»Was ist denn? Was ist denn dort?« Niemand war auf der Straße außer ein paar Kindern. Ganz hinten ging der Obdachlose, der vorhin bei ihnen gegessen hatte. Vielleicht hatte er neugierig zum Fenster hereingesehen und Rita erschreckt? »Du siehst aus, als hättest du einen Geist gesehen.«

»So ähnlich war es auch.« Rita war immer noch blass. Nur einige hektische Flecken brannten auf ihren Wangen. Ihre Hände zitterten, als sie sich hinhockte, um die Scherben aufzuklauben. Gabriella half ihr und musterte sie dabei immer wieder besorgt.

»Was war denn?«

Rita fuhr sich über das Gesicht. »Nichts weiter. Mir hat nur die Einbildung einen bösen Streich gespielt. Einen ... sehr bösen.«

※ ※ ※

Gabriella schien es, als wäre das gesamte letzte Jahr schneller vergangen als dieser eine Tag. Sie war schon eine halbe Stunde vor ihrer Verabredung so ungeduldig, dass sie alle paar Sekunden auf die Uhr sah. Würde er wirklich kommen? Er hatte nicht den Eindruck gemacht, als würde er sich über sie lustig machen. Sie erinnerte sich an dieses unsichere Lächeln, als wäre es ungewohnt für ihn, und er würde erst probieren, wie das überhaupt funktionierte. Was er wohl von ihr wollte? Welche Fragen wollte er ihr stellen? Ihre wusste sie bereits. Die Liste war lang genug, um ihn eine Weile zu beschäftigen.

Und dann war es endlich so weit. Der große Zeiger stand kaum auf der Zwölf, als sie ihre Sachen packte, ein rasches Grußwort zurückrief und auch schon draußen bei der Tür stand. Sie zwängte sich durch eine Gruppe von Leuten, die auf der Suche nach einem Imbiss ins Lokal drängten, und schritt dann energisch auf den Baum zu.

Abgesehen von den vielen Menschen war die Straße leer. Sie ging um den Baum herum. Sie sah hinauf in die Krone, musterte sogar misstrauisch den Stamm, blickte links, rechts die Straße hinauf und hinunter.

Nichts.

Dann lief sie weiter. Vielleicht wartete er weiter vorne, die Straße entlang? Bei einem anderen Baum? Sie kehrte zurück.

Zehn Minuten später suchte sie nach Gründen für sein Fernbleiben: Er konnte die Zeit doch nicht lesen und hatte nur angegeben. Er hatte nicht mehr hergefunden. Er hatte ihre Verabredung vergessen.

Es war fast zwanzig Uhr dreißig, als sie endlich verdrossen heimging. Sie kam sich unendlich dumm vor und kochte vor Wut.

❊ ❊ ❊

Gabriella zelebrierte den darauffolgenden freien Vormittag mit einem morgendlichen Bad, dem eine ausgiebige Schönheitspflege folgen sollte. Behaglich seufzend rutschte sie etwas tiefer ins warme Wasser und blies verspielt in den Schaum, der sich vor ihrem Gesicht auftürmte. Er duftete herrlich nach Rosen. Sie schloss die Augen.

Hätte die Sonne geschienen, wäre sie ins Freie gegangen, um sich die Beine zu vertreten, vielleicht gemütlich eine Runde zu joggen. Mit der U-Bahn auf die Donauinsel oder mit einem Bus in den Wienerwald. Nach Schönbrunn würde es sie bestimmt für längere Zeit nicht ziehen, das war ihr durch diesen Grauen gründlich verdorben. Durch diesen elenden Typen, der am Vorabend durch Abwesenheit geglänzt hatte. Versetzt sagte man dazu. Sie schnaubte in den Schaum hinein. Unzuverlässiger Nichtsnutz.

Es war nicht so schlimm, dass er sie versetzt hatte, das war ihr schon früher passiert. Dumm war nur ihre Enttäuschung darüber, und dass sie so lange auf ihn gewartet und gehofft hatte. Sich selbst musste sie ja nichts vormachen: Wie weit war es mit ihr gekommen, wenn sie sich schon auf ein Treffen mit so einem freute – mit einem, den es nicht einmal richtig gab. Eine Frechheit war nur, dass er sie einfach so hatte sitzen lassen. Und das, nachdem er ihr so lästig nachgelau...

»Es tut mir leid, ich konnte nicht ...«

Die dunkle, sanfte Stimme klang so dicht an ihrem Ohr, dass Gabriella beinahe das Herz stehen blieb. Und dann kreischte sie auf, und während sie noch kreischte, rutschte sie tiefer, bis ihr Schrei in einem Seifenblasen spuckenden Gurgeln erstickte.

Als sie eine Sekunde später wieder aus dem Wasser schoss und durch ihre nassen Haarsträhnen schielte, fand sie ihn halb neben, halb in der Wanne stehend. Sein Blick wanderte interessiert an ihr entlang, um dann auf ihrem Busen zu verweilen.

»Aus meiner Wohnung!« Mit der rechten Hand versuchte sie, beide Brüste gleichzeitig zu bedecken, mit der linken wies sie zur Tür, streifte ihn dabei genau an einer peinlichen Stelle und glitt durch diese hindurch. Sie sah, wie er scharf die Luft einzog.

»Sofort!«

»Aber ...« Er bewegte sich unbehaglich.

»JETZT! Und wage es nicht, zurückzukommen! Und überhaupt, wohlerzogene Menschen läuten zuerst«, schrie sie ihm nach, als er mit einem verwirrten Ausdruck verschwand, direkt durch die Fliesen neben der Badewanne – den Eindruck schaumflöckchengekrönter weiblicher Hügel mit sich nehmend.

Gabriella hätte noch mehr zu schimpfen gehabt, aber die leere Wand anzuschreien war wenig befriedigend. Ihre Knie zitterten so sehr, dass sie kaum aufstehen konnte, aber die Angst, dieser Irre könnte wieder auftauchen, trieb sie aus der wohlig warmen Wanne. Sie stieg hinaus, raffte gleichzeitig ein großes Badetuch an sich und wickelte sich, den Kopf panisch nach allen Seiten drehend, darin ein. Sie bebte am ganzen Körper. Der geruhsame Morgen war gründlich verdorben.

Sie so zu erschrecken! Wie unverschämt! Zuerst tauchte er gar nicht auf, und dann bekam sie fast einen Herzinfarkt vor Schreck wegen ihm! So ein Idiot! Sie tastete nach ihrer Brille und starrte feindselig durch die beschlagenen Gläser auf die Fliesenwand. Dahinter lag der Gang. War er ganz weg oder gaffte er noch herein wie Heinz Rühmann in »Ein Mann geht durch die Wand«? Der Lieblingsfilm ihrer Mutter – warum, war ihr inzwischen klar geworden –, aber bestimmt nicht ihrer!

Sie tauschte das Badetuch eilig gegen einen Bademantel, schlang ein Handtuch um ihr tropfendes Haar und marschierte hinaus. An der Wohnungstür lugte sie mit angehaltenem Atem aus dem Spion. Dort stand er – ein hellgrauer Schatten im dunkelgrauen Gang – und sah unentschlossen auf die Wand zum Badezimmer.

Gabriella holte tief Luft und riss die Tür auf. »Du Spinner! Du kannst doch nicht einfach so hereinplatzen!«

Er wandte ihr ein erfreutes Gesicht zu. »Darf ich jetzt hereinkommen?«

»Das tut man ni…!« Zu spät bemerkte sie ihren Nachbarn, der mit dem Schlüssel in der Hand vor seiner Wohnungstür erstarrte. »Ich dachte … ich meine. Guten Abend.« Sie schlug die Tür vor seinem pikierten Gesichtsausdruck zu. Darran stand mitten im Türblatt, halb draußen, halb drinnen. Mit einem großen Schritt war er neben ihr. »Wie soll ich denn sonst hereinkommen?«

»Man klopft an!« Sie mäßigte ihre Stimme. »Man klingelt.« Sie machte es ihm vor, indem sie mit dem Knöchel an die Wand schlug. »So. So klopft man an.«

»So?« Er lächelte unschuldig, als er sie nachahmte. Seine Hand ging durch die Wand wie durch Luft. »Du hättest mein Klopfen nicht gehört. Und bei der Klingel ist es nicht anders.«

»Das ist keine Entschuldigung!« Nicht auszudenken, wenn er vielleicht bei noch unpassenderer Gelegenheit hereingeplatzt wäre!

»Was soll ich denn sonst tun? Warten, bis du zufällig nachsiehst, ob ich vielleicht draußen stehe und warte?«

»Schleich dich zumindest nicht so an!«

Sein »Gut« klang kleinlaut genug, um sie zumindest etwas zu besänftigen. »Und man dringt prinzipiell nicht in fremder Leute Wohnung ein. Und schon gar nicht ins Badezimmer.« Das sagte sie sehr langsam und deutlich. Wer wusste schon, was ihm einfiel. Das nächste Mal stand er vor ihr, während sie sich gerade die Beine rasierte oder ... Ihre Wangen wurden heiß. Nicht einmal zu Ende denken wollte sie das!

»Was willst du überhaupt hier? Wir waren gestern verabredet!«

»Das wollte ich vorhin erklären«, sagte er in einem beschwichtigenden Tonfall. Sein Blick glitt an ihr hinab, und ihr wurde bewusst, dass sie die Hände in die Seiten gestemmt hatte und ihr Bademantel dabei war, vorn auseinanderzurutschen. Mit einer raschen Bewegung zerrte sie ihn wieder zusammen und band den Gürtel fester. Ein bedauernder Ausdruck huschte über sein Gesicht. Sie drehte sich um und tappte vor ihm her in die Küche, ihre bloßen Füße hinterließen feuchte Flecken auf den Plastikboden.

Als sie beim Tisch stehen blieb und sich nach dem Grauen umdrehte, war er so knapp hinter ihr, dass er sie beinahe berührte. Er war fast einen Kopf größer als sie, und sie musste den Kopf etwas in den Nacken legen. Sein Haar war sehr dunkel, fast schwarz, und nicht grau, wie sie anfangs gedacht hatte. Und seine Augen ebenfalls nicht. Sie waren hellbraun, mit goldenen Pünktchen darin. Eine warme, freundliche Farbe. Und wie er sie ansah. Sie blickte eine Sekunde zu lang und zu tief in diese Augen, dann trat sie hastig zurück, bis sie am Tisch anstieß.

»Warte hier, ich bin gleich wieder da! Und du bleibst, wo du bist! Rühr dich nicht von der Stelle!« Sie stürzte in ihr Zimmer, um sich mit fliegenden Fingern Jeans, warme Socken und einen Rollkragenpulli überzuziehen. Dann noch kurz entschlossen eine warme Wollmütze über ihr feuchtes Haar. Schönheit war jetzt nebensächlich.

»Na schön«, sagte sie, als sie zurückkam. »Also, was willst du? Weshalb bist du hier?«

»Ich will mit dir sprechen. Dich kennenlernen. Du

hast mich damals, als du durch mich hindurchgelaufen bist, verändert.«

Sie runzelte die Stirn »Dich verändert? Inwiefern denn das?«

Er sah sie offen an. »Davor war ich nur ... ein Schatten. Ich dachte nicht, ich fragte nicht. Ich tat nur das, wofür wir geschaffen wurden. Damals kehrte ich zurück, konnte dich jedoch nicht mehr finden. Seitdem suche ich dich.«

»So.« Gabriella wandte sich um. Mit einer fahrigen Bewegung griff sie nach dem Frühstücksgeschirr, um es abzuwaschen. Sie tat das eher aus Verlegenheit denn aus Ordnungsliebe, und war sich die ganze Zeit über seiner Blicke nur allzu bewusst. Er hatte sie zwei Jahrzehnte lang gesucht. Zwanzig Jahre lang. Sie! Ihr Herz klopfte plötzlich bis zum Hals. Sie brauchte einige Minuten, bis sie sich wieder einigermaßen gefangen hatte.

Endlich drehte sie sich um. »Kann ich dir etwas anbieten?« Aus Verlegenheit griff sie nach einer Kekspackung, öffnete sie und hielt sie ihm hin. Er schüttelte den Kopf.

Nein, natürlich nicht. Wie dumm. Er würde ja hindurchgreifen. »Wovon lebst du denn eigentlich?«

Er zuckte mit den Schultern. »Ich existiere nicht wirklich. Weder hier noch dort.« Seine Stimme hatte bei diesen Worten einen kaum merklichen, bedauernden Unterton.

»Auch nicht dort, von wo du herkommst?« Ohne dass es ihr bewusst wurde, musterte Gabriella ihn ebenso eingehend wie er sie. Er sah ganz real aus – wenn man davon absah, dass nur sie ihn sehen konnte und er durch alle und alles hindurchlief und umgekehrt. Er warf keinen Schatten, aber sie konnte auch nicht durch ihn hindurchblicken wie durch eine Geistererscheinung. Oder wie sie sich eben eine solche vorstellte. »Hm«, machte sie, während sie prüfend ihren Blick über ihn wandern ließ, »es sieht aber aus, als hättest du einen ganz normalen Körper.« Und keinen allzu üblen.

»Ich spüre ihn in gewisser Weise auch, aber ich muss ihn nicht pflegen, nicht so wie ihr.«

Gabriellas Gedanken gingen noch einen Schritt weiter, während sie gedankenverloren nach einem Keks griff und hineinbiss. Er aß nicht. Aber sonst? Hatte er eine Freundin? Eine Geliebte? Konnte ein Mann, der nicht aß, überhaupt Sex haben? Bei dem Gedanken wurde ihr ganz heiß. Diese Frage war jedoch naheliegend – denn wenn diese Grauen niemanden berühren konnten, wie hatte ihr Vater dann sie zeugen können? Sie erinnerte sich an seine Hand, die kurz über ihre Wange gestreichelt hatte. Menschlich und warm war sie gewesen.

»Weshalb rötet sich dein Gesicht jetzt?«

Gabriella verschluckte sich beinahe. »Es ... es ist warm hier drinnen.«

»Verstehe.« Er betrachtete sie eingehend. »Wie ist das eigentlich mit eurem Paarungsverhalten?«

Er konnte Gedanken lesen. Ihr Kopf fühlte sich plötzlich ganz leer an. Gabriella ließ sich auf einen Stuhl fallen. Nervös tastete sie nach der Kekspackung.

»Dies scheint ein grundlegendes Verhaltensmuster in eurer Kultur und auch in anderen zu sein«, fuhr er fort. »Zumindest kann man den Schluss ziehen, wenn man sieht, welch ein zentrales Thema es in eurer Literatur und in eurem Leben darstellt.« Sein Blick wurde eindringlich. »Hast du es mit diesem Menschen getan? Mit diesem dunkelhaarigen, der in diesem Restaurant arbeitet und der dich zur Begrüßung immer auf beide Wangen küsst?«

»Was? M... mit Murat? Nein!«

»Aber ihr wart in einer kleinen Kammer und ...«

»Wir haben den Getränkevorrat inspiziert!«

Er lächelte plötzlich. »Das stimmt mit meinen Beobachtungen überein.« Wieder glitt sein Blick über sie. Etwas zu interessiert für einen Mann, der nicht einmal einen richtigen Körper hatte und offenbar von Luft lebte.

»Kannst du dir nicht jemand anderen für deinen Aufklärungsunterricht suchen?« Gabriella warf den angebissenen Keks auf den Tisch und lehnte sich zurück. Sex mit Murat in der Vorratskammer! Was kam als Nächstes?!

Sie kniff die Augen zusammen. War da nicht so ein hinterhältiges Glitzern in seinem Blick? Machte er sich etwa über sie lustig? »Schamgefühl ist etwas, das dir offenbar absolut fehlt!«

»Schamgefühl?« Das verdächtige Glitzern verschwand. Er schien in sich hineinzuhorchen. »Ich habe damals viele deiner Gefühle gespürt und übernommen, aber etwas, das diese Eigenschaft widerspiegeln würde, war offenbar nicht dabei.«

»Das war ein Fehler«, stellte Gabriella genervt fest. »Das hätte ich dir gleich als Erstes übertragen müssen.« Sie lehnte sich drohend vor und fixierte ihn mit einem grimmigen Blick. »Du spionierst mir also nach.«

»Kaum nennenswert.« Er schenkte ihr ein entwaffnendes Lächeln, so spontan und menschlich und so unerhört charmant, dass Gabriella für einige Herzschläge der Atem stockte. »Ihr Menschen interessiert mich eben. Deshalb stelle ich Fragen. Und da mich andere nicht sehen oder hören können, bin ich dir sehr dankbar, wenn du sie mir beantwortest.«

»Apropos Fragen!« Sie sprang auf und eilte ins Zimmer ihrer Mutter. Es war jetzt völlig klar: Ihre Mutter hatte all diese Artikel gesammelt, wo jemand ermordet worden war, der oder die Mörder aber nie gefunden werden konnten. Sie griff sich die Zeitungsartikel, suchte jenen von Venedig heraus und kehrte in die Küche zurück.

Als sie den Artikel vor Darran auf den Tisch knallte, betrachtete dieser jedoch nicht den Zeitungsausschnitt, sondern sie. »Weshalb verhüllst du dich eigentlich? Das hättest du nicht nötig, du siehst auch ohne ...« Ihr wütender Blick ließ ihn verstummen. Er räusperte sich. »Es ist vermutlich der Kälte wegen.«

»Vermutlich«, sagte sie mit ziemlich spöttischem Ton in der Stimme. »Und jetzt schau her!« Sie pochte mit dem Zeigefinger auf die Meldung. »Hier. Das muss der Tag gewesen sein, an dem ... ich dich gesehen habe.«

Er löste endlich den Blick von ihr, um das Bild des Palazzos zu studieren, in dem man die Leiche gefunden hatte. Eine bestialisch zugerichtete Leiche. Kein Mörder. Zeugen hatten von einer Frau in blutbesudeltem Gewand erzählt, aber man hatte sie nie gefunden. Zumindest hatten die Journalisten zu dieser Zeit noch genügend Anstand, nicht die Tote abzulichten, auch wenn die Beschreibung detailliert genug war.

Er nickte nachdenklich. »Ja, ich erinnere mich.« Sein Blick suchte wieder ihr Gesicht und wurde ganz weich. »Es war der Tag, an dem ich dich getroffen habe. Ich würde nichts vergessen, was damals geschah.«

»Wohin bist du damals mit dieser Frau verschwunden?«

Er zögerte, und sie dachte schon, er würde ihr nicht antworten wollen, aber dann sagte er: »Nach Amisaya. Sie wurde getötet.«

Darran erschrak, als sein Mädchen vor ihm zurückwich. Sie hatte Angst vor ihm. Er schüttelte entschieden den Kopf. »Nein! Nein. Meine Aufgabe besteht darin, sie zu finden, ehe sie zu viel Schaden anrichtet.« Er suchte nach Worten und Begriffen für etwas, das er sich selbst zusammengereimt hatte. »Sie verändern sich hier bei euch, verfallen dem Wahnsinn, wenn sie nicht zur rechten Zeit zurückgebracht werden. Aber«, setzte er leise hinzu, »manchmal misslingt es.«

»Weshalb fliehen sie?« Ihre Stimme klang belegt.

»Ich kann es nicht mit Sicherheit sagen.« Er hatte nie einen von ihnen gefragt, aber wenn er den trostlosen Anblick von Amisaya mit dem Leben diesseits der Grenze verglich, lag die Antwort auf der Hand. »Es scheint mir hier alles besser zu sein. Bunter, lebendiger.« Er wusste nur, dass er ebenfalls alles tun würde, um von dort zu entkommen und hier zu leben. Er sah Gabriella an und probierte ein Lächeln.

Sie erwiderte es wieder nicht. Ihr Blick war ernst und prüfend. »Wo liegt dieses Amia... Amisaya? Die Welt, aus der du kommst?«

»Sie ist durch eine Grenze von eurer getrennt, die niemand durchschreiten kann.«

»Einige aber offenbar doch.«

Er zuckte mit den Schultern. Wieder glitt sein Blick über sie, ihr Gesicht, ihren Hals, tiefer. Er war sich zuvor nie bewusst gewesen, wie anziehend diese weiblichen Formen wirkten. Ihre Vorwürfe, nachdem er sie im Bad gestört hatte, waren den Anblick wert gewesen. Sie richtete sich auf und schob ihre Brille auf die Nase zurück. Es wirkte reizvoll unbeholfen.

Als sie auf den Stuhl ihr gegenüber deutete, nahm Darran das als Einladung und ließ sich ebenfalls nieder – sehr konzentriert, um nicht einzusinken. Dieses Gespräch verlief interessanter und anregender, als er gehofft hatte. Er konnte kaum den Blick von ihr lassen. Wie hübsch sie aussah mit dieser Wollmütze, unter der einige Strähnen hervorlugten, mit diesem hochgeschlossenen Pullover, der doch eng genug war, um ihre Brüste zu betonen. Der Wunsch stieg in ihm hoch, die Arme um sie zu legen, um festzustellen, wie ihr schlanker Körper sich darin anfühlen mochte. Er hatte herausfinden wollen, ob diesem Murat ihre Zuneigung gehörte. Es war nicht der Fall, das wusste er jetzt. Und es gab auch keinen anderen Mann, der ihr so nahe kommen könnte, wie er es sich mit jedem Moment mehr wünschte. Wie weich ihre Haut sich wohl anfühlen mochte …

Er zuckte zusammen, als sie seine Betrachtungen unterbrach und in die Stille hinein sagte: »Ich habe es auch gefühlt, damals. Es war erschreckend. Du warst erschreckend.«

Ein kalter Hauch erfasste ihn. »Das tut mir leid. Ich wollte damals nicht, dass du durch mich läufst, obwohl ich nicht dachte, es würde einen Unterschied machen.«

Sie hob abwehrend die Hand. »Ich hatte keine Angst vor dir, es war nur … da war kein Gefühl, nur völlige Leere. Und für eine kurze Zeit fürchtete ich, nie wieder hinauszufinden.«

»Stattdessen hast du mir einen Teil deiner Wärme zurückgelassen.« Er sah auf ihre Hand, die auf dem Tisch lag. Sie hatte sie über dem Zeitungsartikel liegen, als wollte sie den Artikel damit verbergen. Allein nur ihre Hand zu berühren musste unfassbar schön sein.

Er ertrug es nicht länger. Er musste es einfach tun. Langsam, um sie nicht zu erschrecken, ließ er seine Hand über den Tisch wandern. Nur einen Zentimeter vor ihren Fingerspitzen hielt er inne. Gabriella beobachtete ihn, zog ihre Hand jedoch nicht zurück. Sie musste die Frage in seinen Augen sehen, denn sie schob ihre Hand ebenfalls vor, bis die Fingerkuppen sich berührten. Eine plötzliche Hitzewelle erfasste zuerst seine Finger, dann seine Hand und verebbte in seiner Schulter. Sie zogen ihre Hände gleichzeitig zurück, und Gabriella sah ungläubig hoch. »Und sonst spürst du das nie?«

Bevor er sie getroffen hatte, hatte er überhaupt nichts

gefühlt. Absolut nichts. Aber wie sollte er das einem Wesen klarmachen, das einen warmen, atmenden, lebendigen Körper hatte, den er am liebsten an sich gepresst hätte, um das Leben darin zu spüren.

»Und was fühlst du jetzt, wenn du mich berührst, Gabriella?« Er hatte Angst vor ihrer Antwort. Was war, wenn er für sie immer noch die Kälte und Leere ausstrahlte, die ihr damals Angst gemacht hatten?

Sie lachte und sah auf eine sehr reizende Art verlegen dabei aus. »Es ... ist, als würde ich auf eine Herdplatte greifen. Oder einen kleinen Stromstoß bekommen.«

Er runzelte die Stirn. »Ist das schlecht?«

Sie lachte. »Das kommt auf die Herdplatte an.« Sie hob in einer hilflosen Geste die Schultern. »Es ist zumindest sehr ungewöhnlich.«

Mehr als ungewöhnlich, musste Gabriella vor sich selbst zugeben. Sie legte ihre Hand wieder auf den Tisch. »Probieren wir es noch einmal.« Sie räusperte sich. »Der Forschung halber.«

Dieses Mal begnügte er sich nicht, nur ihre Fingerspitzen zu berühren. Er ließ seine Finger sehr bewusst über ihren Handrücken wandern, fuhr weiter über ihr Handgelenk, ihren Unterarm. Dort, wo er sie berührte, prickelte ihre Haut. Noch nie hatte sich jemand so zart, so vorsichtig über ihre Haut getastet. Und noch nie hatte sie das Bedürfnis eines anderen nach ihrer Berührung so stark empfunden. Ganz so, als wäre sie eine Kostbarkeit. Sie sah ihn verwundert an. War sie ihm so wichtig?

In diesem Moment schloss er seine Finger um ihre. Es schien, als würden ihre beiden Hände miteinander verschmelzen, und eine Welle von Zuneigung, Verlangen und Sehnsucht raste durch sie hindurch und ließ sie scharf die Luft einziehen. Er ließ sie los.

»Was hast du gefühlt?« Sie musste sich räuspern, um die Worte klar hervorzubringen.

»Dich. Ich habe dich gefühlt.« Sein Blick war so eindringlich, dass sie beinahe darin versunken wäre. Sie schüttelte den Kopf, wie um einen Bann zu lösen, und setzte sich auf, lehnte sich von ihm weg. Das war ja absurd! Sie war ja drauf und dran, mit einem dieser Grauen zu flirten! Der Mann war ja nicht einmal real. Er war nur ein Schatten, den außer ihr niemand sehen und hören konnte!

Entschlossen erhob sie sich. »Es ist schon spät. Ich muss mich anziehen und ins Restaurant. Was heißt«, setzte sie hinzu, als ihr Gast wie festgeklebt auf dem Stuhl sitzen blieb und sie nur erwartungsvoll ansah, »dass ich dabei gerne allein wäre.«

»Ich könnte doch …«

»Nein, könntest du nicht!« Das fehlte noch. Wer weiß, was ihm einfiel! Er hatte heute schon genug von ihr gesehen. Eine ganze Badewanne voll!

Er erhob sich, blieb jedoch auf dem Weg zur Tür stehen und drehte sich um. »Ehe ich gehe, würde ich gerne noch etwas ausprobieren.« Er lächelte in dieser betörend charmanten Art. »Der Forschung wegen.«

»Was denn?« Sie beäugte ihn misstrauisch.

»Eine Art des Grußes, der bei euch sehr verbreitet zu sein scheint.«

»Ja?« Ehe das Ja? noch richtig heraußen war, stand er schon bei ihr. Nicht mehr als zwei lange Schritte. Und dann spürte sie ihn. Er griff durch sie hindurch und berührte sie doch so intensiv, dass ihr Atem stockte. Eine Berührung von Lippen auf ihrer Wange, die sie eigentlich gar nicht berühren konnten. Zwei Hände an ihren Armen, ihren Schultern, an ihrem Rücken. Eine Hitzewelle, zugleich wie kühles Eis, elektrisches Flimmern.

Erschrocken wand sie sich aus seiner Umarmung, wich zurück und hob abwehrend die Hände, als er wieder nach ihr fassen wollte. Er blieb stehen und sah sie verwirrt an. Täuschte sie sich oder ging sein Atem jetzt schneller als davor? Er hob die Hand und strich damit über seine Lippen. »Was ist das?«, fragte er leise. »Weshalb kann ich dich auf diese Weise fühlen und andere nicht?«

Sie schüttelte hilflos den Kopf und wich noch einen Schritt von ihm zurück, als er die Hand nach ihr ausstreckte, als wolle er den Versuch wiederholen. »Du ... musst jetzt gehen.«

»Darf ich dich wieder besuchen?«

»Ja. Nein ... ja. Aber wir treffen ein Abkommen. Du tauchst nicht einfach auf. Sobald du vor der Tür stehst, klopfst du nicht, sondern rufst mich. Und wenn ich ›herein‹ sage, dann, erst *dann*, kommst du herein. Verstanden?«

Er nickte friedfertig, lächelte ihr zu und verschwand durch die Wand neben der Wohnungstür.

Neuntes Kapitel

»Ihre Kollegin ist heute noch nicht da?«

Gabriella war für Antonios italienische Spezialitäten zuständig. Ihr Boss hatte sie vor vier Jahren ohne lange Überlegung eingestellt, als er gehört hatte, dass ihre Großeltern ein Restaurant in Venedig gehabt hatten. Sie stellte den Topf mit den Spaghetti neben dem Herd ab und drehte sich nach dem Sprecher um.

Der Mann, dem sie zu essen gegeben hatte, war tatsächlich am nächsten Abend gekommen und hatte sich nach einigem Zaudern als Markus Meier vorgestellt. Der Name war vermutlich falsch, doch von jemandem, der ihr nun schon seit Tagen verlässlich half, Kisten und Flaschen zu schleppen, bis Murat später am Abend kam, um weiterzumachen, verlangte man bestimmt keinen Ausweis.

Aber was ging ihn Rita an? »Sie hat noch Urlaub.« Sie beäugte ihn mit abweisender Miene. Er schien es nicht zu bemerken. Vermutlich, weil er ihrem Blick auswich.

»Sie ist jetzt schon einige Tage weg.«

»Ja. Und?« Rita hatte ihren Urlaub verlängern müssen, weil sich das *Happening* ihres Liebsten noch hinausgezögert hatte. Gabriella argwöhnte eher eine verlängerte Sauftour mit seinen Kumpanen, von der der liebe *Schurli* erst zurückkehrte, wenn Ritas Geld ausgegangen war.

Markus mied konsequent ihren Blick. »Nur so. Ich dachte nur, weil Sie die Arbeit allein machen müssen.«

Gabriella zuckte mit den Schultern. »Ist nicht so schlimm. Und Sie helfen mir ja.« Das tat er tatsächlich.

Er schleppte nicht nur Kisten, sondern wusch dazwischen sogar das Geschirr ab. Zuerst ungeschickt und fast ein wenig amüsiert, dann schon sehr versiert.

Rita schien ihn zu interessieren. Ob er sie letztens durch das Fenster beobachtet und irgendwie erschreckt hatte? Gabriella musterte ihn kurz. Er hatte nach Kisten mit vollen Getränkeflaschen gegriffen, um sie ins Lager zu tragen. Links und rechts je eine. Er war kräftiger, als es bei seiner hageren Gestalt aussah, und hielt die schweren Kisten wie sie einen leeren Einkaufskorb. Sie fragte sich, wo er übernachtete. Er hatte jeden Tag dasselbe an, sah aber ganz manierlich aus und hatte jetzt immer saubere Hände und ein sauberes, rasiertes Gesicht. Er roch nicht mehr nach Gras und Erde, aber es war wohl zu kalt, um im Park zu übernachten. Vielleicht hatte er in einem dieser Obdachlosenheime einen Schlafplatz gefunden.

Dass ihm ihre Kollegin gefiel, wunderte sie nicht – Rita war eine hübsche junge Frau, zog aber offenbar immer die falschen Männer an: Schmarotzer und jetzt sogar Sandler.

Sie wandte sich wieder dem Kochen zu. Und du selbst, meldete sich eine Stimme in ihrem Kopf, während sie entschlossen in einer Pfanne rührte, bis Tomatenstückchen über den Rand spritzten, bist die Tochter eines Gespenstes, das irgendwelche obskuren Leute in ein noch obskureres Land verschleppt, und wirst auf Schritt und Tritt von einem weiteren Gespenst verfolgt. Und es gefällt dir auch noch.

Nur allzu wahr.

Sie hatte sich sehr schnell daran gewöhnt, den Jäger um sich zu haben. Auch wenn sie scheu weiteren Berührungen auswich, obwohl er sie mit treuherzigem Blick immer wieder so betrachtete, dass es sie angenehm berührte. Zu angenehm. Diese Art von Prickeln, das ihren ganzen Körper erfasste, sollte sie eher bei einem Mann aus Fleisch und Blut verspüren und nicht bei einem, der als Schatten lebte.

Aber es war schwierig, seinem Charme zu widerstehen. Er wartete am Morgen schon auf der Straße, wenn sie das Haus verließ, begleitete sie zum Einkaufen und blieb treulich an ihrer Seite, ungerührt davon, wie viele Einkaufs- oder Kinderwägen durch ihn hindurchgeschoben wurden oder wie viele Hausfrauen und Kinder durch ihn hindurchliefen und alte Frauen und Männer ihn mit dem Stock in der Hand durchwanderten. Seit er bemerkt hatte, wie sehr sie das irritierte, versuchte er zwar, auszuweichen, aber da er sich weigerte, sich auch nur weiter als zwei Schritte von ihr zu entfernen, war es unvermeidlich, dass alle Welt durch ihn hindurchlief.

Letztens war er ihr sogar bis zum Zahnarzt gefolgt, um dann mit angespanntem Ausdruck neben ihr zu stehen und den arglosen Mann zu fixieren, als würde er jeden Moment den Bohrer an ihm selbst probieren wollen. Er hatte auch entsprechende Bemerkungen gemacht, und Gabriella hatte ihn nicht einmal hinausschicken können, weil sie den Mund voller Bohrer und Tupfer gehabt hatte. Schließlich hatte sie es aufgegeben, misstrauisch zu ihm hinüberzuschielen, und einfach die Augen geschlossen.

Wenn sie zur Arbeit ging, begleitete er sie ebenfalls die paar hundert Meter und wartete meist auf dem Marktplatz vor dem Restaurant, bis sie am Abend ihre Schicht beendete. Und wenn er einmal nicht da war – sie wusste, er war dann auf der Jagd – etwas, das ihr immer wieder Schauer des Ekels und der Angst über den Körper jagte –, so dauerte es nie lange, bis er wieder vor ihr stand, lächelnd, mit diesem intensiven Blick, als wäre er glücklich, sie zu sehen und bei ihr zu sein. Anfangs war er sogar ins Lokal gekommen und ihr überall im Weg herumgestanden, bis sie ihn energisch vor die Tür geschickt hatte.

Auch jetzt wartete er wieder draußen, beobachtete die Leute und sah alle paar Sekunden herein. Als er bemerkte, dass sie ihn ansah, hob er die Hand. Gabriella seufzte. Mit diesem Lächeln sah er geradezu verboten gut aus.

Markus Meier ertappte sie dabei, wie sie zurücklächelte und zurückwinkte. Er folgte ihrem Blick, aber da draußen war nichts. Nur Regen und Wasserlachen. Sie wandte sich abrupt ab.

»Stellen Sie die Kiste bitte dort hinüber. Sie sind dann für heute fertig.« Sie deutete mit dem Kopf zu einem Tischchen in der Ecke. Das Lokal war zu dieser Stunde meist leer. Bei schönem Wetter kamen gelegentlich ein paar Leute auf einen Tratsch herein, sonst füllte es sich erst nach Büroschluss. »Ich bringe Ihnen Ihr Essen, und Sie können dann gehen.«

Als sie am Abend aus dem Restaurant trat, war der Regen in Schneefall übergegangen. Dort, wo die Schneeflocken den Boden berührten, tauten sie, und überall warteten knöcheltiefe Pfützen darauf, dass jemand arglos hineintappte. Gabriella hatte nur Halbschuhe an und sprang fröstelnd mehr oder weniger auf Zehenspitzen nach Hause. Darran, von Wetter und Kälte unberührt, blieb wie üblich an ihrer Seite.

Als sie kurz stehenblieb, um in die Auslage des Blumengeschäfts an der Ecke zu schauen, fing sie in der spiegelnden Scheibe seinen bewundernden Blick auf.

»Was ist denn?«, fragte sie irritiert.

»Es gefällt mir, wie sich die Flocken in deinem Haar verfangen.«

Gabriella schielte auf ihre Haarsträhnen, die nass und unansehnlich herabhingen. Es stimmte schon: Der

Mann war ein Spinner. Wenngleich auch ein liebenswerter. Sie lächelte ihn an.

»Du bist überhaupt sehr ...«, fing er, offenbar von ihrem Lächeln ermutigt, an. »Ich meine ... du bist sehr lieblich anzusehen.« Sekundenlang starrte sie ihn an, dann prustete sie los. Irritiert runzelte er die Stirn. »Habe ich etwas Falsches gesagt?«

»Nein«, sie winkte ab. »Es ist nur deine oft etwas antiquierte Ausdrucksweise.«

Sein Lächeln kehrte zurück. Wie warm seine Augen blickten. Wie nahe er stand. So knapp, dass sie das Prickeln der Berührung fühlen konnte. Gabriella wurde trotz der Kälte, des Schneeregens und ihrer nassen Halbschuhe ganz heiß. Verwirrt und entzückt zugleich, beschloss sie, dieser seltsamen Situation zu entkommen, indem sie zu ihrem Haustor sprintete.

Sie lief los, überquerte kurz vor einem Motorrad die Straße, huschte, die Flüche des Fahrers im Rücken, weiter. Kurz vor ihrem Haustor kam sie auf ihren glatten Sohlen ins Rutschen. Sie ruderte mit den Armen, um ihr Gleichgewicht zu halten, zugleich fühlte sie Darrans unmittelbare Nähe – er stand direkt vor ihr und griff nach ihr, um sie aufzufangen. Sie schlitterte durch ihn hindurch, hörte einen fremdländischen, aber sehr bildhaft anmutenden Fluch und prallte schließlich mit voller Wucht gegen das Haustor.

Darran war halb in, halb auf und halb über ihr, als sie endlich auf ihrem Hintern zum Sitzen kam. Sein Erschrecken und seine Angst um sie ließen kleine Stromstöße durch ihren Körper zucken.

»Hast du dir wehgetan?!«

»Nein«, sie versuchte, ihn wegzuschieben, und griff natürlich hindurch. Neuerliche Stromstöße. »Geh weg von mir, das ist nicht angenehm!«

Er sprang zurück und blieb auf Armeslänge stehen,

um besorgt zu beobachten, wie sie versuchte, wieder auf die Füße zu kommen. »Geht es dir gut?«

»Hm.« Wenn man davon absah, dass sie wie ein ungeschickter Trampel vor dem Mann auf dem Boden saß, der ihr gerade ein ebenso seltenes wie wunderbares Kompliment gemacht hatte, konnte sie zumindest froh sein, dass sie sich nichts gebrochen hatte.

Sie hörte schnelle Schritte, dann fassten kräftige Hände nach ihr und zogen sie auf die Füße. Überrascht und ein wenig atemlos sah sie in Markus Meiers hageres Gesicht. »Haben Sie sich verletzt?«

»Nein. Nein, ich glaube nicht.« Die Hand und das Knie taten ein wenig weh, und ein relevanter Körperteil hatte wohl ein paar blaue Flecken abbekommen. »Wo kommen Sie denn so plötzlich her?«

»Ich bin einfach durch die Straßen geschlendert. Als ich Sie vor dem Blumengeschäft sah, wollte ich ausweichen, damit Sie nicht glauben, ich würde Sie verfolgen.«

Als hätte sie etwas anderes als Darran bemerkt. Sie vermied es, nach links zu sehen, wo sich ihr Jäger aufgebaut hatte und Markus misstrauisch musterte.

Markus lächelte schief. »Als ich aber sah, wie Sie ins Rutschen kamen, bin ich herübergelaufen. Geht es jetzt wieder?«

»Ja, danke.«

Gabriella rieb sich den Arm. Jenen, den Darran hatte packen wollen. Das Kribbeln war stärker als sonst, als wäre ein Teil von ihm in ihr geblieben. Als sie zur Seite sah, bemerkte sie, dass er tatsächlich neben ihr stand und ihren Arm hielt, während er Markus mit schmalen Augen fixierte.

»Sag ihm, er soll gehen.« Seine Stimme klang tiefer als sonst, mit einem harten Unterton.

Sie entzog ihm ihren Arm, machte schon den Mund

auf, um ihn zurechtzuweisen, und schloss ihn wieder, als sie Markus' Blick auf sich gerichtet sah. Sie lächelte.

»Geh in deine Wohnung. Jetzt.« Darran ließ keinen Blick von Markus.

Was denn sonst?, fauchte sie ihn in Gedanken an. Sie wollte sich nach ihrer Handtasche bücken, aber Markus kam ihr zuvor. Er hob sie auf und wischte mit dem Jackenärmel darüber, ehe er sie Gabriella reichte. »Bitte sehr.«

»Danke.« Sie kramte in der Tasche und zog den Schlüssel hervor.

»Sie haben sich den Knöchel aufgeschürft.« Markus griff nach ihrer Hand. Darran knurrte etwas Feindseliges.

»Das sollten Sie reinigen und verbinden. Warten Sie, ich helfe Ihnen.« Er griff nach dem Schlüssel, öffnete das Haustor, hielt es ihr auf und reichte ihr dann den Schlüssel. »Gute Nacht.«

»Danke. Gute Na ...« Jetzt erst fiel Gabriella auf, dass er fröstelte. Kein Wunder, er war so nass, dass kleine Wasserbäche aus seinem Haar über sein Gesicht und den Hals liefen. »Sind Sie etwa die ganze Zeit spazieren gewesen?«

Er zuckte mit den Schultern.

»Ja, aber wo ... wo schlafen Sie denn?«

»Bestimmt nicht bei dir«, hörte sie Darrans kalte Stimme. »Gib dich nicht mit ihm ab. Er soll verschwinden.«

»Normalerweise finde ich etwas, aber heute war es zu kalt und zu nass. Recht ungemütlich, daher bin ich spazieren gegangen.«

Gabriella blieb unschlüssig stehen. »Es gibt doch bei verschiedenen Einrichtungen die Möglichkeit, ein warmes Bett zu bekommen. Zumindest ein trockenes. Und sich aufzuwärmen. Oft auch etwas zu essen.«

»Das ist schon in Ordnung. Gute Nacht«, er nickte ihr zu und wollte gehen, als sie ihn aufhielt.

»Warten Sie! Vielleicht mögen Sie ja eine Tasse heißen Tee? Sie könnten Ihre Sachen trocknen, und dann gebe ich Ihnen einen Regenmantel. Und einen dicken Pullover. Vielleicht auch eine Decke. Nun ja, als Dank für Ihre Hilfe«, fügte sie hastig hinzu, als sie sah, wie es in seinem hageren Gesicht zuckte. Schon dachte sie, er würde ablehnen, aber dann sagte er: »Gern, wenn es Sie nicht stört. Heißer Tee wäre gut. Und vielleicht wirklich ein Handtuch. Aber nur, wenn es nichts ausma...«

»Nein, nein, kommen Sie nur.«

»Lass ihn nicht in deine Wohnung! Mir gefällt der Mensch nicht!« Darran stand mitten im Weg. Sie versuchte, ihn zur Seite zu schieben, aber als sie ihn berührte, ging eine heiße Welle seines Ärgers durch sie hindurch. Er blieb stehen, zornig und zugleich triumphierend. »Wenn du mit ihm in deine Wohnung willst, dann nur durch mich hindurch.«

»Das kannst du haben!«, zischte sie ihn an.

»Wie bitte?« Markus sah sie erstaunt an.

»Nichts weiter. Selbstgespräche.« Sie marschierte quer durch Darran hindurch. Er schnappte nach Luft.

Oben angekommen, zog Markus seine tropfenden Schuhe bereits auf dem Gang aus. Aber sogar in Socken hinterließ er dunkle, nasse Stellen auf dem Dielenboden. Gabriella reichte ihm eine Zeitung. »Hier, damit können Sie die Schuhe ausstopfen, dann trocknen sie schneller. Geben Sie her, die Jacke hänge ich ins Bad zum Trocknen. Ziehen Sie um Himmels willen dieses Shirt aus, ich gebe Ihnen ein anderes. Und ein Handtuch.«

Sie schlüpfte aus ihrer eigenen Jacke und den Schuhen und eilte weiter, um alles zu holen. Als sie zurück-

137

kam, wies er auf ihre Hand. »Sie sollten das zuerst verarzten.«

»Mach ich schon.«

Darran klebte förmlich an ihr, als sie wieder ins Bad ging. »Wenn ich bedenke, wie sehr du dich aufgeregt hast, als ich das erste Mal deine Wohnung betrat, so bin ich sehr verwundert zu sehen, wie freundlich du diesen Mann aufnimmst!«

»Du bist ungebeten hereingeplatzt! Und mitten in mein Vollbad! Du bist schon halb in der Wanne gestanden! Und jetzt hör endlich auf!«, zischte sie ihm zu. »Du benimmst dich unmöglich!«

»Wirf ihn sofort hinaus. Er ist gefährlich. Er verbirgt etwas.«

»Tut das nicht jeder?«, fragte sie schnippisch. Darran antwortete nicht. Er sah sie nur ruhig an, was Gabriella mehr verunsicherte als seine zornigen Warnungen. Sie gab nach. »Gut. Eine Tasse Tee, den Regenmantel, und dann sage ich ihm, dass er gehen soll.«

Sein Blick wurde sanft, als er auf ihre Hand blickte. »Verbinde das bitte.«

»Ach was.« Sie steckte den Knöchel in den Mund und lutschte das Blut ab. Dann besah sie die Wunde. Der Kratzer war kaum noch zu sehen. Als sie hochsah, blickte sie direkt in Darrans Augen. Er beugte sich ein wenig zu ihr. Seine Miene spiegelte Ärger und Hilflosigkeit wider. »Ich kann dich nicht beschützen, wenn er dich angreifen wollte.«

»Er wird mir nichts tun. Und er bleibt nicht lang.«

In der Küche setzte sie Teewasser auf und drehte die Heizung stärker. Darran stand mitten im Zimmer. Er war anders als sonst, kalt, lauernd, gefährlich. Ein Jäger. Mit einem Mal erinnerte er sie wieder an die reglose Gestalt damals auf der Brücke. Sie fröstelte plötzlich, und er drehte sich rasch nach ihr um, als hätte er ihre

Zähne klappern gehört. Aber dieses Mal traf sie nicht der kalte Blick des Jägers, sondern jener des Mannes, der sich Darran nannte. Und dieser Blick ließ ihr die Hitze ins Gesicht steigen.

Hier stand ein Mann, der sie beschützen wollte und der, das begriff sie mit einer Intensität, die ihr den Atem raubte, sie vielleicht sogar liebte.

❊ ❊ ❊

Markus gab vor, die Schlagzeilen der auf dem Tisch liegenden Zeitung zu studieren, aber in Wahrheit behielt er Gabriella und die Küche scharf im Auge. Sie waren nicht allein. Ein Unsichtbarer war bei ihnen. Markus merkte das an der Art, wie Gabriella manchmal ohne Grund dem leeren Raum auswich, dann wieder einen Blick auf eine Stelle warf, an der nichts zu sehen war.

Er war nicht ziellos spazieren gegangen, wie er ihr erzählt hatte, sondern zwischen den Ständen umhergeschlendert, bis Gabriella das Restaurant verließ, um ihr dann durch den stärker werdenden Schneeregen zu folgen. Er hatte zwar niemanden an ihrer Seite sehen können, aber an der Art, wie sie oft den Kopf wandte, lächelte, redete, wenn sie sich unbeobachtet fühlte, wusste er, dass sie nicht allein ging.

Er verfluchte abermals seine Unfähigkeit, diese Schattenjäger ebenfalls zu sehen, das hätte ihm seine Aufgabe erleichtert. Die Zeit lief ihm davon. Jetzt war er schon mehrere Tage hier und hatte sie nie allein treffen können, obwohl er sie ständig beobachtete.

Die Einladung kam seinem Ziel somit sehr gelegen. Er musste ihr Vertrauen gewinnen. Aber solange der Jäger in der Nähe war, war es ein Spiel mit dem Feuer. Lediglich ein einziger Moment der Unbeherrschtheit und er würde ihn packen.

Das Verhältnis der beiden war in der Tat ungewöhnlich. Sie lachte oft, wenn sie mit ihm auf der Straße ging. Sie winkte ihm zu. Sie lächelte. Zuvor war sie wütend gewesen. Vermutlich hatte er sie gewarnt. Aber er hatte nichts gemerkt. Noch nicht.

Er berührte sie. Sie erwiderte diese Berührung. Schlagartig wurde es Markus klar: Sie mochte den Jäger. Das war ein Gefühl, das seine ehemaligen Kollegen kaum bei Menschen hervorriefen, gefühl- und gedankenlose Marionetten hatten wenig Liebenswertes an sich. Er hatte sich also nicht getäuscht. Wenn es sich um Ramesses handelte, wenn der Wächter nicht gelogen hatte, dann empfand dieser Jäger Gefühle.

Es war allerdings unwahrscheinlich, dass Strabo davon wusste. Gefühle lenkten ab. Niemand wusste das besser als er selbst oder Strabo. Dies war der Grund, weshalb Strabo seinen Jägern alles entzog, bevor er sie auf die Jagd schickte: Erinnerungen. Gefühle. Ihr Selbst. Dumpfer Zorn stieg in ihm hoch, und er unterdrückte ihn rasch, ehe der Jäger seine Emotionen erspüren konnte.

Gabriella hielt ihm den Teebecher hin. Er nahm ihn dankend entgegen und schloss seine Finger darum. Langsam wärmte sich sein Körper auf. Der Pullover war zu eng, aber er war trocken und flauschig.

Sie lehnte sich, ebenfalls eine Tasse in der Hand, an den Küchentisch und beobachtete ihn. Er ertrug es nicht länger, sie anzusehen, also erhob er sich und ging langsam im Raum umher. Sie besaß viele Grünpflanzen. In Amisaya wäre um eine einzige davon ein tödlicher Streit entbrannt. Aber nicht nur das Land war unfruchtbar geworden, auch das Volk. Irgendwann würde seine Heimat erlöschen.

Jedenfalls war Strabo noch fruchtbar gewesen. Ob er ebenfalls? Der Gedanke traf ihn wie ein Schwerthieb und schlug sein ganzes Wesen entzwei, ließ ihn wie im

Schmerz zittern. Aber nur für einen kurzen Moment. Er musste sich beherrschen. Schon als Krieger waren sie darauf getrimmt worden, ihre Gefühle im Griff zu haben. Kampfmaschinen in der Schlacht. Höfisch-höflich im Umgang mit anderen. Nach außen hin höflich, innerlich kalt. Innerlich kalt hatten sie damals auch die Menschen abgeschlachtet, die sich ihnen in den Weg stellten, um ihr Hab und Gut zu verteidigen. Bis die Alten sie zurück nach Amisaya gebracht hatten.

Und nun war er geschickt worden, um mit Gabriella Bramante das einzige Wesen zu töten, das in den letzten hundert Jahren von einem Amisayer gezeugt worden war. Welch eine Ironie.

Strabos Tochter war eine liebenswerte junge Frau. Als Jäger hatte er Gefühle besser erspüren können als jetzt, aber dennoch fühlte er ihre freundliche Ausstrahlung, die fast verlegene Güte, die aus ihrem Gesicht geleuchtet hatte, als sie ihm die Suppe hingestellt, ihm sogar das Geld zurückgegeben hatte, obwohl es ohnehin zu wenig gewesen war. Und nun nahm sie ihn, einen völlig Fremden, sogar zu sich in die Wohnung, damit er sich aufwärmen konnte.

An der Wand gegenüber hing ein gerahmtes Bild mit Gekritzel darauf. Er betrachtete es eingehend, um ihr sein Gesicht nicht zeigen zu müssen. Er hatte früher selbst gemalt, in seiner Jugend, ehe er Krieger wurde. Er hatte Gemälde geschaffen, die die anderen verzauberten. Lichte Täler, glasklare Bäche und Seen. Blüten und Pflanzen in Farbspielen, wie man sie auf der Erde nicht fand – bis der Krieg seine Heimat und die lebende Pracht zerstört hatte. Er war später, als er seine Gefühle wiederentdeckt hatte, und Teile seiner Erinnerung, oft durch jene Ausstellungshallen gewandelt, die von Menschen Museen genannt wurden, und hatte sein eigenes, früheres Leben in manchen Gemälden wiedergefunden,

Gemälde, die sein Herz berührt hatten. Das hier aufzuhängen war dagegen geradezu schamlos. Er merkte, wie es um seine Lippen zuckte. Etwas wie Rührung stieg in ihm hoch, ein Gefühl, das er schon lange nicht mehr verspürt hatte.

»Und? Was halten Sie davon?« Ein leicht aggressiver Unterton schwang in der sonst freundlichen Stimme mit. Er wandte sich langsam um und betrachtete sie. Dort stand Strabos Tochter, von Malina voller Hass *Buhlentochter* genannt. Nur zwei Schritte von ihm entfernt. Sein Blick glitt von ihren Händen, die unruhig den Teebecher hin und her drehten, aufwärts. Sie war nicht klein, aber schlank gebaut. Und sie hatte einen so zarten Hals. Ein Griff, ein Knacken und er hätte seine Aufgabe erfüllt.

»Meine Kollegin hat es für eine Kinderzeichnung gehalten«, sagte sie.

Der Tee in seinen Händen schien zu Eis zu erstarren. »Ihre Kollegin Rita?« Er sprach den Namen sehr langsam aus.

»Mhm.«

Er ging zum Tisch hinüber und stellte die Teetasse bedächtig ab. Nur zwei schnelle Schritte. Sie war trotz des Jägers schutzlos. In Todesgefahr. So gut wie tot. Der Jäger könnte ihn nicht mehr rechtzeitig erreichen. Ihn nicht und auch jene, die nach ihm kommen würden, sollte er versagen. Er richtete sich auf.

»Danke für den Tee. Ich werde jetzt gehen.«

Ehe sie etwas antworten konnte, war er bei der Tür, schlüpfte in die nassen Schuhe und griff nach der Jacke. »Ihre Kollegin kommt morgen wieder, habe ich gehört.«

»Ja, das stimmt.«

Er nickte. »Ich … habe woanders Arbeit gefunden. Vielen Dank noch einmal für alles.«

»Warten Sie!«

Sie hielt ihm eine Decke hin, dann einen Regenmantel. Gleichzeitig stopfte sie etwas in seine Jackentasche. Geldscheine.

Er packte ihre Hand, bevor sie sie zurückziehen konnte. Sie zerrte, wehrte sich, er sah die Angst in ihren Augen, aber sie hatte keine Chance gegen ihn. Und ehe ihm selbst so richtig klar wurde, was er da tat, beugte er sich über ihre Hand und küsste sie. Dann riss er die Tür auf und war fort.

Er hatte schon ihrer Großmutter die Hand geküsst. Voller Ehrerbietung, vor langer Zeit, vor dem Krieg. Welch eine Ironie – nein, Gehässigkeit des Schicksals.

Als er die Treppe hinunterlief, trug sein Gesicht einen kalten, zornigen Ausdruck.

Zehntes Kapitel

Sie hatten sich in einer der Steinhütten am Rande des Felsenmeers versammelt. »Die Fortschritte sind nicht zufriedenstellend. Die Zeit verrinnt, ohne dass etwas geschieht.«

»Wir haben keine Nachricht von Markus.« Der Sprecher der Gruppe war klein und besser gekleidet als die anderen, mit kurz geschnittenem Haar.

Malinas scharfer Blick erfasste alles zugleich. »Ihr nicht, aber ich«, fuhr sie ihn an. »Ich hätte nie darauf eingehen sollen, ihn zu schicken! Er ist unzuverlässig.«

Der kleine Mann hob die Hände. »Er hat Grund genug, Strabo zu hassen. Aber wie wir hörten, wird sie bewacht. Ein Jäger ist die ganze Zeit um sie herum und macht es Markus offenbar unmöglich, sie zu töten! Der Jäger würde sofort seine Gedanken erfassen und ihn daran hindern.«

»Unsinn! Er ist ein Versager! Ein schneller Schnitt mit einem scharfen Messer, ein rascher Griff, der ihr das Genick bricht! Und schon ist alles vorbei. Und wen interessiert es schon, was der Jäger dann mit ihm macht? Er hat seine Aufgabe erfüllt. Zu mehr wurde er nicht gesandt!«

Die anderen sahen betreten drein, nur der kleine Mann senkte nicht den Blick. Es war derjenige, der Markus überredet hatte, diesen Auftrag anzunehmen. »Wir hatten ihm sichere Rückkehr versprochen.«

»Das Tor war bereits geschlossen. Er muss durch die Barriere gegangen sein. Er *ist* so gut wie tot.« Etwas abseits von ihnen stand ein gut gekleideter Mann, der jetzt zum ersten Mal das Wort ergriff. »Wir müssen dafür sorgen, dass das Tor noch einmal geöffnet wird. Aber dieses Mal schickt keine Versager, die zögern – das wäre unser aller Verderben.« Er fixierte sie drohend, einen nach dem anderen. »Ist das klar?«

Alle nickten.

Seine Männer warteten vor der Hütte auf ihn. Sie waren beritten und schwer bewaffnet. In diese Gegend konnte man sich nur mit einem größeren Trupp wagen, ohne überfallen und getötet zu werden.

Malina folgte ihm. Sie musterte ihn abschätzend.

Er wurde unter ihrem Blick unruhig. »Rede schon! Ich habe keine Zeit zu verschwenden! Ich muss zurück, ehe Strabo misstrauisch wird.«

»Du vergisst, mit wem du sprichst, Tabor«, sagte sie kalt.

»Ich vergesse nichts«, entgegnete er mürrisch.

»Dann werde ich dir sagen, was ich jetzt bin: Diejenige, in deren Hand dein Leben liegt. Und die weiß, wie man den Bastard töten kann.« Ein langsames Lächeln, das ihre Augen nicht erreichte. »Unterschätze mich niemals, Tabor. Du magst Strabos Vertrauen genießen, seine rechte Hand sein, er mag sich auf dich verlassen, aber du kannst nie wissen, wie groß mein Einfluss in diesem Land ist.« Sie trat einen Schritt näher, und der Mann wich zurück. »Bist du dir all deiner Männer wirklich so sicher?«

Er warf unwillkürlich einen Blick über die Schulter. Seine Männer hatten ihnen den Rücken zugekehrt und sicherten die Umgebung.

Sie verzog ihren Mund zu einem grausamen Lächeln. »Ich sehe, wir verstehen einander immer noch.« Sie wurde ernst. »Ich will durch das Tor hinaus und wieder zurück. Bestich weitere Wachen.« Sie beugte sich so nahe zu ihm, dass er ihren Atem spüren konnte und der

Geruch ihrer Haut ihn einhüllte. Er zitterte vor Verlangen und wusste doch, dass er sie das nicht merken lassen durfte. Zumindest jetzt noch nicht. Sie war die Belohnung für seine Hilfe. Sie und die Stellung, die er danach gemeinsam mit ihr einnehmen würde, nach Strabos Tod.

Ihre Zunge berührte für einen kurzen Moment sein Ohr.

»Vergiss nie, was dich erwartet, wenn du alles zu meiner Zufriedenheit erfüllst ... oder versagst ...«

Elftes Kapitel

Kaum hatte Markus die Wohnung verlassen, stand auch schon Darran vor Gabriella. Nase an Nase. Gabriella starrte für einen Atemzug in seine wütenden braunen Augen, dann drehte sie auf dem Absatz ihrer Hausschlappen um und ging hocherhobenen Hauptes ins Wohnzimmer.

Er folgte ihr mit langsamen Schritten und blieb in der Tür stehen. Sein Gesicht war kalt, nur die Augen funkelten immer noch zornig.

»Was ist denn?«, fragte sie, als sie seinen durchdringenden Blick nicht länger ignorieren konnte.

»Das war gefährlich.«

»Er hat mir nichts getan, oder?«

»Er hat dich geküsst.« Seine Stimme klang gepresst.

»Stell dir vor, das haben auch schon andere.« Die Hand hatte ihr davor noch nie jemand geküsst, so als wäre sie etwas Besonderes, eine Dame. Sie hatte sie ihm entreißen wollen, aber er hatte sie zu fest gehalten. Sie war zuerst erschrocken, aber dann, als sie begriffen hatte, was er wollte, war sie erschüttert gewesen von der Fülle an Gefühlen, die dabei über sein Gesicht gezogen waren wie schnelle Schatten.

Sie wollte jetzt nicht mit Darran streiten. Sie wollte allein sein, um nachdenken zu können. Über Darran. Über Markus. Über sich selbst. Und über ihren Vater. Darrans Blick hatte etwas in ihr gelöst, ausgelöst, ihr bewusst gemacht. Und der Handkuss – er hatte tatsächlich mit den Lippen ihre Hand berührt! – war verwirrend gewesen. Da war etwas an Markus, das sie berührte, andernfalls hätte sie ihn nie in ihre Wohnung gebeten. Seltsam.

»Mir wäre es lieber, du gingst jetzt.« Gabriella wollte sich wegdrehen, aber da war Darran schon bei ihr. Seine Hand schnellte vor, wie um sie zu packen. Obwohl er durch sie hindurchgriff, fühlte sie die Berührung in ihrem ganzen Körper. Allerdings nicht wie das sinnliche Prickeln, wenn er sie wie unabsichtlich streichelte oder beiläufig berührte, sondern wie einen schmerzhaften elektrischen Schlag.

Er trat sofort einen Schritt zurück, als er ihr Zusammenzucken bemerkte, aber das Glühen in seinen Augen blieb.

»Es gefällt mir nicht, wenn er dich so berührt. Er soll dich nicht angreifen! Sag ihm das! Sonst tu ich es.«

Gabriella begriff. Er war eifersüchtig. Er konnte sie ja nicht berühren! Und das war etwas, das er – das wurde ihr in diesem Moment klar – mehr als alles andere wollte. Und sie? Was hätte sie darum gegeben, seine Lippen auf ihrer Hand zu fühlen. Auf ihrer Hand, auf ihrer Wange.

»Das kannst du ja nicht einmal«, sagte sie müde. »Was bist du? Was wirklich? Weshalb kannst du dich durch Wände bewegen?«

Er schüttelte den Kopf.

»Hattest du je einen Körper?« In ihr stieg ein grauenvoller Verdacht auf. Was war, wenn diese Wesen Menschen wie Darran töteten und dann als Geister auf die Pirsch sandten, als körperlose, gefühllose, innerlich leere Zombies? Aber Darran war kein Zombie. Er hatte Gefühle, Gedanken. Sie zeigten sich in seiner Mimik, in seinen Worten, Gesten. Und sie konnte sie fühlen.

Ein gequälter Ausdruck huschte über sein Gesicht. »Ich weiß es nicht, Gabriella.«

Sie deutete mit zitternder Hand auf ihre Stirn. »Weiß

ich denn, ob du überhaupt real bist? Vielleicht lebst du nur in meiner Einbildung? Vielleicht bin ich schizophren?«

»Unsinn! Das bist du nicht!« Darrans Zorn fiel angesichts ihrer Verwirrung in sich zusammen. Er hatte sie nicht erschrecken wollen. Er war nur wütend gewesen, hatte das zerrende Gefühl in seinem Leib kaum mehr ertragen. Er trat einen Schritt näher. »Und ich kann es beweisen. Lass mich dich noch einmal berühren.«

Sie hatte sich abgewandt, drehte sich jetzt jedoch nach ihm um. »Wozu denn? Wofür soll das gut sein?«

Wofür? Weil er Angst hatte, sie zu verlieren. Weil er ihr beweisen wollte, wie real er wirklich war, auch ohne Körper. Weil er es kaum ertragen konnte, ihr so nahe zu sein, sie gelegentlich zu streifen, zu berühren, ohne ständig noch mehr davon zu wollen und zu bekommen. Weil er sich, seit er sie wiedergetroffen hatte, noch hundertfach intensiver als davor fragte, wie es wäre, sie abermals völlig zu spüren. Nicht nur aus zwei Schritt Entfernung, nicht nur eine kurze Berührung der Hand, ein Streifen seiner Lippen auf ihrer Wange, das noch viele Erdenstunden später in ihm nachhallte, sondern vollkommen. Und so, dass sie diesen Menschen vergaß!

»Es fühlt sich jedes Mal sonderbar an«, erwiderte er achselzuckend und darauf bedacht, nichts von seinen verwirrenden Gefühlen zu verraten, die zwischen brennender Sehnsucht nach Gabriella und glühendem Groll auf diesen Mann, der ihr die Hand geküsst hatte, schwankten. »Ich möchte diese Empfindung studieren.«

Sie sagte nichts. Ihr Schweigen dauerte unerträglich lange, es zerrte an seinen Nerven, schmerzte in seinem Körper und machte seine Hände und sein Herz gleichermaßen zittern. Er blieb halb abgewandt stehen. Wenn sie nichts sagte, es ihm nicht erlaubte, dann würde er in den nächsten Minuten gehen. Sie einfach stehen lassen und nie zurückkommen. Sie vergessen. Noch während er dies dachte, wusste er, dass er dazu nicht fähig sein würde.

Als er es endlich wagte, sie anzublicken, waren ihre Augen geweitet. »Weshalb hat sich dein Gesicht gerötet?«, wiederholte sie die Frage, die er ihr vor nicht allzu langer Zeit gestellt hatte.

Gerötet? Verärgert zog er die Augenbrauen zusammen. Welch ein Unsinn. Er hatte dieses Phänomen schon beobachtet, doch Jäger wurden nicht rot wie irgendein Mensch. Aber Jäger gaben sich auch keine Namen. Sie interessierten sich nicht für die Welt um sie herum. Sie taten lediglich das, wofür sie geschaffen worden waren – sie jagten auf Befehl des Grauen Herrn.

Und schon gar nicht entwickelten sie Gefühle für Menschen. Für eine Frau.

War er früher nicht besser dran gewesen – ohne Gedanken, ohne Gefühle? Keine Fragen. Keine Verwirrung. Keine Gabriella, die durch seine Gedanken und seinen Körper flutete wie ein ständiger Strom von Wärme, Liebe und Sehnsucht. Er lächelte, sich dessen nur halb bewusst, auf sie hinab. Ihre Augen hatten die Eigenschaft, ihn anzuziehen und nicht mehr loszulassen, bis er vermeinte, darin zu versinken. Wie reich sein Leben durch sie geworden war. Wie glücklich. Und wie fremd zugleich.

Ihre Miene war ausdruckslos. Selbst in ihren Augen spiegelte sich nichts wider, als würde sie ihre Gefühle hinter einem Vorhang verbergen.

Und dann sagte er es. »Ich möchte dich in meinen Armen halten. Wie ein Mann eine Frau hält. Ich möchte dich lieben.«

Ein Zittern lief bei Darrans Worten durch Gabriellas Körper. Ja, das wollte sie auch. Sie trug sich schon seit längerer Zeit mit diesem Gedanken, sie hätte es jedoch nie ausgesprochen oder gar versucht, ihren Wunsch wahrwerden zu lassen. Zumindest nicht in seiner Gegenwart. Was sie dachte, fühlte, fantasierte, ehe sie einschlief, war ganz allein ihre Sache.

Sie musterte ihn verstohlen, während sie sich mit vor Verlegenheit heißen Wangen abwandte und nicht vorhandene Krümel vom Tisch fegte. Darran war schlank, aber alles andere als schmächtig, und wenn er nicht gerade gedankenlos bis zu den Knien in den Boden einsank, war er einen Kopf größer als sie. Im Grunde war es ein Körper, an den man sich gut hätte anlehnen können, um sich in die Arme nehmen und halten zu lassen. Sollte sie? Aber was passierte dann mit ihr? Bisher hatte sie diese Sehnsüchte für sich behalten und auch sich selbst nur ungern eingestanden. Sie war ihm nie so nahe gekommen wie an diesem Tag, als er sie auf die Wangen geküsst und umarmt hatte, und er hatte es auch nie wieder versucht; es war, als würden sie beide den zu engen Kontakt scheuen.

Darran nahm ihr die Entscheidung ab. Er machte einen schnellen Schritt auf sie zu und schloss die Arme um sie, als würde er sie tatsächlich halten wollen. Die Flut seiner Gefühle überschwemmte sie, ihr wurde heiß und kalt.

Erschrocken wich sie zurück, und ein unerträgliches Verlangen nach mehr blieb in ihr zurück. Nach etwas, das Körper und Seele gleichsam berührte. Etwas, das ihr keiner ihrer bisherigen Liebhaber hatte schenken können. Und etwas, das sie, in der Zurückgezogenheit ihres Schlafzimmers, in ihrer Fantasie mit Darran schon einige Male erlebt hatte, halb fürchtend, er würde sie dabei beobachten.

Sein Blick schien in sie zu dringen, ohne dass sie sich dagegen wehren konnte. Sie versuchte ein Lächeln und wusste, dass es misslang. Sie wollte etwas sagen, ihn fragen, ob er empfand wie sie. Und wie er sich das alles vorstellte.

Und dann vergaß sie alle Fragen. Als Darran dieses Mal näher kam, blieb sie – äußerlich ruhig – stehen. Ihr Herz aber schlug heftig, ihr Atem ging rasch. Ihr wurde ganz schwindlig. Sein Blick heftete sich auf sie, sein Gesichtsausdruck wirkte angespannt, als er unendlich langsam seine Hand hob, bis seine Fingerspitzen ihr Gesicht berührten. Wieder dieses Prickeln. Dieses Mal zuckte jedoch keiner von ihnen zurück.

Er fuhr sachte über ihre Wange, sie fühlte ein angenehmes, erregendes Kitzeln, als er mit seinen Fingerspitzen die Konturen ihres Gesichts nachzeichnete, ihre Wangenknochen entlangfuhr, ihr Kinn, ihre Lippen. Er lächelte. Es stand ihm gut, ließ sein etwas kantiges Gesicht weicher und jünger erscheinen.

Er stand so nahe, dass Gabriella kaum zu atmen wagte. Wie ein Liebender vor der Frau, die er begehrte. Gabriella rührte sich nicht, als er die Hände hob und die Konturen ihrer Schultern und Arme nachzeichnete. Er löste damit Unbeschreibliches in ihr aus. Prickelnde Wärme verbreitete sich auf ihrer Haut, erfasste tiefer liegende Körperstellen, die er niemals wirklich berühren konnte und ... würde. Auch wenn Gabriella dies in ihren Träumen bereits hatte wahr werden lassen.

Er beugte den Kopf, bis seine Lippen scheinbar ihre Stirn berührten. Ihr Gesicht wurde heiß. Bei einem Menschen hätte sie jetzt seine Lippen gefühlt, seinen Atem, bei ihm war es nur ein elektrisierender Hauch. Seine Lippen glitten über ihre Wangen.

Sie wusste nicht, wie lange sie so gestanden hatten, ehe er sich langsam und fast widerwillig von ihr löste. Die Leere um sie herum tat weh. Die Welt wirkte auf einmal kalt und trostlos.

Der Drang, ihn wieder zu berühren, wieder in diese

Wärme und dieses Begehren einzutauchen, wurde fast übermächtig. Und da wusste sie, dass sie alles wollte, was sie von ihm bekommen konnte. »Bleib bei mir. Bleib heute Nacht bei mir.«

Wäre er ein Mensch gewesen, hätte sie ihn jetzt bei der Hand gepackt und ihn ins Schlafzimmer gezogen, so jedoch berührte sie nur seine Hand und machte einen kleinen Schritt von ihm weg, bis die Berührung fast verloren ging. Er ließ es nicht zu, sondern folgte ihr, sodass ihre Hände nie den Kontakt verloren. Sie war noch zu scheu, um sich vor ihm zu entkleiden, deshalb huschte sie ins Bad und zog ihr Nachthemd über, während er im Schlafzimmer auf sie wartete. Dann legte sie sich ins Bett, und er glitt neben sie. Ein Schatten und doch so völlig real, dass er jede Faser ihres Körpers erregte.

Darran studierte ihr Gesicht, als wollte er es sich für alle Zeiten einprägen. »Du duftest so herrlich.«

Gabriella lächelte ungläubig. Sie fühlte sich wie eine Blüte. »Du kannst mich riechen?«

Sein Lächeln verstärkte sich. »Nicht wie ihr, und ich gäbe viel darum, diese Erfahrung machen zu können. Nein, es sind deine Ausstrahlung, deine Gefühle. Ihr Menschen sagt manchmal Aura dazu. Wir nennen es *Odem*. Es wird stärker, wenn ich dich berühre.« Wie um seine Worte zu unterstreichen, fuhr er mit seinen Fingerspitzen die Konturen ihrer Wangen nach. »Du bist für mich wie ein Wunder«, flüsterte er. »Seit dem Moment, an dem ich dich das erste Mal gesehen habe.«

»Im Bad?«, neckte sie ihn, halb entzückt, halb verlegen.

Sein leises Lachen weckte ein warmes, sinnliches Gefühl in ihr. Dann wurde er ernst. »Ihr Menschen habt einen Ausdruck für das, was ich empfinde. Zumindest glaube ich, dass er zutrifft, denn ich kann mich nicht erinnern, ihn je benützt oder so empfunden zu haben. *Liebe*. Ich liebe dich, Gabriella.«

Gabriella hob die Hand und legte sie an seine Wange, bis sie das Knistern fühlte, das über ihre Haut tanzte. Er legte seine darüber, als wollte er sie halten. Sie beugte sich vor – und wie zuvor Darran sie geküsst hatte, so berührte sie nun mit den Lippen seine Stirn, seine Wange, seine Nase, sein Kinn. Kleine Küsse, die ihr und ihm brannten.

Es war ihr nicht genug. Bei Weitem nicht. Aber wie schlief man mit einem Schemen? Offenbar wollte er es ebenfalls herausfinden, denn er sagte: »Ich möchte dich um noch mehr bitten«, seine Stimme klang heiser.

»Ja?«

»Ich möchte dich noch einmal umarmen. Nicht wie vorhin, als ich dich so erschreckt habe, sondern ... sanfter.«

Es war ihr, als berührte er allein schon mit seinen Fingerspitzen ihren ganzen Körper bis in ihr Innerstes. Und sie wollte mehr davon. Sie wollte wissen, wie es war, ihn völlig zu spüren. Sie nickte, atemlos.

»Wenn es unangenehm wird, sag es sofort.«

Unangenehm? Sie sehnte sich mit jeder Faser ihres Körpers danach! Als er sich ihr näherte, hielt sie ihn jedoch auf. »Warte!« Nun zögerte sie nicht mehr, sondern setzte sich auf, zog das Nachthemd über ihren Kopf und warf es neben das Bett. Sie legte sich neben ihn, halb seitlich, einen sehr verlegenen Ausdruck im Gesicht.

»Kannst du dich auch ausziehen?«

Er schüttelte langsam den Kopf.

Dann musste es eben so gehen.

Sie spürte, dass er schneller atmete, auch wenn sie seinen Atem nicht fühlen konnte. Ein erwartungsvolles Zittern lief durch ihren Körper. Damals war sie irrtümlich durch ihn hindurchgelaufen. Jetzt würde sie es bewusst erleben. Und jetzt war sie auch kein kleines Mädchen mehr.

Er kam sehr, sehr nahe, bis ihre Körper teilweise ineinanderglitten, miteinander verschmolzen. Seine Arme legten sich um sie, wie um sie an sich zu ziehen und zu halten. Ein sehr intensiver Ausdruck lag auf seinem Gesicht, es war wie von einem leisen Schmerz verzerrt, von Verwirrung und zugleich von Freude.

In dem Moment, als ihr Körper mit seinem eins wurde, versank alles um Gabriella. Sie schloss die Augen und gab sich ihren Empfindungen hin. Sie fühlte sich geborgen und erregt zugleich. Wärme durchströmte sie, ein Gefühl von Nähe, von Sehnsucht. Und dann – nichts hatte sie darauf vorbereitet, nicht einmal das Streicheln, nicht die Berührung seiner Lippen an ihrer Wange – ein plötzliches, heißes Aufflammen von Verlangen, das nicht von ihr allein stammte, sondern auch von ihm. Der Wunsch nach noch mehr Intimität. Sie hörte sein Flüstern, ein tiefes Aufseufzen, fast wie ein Stöhnen. Es war ihr, als berührte er ihren ganzen Körper. Bis in ihr Innerstes.

Darran war es, als würde sein Herz stocken, als Gabriella ohne weitere Vorwarnung ihr Nachtkleid über den Kopf gezogen hatte. Sie jetzt völlig hüllenlos vor sich zu sehen, raubte ihm schier den Atem. Und er war außerstande, dasselbe zu tun. Sein Körper war weitaus weniger real als ihrer, auch wenn er im Moment innerlich vor Verlangen brannte wie jeder andere Mann. Ein Begehren erwachte, stärker als alles, was er je gefühlt hatte.

Ein Begehren, das nur teilweise gestillt werden konnte, weil er nicht wie andere Männer mit ihr zusammen sein konnte. Er war nur ein Schemen. Vielleicht hatte er nie einen Körper besessen. War je ein Mann so glücklich und unglücklich zugleich gewesen? Er sah sich am Ziel seines Sehnens, hatte die Frau, die er begehrte, vor sich liegen. Nackt. Und musste doch auf alles verzichten, was er bei anderen schon beobachtet hatte.

Aber eines konnte er tun. Er beugte sich über sie, berührte ihre Lippen, glaubte sie fast zu fühlen, dann ließ er seine Lippen weiter hinabgleiten, über ihren Hals, zu ihren Brüsten. Sie beobachtete ihn aus halbgeschlossenen Augen, während ihre Finger zart über seine Konturen streiften.

Ihre Brüste. Sanft geschwungene Hügel mit dunklen Knospen. Sie atmete schneller, als er seine Lippen über ihre Brustwarze gleiten ließ, bog sich ihm und seinen streichelnden Händen sogar entgegen. Fasziniert sah er, wie sich die Warze erhärtete, aufstellte. Er konnte ihr mehr geben, als er geahnt hatte.

»Was spürst du?«

»Dich«, flüsterte sie. »Es ist, als würden heiße Ströme über meine Haut fließen, wenn du mich berührst.«

»Ist es auch mit den anderen so?«

Sie schüttelte den Kopf, schluckte, weil sein Finger neugierig über ihren Bauch wanderte, den Nabel erkundete. »Nicht halb so schön. Da war es nur ... Sex.«

Ihre Erregung übertrug sich auf geheimnisvolle Weise auf ihn, aber was hätte er in diesem Moment dafür getan, um wie sie einen Körper zu besitzen. Ihr Odem machte ihn schwindlig. Er hatte sich verändert, eine Intensität angenommen, die ihn selbst glühen ließ. Sein Finger wanderte von ihrem Nabel tiefer, bis zu ihren Schenkeln und dem Dreieck aus gekraustem Haar, das jenes Geheimnis hütete, zu dem es selbst seinen wesenlosen Körper zog. Seine Finger glitten zwischen ihre Schenkel, er sah, wie sie sich unter der Berührung wand, und dann – hätte er wie sie einen Körper besessen, so hätte ihm nun der Atem gestockt – öffnete sie ihre Beine. Für ihn. Verwundert sah er, dass seine Finger zitterten, als er seine Hand dazwischen legte. Zögernd legte sich ihre Hand auf seine, teilte die Schamlippen und bot ihm alles dar. Er senkte den Kopf und küsste sie, berührte sie, streichelte sie mit Lippen und Zunge, bis sie sich unter ihm wand, ihm ihren Körper entgegenhob und dann endlich mit einem erleichterten Seufzen fallen ließ.

Sie streckte die Hand aus und legte sie an seine Wange. Er schloss die Augen und lehnte sich ihr entgegen, als wollte er seine Wange an ihre Handfläche schmiegen. Leise, zärtliche Wellen wanderten über ihre Hand empor. »Ich wollte, ich könnte dich im Arm halten«, murmelte er.

Sie lächelte müde und zufrieden, als er neben sie glitt. »Das war auch so schon nicht schlecht.« Sie schloss die Augen und legte den Kopf nahe zu seinem.

»Erzähl mir etwas.«

Darran blickte fragend auf sie herab.

»Wo lebst du, wenn du nicht gerade neben mir im Bett liegst«, jetzt hatte ihre Stimme wieder diesen neckenden Tonfall, den er so an ihr mochte.

Er war über diese Frage überrascht. Oder vielmehr darüber, dass er im Gegensatz zu früher eine Antwort darauf hatte. »Ich ... existiere einfach.« Bis zu jenem Moment, in dem das kleine Mädchen durch ihn hindurchgelaufen war, hatte er tatsächlich nur existiert. Er versuchte, sich zu erinnern. Aber da war nichts. Nur graue Schleier. Er war irgendwo gewesen. Unwichtig, wo. In einer formlosen, gleichgültigen Zwischenwelt, ohne Gedanken, ohne Fragen, bis der Ruf des Grauen Herrn ihn wieder auf die Jagd geschickt hatte. Dann hatte er Städte, Dörfer betreten, war durch Wälder gestreift, bis er mit der Beute zurückkehrte, um wieder in Stumpfsinn zu verfallen.

Ab dann, plötzlich, hatte er ein Ziel gehabt: Gabriella wiederzufinden. Und aus diesem Ziel war das Studium der Menschen geworden. Er war nie wieder irgendwo in der formlosen Welt gelandet, ohne Gedanken, ohne Fragen, ohne Gefühl. Er war durch die Welt gereist, hatte die Menschen beobachtet und ihre Welt betrachtet. Und nun hatte sich abermals etwas verändert. Seine gesamte Existenz konzentrierte sich auf einen einzigen Menschen: auf Gabriella.

Als Gabriella einschlief, war es Darran, als würde sie einen Teil ihres Zaubers mit in ihren Schlaf nehmen. Darran spürte seinen Körper plötzlich stärker. Auf eine neue, fremde Art. Er hatte das Gefühl von Kälte. Von Beengtheit. Es war wie ein kalter Wind, der ihn erfasste und ihn frösteln ließ. Und dann war es, als würde eine unsichtbare Hand ihn packen und von Gabriella fortziehen. Strabo? Die Nebelwesen?

Er zog sich etwas von der schlafenden Gabriella zurück, um keines dieser Gefühle unbedacht auf sie zu übertragen, und erinnerte sich an Julians Warnung.

Und dann bemerkte er sie: eine fremde Gegenwart. Sie war so unangenehm, dass sie sich in seine Gedanken mischte. Voller Hass. Er lauschte. Nein, es war keiner von Amisaya. Es war ein Mensch. Oder?

Er glitt aus dem Bett und zum Fenster hinüber. Dort unten standen zwei Menschen. Eine Frau und zwei Männer. Sie gingen die dunkle Straße entlang, in die Richtung, in der der nun verlassene Markt lag.

Mit einem Gedanken konnte er neben ihnen sein. Der Gedanke wurde jedoch von Gabriella abgefangen, deren Erwachen er mehr fühlte als sah. Er war neben ihr, ehe sie noch die Augen ganz geöffnet hatte.

»Darran?«

Ihre Stimme klang verschlafen und sogar ängstlich. Er berührte sie, erlaubte sich das sinnliche Gefühl der Berührung ihrer Lippen mit seinen. Sie lächelte. Und er war glücklich.

❖ ❖ ❖

Markus schlenderte schlaflos durch die Straßen. Die Decke hatte er um die Schultern gelegt und den Regenmantel darüber geworfen. Seine Schuhe waren nass, und seine Zehen wurden immer tauber, aber er achtete nicht darauf. Er fand sich hier gut zurecht, immerhin hatte er viel Zeit damit verbracht, diese Gegend zu durchstreifen. Früher, unsichtbar als Jäger, und jetzt, in den wenigen kostbaren Tagen seiner Rückkehr, als Mensch.

Als Mensch, der eine Aufgabe hatte. Verflucht sollten Strabo und dieses Gesindel sein. Gabriella war so gut wie tot. Tat er es nicht, würden andere kommen. So lange, bis Malinas Rache sich erfüllt hatte. Eher würde sie nicht ruhen.

Er kannte viele Arten, jemanden zu töten. Und bei einer zarten Frau wie Gabriella war es einfach, es sanft zu tun. Ohne ihr Schmerzen zuzufügen, ohne ihr Angst zu machen. Anders als die anderen es tun würden.

Ob sie Kontakt zu ihrem Vater hatte? Wenn er sie warnte, dann wusste auch der Jäger Bescheid. Das sollte sie schützen. Die anderen würden es erfahren, aber das war gleichgültig. Es war nur noch eine Frage der Zeit, bis er wie die anderen vor ihm den Verstand verlor. Noch fühlte er sich klar im Kopf, aber das konnte trügen. Er durfte nur nicht den Zeitpunkt verpassen, in dem er sich zurückziehen musste.

Er blieb stehen, als er – ohne sich dessen recht bewusst zu sein – ein Haus erreicht hatte. Er sah zu einem bestimmten Fenster hinauf.

Das Furchtbare war nicht die Rückkehr gewesen. Nicht das Erwachen. Sondern der Verlust.

❊❊❊

Rita wusste nicht, was sie geweckt hatte. Aber es war, als raunte ihr eine Stimme etwas zu. Im Traum spürte sie eine sanfte Hand. Liebkosend. Zärtliche Worte. Eine unmerkliche Berührung und doch so intensiv, dass sie davon Herzklopfen bekam.

Sie erwachte mit einem Ruck und setzte sich auf. Es war dunkel. Das Bett neben ihrem war leer. Georg war noch unterwegs. Sie war froh darüber, froh, wenn er fort war.

Müde stand sie auf und ging ins Nebenzimmer. Ihr Vater schlief. Er hatte sich aufgedeckt, sie zog die Bettdecke wieder über ihn und blieb einen Moment stehen, um ihn zu betrachten.

Ob sich Schicksale wiederholen konnten? Ihr Vater hatte ihre Mutter geschlagen. Auch sie, als sie noch ein Kind gewesen war. Bis sie fortgelaufen war. Nun war sie wieder hier, seit Mamas Tod.

Sie blickte zum Fenster hinüber, unwiderstehlich davon angezogen, ging sie darauf zu. So, als wäre unten jemand, der sie riefe. Es war dunkel. Die Straßenlampe unter ihrem Haus war ausgefallen und das übrige Licht zeigte nur einen Schatten im Haustor gegenüber. Sie kniff die Augen zusammen, um ihn besser sehen zu können. Etwas an ihm war vertraut.

Aber es war unmöglich. Der Traum und ihre Erinnerung spielten ihr einen Streich. Sie war offenbar noch nicht ganz munter. Sie sah die Straße hinunter, als sie feste Schritte hörte. Da kam Georg. Nicht ganz sicher auf den Beinen.

Resigniert senkte sie den Kopf. Es war besser, so zu tun, als schliefe sie, wenn er kam. Sie legte sich ins Bett und lauschte. Sie hörte, wie er aufschloss, die Tür hinter sich zuschlug. Ein unterdrückter Fluch. Auf Zehenspitzen kam er herein, eine Fahne nach Zigarettenrauch, Beislgeruch und Alkohol nach sich ziehend. Sie schauderte und verkroch sich tiefer in ihre Bettdecke.

»Bist du noch wach, Muschi?«

Sie hasste es, wenn er sie so nannte. Und mit Vorliebe vor seinen Freunden. Sie blieb ruhig liegen und versuchte, flach zu atmen. Er kam heran, und sie spürte, wie er sie betrachtete. Wenn er sie nur in Ruhe ließ.

Zu ihrer Überraschung beugte er sich herab und strich ihr über das Haar. »Schlaf gut, Putzi.« Dann schlurfte er zu seiner Bettseite. Sie hörte das Rascheln von Kleidung, als er sich auszog, alles nur auf den Boden warf, in dem Bewusstsein, sie würde alles am nächsten Morgen aufheben. Das Bett sank auf seiner Seite zusammen, knarzte. Ein Gähnen, er streckte sich, dann wurden seine Atemzüge regelmäßiger, und schließlich begann er leise zu schnarchen.

Rita wischte sich eine Träne aus dem Augenwinkel.

Zwölftes Kapitel

»Du siehst müde aus«, stellte Rita am nächsten Tag fest.

»Hm.« Gabriella *war* müde. Sie hatte kaum geschlafen, oder erst am frühen Morgen. Darran war die ganze Nacht über bei ihr geblieben – wie ein menschlicher Liebhaber.

»Müde und irgendwie zufrieden.« Rita hatte offenbar nicht vor, lockerzulassen.

Gabriella lachte. »Ich hatte schöne Träume.«

»Hm.« Rita legte den Kopf etwas schief. »Wenn du mich fragst, dann siehst du aus, als hättest du einen guten Liebhaber gehabt.«

Gabriella wandte sich errötend ab. Manchmal war ihr Rita zu direkt. »So ähnlich.« Ihr Blick huschte zum Fenster hinüber, dort, wo Darran stand und unverwandt zu ihr herübersah. Hatte sie in der Nacht wirklich Sex mit einem Körperlosen gehabt?

Jede Berührung hatte noch mehr Verlangen ausgelöst. Eines, das nicht gestillt hatte werden können, weil sie – von körperlosen Küssen und Berührungen abgesehen – einander nie völlig besitzen konnten. Nie auf die Art, wie zwei Menschen einander besaßen. Und eine große Enttäuschung war es gewesen, als sie probiert hatten, ihn auszuziehen. Gabriella hatte »Wegdenken« und »Wegwünschen« vorgeschlagen, aber sein grauer Anzug war geblieben. Aber sonst ... O ja, er hatte gewusst, was er mit ihr machte, wo er sie berühren musste, er hatte sie schon mit diesem elektrischen Prickeln zur Ekstase gebracht, auch wenn sie nicht einmal seine nackte Brust gesehen hatte. Und, sagte sie sich, schon seine Nähe machte sie glücklicher als jeder Sex, den sie bisher mit anderen gehabt hatte.

Sie sah schnell weg, als Ritas Blick ihrem folgte, und hob ein Papierschnitzel vom Boden auf, um den Ausdruck in ihren Augen vor ihrer Kollegin zu verbergen. Als sie sich wieder aufrichtete, sah sie, wie ernst Ritas Gesicht geworden war.

»Du, Gabi, ich muss dir etwas sagen, auch wenn es komisch klingt«, Rita hatte ihre Stimme gesenkt, damit nur Gabriella sie hören konnte.

Gabriella hob fragend die Augenbrauen.

»Du wirst mich sicher für verrückt halten.«

»Ja?« Gabriella lachte. Verrückter als sie, die sie eine erotische Nacht mit einem Unsichtbaren verbracht hatte?

»Es klingt aber wirklich plemplem.« Ihre Freundin wand sich verlegen.

»Macht ja nichts. Nur heraus damit. Mir kannst du alles sagen. Also«, nickte sie aufmunternd, als Rita immer noch zögerte.

Ihre Kollegin holte tief Luft, ehe sie leise hervorstieß: »Du wirst verfolgt.«

»Was?«

»Zumindest habe ich den Eindruck. Ich habe den Mann schon öfter gesehen. Nein! Schau nicht hin«, fuhr sie auf, als Gabriella sich Hilfe suchend zu Darran drehte. Rita packte sie mit erstaunlicher Kraft am Arm und zog sie mit sich in die Küche. »Du würdest sowieso nichts sehen. Aber er würde wissen, dass ich von ihm rede.«

»Wie bitte?« Gabriella wollte zum Fenster, aber Rita zerrte sie zurück.

»Nicht! Nicht alle von denen sind gut!«

»Wovon sprichst du denn?«

Rita sah sich vorsichtig um. Die Küche war leer, Antonio war in die Schule gefahren, um seinen Jüngsten abzuholen, der fieberte, und Murat flirtete im Gastraum wie immer mit einer älteren blonden Frau, die hier Stammgast war. Gabriella hörte ihr amüsiertes Lachen.

»Einmal ist er unten gestanden und hat zu deinem Fenster hinaufgesehen.«

Unter Gabriellas entgeistertem Blick schnitt Rita eine verlegene Grimasse. »Ja, ich weiß, es klingt mehr als blöd. Aber ich sehe manchmal diese *Schattenmänner.* Das konnte ich nicht immer, das hat erst damals, mit dem Unfall begonnen.«

»Ein ... Unfall?«, brachte Gabriella hervor. Sie erinnerte sich, dass sie Rita damals nur deshalb angesprochen hatte, weil sie gedacht hatte, sie würde einen dieser Grauen beobachten. Hatte sie sich also doch nicht getäuscht?

Rita fuhr mit beiden Händen unter ihr Haar und hob es hoch, um Gabriella eine weißliche Narbe zu zeigen, die sich, vom Nacken beginnend, über ihren Hinterkopf hinaufzog. »Da bin ich gestürzt, als ich so etwa dreiundzwanzig war. Ein Mann hat mich verfolgt und niedergestoßen, ein Verrückter.« Sie musste sich bei der Erinnerung schütteln, und ihr Gesicht verzerrte sich sekundenlang. »Seine Hände waren wie Krallen, Schaum stand ihm vor dem Mund, und ich dachte schon, er würde wie ein wildes Tier über mich herfallen und mich zerreißen. Und da tauchte jemand anderer auf. Einfach so! Aus der Luft!« Rita fuchtelte herum, um ihre Worte zu unterstreichen. Sie sprach jetzt abgehackt, hastig. »Er hat ihn gepackt und meinen Arm dabei erwischt. Und in dem Moment habe ich ihn überhaupt erst gesehen!« Sie holte tief Luft und suchte nach Worten. »Es ... es war wie ein Schock, wie ein elektrischer Schlag.«

Einen ähnlichen Schock erlebte Gabriella in eben diesem Moment. »Der Mann ist aus dem Nichts aufgetaucht?«

»Und danach sind sie beide verschwunden.« Sie musterte Gabriella argwöhnisch. »Ich habe aber keinen Dachschaden von dem Sturz, falls du das vielleicht glaubst.«

Gabriella schüttelte benommen den Kopf. Sie versuchte zu verstehen, was passiert war. Jemand hatte Rita überfallen, dann war ein Grauer, ein Jäger, aufgetaucht und hatte ihn in seine Welt verschleppt. Für Sekunden musste Rita dabei ebenfalls mit dieser magischen Zwischenwelt, über die Gabriella sich noch keine rechte Vorstellung machen konnte, in Kontakt gekommen, vielleicht sogar ein Stück in sie hineingezogen worden sein. Sie hatte unwillkürlich die Luft angehalten und atmete jetzt hörbar aus.

»Erzähl bitte weiter.«

»Ich habe nie jemandem gesagt, dass ich sie sehe, weil ich Angst hatte, die Leute würden behaupten, ich wäre verrückt. Und ich war doch so froh, als ich wieder gesund war und arbeiten gehen konnte.«

»Und später hast du noch andere solcher Männer gesehen?«

»Ja, aber nur sehr selten. Sie waren manchmal da, dann sind sie wieder verschwunden, ohne irgendjemand oder gar mich zu beachten. Bis auf … bis auf diesen einen. Er kam wieder. Er hat mich besucht, im Krankenhaus, ist aber nur ganz still neben meinem Bett gestanden und hat mich angesehen. Zuerst habe ich gedacht, er sei so was wie mein Schutzengel. Weil er ja den Verrückten von mir heruntergezerrt hat. Aber später habe ich geglaubt, er nimmt mich vielleicht auch mit. Also habe ich getan, als gäbe es ihn gar nicht. Aber er ist immer wiedergekommen und hat mich angesehen, einfach nur angesehen, und gar nicht drohend, sondern eher besorgt. Und da hab ich ihn eines Tages angeredet.« Sie lächelte in der Erinnerung, und Gabriella war verblüfft über die Zärtlichkeit in diesem Lächeln. »Richtig erschrocken ist er. Und dann hat er mir gesagt, er hätte nur wissen wollen, wie es mir geht.«

Als sie sah, wie Gabriella erschauderte, legte sie den Arm um ihre Freundin. »Ich wollte dir keine Angst machen. Und ich bin nicht verrückt. Bestimmt nicht!« Ihre Stimme klang drängend. »Es ist nur, weil ich diesen Mann ständig in deiner Nähe sehe ...«

»Sag mir nur eines«, bat Gabriella, »als wir uns damals getroffen haben, bei der U-Bahn-Station, und ich dich angesprochen habe – hast du da einen von ihnen gesehen?«

Rita blinzelte überrascht. »Aber ja! Und ich war so traurig damals. Du weißt ja, die Lippe, der Streit mit Georg, und dann taucht da dieser Mann auf. Ich hätte den Rest meines Lebens dafür gegeben, wenn *er* es gewesen wäre.«

Gabriella umarmte Rita. Sie war nicht allein. Wenn sie verrückt war und Phantome sah, dann war sie zumindest nicht allein. Rita würde sich wundern. Sie lachte ein wenig, als sie ihre Freundin von sich schob, und setzte zu sprechen an. Ehe sie jedoch die richtigen Worte finden konnte, um Rita von Darran zu erzählen, tauchte Antonio auf.

»Was ist, Mädels? Avanti, bella Gabriella!«

Gabriella wandte sich grinsend ihren Aufgaben zu, Rita strich sich eine Haarsträhne aus dem Gesicht und sah Antonio teilnahmsvoll an. »Mit dem Kleinen alles in Ordnung?«

»Ja, ja, der ist schon daheim bei seiner Oma. Wird verwöhnt. Morgen hat er nicht nur Fieber, sondern auch noch Bauchweh.« Sie lachten. Als er die Küche verließ, flüsterte Rita: »Du ... rufst aber nicht die Rettung. Oder die Irrenanstalt, nein?«

Gabriella schüttelte schmunzelnd den Kopf.

»Gut, wir reden später weiter, im Lager. Wir müssen die Bestände kontrollieren.« Rita zwinkerte Gabriella zu, dann trug sie ein Tablett mit sauberen Gläsern ins Lokal hinaus.

※ ※ ※

»Wie ich sehe, hat es dich ebenfalls nicht in Amisaya gehalten, Malina.«

Markus sah mit Genugtuung, wie die Frau erschrocken zusammenzuckte und herumwirbelte. Er stand etwa zwei Armlängen hinter ihr und betrachtete sie von oben bis unten. »Du siehst gut aus.« Weitaus besser als bei ihrem letzten Treffen auf Amisaya, wo sie in Lumpen gehüllt gewesen war, das Haar strähnig, die Haut gelblich. Man sah ihr immer noch die Entbehrungen an, aber sie trug gute Kleidung, eine taillierte Jacke, einen Minirock und bis über die Knie reichende Stiefel. Ihr helles Haar schimmerte rötlich.

»Und wie ich sehe, hast du deine Aufgabe noch nicht erfüllt, Markus. Bist du alt und schwach geworden?«

Markus trat neben sie, äußerlich ruhig, jedoch auf der Hut. Malina war auf einem persönlichen Rachefeldzug, der vor nichts haltmachte. Sie würde sterben, um ihr Ziel zu erreichen. Dasselbe hatten sie auch von ihm erwartet. »Euer Plan hat nicht funktioniert. Ihr habt versagt«, erwiderte er kalt. »Ich musste durch die Barriere. Und nun sehe ich nicht ein, weshalb ich direkt in den Tod laufen sollte, anstatt noch die Zeit zu nutzen, die mir bleibt, bis die Veränderung das Ihre tut.«

Malina musterte ihn gleichgültig, dann wandte sie sich ab. Ihnen gegenüber, auf der anderen Seite des Marktplatzes, lag das Restaurant, in dem Gabriella tagsüber arbeitete. Er hatte ihren Weg schon am Morgen verfolgt, als sie ihr Wohnhaus verlassen hatte. Sie hatte ihn nicht bemerkt, was nicht nur daran lag, dass er Abstand hielt. Er hätte unmittelbar vor ihr gehen können, und sie hätte ihn nicht wahrgenommen, so vertieft war sie, nicht den Blickkontakt mit ihrem Jäger zu verlieren. Sie lachte, lächelte, hatte rote Wangen und sah glücklich aus. Verliebt.

Gut so.

Und dann hatte er Malina entdeckt.

»Sie wird von Jägern bewacht«, fuhr er gelassen fort. »Sie würden meine Absicht sofort erkennen.«

»Nicht von *Jägern*. Nur von einem einzigen. Und ich weiß auch, dass dieser Jäger sich nicht mehr konform benimmt.« Der Blick aus ihren hellen Augen war bohrend. Markus wusste, dass Malina herausfinden wollte, ob er womöglich ahnte, wer der Jäger war.

»Er ist schon andernorts aufgefallen«, setzte sie nach.

Markus nickte. »Du hast gute Beziehungen, nicht?«

»Die besten. Und nun«, sie unterstrich ihre Worte mit einem maliziösen Lächeln, »bin ich hier, um dafür zu sorgen, dass unser Plan gelingt.«

»Falls es dir möglich ist, ihr auch nur nahe zu kommen, ehe der Jäger deine Absicht erkennt.«

»Das habe ich gar nicht nötig. Ich brauche nur zuzusehen.«

Markus erwiderte nichts, er wartete ab. Er wusste, dass Malina einen Trumpf in der Hand hatte, den sie auch ausspielen würde. Sie war durchtrieben, intrigant, eine gute Kriegerin und Strategin, aber sie hatte es noch nie geschafft, das auch für sich zu behalten.

Als er noch etwas länger schwieg, sagte sie auch schon: »Er kann nur unsereins fühlen. Aber ich habe meine Fäden anders geknüpft, jetzt brauche ich nur noch daran zu ziehen, wie diese Menschen an ihren Püppchen.«

»Und hierbei zusehen zu können, ist es dir tatsächlich wert, dich zu zerstören? Oder hast du ein Mittel gefunden, unbeschadet durch die Barriere zu gehen?«

»Dasselbe, das auch Strabo verwendet hat, als er sich auf die Mesalliance mit dieser armseligen Frau eingelassen hat«, erwiderte sie spöttisch. »Ich habe das Tor benützt.«

Markus hatte Mühe, einen unbewegten Ausdruck zu bewahren. Es war ihnen also noch einmal gelungen. Malinas Einfluss in Amisaya war noch größer und sie noch weit gefährlicher, als er gedacht hatte. Wie sehr, sollte er im nächsten Moment erfahren.

»Du wirst sie töten, und ich werde dabei zusehen. Und zwar ohne weiteres Zaudern. Dafür wurdest du hierher geschickt.«

Mehrere Männer in dunklen Mänteln gingen vorbei und drehten sich nach Malina um. Vermutlich nicht nur, weil sie eine attraktive Frau war, sondern auch, weil sie eine Sprache sprach, die man weder hier in dieser Gegend noch sonst irgendwo auf der Erde hörte. Zumindest nicht mehr, seit die Alten die Barriere geschaffen hatten.

Markus sah sich um. Es dämmerte bereits, und der Marktplatz leerte sich. Der andauernde Schneeregen bewog die Menschen dazu, sich hier nicht unbedingt länger als nötig aufzuhalten. Wenn er sie überraschte, hatte er eine Chance. Gabriellas Jäger würde ihn unmittelbar darauf packen, aber das gäbe ihm auch die Gelegenheit, ihn zu warnen.

»Es ist doch auch gleichgültig, wann du vor Strabos Gericht erscheinst. Oder«, Malina hob spöttisch die Augenbrauen, und mit einem Mal lief eine Gänsehaut über Markus' Rücken, »... hält dich noch etwas anderes? Vielleicht diese billige Frau?« Sie wandte ihm eine kalte Miene zu, ihre hellen Augen funkelten boshaft. »Mir war gleich klar, dass es leicht sein würde, dich zu überreden, hierherzukommen. Schon weil du sie wiedersehen wolltest.«

Eine Eiseskälte kroch über seine Haut, durchdrang seinen ganzen Körper, umkrallte schließlich sein Herz. Malina ließ ihm Zeit, die wachsende Gewissheit auszukosten.

»Solltest du Strabos Tochter nicht töten«, fuhr sie beiläufig im Plauderton fort, »dann wird dieses Geschöpf sterben. Und das nicht sehr angenehm. Es gibt auf der Erde mehrere Möglichkeiten, jemanden töten zu lassen. Geld kann hier sehr viel bewirken. Um den Jäger«, fuhr sie mit einer Stimme fort, die klirrte wie Glas, »musst du dir also, wie du siehst, keine Gedanken machen.«

Als Markus schwieg, lachte sie auf. »Hat man dir gesagt, wer der Jäger ist? Hält dich das etwa ebenfalls auf?« Ihre Augen funkelten. »Ramesses. Absurd, nicht wahr? Ausgerechnet er läuft Strabos Tochter nach wie ein Hündchen. Ausgerechnet der Tochter jenes Mannes, der seinen Vater getötet und ihn zerstört hat. Aber wie dem auch sei, er wird nicht hier sein, wir sorgen dafür, dass er zur Jagd gerufen wird.« Sie beugte sich näher, und Markus hatte Mühe, nicht vor Ekel zurückzuweichen. »Wir wollen ja nicht unnötige Komplikationen, nicht wahr?«

Er hätte gern die Augen geschlossen. Er hätte sich gern zurückgezogen und einfach alles vergessen: Amisaya, Malina, Strabo und Gabriella Bramante, diese harmlose junge Frau. Und vor allem sich selbst. An ihm lag allerdings am wenigsten. Er nickte langsam. »Gut. Ich tu es.«

»Morgen Nacht«, sagte sie in scharfem Ton. Ihre Augen glühten. »Und du wirst nicht allein sein, sondern tatkräftige Unterstützung haben.« Ein süffisantes Lächeln folgte diesen Worten.

Markus drehte sich um und ließ sie einfach stehen. Seine Schritte waren schwerfälliger als sonst. Es war ihm, als lasteten zwei Welten auf ihm.

❊ ❊ ❊

»Hast du ihn danach noch öfter gesehen?«

Gabriella und Rita hatten es sich im Lagerraum auf zwei umgedrehten Getränkekisten bequem gemacht. Vorgeblich, um die Bestände zu sichten. Ritas Block, auf dem sie die Vorräte notieren wollte, lag jedoch unbenützt auf einem Sack mit Kartoffeln. Antonio hätte in diesem Augenblick zweifellos festgestellt, dass dringend die Wände ausgemalt werden müssten, aber die beiden Frauen hatten für abblätternden Verputz keinen Blick übrig.

Rita starrte auf die Coladose in ihrer Hand. Sie schwieg so lang, dass Gabriella schon glaubte, sie würde nicht weitersprechen wollen, aber endlich sagte sie leise: »Sehr oft. Und irgendwann habe ich mich in ihn verliebt.«

Gabriella seufzte unwillkürlich.

»Er ... war so anders. Anders als die Kerle, mit denen ich sonst zu tun hatte. So höflich. Hat sich so hübsch ausgedrückt. Charmant. Ein richtiger Gentleman.« Sie sah hoch. »Er konnte mich nicht berühren. Das heißt, er ist jedes Mal durch mich hindurchgefahren, wenn er das wollte.«

»Und was hast du gespürt?«

Rita sah sie verwundert an. »Nichts. Ich sag' ja, er konnte mich nicht berühren. Und ich ihn auch nicht.«

»Ja, aber hat es denn nicht irgendwie ... hm ... geprickelt? Als würdest du elektrischen Strom berühren?«

»Na ja, das schon.« Ihre Freundin lächelt schief. »Ich war ganz wild auf ihn, irgendwann. Und er auf mich. Aber es war, als hätte ich mich in ein Hologramm verliebt, wenn du weißt, was ich meine – diese Dinger, durch die man hindurchgreifen kann, ohne dass man irgendetwas spürt. Geprickelt«, ergänzte sie, »hat es nur hier drinnen.« Sie legte die Fingerspitzen auf ihr Herz. »Und hier.« Sie tippte sich an den Kopf.

»Und sonst hast du ihn nicht gespürt?«

»Nein.«

Dann war etwas entscheidend anders zwischen ihr und Darran. Vermutlich lag es am Erbe ihres Vaters. Zum ersten Mal war sie dankbar dafür. Darran gar nicht zu spüren hätte sie bis an die Grenzen des Erträglichen frustriert. Auch jetzt erwachte, wie immer beim Gedanken an ihn, die Sehnsucht nach seinen sanften, unkörperlichen Berührungen.

»Er sagte, es gäbe nicht viele Menschen, die ihn und seinesgleichen sehen könnten«, fuhr Rita fort. »Nur ganz wenige. Manche in dem Augenblick, wenn sie sterben, und dann noch solche, die man bei uns ›Medium‹ nennt. Und manche behaupten, Männer wie er wären so etwas wie Engel, die die Verstorbenen holten. Todesengel, die sie ins Jenseits bringen.«

Bei dem Ausdruck, den auch ihre Mutter verwendet hatte, schauderte es Gabriella unwillkürlich. »Und was geschah weiter?«

Rita schien in sich hineinzuhorchen, endlich sagte sie: »Es begann eine Art Liebesbeziehung. Er hat mir so wunderschöne Dinge gesagt.« Sie lachte leise und traurig. »Sogar Gedichte, wie ich sie noch nie gehört oder gelesen habe. Nicht dass ich überhaupt je viele davon in die Finger bekommen hätte«, fügte sie achselzuckend hinzu. Sie versank in brütendes Schweigen.

Gabriella legte ihr mitfühlend die Hand auf den Arm. »Was war weiter? Hast du dich von ihm getrennt?«

»Ich mich getrennt?« Rita sah sie an, als hätte sie plötzlich Suaheli gesprochen. »Von einem Mann, der mich hofiert hat, als wäre ich eine Königin? Der mich nicht einmal angestubst, geschweige denn geschlagen hätte?« Sie hatte plötzlich Tränen in den Augen. »Was glaubst du denn, wie ich aufgewachsen bin? Glaubst du, nur meine Mutter ist regelmäßig mit einem blauen Auge herumgelaufen? Oder mein Vater hätte was von gewaltfreier Erziehung gehalten? Ich kannte ja gar nichts anderes! Und so waren auch die Kerle, mit denen ich zusammen war! Der Verrückte, der mich fast umgebracht hätte – den hatte ich nur wenige Stunden davor in einem Beisl aufgegabelt! Wenn du meinst, Georg sei ein Widerling, dann lass dir gesagt sein, er ist noch der Beste. Und er kümmert sich um meinen Paps. Meistens jedenfalls.«

Sie atmete tief durch und dann sagte sie: »Er ist eines Tages verschwunden. Nicht mehr gekommen.«

»Einfach weggeblieben?«

Rita nickte. »Er war besorgt, schon länger. Und manchmal, da war es, als würde er sich auflösen ... wenn du weißt, was ich meine.«

Gabriellas Hände krampften sich ineinander.

»Er sagte einmal«, fuhr Rita fort, »dass es verboten wäre, was er täte. Dass es Konsequenzen gäbe. Und dann könne er nicht mehr kommen. Er sagte, es wäre ihm verboten, Gefühle zu haben. Man hätte sie ihm genommen, auch die Erinnerung. Aber sie wären langsam zurückgekommen. Ja«, sie senkte den Kopf, »und dann, eines Tages kam er nicht mehr zu mir zurück.« Ihre Lippen zuckten, als würde sie gleich anfangen zu weinen, und ihre Stimme klang belegt. »Ich habe so sehr auf ihn gewartet, nach ihm Ausschau gehalten, gehofft. Ich weiß nicht, was aus ihm geworden ist, und das Furchtbare ist, dass ich es nie erfahren werde. Aber eines sage ich dir, und das weiß ich so sicher, wie du hier vor mir sitzt«, sie beugte sich ein wenig vor und sah Gabriella an, als wolle sie sie überzeugen, »er hätte mich nie einfach so allein gelassen. Nicht ohne Abschied. Ohne ein Wort.«

Gabriella hatte zu zittern begonnen. Darran hatte Gefühle. Ihretwegen. Sie war schuld, weil sie durch ihn hindurchgelaufen war. Und nicht nur das, jetzt hatte sie auch noch eine Art Verhältnis mit ihm begonnen. Darran war in Gefahr. Sie würde leiden, verzweifelt sein, aber er konnte vielleicht sogar sein Leben dabei verlieren.

»Nur einmal, vor einiger Zeit, da dachte ich ...« Rita zuckte mit den Schultern. »Eine Zeit lang habe ich ihn in jedem Schatten sehen wollen. Aber kürzlich eben, da habe ich gedacht, er stünde draußen. Vor der Küche.«

»Als du so erschrocken bist?« Plötzlich fiel ihr etwas ein, und sie deutete hinaus, wo sie Darran vor dem Haus vermutete: »Das war aber nicht meiner, oder?«

»Nein, nein, den habe ich vorher nie gesehen. Erst als er anfing, dir nachzuge...« Sie unterbrach sich und packte Gabriellas Hand. »*Deiner*?«, fragte sie mit zusammengekniffenen Augen.

Gabriella hob mit einem unsicheren Lächeln die Schultern. »Ich sehe sie schon seit meiner Kindheit, diese *Männer*. Und dieser Mann da draußen, von dem du sagst, dass er mich verfolgt – ich habe mich in ihn verliebt. Und ich glaube, er sich in mich ... Wir ... haben sogar so etwas wie eine Beziehung. Wir spüren es, wenn wir uns gegenseitig berühren.«

»Ach du meine Fresse.« Rita stellte die Coladose weg, ehe sie ihr vor Schreck aus der Hand rutschte. »Deine roten Bäckchen heute früh.« Sie schüttelte den Kopf. »Ihr müsst sehr, sehr vorsichtig sein.«

Einige Minuten saßen sie schweigend und jede für sich in trüben Gedanken versunken nebeneinander, bis Rita seufzend aufstand. »Ich gehe lieber wieder an die Arbeit, ehe Antonio nachschauen kommt.«

Gabriella nickte. »Und ich mache die Liste, was wir bestellen oder einkaufen müssen.«

Rita küsste Gabriella auf die Wange und klopfte ihr auf den Rücken. »Bis später, Gabi.«

Gabriella machte sich halbherzig und mit den Gedanken eher bei Darran und Rita als bei der Arbeit daran, die Getränkekisten zu kontrollieren. Sie war gerade bei den Bierflaschen, alkoholfrei, angelangt, als es ihr war, als striche eine kühle Hand über ihren Rücken. Sie drehte sich um und erblickte vor sich einen Jäger.

Sekundenlang sahen sie einander stumm an. Gabriella kannte den Mann, sie hatte ihn einmal neben Darran vor dem Lokal gesehen. Sie hatten sich unterhalten, aber während Darran lebhaft sprach und auf die Leute wies, war der andere nur verstockt daneben gestanden und hatte ein griesgrämiges Gesicht gezogen. Dieses Mal sah er nicht griesgrämig, sondern grimmig drein, während er sie von oben bis unten musterte, bis Gabriella das Gefühl hatte, bis auf einen Cent genau taxiert zu sein.

Als er ihr in die Augen blickte, war sein Blick starr und kalt. »Halte dich von ihm fern.«

»Wie ...?« Gabriella schluckte. Von dem Mann ging eine Feindseligkeit aus, die sie noch nie bei einem Jäger gespürt hatte. Und es schien fast so, als würde er sie gezielt auf sie abstrahlen.

»Du wirst ihm schaden.«

Sie musste nicht fragen, wen er meinte. Und sie ahnte, dass der Graue schon längere Zeit im Raum gewesen war, vielleicht irgendwo in der Mauer wie ein Gespenst, und gelauscht hatte. Er wusste alles über sie, Darran, und sogar Rita. Die Angst um Darran schnürte ihr die Kehle zu.

»Es ist gefährlich für Jäger, Gefühle zu haben.«

»Sprichst du aus Erfahrung?« Sie versuchte, ihre

Stimme kühl klingen zu lassen, aber ihr Herz schlug immer schneller, ängstlicher. Ihre Hände zitterten, und sie krallte sie um den Block, damit er es nicht bemerkte.

»Sollte eure Beziehung entdeckt werden, so wird er streng bestraft.« Er maß sie abschätzig. »Es ist bedauerlich, dass du nicht dabei sein wirst, um die Folgen zu sehen. Um zuzusehen, wie er stirbt, wenn die Nebel kommen, um ihn zu zerfressen, weil er es gewagt hat, sich der Tochter des Herrschers zu nähern.«

»Wie ...«, sie konnte kaum sprechen. »Wie meinst du das?«

»Willst du behaupten, du wüsstest nicht, wer dein Vater ist? Hast du ihn wirklich für einen gewöhnlichen Jäger gehalten?« Sein Blick und seine Stimme waren verächtlich. »Einfältiges Ding.« Damit drehte er sich um und schritt auf die Wand zu.

Gabriella rannte ihm nach, um ihn zu packen. Zumindest zu berühren. »Halt! Bleib hier! Das kann nicht sein!« Sie schrie die leere Wand an. Wütend sprang sie auf die Mauer zu und schlug mit den Fäusten dagegen, bis sie schmerzten.

Erst als sie das – inzwischen schon vertraute – Prickeln auf ihrem Rücken, ihren Schultern, ihren Armen fühlte, hielt sie ein, atemlos und verwirrt. Darran stand dicht hinter ihr und hatte seine Arme um sie gelegt. Seine Stimme klang beruhigend, als er ihr Worte, die sie nicht verstand, ins Ohr flüsterte. Endlich ließ sie die Fäuste sinken. Die Fingerknöchel brannten, sie hatte sie aufgeschürft. Darrans körperlose Finger glitten darüber. »Was machst du nur, Gabriella? Was ist geschehen?«

Sie drehte sich in seinen Armen herum, darauf bedacht, seine Nähe nicht zu verlieren, und lehnte sich an die Wand, durch die dieser fremde Jäger verschwunden war. Hart und undurchdringlich drückte sie an ihrem Rücken. Sein Blick glitt zur Wand hinter ihr, sie bemerkte sein Stirnrunzeln. Hatte er noch etwas gesehen?

Plötzlich war die Angst so mächtig, dass sie versuchte, ihn wegzuschieben, doch sie vertiefte die Berührung damit nur noch. »Du musst jetzt gehen. Wir hatten doch die Vereinbarung«, brachte sie hervor, »dass du das Restaurant nicht mehr betrittst.«

»Ich kann dich jetzt nicht allein lassen«, antwortete er mit sanfter Stimme.

»Doch. Mir geht es schon besser.«

In diesem Moment ging die Tür auf, und Rita steckte ihren Kopf herein. »Gabi, ist alles in Ordnung? Ich wollte nicht stören, aber ich habe dich schreien ...« Ihre Stimme erstarb, als sie ihre Freundin in enger, wenn auch ungewöhnlicher Umarmung mit dem Jäger fand. Anstatt jedoch zu verschwinden, kam sie ganz herein und schloss behutsam die Tür hinter sich. Sie stellte sich kerzengerade auf und sah von Darran zu Gabriella und zurück. Gabriella holte tief Luft. »Rita, das ist Darran. Darran, meine Kollegin und Freundin Rita.«

Bei *Freundin* huschte ein erfreutes Lächeln über Ritas Gesicht. Gabriella stieß sich von der Wand ab und schlüpfte unter Darrans Arm hindurch, ihn dabei so wenig wie möglich streifend. »Bitte geh jetzt.«

Darran hatte Rita scharf in Augenschein genommen, jetzt nickte er Gabriella zu. »Gut. Wir sprechen heute Abend.«

»Nein! Nicht da!« Gabriella warf sich zwischen Darran und die Wand, durch die der Jäger vorhin verschwunden war. Sie wusste nicht, ob er nicht noch dahinter stand, vielleicht alles beobachtet hatte, oder was sonst noch dahinter auf Darran wartete.

Darran wandte zuerst Gabriella, dann der Wand nachdenklich sein Gesicht zu, dann nickte er jedoch. Rita schob sich zur Seite, als er sich der Tür näherte.

Ehe sie jedoch ausweichen konnte, hatte seine Hand ihre Schulter auch schon berührt. Erwartungsgemäß glitt sie hindurch, aber Gabriella hielt trotzdem die Luft an. Nichts. Weder Rita noch Darran zeigten irgendwelche Anzeichen, dass sie etwas gespürt hatten. Darran drehte sich zu Gabriella herum. Sein Gesicht war ernst, aber seine Stimme klang heiter. »Sie ist nicht wie du. Niemand ist wie du.« Dann war er fort.

Gabriella hockte sich einfach auf den Boden und begann zu weinen.

Rita kniete sich neben sie. »Was war denn? Ihr habt doch nicht etwa gestritten, oder? Hat er dich gekränkt?«

Gabriella bekam jetzt auch noch Schluckauf. »Sieht e... er so aus, als wü...ürde er das tun?«

Rita schüttelte den Kopf und hielt ihr ein Taschentuch und eine Wasserflasche hin. »Hier, trink ein paar Schlucke, ohne abzusetzen.«

»Das Schlimmste«, fing Gabriella an, nachdem der erste Gefühlsansturm vorüber war, »ist diese verdammte Hilflosigkeit.« Sie ließ ihrem Zorn freien Lauf. »Wie können die es überhaupt wagen, sich hier einzumischen?! Zuerst lassen sie irgendwelche Verrückte auf die Menschheit los und dann schicken sie harmlose Männer aus, um sie wieder einzufangen. Und wehe, wehe!«, setzte sie ihre flammende Rede fort, »einer dieser Männer wagt es auch nur, ein freundliches Gesicht zu zeigen! Gleich wird er mit Strafen bedroht!«

Rita sah sie ernst an. »Hat er dir das erzählt?«

Gabriella schüttelte so wütend den Kopf, dass ihr Haarband sich löste. »Nein. Ein anderer. Er tauchte vor einigen Minuten hier auf und hat mich gewarnt. Vor den Strafen, die Darran ereilen könnten.« Sie überlegte, ob sie Rita alles erzählen sollte, was der andere gesagt hatte. Der Gedanke an ihren Vater war jedoch plötzlich zu ungeheuerlich, um ihn überhaupt auszusprechen. Vielleicht würde sie mit Darran darüber reden, um ihn zu warnen. Sie wusste es noch nicht. Sie wusste nur, dass er in Gefahr war. Der blonde Jäger hatte es sehr ernst gemeint, als er mit ihr gesprochen hatte.

❊ ❊ ❊

Als Darran sie an diesem Abend vor dem Lokal erwartete, fühlte sich Gabriellas Herz wie zu Eis gefroren an. Sie hatte einen furchtbaren Tag hinter sich. Ein Gast hatte Eierschalen im Reispudding gefunden, ein anderer hatte sich über die versalzene Minestrone beschwert, und ein Dritter hatte über den kalten Kaffee gemeckert. Einem Vierten hatte sie versehentlich Rotwein über den Anzug gegossen. Sie hatte die ganze Zeit über nur an Darran denken können, an den blonden Jäger, ihren Vater und an das, was auf Darran warten mochte, nur weil sie einander liebten.

Als sie Darrans Lächeln nur mit einem tonlosen »Guten Abend« erwiderte, blieb er vor ihr stehen und sah sie eindringlich an. »Erzähl mir jetzt, sofort, was heute geschehen ist, und weshalb du so erregt warst.« Er blickte scharf zum Restaurant hinüber. »Ich weiß, dass du geweint hast, ich konnte es bis hierher fühlen. Hat dich jemand gekränkt? Dich verärgert?«

»Nein, nein.« Sie ging um ihn herum, darauf bedacht, ihn nicht zu berühren. Sie bemerkte das Erstaunen der Leute gar nicht, die ihr entgegenkamen und feststellten, dass sie mit der Luft sprach. »Ich bin nur müde.«

»Gabriella …«

Sie schloss kurz die Augen und wäre beinahe über den Randstein gestolpert. Dieses weich und mit italienischem Akzent ausgesprochene *Gabriella*. Kein Gabi. Kein deutsches Gabriela. Gabriella. Nur er nannte sie so. Ein Schritt weiter und sie lief gegen eine sanfte, zärtliche Mauer aus Elektrizität und riss die Augen auf. Er stand vor ihr und sah sie ernst an. »Du weißt, dass ich alles tun würde, um dir zu helfen.«

Und alles, was sie tun konnte, war, zu verhindern, dass er diesen monströsen Nebeln zum Fraß vorgeworfen wurde. Sie war unglücklich, verzweifelt und wusste doch, dass sie diese Gefühle vor ihm verbergen musste. Jetzt wurde ihr auch das Schicksal von Ritas Jäger klar. Er war längst tot. Irgendwann fortgeholt und diesen ... Nebeln ... zum Fraß vorgeworfen. »Was sind die Nebel?«, fragte sie leise. »Du hast mir einmal von ihnen erzählt.«

Ein Zucken ging über Darrans Gesicht. »Weshalb fragst du jetzt nach ihnen? Sie müssen dir keine Sorgen machen.«

»Und dir?«, sagte sie müde. Als er keine Antwort gab, schlüpfte sie an ihm vorbei. Es war nicht mehr weit zu ihrem Haus. Nur noch ein paar Schritte. Sie ging sehr langsam. Vielleicht waren es die letzten Schritte, die sie neben ihm machte. Alles, was sie wusste, war, dass sie ihn schützen musste, wenn sie auch noch keine Ahnung hatte, wie sie das anstellen sollte. Als sie das Haustor aufschloss, war er wie selbstverständlich an ihrer Seite. Sie blieb stehen. »Bitte komme heute nicht mit hinauf. Ich bin müde und würde gerne durchschlafen.«

»Natürlich, meine Liebste.« Er war enttäuscht, das sah sie ihm an, und doch war sein Blick so warm und liebevoll, dass Gabriella sich innerlich krümmte. Wie gern hätte sie ihn jetzt berührt, sich von ihm auf diese sinnliche Art küssen und berühren lassen, bis das Prickeln ihren ganzen Körper erfasste. Und doch wusste sie, dass sie sich von ihm trennen musste – seinetwegen. Schon bei dem Gedanken, er könnte ihretwegen bestraft werden, schnürte es ihr die Luft ab.

»Und außerdem ...«, fuhr sie mit zittriger Stimme

fort, »bin ich nicht sicher, ob wir das überhaupt noch einmal tun sollten. Ich muss erst darüber nachdenken.«

Sie wagte nicht, ihm in seine Augen zu sehen und zu erkennen, wie sie ihn mit diesen Worten traf. Sie wandte sich abrupt ab und lief die Treppe hinauf. Nur weg von ihm und seiner Nähe.

❋ ❋ ❋

Gabriella schlief kaum in dieser Nacht. Sie fühlte sich wie zerschlagen, kroch immer wieder aus dem Bett und wanderte ruhelos in der Wohnung umher. Wann immer sie aus dem Fenster blickte, sah sie Darran, der unberührt von Wind und den umherwehenden Schneeflocken unten stand und unverwandt heraufsah. Es schneite stärker als noch am Abend, und auf den Autos und Häuservorsprüngen hatten sich niedrige, fast durchsichtige Kristallberge gebildet. Darran sah sich um, als würde er sich daran erfreuen. Wie gerne wäre sie jetzt neben ihm gestanden, gleichgültig, wie kalt es sein mochte. In diesem Moment sah er wieder hoch und lächelte. Aber selbst von hier konnte sie sehen, dass er besorgt und angespannt war. Sie wandte sich ab.

Streng bestraft ... diese Worte hallten schmerzhaft wider. Und es wäre nur ihre Schuld. Wann immer sie kurz einnickte, träumte sie von ihm, und die Strafen, die er zu erdulden hatte, wurden in ihren Träumen immer schlimmer. Gefängnis war noch das Angenehmste, aber damit hielt sie sich in ihren Albträumen nicht lange auf. Tortur, Verbrennung auf einem Scheiterhaufen, ein Erschießungskommando, eiserne Jungfrau, Rädern und Vierteilen – ihre aufgewühlte Fantasie machte vor keiner Absurdität halt. Und dann immer wieder diese ominösen Nebel, die im Traum geifernde Mäuler besaßen, mit denen sie Darran das Fleisch von den Knochen rissen. Sie erwachte jedes Mal mit einem Ruck, saß dann schweißgebadet kerzengerade da und starrte schwer atmend vor sich hin.

Was sollte sie nur tun? Ihn warnen? Wusste er denn nicht selbst, dass das, was er tat, verboten war? Oder war es ihm gleichgültig? Wäre es ihr an seiner Stelle gleichgültig? Vermutlich würde sie eher eine Strafe riskieren, als ihn zu verlassen. Aber die Vorstellung, er könnte eines Tages spurlos verschwinden wie Ritas Freund und sie würde nie erfahren, was aus ihm wurde, war unerträglich. Vielleicht sollte sie vorschlagen, sich nur alle paar Wochen zu sehen? War das ungefährlicher? Nein. Sinnlos.

Als der Morgen graute, wusste sie, dass es nur eine Möglichkeit gab, ihn von sich zu stoßen. Die einzige, die auch sie von ihm fernhalten könnte.

❊ ❊ ❊

Als Gabriella am nächsten Morgen das Haustor erreichte, wartete Darran schon im Hauseingang auf sie. Sein Lächeln tat ihr zum ersten Mal weh. Als er ihre Hand berühren wollte, trat sie einen Schritt zurück.

»Lass mich!«

Sein verletzter, besorgter Ausdruck schmerzte. »Ich habe nachgedacht«, sagte sie, ohne ihn anzusehen. »Das geht alles zu weit. Das ist falsch. Das stimmt nicht!«

»Gabriella...«

»Ich möchte so nicht weitermachen. Es tut mir leid.«

»Wie...«

Sie ließ ihn nicht ausreden. »Ich möchte einen richtigen Mann. Wer weiß, existierst du überhaupt? Vielleicht lebst du nur in meiner Einbildung? Vielleicht bin ich ja verrückt.«

»Aber nein, gewiss nicht.« Betroffen machte er einen Schritt auf sie zu, aber ihn jetzt zu berühren ging über ihre Kraft.

»Geh weg, lass mich in Ruhe! Ich will nicht verrückt sein. Und ich halte das nicht mehr aus! Ich will kein Phantom. Ich will mir keinen Mann vorstellen, der durch mich hindurchgreift! Ich will einen, der mich berühren kann! Den ich umarmen kann! Geh weg und bleib mir in Zukunft fern!«

»Das kann nicht dein Ernst sein«, sagte er tonlos. »Du verbietest mir, dich wiederzusehen? Nach dem, was zwischen uns ...«

»Doch! Geh weg! Du ... du Gespenst!« Sie drehte sich um und rannte zur Haustür, riss sie auf und war auch schon auf der Straße. Sie hoffte, dass er ihr nicht folgte.

❊ ❊ ❊

Julian beschwerte sich zwar meist, dass Darran so ekelerregend menschlich sei, aber er gesellte sich oft zu ihm, um sich – wie er behauptete – mit ihm und seinem bedauerlichen Faible für Menschen zu langweilen. Und nun schlenderte er neben ihm durch die Straßen und nickte gleichgültig zu Darrans Kommentaren. Die an diesem Tag allerdings sehr spärlich ausfielen, denn Darrans Laune war seit der Auseinandersetzung mit Gabriella auf einen bisher nie erreichten Nullpunkt gesunken.

Phantom? Einbildung? Und doch hatte sie im Grunde recht, und das war es, was ihm am meisten zusetzte. Er war nur ein Schatten, der überall hindurchglitt, der sie nicht halten konnte. Ein Gespenst.

Es war kein Wunder, dass Gabriella ihn verjagt hatte und sich eher einem Menschen zuwandte, den sie richtig berühren konnte. Der Gedanke war so bitter, dass er die Augen schloss. Sie brauchten Wärme, Nähe. Und was konnte er ihr wirklich geben? Menschen waren füreinander da. In jeder Beziehung, auf jeder Ebene des Seins.

Sie wollte ihn nicht mehr sehen, aber wie konnte er sich völlig von dem einzigen Wesen fernhalten, das ihn wärmte, das ihn lebendig und glücklich machte? Meist jedenfalls. Mit finsterer Miene beobachtete er eine gebeugte alte Frau, die schwerfällig einen Wagen vor sich her schob. Sie ging geradewegs auf ihn zu, als würde er tatsächlich nicht existieren.

»Was sind wir eigentlich?«, fragte er an Julian gewandt, der neben ihm stand und in die Luft sah.

Julian seufzte vernehmlich. »Ist es also wieder einmal so weit? *Wir sind Jäger.*«

Darran machte eine ungeduldige Handbewegung. »Was sind wir wirklich? Wir sind keine Menschen. Wir gehören auch nicht zu jenen in Amisaya.« Er sah an sich herab, fuhr mit der Hand über seinen Körper, seinen grauen Anzug, der fast wie eine Uniform der Menschen wirkte, nur ohne glitzernde Knöpfe oder Epauletten. Ein Anzug, der ihn umgab wie eine zweite Haut. »Aber wir existieren. Der Körper fühlt sich real an, wenn ich ihn berühre, so wie die Körper der …«, er vermied in letzter Zeit meist das Wort Beute, »der Männer und Frauen, die wir jagen. Aber er verändert sich niemals. Wir benötigen weder Speise noch Trank. Wir bedürfen auch nicht der Ruhe wie die Menschen.« Er ging langsam um die alte Frau herum, die mit einem müden Ausdruck im Gesicht auf ein Geschäft zusteuerte. »Wir altern nicht.« Er sagte das sehr leise. Alle auf der Erde alterten und das in einem erschreckend schnellen Tempo. Gabriella war gealtert, seit er sie als Kind das erste Mal gesehen hatte. Sie hatte zwar noch keine Falten, humpelte nicht und ging nicht gebückt, aber sie würde mit jedem Jahr älter werden. Ohne ihn. Und eines Tages würde sie sterben und ihn hier völlig allein zurücklassen, ohne die Möglichkeit, sie zumindest aus der Ferne zu beobachten. Dieser Gedanke löste ein bislang unbekanntes Schmerzgefühl in ihm aus. So heftig, dass er sich beinahe gekrümmt hätte. Ein kalter Hauch glitt über seine Haut und ließ ihn frösteln.

»Wohin gehen sie, wenn sie sterben?«

Julian zuckte mit den Schultern. »Ich hatte nie den Ehrgeiz, das zu erforschen. Und die Menschen selbst vertreten verschiedenste Vorstellungen. Ich hörte und sah auch schon mit eigenen Augen, wie sie deshalb sogar Kriege führten und führen. *Religion* nennen sie das.«

Darran sah ihn prüfend an.

»Was wir besitzen«, sagte Julian langsam, als würde er nur sehr widerwillig seine eigenen Erkenntnisse wiedergeben, »ist lediglich der Gedanke eines Körpers. Eine Erinnerung daran.«

Darran hob die Augenbrauen.

Julian zuckte mit den Schultern, ohne zu ahnen, wie sehr er Darran – oder den Menschen – mit dieser Geste ähnelte. »Es ist gefährlich, darüber nachzudenken. Tatsache ist: Wir leben in einer Zwischenwelt. Für uns gibt es keine Zeit, kein Leben als solches. Und unsere Körper sind nicht echt.«

»Nicht echt? Aber ich spüre ihn doch! So wie ich weiß, dass ich existiere!« Darran vergaß, der alten Frau auszuweichen. Diese schob, wie zur Bestätigung von Julians Worten, ächzend ihren Rollator durch ihn hindurch. Er wich aus, sie streifte ihn jedoch und blieb erschrocken stehen. Sie blickte um sich, dann schlug sie ein Kreuzzeichen, atmete tief durch und ging weiter. Er sah ihr schuldbewusst nach. Sehr alte Menschen reagierten manchmal so auf ihn. »Der Todesengel hat mich berührt«, hatte einmal eine alte Frau zu ihrer Enkelin gesagt. Diese Worte hatten Darran gepeinigt. Er brachte den Tod, aber nicht diesen Menschen, die sich oft nur noch mit Verzweiflung und ungeahnter Willenskraft am Leben festhielten.

Julian bewegte unbehaglich die Schultern. »Das solltest du gar nicht. Das ist nicht normal.«

Er sah und spürte Gabriella. Und sie fühlte ihn. Ein Schauder lief über seinen Körper. Angenehm und beängstigend zugleich, wie etwas Verbotenes und doch Reizvolles. Und zugleich wie ein Widerhall von ... Ja, wovon? Etwas, das er nicht fassen konnte, das aber, tief in seinem Bewusstsein verborgen, existierte.

Ein Pärchen kam vorüber, eng umschlugen. Darran fühlte sich körperlich krank, wenn er daran dachte, Gabriella könnte sich einem anderen zuwenden. Eine düstere Vision zeigte ein mieses Exemplar männlicher Materie, das an ihre Tür klopfte, bis sie ihn hereinzog. Wie sich seine Arme um sie legten. Er sie küsste, berührte, hielt. Ein Mann aus Fleisch und Blut. Gegen den er keine Chance hatte.

Er starrte so lange auf die beiden Verliebten, die Hände zu Fäusten geballt, bis er eine vage Berührung fühlte. Er wandte den Kopf. Julian stand kopfschüttelnd vor ihm.

»Hör auf damit. Du hast deine Gefühle nicht mehr unter Kontrolle. Beherrsche sie, ehe die anderen etwas davon merken.«

Jetzt erst spürte er die fremde, körperliche Beklommenheit. Der Druck in seiner Kehle und auf seiner Brust lockerte sich, als er tief durchatmete. »Und du? Fühlst du nie etwas?«

»Nicht wie du. Und ganz gewiss nicht für eine Frau.« In Julians Stimme schwang eine ungewohnte Härte und sogar Verachtung mit. Er hatte noch nicht einmal ausgesprochen, da war Darran schon herumgewirbelt, als wolle er sich auf seinen Freund stürzen. Julian nahm sofort unbewusst eine Abwehrhaltung ein.

»Du weißt von ihr? Hast du mich verfolgt?«

Julian lachte kurz auf. »Als ob es da etwas zu verfolgen gäbe. Wenn du ihr nachläufst wie einer dieser Hunde dort«, er deutete auf einen wohlbeleibten, kurzbeinigen Hund, der seinem Frauchen hinterherschnaufte, »dann siehst du deine Umgebung nicht mehr. Du bist in ihrer Begleitung zweimal an mir vorbeigerannt, konntest mich jedoch nicht bemerken, da du nur Augen und Ohren für diese Frau hattest! Wie ein Süchtiger! Darran«, er machte eine Bewegung, als wolle er Darran packen, ließ dann jedoch die Hände sinken, »ich warne dich, sei vorsichtig. Was du hier tust, ist kein Spiel mit dem Feuer mehr, wie die Menschen dazu sagen würden, sondern schon ein Tanz auf einem Vulkan.«

Ein abermaliges Frösteln erfasste Darran. Als wäre es um ihn herum kalt geworden. Es war nicht das erste Mal. Aber noch nie hatte er das in dieser Intensität gespürt. Es war ungewohnt, sehr körperlich.

»Das kann ich nicht«, sagte er gedankenverloren. »Ich habe das Gefühl, sie beschützen zu müssen.«

»Beschützen? Vor wem ...?« Julian unterbrach sich, hob den Kopf und lauschte.

»Wir werden gerufen«, sagte Darran mit einer Stimme, die in seinen eigenen Ohren fremd klang.

Julian wandte sich zum Gehen. »Wenn du klug bist, hältst du dich nach der Jagd von ihr fern. Meide sie. Weich ihr aus! Sieh sie nie wieder!« Er wies um sich. »Meide diese ganze Stadt!«

Deizehntes Kapitel

Das beklemmende Gefühl verfolgte Gabriella schon seit Stunden. Sie blickte immer wieder aus dem Fenster und aus der Tür des Bistros, sah jedoch nichts, was ihre Unruhe bestätigen würde. Auch der Himmel war an diesem Tag ausnahmsweise sonnig, nicht einmal ein Wölkchen war zu sehen.

Als sie am Abend das Bistro verließ, verstärkte sich ihre Unruhe, und unwillkürlich drehte sie sich um, um nach Darran Ausschau zu halten. Er war nicht da. Wahrscheinlich lag es daran – seine beruhigende, beschützende Gegenwart fehlte ihr. Einen Tag lang hatte sie das Gefühl gehabt, er wäre in der Nähe, aber nun sagte ihr ein Gefühl von Leere, dass er wirklich fort war. Sie presste die Lippen aufeinander. Sie hatte ganze Arbeit geleistet, aber anstatt jetzt froh zu sein, dass er in Sicherheit war, fühlte sie sich von ihm in Stich gelassen. Wie dumm von ihr.

Und trotzdem war immer noch die Angst um ihn da. Wenn sie zumindest von der Ferne noch einen Blick auf ihn werfen könnte. So von Zeit zu Zeit, alle paar Wochen ... alle paar Tage ... um sicher zu sein, dass es ihm gut ging. Was war, wenn er so wie Ritas Geliebter einfach spurlos verschwand?

Sie blieb stehen, um tief durchzuatmen. Dieser Gedanke verstärkte ihre Beklommenheit noch mehr. Hoffentlich ging es ihm gut. Hoffentlich hing dieses Gefühl nicht etwa mit ihm zusammen! Mit gesenktem Kopf trottete sie weiter. Sie dachte kurz daran, bei Rita vorbeizusehen, die diesen Abend freihatte, verwarf den

Einfall jedoch im nächsten Moment. Es hatte ja doch keinen Sinn.

Fröstelnd beschleunigte sie ihre Schritte. Das unheimliche Gefühl wollte sie nicht loslassen, und als sie vermeinte, Schritte zu hören, die ihr folgten, blieb sie stehen und sah sich um. Sie war fast allein auf der Straße. Nur eine alte Frau mit ihrem Hund und ein Liebespärchen, eng umschlungen und herumalbernd, waren unterwegs.

Gabriella beschleunigte ihre Schritte und atmete erleichtert auf, als sie endlich in ihre Straße einbog. Schon lange bevor sie das Haustor erreichte, zog sie den Schlüssel aus der Manteltasche. Die letzten paar Meter rannte sie, dann hatte sie das Tor erreicht, sperrte auf, schlüpfte hastig hinein und verschloss es wieder. In Sicherheit. Aufatmend tastete sie nach dem Lichtschalter. Es blieb dunkel.

Da war es wieder, das ängstliche Gefühl. Lächerlich. Niemand konnte ohne Schlüssel das Haus betreten. Die Glühbirne war einfach kaputt. Die Straßenbeleuchtung erhellte den Gang gut genug, um zum Aufzug zu finden. Sie war nur noch zwei Schritte davon entfernt, als die Hoftür aufgestoßen wurde und eine Gestalt auf sie zustürzte.

Gabriella hob abwehrend beide Hände, aber der Angreifer hatte sie auch schon gefasst und presste seine Hand auf ihren Mund, um ihren Schrei zu ersticken. Sie trat, schlug um sich, aber der Mann – er war einen Kopf größer als sie – hatte sie auch schon herumgerissen, sodass sie mit dem Rücken zu ihm stand, hob sie halb hoch und trug sie zum Aufzug. Die Tür glitt vor ihnen auf. Das helle Licht blendete sie. Gabriella strampelte, schrie in seine Hand hinein, versuchte zu beißen, fluchte. Der ganze Aufzug bebte, als sie gegen die Wand trat, dann waren sie auch schon drinnen, und Gabriella wurde vor

Schreck einen Moment ganz schwach, als sie im Spiegel gegenüber den Angreifer erkannte. Es war Markus.

Sie versuchte, seine Hand von ihrem Mund zu reißen. Jetzt hatte sie nicht nur schreckliche Angst, sondern war gleichzeitig auch richtig wütend. Darran hatte recht gehabt. Markus war ein fieser Kerl. Sie hatte keine Ahnung, was er von ihr wollte, in ihrer Panik traute sie ihm jede Brutalität zu. Ihre verdammte Vertrauensseligkeit!

Hinter Markus drängte sich noch ein zweiter Mann in den Aufzug. Er beäugte Gabriella spöttisch. »Wo wohnt das Luder?«

Oh Gott, sie wollten zu zweit über sie herfallen!

»Vierter Stock.« Markus' Stimme klang rau. »Sie hat den Schlüssel in der Hand.« Auf seiner Wange sah sie zu ihrer Genugtuung einen blutigen Kratzer. Da hatte sie ihn mit dem Schlüssel erwischt, ehe er sie so gepackt hatte, dass sie ihre Arme nicht mehr bewegen konnte. Ihre Blicke trafen sich im Spiegel. Seiner ruhig, ihrer voller Panik und Hass. Was immer die mit ihr vorhatten, sie würde es ihnen nicht leicht machen.

Der Lift hielt. Der andere stieg zuerst aus, dann folgte Markus. Ehe Gabriella gegen die Wohnungstür ihrer Nachbarn treten konnte, um die Nachbarschaft aufzuschrecken, hatte Markus sie auch schon herumgezerrt. Der andere schloss ihre Wohnungstür auf, ging hinein und Markus folgte.

Und dann ging alles so schnell, dass Gabriella Mühe hatte, später das Ganze zu rekonstruieren.

Soeben hatte Markus sie noch gehalten, als würde er ihr die Rippen brechen und sie zugleich ersticken wollen, da schlitterte sie auch schon, von ihm mit voller Wucht weggestoßen, durch die Diele und bis in die Küche. Gleichzeitig schnellte Markus herum.

Gabriella fiel hart gegen einen Stuhl, riss ihn mit sich und stürzte zu Boden, aber vor lauter Panik gelang es ihr, sofort aufzuspringen, als wären ihre Knochen aus Gummi. Als sie jedoch nach dem Stuhl griff, um ihn zwischen sich und Markus zu schleudern, sah sie, dass dieser gar nicht hinter ihr her war. Statt ihr zu folgen, ging er auf den zweiten Mann los. Gabriella keuchte entsetzt auf, als Markus seine Hände um den Kopf des anderen legte. Ein Griff, eine harte Bewegung zurück, ein Knirschen, eine Drehung, und dann erschlaffte der Körper des Mannes zwischen Markus' Händen. Leise ließ er ihn zu Boden gleiten und richtete sich auf. Er lauschte hinaus. Alles blieb ruhig.

Gabriella presste beide Hände auf den Mund. Sie starrte auf … auf den Toten. Seine Augen waren hervorgequollen, der Mund geöffnet. Seine Arme und Beine lagen verdreht wie bei einer Gliederpuppe.

Markus zerrte ihn zur Seite, dann kam er auf Gabriella zu, die Hände leicht erhoben. »Schon gut. Bitte haben Sie keine Angst. Ich tu Ihnen nichts.« Sein Blick war ruhig und eindringlich wie seine Stimme. »Der Mann war ein Verbrecher, aber ich werde es Ihnen gleich erklären. Es ist alles in Ordnung.«

Alles in Ordnung? Sie war überfallen worden, und nun lag ein Toter in ihrer Diele. Vor der WC-Tür! Wenn sie dorthin wollte, musste sie über ihn hinwegsteigen. Sie presste die Hände fester auf den Mund. Ihre Augen waren weit aufgerissen.

Markus machte noch einen Schritt auf sie zu. »Gabriella«, er sprach es *Gabrieela* aus, wie die meisten Leute hier, »bitte glauben Sie mir, ich will Ihnen nichts Böses. Vertrauen Sie mi…«

Gabriella wirbelte herum. Und Sekunden später hörte Markus aus dem Bad verzweifelte Würgegeräusche.

❈ ❈ ❈

Als Gabriella wieder aus dem Bad schlich – als Waffe hatte sie eine Nagelschere in der Hand –, stand Markus am Küchentisch. Er hatte Wasser aufgesetzt und blickte ruhig über die Schulter.

»Geht es Ihnen jetzt besser, meine Liebe?«

Sie drückte sich an ihm vorbei und warf einen scheuen Blick hinaus auf die Diele. »Er ist tot.«

Markus zuckte mit den Schultern. »Nicht ganz tot, nur bewegungsunfähig.«

Gabriella wagte abermals einen Blick. »Für mich sieht er sehr tot aus. Sie haben ihm doch das Genick gebrochen!«

Markus drehte sich zu ihr herum. »Keine Sorge, so schnell kann man diese Wesen nicht töten.«

»Diese Wesen?« Gabriella riss die Augen auf. »Was ist er denn? Ein Vampir oder so was?«

Markus maß sie mit einem erstaunten Blick. »Ein Vampir? Existiert so etwas tatsächlich? Ich dachte, die wären nur Fiktion.«

»Natürlich gibt es keine!«, fauchte Gabriella ihn an, obwohl sie, was übersinnliche Geschöpfe betraf, bei Weitem nicht mehr so sicher war. Immerhin hatte sie ein Liebesverhältnis mit einem von ihnen begonnen. »Aber dort draußen«, sie wies vehement Richtung Diele, »liegt ein Typ mit glasigen Augen und heraushängender Zunge, dem Sie quasi den Kopf von den Schultern geschraubt haben! Und Sie erzählen mir …«

Markus kam beschwichtigend auf sie zu. »Schon gut, Gabi.«

»Sagen Sie nicht Gabi zu mir!« Gleich wurde sie hysterisch, gleich. Sie verspürte schon den unwiderstehlichen inneren Drang loszuschreien.

»Verzeihung«, murmelte er, »Ihre Kollegin hatte Sie so genannt. Und nun beruhigen Sie sich bitte.« Ungeachtet der Gefahr durch die drohend vor seiner Nase klappernde Nagelschere, schob er Gabriella ins Wohnzimmer und drückte sie dort sanft auf die Couch. »Ich bringe Ihnen Tee und dann werde ich Ihnen alles erklären. Aber vorher sagen Sie mir: Wo ist Ihr Jäger?«

Gabriella brauchte zwei Anläufe, um die Antwort herauszubringen. »Woher wissen Sie von ihm?«

Der Teekocher schaltete sich mit einem Klingelton ab. Markus ging hinaus und kam mit einem Becher, aus dem ein Teebeutel hing, wieder zurück. Er stellte ihn so vor Gabriella auf den Couchtisch, dass sie ihn leicht erreichen konnte. Dann zog er sich einen Stuhl heran, setzte sich und beugte sich etwas vor. Gabriella musterte scheu den blutigen Kratzer, den sie ihm zugefügt hatte. Das musste brennen, aber Markus schien ihn nicht einmal wahrzunehmen.

»Ich habe Sie beobachtet«, sagte er in seiner ruhigen Art. »Er ist immer in Ihrer Nähe.«

»Sie ... sehen ihn?«

Er schüttelte den Kopf. »Nein, aber Ihr Verhalten hat Sie verraten.« Er hob die Augenbrauen. »Sofern man weiß, wonach man Ausschau halten muss.«

»Und woher wissen Sie das?«

»Weil ich von Amisaya gekommen bin, um Sie zu töten.«

Gabriella umfasste die Nagelschere fester. Markus sah darauf, und ein kurzes Lächeln huschte über sein Gesicht.

»Ich war einer von ihnen. Wie der Jäger, in dessen Begleitung Sie sich die ganze Zeit über befanden. Ehe ich ...« Er unterbrach sich.

»Ehe Sie was?«

»Ehe ich zu fühlen begann und nach Amisaya zurückkehren musste.« Er beugte sich leicht vor. »Sie sind in Gefahr, Gabriella. Ich war nicht der Erste und bin bestimmt nicht der Letzte, der geschickt wird, um Sie zu ermorden. Sie ... Ihr Vater hat Feinde. Aber das ist alles im Moment zu kompliziert.« Er blickte um sich. »Sind Jäger hier? Im Raum?«

»Sie können sie nicht sehen?«

Er schüttelte den Kopf. »Ich habe nicht Ihre Fähigkeiten.«

Gabriella holte tief Luft. »Drei. Drei sind hier.«

Er lächelte, diesmal breiter, und erhob sich. Er glaubte ihr kein Wort. »Falls Sie einen sehen ...« Er zögerte. »Nein, nur wenn Sie Ihren Jäger sehen – hören Sie, das ist sehr wichtig – nur *Ihren*, keinen anderen, dann erzählen Sie ihm, dass man Sie töten will. Und bis dahin bleiben Sie hier in Ihrer Wohnung. Verriegeln Sie die Tür und öffnen Sie niemandem. Ich komme zurück, so schnell ich kann.«

»Was? Sie können doch nicht ...«

»Ich komme wieder, muss nur noch etwas erledigen. Danach sprechen wir weiter.« Er ging zur Tür, Gabriella sprang auf und lief ihm nach.

»Und der?« Ihr zitternder Finger wies auf den am Boden liegenden Mann. Er lag da wie zuvor, die Zunge hing heraus. Aber ... hatten sich nicht seine Augen bewegt?

»Der tut Ihnen nichts. Das ist auch kein Mensch. Zumindest keiner aus Ihrem Volk.«

Sie starrte ihn an.

Markus nickte. »Die Jäger werden sich bestimmt bald um ihn kümmern.« Er wollte die Tür öffnen, aber Gabriella sprang vor und packte seinen Arm. »Sie können doch nicht einfach weggehen!«

Er sah ernst auf sie herab. »Lassen Sie mich, sonst geschieht Rita etwas. Mit ihr wollen sie mich zwingen, Sie zu töten. Ich muss sie in Sicherheit bringen.«

»Rita? Aber was ...« Und dann begriff sie. Für einen

Atemzug schloss sie die Augen. »Sie sind Ritas ... Jäger. Derjenige, der eines Tages verschwunden war.«

»Sie hat Ihnen von mir erzählt?« Etwas wie Freude klang in seiner Stimme mit.

»Erst kürzlich.« Gabriella bückte sich mit abgewandtem Gesicht nach ihrer Handtasche, die neben dem ... *Wesen* lag. Sie fühlte sich elend. Aber allein hierzubleiben war noch schlimmer. Die Augen des Mannes rollten hin und her, als wäre er in Panik. Er versuchte zu sprechen, aber es kam nur ein unverständliches Gurgeln hervor. Sie griff nach ihrer wattierten Jacke und zog sie über. »Ich komme mit.«

»Das kommt nicht infrage.« Markus schob sie zur Seite, ehe er die Tür öffnete. »Ich bin nicht lange fort.«

Sie zwängte sich aus der Tür, ehe er sie zurückhalten konnte. »Ich bleibe nicht allein hier!«

»Dann kommen Sie eben mit, aber halten Sie mich nicht länger auf.« Markus klang ungeduldig.

Im Aufzug drängte Gabriella sich an die Seite, um nicht mit Markus in Berührung zu kommen. »Ich habe noch nie gesehen, wie ein Mensch getötet wurde«, flüsterte sie. »Und noch dazu so ... gekonnt ...« Sie schluckte und verzog den Mund. Wenn doch alles nur ein böser Traum wäre!

Markus betätigte den Aufzugknopf. Dann wendete er sich Gabriella zu und hob die Schultern. »Ich war ein Krieger. Wir haben gelernt, auf vielerlei Art zu töten. Mit Waffen. Und mit den bloßen Händen. Und – wie ich schon sagte – er ist nicht tot.«

Hoffentlich war er fort, wenn sie zurückkam. Mitsamt den fremden Jägern, die sich angeblich um ihn kümmern sollten.

Der Aufzug wurde langsamer. Erdgeschoss. Eilig klappernde Absätze, ein Hüsteln. Jemand stand vor der Aufzugtür.

Die Tür glitt auf.

Markus gab ein überraschtes Ächzen von sich. Vor ihnen stand Rita, aufgelöst, atemlos. »Gabi! Gott sei Dank! Irgendetwas Furchtbares ist passiert! Ich glaube, sie sind schon hinter mir her. Als ich nach Hause kam, lag Georg ...« Sie verstummte und starrte Markus fassungslos an. In diesem Moment ertönte ein Krachen von der Haustür her, als hätte sie jemand mit Gewalt aufgedrückt oder eingetreten, dann näherten sich laute, derbe Stimmen und schnelle Schritte.

❊ ❊ ❊

Darran starrte durch den sich windenden Mann hindurch, als die Nebelwesen sich näherten, um ihn zu begutachten. Er bemerkte nicht einmal die Schreie, nahm nichts wahr, sondern konzentrierte sich mehr denn je darauf, den Schutzpanzer um sein Selbst aufrechtzuerhalten, denn Strabo prüfte ihn dieses Mal noch gründlicher als sonst. Es war schwierig, sich gegen ihn zur Wehr zu setzen, ohne dass er es bemerkte.

Dies war der vierte Entflohene, den er in den letzten Erdenstunden gejagt und zurückgebracht hatte. Als hätte eine Massenflucht eingesetzt. So absonderlich diese Tatsache auch war, er wusste, dass er nicht einmal darüber nachdenken durfte, solange Strabo ihn aushorchte, um festzustellen, was geschehen war und welchen Schaden der Entflohene angerichtet hatte.

Der Herrscher war gerade dabei, sich aus seinem Bewusstsein zurückzuziehen, als Darran blitzartig ein Gefühl von Panik ergriff: Gabriella! Sie hatte Angst. Sie war in Gefahr!

Strabo verharrte, als spürte er Darrans Ungeduld. Darran kämpfte dagegen an, aber vermutlich ohne Erfolg, denn Strabo näherte sich ihm. Jetzt fasste er ihn scharf ins Auge. »Was fühlst du, Jäger?«

Darran erwiderte seinen Blick. Dann brach seine Angst um Gabriella hervor, sein Zorn.

Mögen die Nebelwesen auch dich und den Rest dieses verfluchten Landes fressen! Er wusste nicht, ob er es gedacht oder sogar laut gesagt hatte, und er wartete nicht darauf, wie Strabo reagierte. Er drehte sich um und verschwand in der Zwischenwelt.

❊ ❊ ❊

Die Explosion hallte noch in Gabriellas Ohren, als Markus' Hand schon vorzuckte, Rita am Arm packte und sie in den Aufzug zerrte. Die Türen glitten zu.

»Wieder hinauf?« Gabriella starrte wie gebannt auf die Druckknöpfe.

»Nein, sie wissen, wo Sie wohnen. Gibt es tiefer noch ein Stockwerk?«

»Den Keller.«

»Worauf warten Sie dann noch?«

Gabriella drückte K für Keller. Der Aufzug fuhr an und hielt ein Stockwerk tiefer. Gabriella musste ihre stocksteif dastehende Freundin aus den sich öffnenden Türen schieben. Ihre Hand suchte den Lichtschalter. Eine Neonlampe ging flackernd an und beleuchtete den leeren Gang.

»Kann man auch über die Treppe hier herunter?« Markus' Stimme klang rau, und er vermied es, auf Rita zu sehen.

»Nur mit einem Schlüssel. Oder eben mit dem Aufzug.«

Sie standen und lauschten. Der Aufzug fuhr wieder hoch und blieb im Erdgeschoss stehen. Eine krächzende Stimme: »Geht ihr beide rauf, ich warte unten, falls was schiefgeht und sie sich verdrücken will.«

Markus sah sich um. »Hier können wir nicht bleiben. Wenn sie nur ein wenig Verstand besitzen, wird ihnen klar werden, dass der Lift nach unten gefahren ist.« Er deutete mit dem Kopf den Gang hinunter, der sich nach ein paar Metern in der Dunkelheit verlor. »Wohin geht es da?«

»Durch eine Tür und dann noch zwei Stockwerke tiefer.« Gabriella hatte schon als Kind, damals mit ihrer Mutter, neugierig diese Keller durchforscht. So weit unter der Erde hatte man früher Eis gelagert, und im Krieg hatten die Hausbewohner hier zweifellos Unterschlupf während der Bombenangriffe gefunden.

»Was ist dort unten?«

»Jetzt nichts mehr. Nur altes Gerümpel. Da kommt kaum jemand hin, außer wenn sie Rattengift auslegen.«

»Gehen wir.« Markus marschierte mit langen Schritten los. Rita stand verwirrt und verloren neben dem Aufzug und ließ keinen Blick von Markus. Gabriella nahm ihre Hand und zog sie mit sich. Links und rechts führten Türen zu den Kellerabteilen, und ganz hinten, schlecht ausgeleuchtet, befand sich der Abgang in das nächste Kellergeschoss.

Markus drängte sich in eine Nische, um Gabriella und Rita den Weg freizugeben. Gabriellas Hand zitterte so stark, dass sie Mühe hatte, den Schlüssel ins Schloss zu stecken. Endlich. Das Schloss drehte sich, die Tür sprang auf. Der Geruch nach Moder und Ratten schlug ihnen entgegen. Sie tastete nach dem Lichtschalter. Direkt vor ihnen führte eine steile, ausgetretene Treppe tiefer hinab. Gabriella tapste hinunter und zog Rita mit sich. Markus folgte als Letzter.

Unten angekommen, spähte Markus den schummrigen Gang entlang. »Wie geht es hier weiter?«

»Hier gibt es alte Kellerabteile mit Gerümpel. Und um einige Ecken herum führt eine Treppe noch ein Stockwerk tiefer.«

Er sah sich nachdenklich um, immer noch Ritas Blick

vermeidend. »Für den Augenblick ist das ganz gut, aber wenn sie kommen, könnte das zu einer tödlichen Falle werden.«

Gabriella dachte nach. »Ich war schon mehrmals unten. Der ganze Häuserblock ist unterirdisch verbunden. Wir können bei einem anderen Ausgang, in der Parallelgasse, wieder hinaus. Vorausgesetzt natürlich, die andere Tür ist nicht versperrt.«

»Das könnte funktionieren.« Er streckte Gabriella die Hand hin. »Den Schlüssel bitte.«

»Was wollen Sie damit?«

»Ich werde mich um diese Männer kümmern. Sie beide gehen weiter, ich komme später nach.«

Als Gabriella zögerte, nahm er ihr wortlos den Schlüsselbund aus der Hand und zog den Schlüssel für die Kellertür ab. »Ich sperre von außen zu. Würden Sie von innen verriegeln, könnte ich nicht mehr nachkommen.«

»Die Männer waren hinter mir her.« Rita war so lange still gewesen, dass die anderen beiden zusammenzuckten, als sie sprach. »Sie haben mich verfolgt.« Sie sah von einem zum anderen, aber Markus starrte an ihr vorbei an die Wand. »Als ich nach Hause gekommen bin, lag Georg auf dem Boden. Er ...«, sie schluckte, »blutete. Hier«, sie deutete auf ihren Kopf. »Er hat sich aber bewegt und geschimpft. Und Papa saß in seinem Lehnstuhl. Ganz verängstigt war er und wollte nichts sagen.« Sie holte tief Luft. »Ich bin hinausgelaufen, zur Nachbarin, aber da kamen die Männer die Treppe hinauf. Das heißt, einer nur. Aber er hat umgedreht, als er die Polizeisirenen gehört hat. Und ich ...«

Gabriella hörte Markus' Zähne knirschen. »Und weiter?«, fragte sie sanft.

Ritas Lippen zuckten, als würde sie weinen wollen. »Ich hatte plötzlich Angst. Also bin ich hinunter und wollte zum Haustor hinaus. Aber da standen drei Männer auf der anderen Straßenseite. Und bei ihnen eine Frau. Sie haben mich gesehen. Und da hörte ich, wie die Frau sagte: *Dort ist sie.* Also bin ich durch den Hof gelaufen und beim zweiten Haustor hinaus. Und zu dir, weil ich nicht wusste, wohin sonst.«

»Das war vernünftig.« Markus starrte konsequent an Rita vorbei. Er nickte Gabriella zu und wollte die Treppe hinaufsteigen.

»Markus?« Ritas Stimme war nur ein Flüstern.

Er blieb stehen, als wäre er gegen eine Wand gerannt, drehte sich jedoch nicht um. Sie machte einen Schritt auf ihn zu und berührte seinen Rücken. Gabriella sah, wie er tief Atem holte, dann wandte er sich Rita zu. Im nächsten Augenblick zerrte er sie an sich, presste sein Gesicht in ihr Haar und murmelte etwas Unverständliches, während er sie hielt und in den Armen wiegte wie ein Kind. Sie hörte Rita aufschluchzen, aber da hatte er sie auch schon wieder losgelassen, strich ihr zart über das Haar, drehte sich um und stapfte die Treppe hinauf. Die Tür schlug hinter ihm zu. Sie hörten den Schlüssel. Dann wurde es still.

Gabriellas Herz schlug bis zum Hals. Ihre Knie zitterten, und sie musste sich an der feuchten Kellermauer abstützen, weil sie Angst hatte, ihre Beine könnten nachgeben.

Rita lehnte sich ebenfalls an. »Wie … kommt er hierher? Ich verstehe nicht …«

»Er hat gesagt«, sagte Gabriella, »dass er geschickt worden ist, um mich zu töten.«

Ritas Augen weiteten sich vor Entsetzen. »Nein, so etwas würde er nie tun. Nie!« Sie fasste nach Gabriellas Hand.

»Und die Männer haben es nicht auf dich abgesehen, sondern auf mich. Falls ich auch nur ein Wort von dem verstanden habe, was dein Markus mir erzählt hat«, setzte Gabriella einschränkend hinzu, »dann wollten sie ihn mit dir erpressen, um mir den Garaus zu machen.«

»Aber was haben sie denn gegen dich?«

»Irgendeine Feindschaft mit meinem Vater, aber ich weiß nichts Genaues«, wehrte sie weitere Fragen ab.

Rita seufzte. »Na schön. Verschwinden wir jetzt erst mal von hier, reden können wir auch später.« Sie setzte sich in Bewegung, und Gabriella blieb, wenn sie nicht allein hier oben auf Markus warten wollte, nichts anderes übrig, als ihr zu folgen. Ihr war schwindlig. Und schlecht. Sie hatte Angst. Und sie wünschte, Darran wäre bei ihr. Sie wunderte sich, wie ruhig Rita wirkte.

Nach einigen Metern teilte sich der Gang. Beide Seiten endeten in Dunkelheit. Rita suchte nach dem Lichtschalter.

»Hier scheint es kein elektrisches Licht mehr zu geben.« Gabriella ging zwei Schritte nach links in die Dunkelheit hinein. »Damals hatte ich eine Taschenlampe dabei«, sagte sie über die Schulter.

»Dann lass uns einfach weitergehen.«

Gabriella schüttelte den Kopf. In einer Nische waren einige Ziegelsteine übereinandergeschichtet, Gabriella ließ sich auf den wackeligen Sitz nieder und fuhr sich über das Gesicht. »Rita, das ist doch völlig verrückt. Was macht er überhaupt hier? Und warum plötzlich wie ein normaler Mensch? Ich dachte, er wäre wie Darran.«

Rita hockte sich vor sie und sah sie mit ernsthafter Miene an. Die Glühbirne warf dunkle Schatten auf ihr schmales Gesicht. »Hat dir dein Freund nie erzählt, dass sie manchmal aus ihrer Welt fliehen? Sie werden dann verrückt – warum, weiß ich nicht – und dann werden sie von den Jägern zurückgeholt.«

»Das ist doch absurd.« Natürlich war es absurd, aber sowohl ihr Vater als auch Darran hatten ihr etwas Ähnliches gesagt. »Und du meinst, er sei geflohen?«

Rita nickte.

»Das heißt, dass auch er verrückt wird«, stellte Gabriella trocken fest.

Jedes Leuchten in Ritas Augen erlosch. Sie stand rasch auf. »Was immer auch mit ihm passiert ist, ich vertraue ihm völlig. Komm jetzt!« Sie zog Gabriella hoch. »Es ist sicher nicht weit. Und der Gang geht immer geradeaus. Im anderen Keller gibt es bestimmt wieder elektrisches Licht. Hier, halte dich an mir fest.« Sie legte Gabriellas Hand auf ihre Schulter und tastete sich den Gang entlang weiter. Gabriella folgte ihr mit kleinen Schritten. Sie ging leicht gebückt, obwohl der Gang hoch genug war, um selbst einen großen Mann wie Darran oder Markus aufrecht gehen zu lassen, aber im schwindenden Schein der zurückbleibenden Glühbirne hatte sie an der Decke Generationen von staubigen Spinnweben entdeckt, die wie dichte Vorhänge herabhingen.

Hoffentlich war die Tür nicht versperrt. Hier fühlte Gabriella sich tatsächlich wie in einer Falle. Sie konnten nicht mehr zurück, weil Markus sie eingeschlossen hatte, und womöglich nicht nach vorn. Sie saßen wie Ratten in der Falle, um auf ihre Mörder zu warten. Sie verzog das Gesicht.

Es schien immer kälter zu werden, aber das unkontrollierte Zittern, das ihre Zähne aufeinanderschlagen ließ, wenn sie sie nicht fest zusammenpresste, bis es knirschte, kam wohl eher von der Aufregung. Und dann verließen sie auch noch den letzten Hauch der armseligen Glühbirne, und vollkommene Dunkelheit hüllte sie ein. Rita blieb stehen, damit sich ihre Augen noch besser daran gewöhnen konnten. Gabriella schnüffelte. Hier lagen garantiert tote Ratten herum. Solange es – sie starrte mit weit aufgerissenen Augen um sich – bloß Ratten waren und nicht Mordopfer. So wie sie vielleicht bald, wenn die Verfolger an Markus vorbeikamen. Ritas eiskalte Finger tasteten nach ihrer Hand.

»Ich höre etwas. Ein Huschen. Da vorn.«

»Das wundert mich nicht.« Gabriella wollte ironisch klingen, aber es war mehr ein klägliches Piepsen.

»Ich hab Angst vor Mäusen und Ratten.« Rita wirkte jetzt wesentlich zaghafter als noch zuvor.

»Ratten sind es ganz bestimmt.« Sollten sie zurückgehen? Gabriella drehte sich um. Die Lampe hinter ihr erschien ihr wie der rettende Scheinwerfer eines Leuchtturms.

Ritas Finger umkrallten ihre. »Psst ... Hörst du das auch?«

Wasser rauschte. »Eine Klospühlung? Die Kanalisation?« Sie senkte ebenfalls ihre Stimme.

»Nein. Schritte. Aber noch weiter oben.« Sie standen beide und lauschten. Das Echo einer zerberstenden Tür hallte in den Gängen wider, als würde jeder einzelne Ziegel den Schall weiterleiten. Dann wurden die Schritte lauter. Aber nicht von einem einzelnen Mann, sondern von mehreren. Sie trampelten über ihre Köpfe hinweg. Das Klappern von Absätzen schlug sich an den Wänden und dröhnte in Gabriellas Ohren.

Rita stolperte weiter. »Komm«, ihre Stimme war nur ein Hauch. »Weg hier, ich habe ein ganz blödes Gefühl.«

Das hatte Gabriella ebenfalls. Sie waren jedoch nicht weit gekommen, als Rita entsetzt aufkeuchte und wie festgenagelt stehen blieb.

»Was ist?«

»Ich bin auf was getreten.«

»Lass mich vorgehen.« Gabriella schob ihre Freundin hinter sich und schlich weiter, gebückt und bei jedem Schritt zuerst mit den Schuhspitzen tastend. Und da geschah es: Ehe sie noch verstand, was – oder wen – sie berührt hatte, stand ihr ganzer Körper unter Strom.

Ein Blitz zuckte durch sie hindurch, sie spürte das Gefühl von Verärgerung in sich vibrieren.

»Was machst du hier, Gabriella?« Er war überall. Über ihr, in ihr, neben ihr. Als ihr bewusst wurde, dass sie mitten in Darran stand und er in ihr, machte sie einen Schritt zurück und stieß gegen Rita.

Ihre Freundin schubste sie weiter. »Was ist? Warum gehst du nicht weiter?«

»Was soll das werden?« Seine Stimme klang dunkel vor Ärger und Sorge.

Vor Erleichterung, dass er hier war, mit ihr sprach, sackte Gabriella fast eine Handbreit zusammen. »Wir werden verfolgt«, flüsterte sie hastig.

Rita umklammerte ihre Hand fester. »Wer ist das?«

»Darran ist hier.« Gabriellas Herz schlug schneller, aber diesmal vor Freude und Erleichterung. Er war wieder hier und er war um sie besorgt.

»Dein Freund?«

Sie nickte, obwohl Rita das im Dunkeln nicht sehen konnte.

»Erzähl ihm, was Markus gesagt hat.«

»Markus?« Sie spürte, wie er an ihr vorbeiglitt, und zog scharf die Luft ein. »Ist das dieser Mann aus dem Restaurant?« Er entfernte sich, ging den Gang entlang, von woher die Schritte jetzt immer lauter wurden.

»Er sagt, ich werde verfolgt«, hauchte Gabriella.

»Von Mördern«, ergänzte Rita.

Sofort war er wieder neben ihr. Eine Welle von Zorn und Besorgnis glitt durch sie hindurch. »Geht weiter, ich sehe mir diese Leute an.«

»Nein. Was ist, wenn das eine Falle für dich ist!« Sie sprach lauter, als sie wollte, und Rita stubste sie an. »Sie wissen von dir. Hat er gesagt«, fügte sie leiser hinzu.

»Dieser Markus?«

»Hm. Ja, auch. Markus war früher Jäger, wie du«,

flüsterte Gabriella in die Richtung, wo sie seine unwiderstehliche Anziehungskraft spürte.

»Schon gut.« Ein zärtlicher Hauch strich über ihre Wange. »Geh weiter, Gabriella, ich komme nach. Der Gang endet nur wenige Schritte von hier an einer Tür.«

»Ich hoffe, sie ist nicht versperrt«, murmelte Rita. Sie drängte sich an Gabriella vorbei und zog diese mit sich. Gabriella wischte sich Spinnweben aus dem Gesicht und stolperte mit. Die Schritte der Verfolger näherten sich, hallten von den engen Wänden wider. Jetzt hatten sie den dunklen Gang und vermutlich auch Darran erreicht. Gabriella hörte, wie sie leise beratschlagten.

Rita war stehengeblieben. »Hier.« Gemeinsam machten sie sich an der Tür zu schaffen, suchten mit fliegenden Fingern nach der Klinke. Gabriella fand sie und drückte sie nieder. Die Tür gab nicht nach. Die Schritte hinter ihnen kamen unaufhaltsam näher. Ein zitternder Lichtkegel brach durch das Dunkel. Rita rüttelte heftiger an der Tür. Sie gab ein wenig nach. Gabriella warf sich gemeinsam mit ihr dagegen. Und da endlich, ging sie auf.

Flüche schallten zu ihnen. Die beiden Vefolger begannen zu rennen. Rita schlüpfte hinaus, Gabriella folgte ihr, schlug die Tür hinter sich zu und stemmte sich instinktiv dagegen.

Sie befanden sich in völliger Dunkelheit. Das einzige Lichtpünktchen kam von der Tür her, als sich der Schein einer Taschenlampe einen Weg durch das Schlüsselloch suchte.

Rita tastete hektisch die Wände ab. Gabriella hörte ihren schnellen Atem, dann ein: »Endlich.«

Ein vielversprechendes Klicken und der Gang erhellte sich.

Gabriella und Rita erstarrten.

Keine zwei Schritte von ihnen entfernt wartete ein Mann mit einem Schlagstock. Neben ihm stand eine hochgewachsene Frau mit auffallend hellen Augen. Etwas blitzte auf und blendete Gabriella. Sie sah ungläubig auf das Schwert in der Hand der Frau.

»Die Beute ist da.« Die Stimme der Frau klang dunkel, rauchig, mit einem erotischen Timbre. Unter anderen Umständen hätte Gabriella sie um diese Stimme beneidet, aber nun wurde jedes andere Gefühl vom Hass der Frau erstickt wie von einer dichten Wolke, die sich auf die Lunge legte und das Atmen erschwerte. Sie war schön. Rotbraunes Haar, das sie in der Art japanischer Samurai hochgesteckt hatte – kein eben erquicklicher Vergleich – ebenmäßige Züge. Helle Augen, die vor Mordlust funkelten, ein triumphierendes Lächeln auf ihren Lippen.

Gabriellas Blick suchte wieder das Schwert. *Sie muss aus Amisaya sein. Eine von jenen, die geflohen sind, um mich zu töten. Aber weshalb nur? Wegen meines Vaters? Weshalb sind sie verfeindet?*

Von der anderen Seite der Tür hörten sie Stimmen. Dumpfes Poltern. Die Situation sah nicht gut aus. Sie saßen in der Falle. Etwas prallte mit voller Wucht gegen die Tür und schüttelte Gabriella, die sich unvermindert dagegenstemmte, durch. Wenn die anderen durchkamen, dann hatten sie es mit einem ganzen Haufen Mörder zu tun. Obwohl diese Schwertfrau mit ihrem Schlägertyp allein schon ausreichend wäre, um sie und Rita zu massakrieren. Arme Rita. Kam so unschuldig mit in diese Lage.

Etwas streifte sie, ein Gefühl von überlegener Ruhe und Entschlossenheit hinterlassend. Darran. Er trat zwischen sie und das Schwert. Seine Ausstrahlung veränderte sich, wurde düsterer, gefährlicher. Kalter Zorn mischte sich mit der Absicht, zu töten. Gabriella rang nach Atem. Die Frau schien nichts zu merken, sie fixierte nur Gabriella.

Rita murmelte etwas, aber Gabriella verstand es nicht. Und dann warf sich von der anderen Seite jemand mit Wucht gegen die Tür. Gabriella erhielt einen Stoß, der sie gegen die Frau und genau auf die Schwertspitze zu katapultierte.

Darran war zwischen dem Schwert und ihr, aber sie stürzte durch ihn hindurch. Rita schrie auf. Gabriella ruderte mit den Armen, griff auf der Suche um Halt hysterisch um sich. Da wurde sie von einer kräftigen Hand von hinten an der Jacke gepackt und zurückgerissen.

Zugleich schwang die Frau das Schwert. Gabriella sah mit weit aufgerissenen Augen, wie sie es auf sie richtete und zustoßen wollte, hob abwehrend die Arme, hörte Markus' Stimme, der einen Fluch ausstieß, und dann war die Schwertspitze auch schon direkt vor ihr. Sie glaubte die Kälte des Metalls zu fühlen, und zugleich traf sie glühender Hass und der brennende Wunsch, zu vernichten.

Ihr stockte der Atem.

Das Schwert glitt durch sie hindurch, durch Markus, durch Rita und die Mauer des engen Ganges. Der Schwung riss die Frau mit. Darran stand hinter ihr, schloss eine Hand um ihren Hals, als wollte er sie erwürgen. Mit der anderen Hand drehte er im nächsten Moment ihren Arm auf den Rücken, bis sie aufstöhnte. Sie sank auf die Knie, weigerte sich jedoch verbissen, das Schwert loszulassen. Eine derartige Wut funkelte aus Darrans Augen, dass Gabriella ihn erschrocken ansah. Ihre Blicke trafen sich. Zum ersten Mal bemerkte sie, dass seine Augen sich verändert hatten, sie waren fast schwarz.

Der Mann mit dem Schlagstock suchte sein Heil in der Flucht. Markus blieb kurz neben Rita und Gabriella stehen und musterte den jetzt leeren Platz, wo eben noch die Frau gestanden hatte. »Ein Jäger?«, fragte er kurz.

»Darran«, flüsterte Gabriella. Und gerade zur rechten Zeit. Nur den Bruchteil einer Sekunde später und das Schwert hätte sie geköpft, Markus die Hand abgeschlagen und Rita schwer verletzt.

Darran drehte den Kopf zum Ausgang und lauschte den eiligen Schritten des Schlägers nach. »Ein Mensch. Ich kann nichts tun.« Seine Stimme klang gepresst. Die Frau hielt an dem Schwert fest, versuchte sogar, es zu heben. Er trat es ihr aus der Hand wie ein Stöckchen. Mit einem fast melodischen Klirren fiel es aus dem Nichts zu Boden. Markus blickte darauf.

»Das ist Malinas Schwert. Ich hatte keine Ahnung, dass sie euch hier auflauerte, aber ich hätte es ahnen müssen. Sie war eine der besten Strateginnen in unserer Welt.«

»Sag ihm, er soll den Menschen jagen.« Darrans Stimme kochte vor Zorn und Ungeduld.

»Der Mann …« Gabriella deutete den Gang entlang, immer noch halb betäubt vor Schreck. »Darran sagt, er sei ein Mensch.«

»Ich hole ihn mir.« Markus drängte sich an ihr vorbei und lief dem anderen nach.

Gabriella sah die Frau fluchen, zappeln, Darran hielt sie jedoch ohne jede Anstrengung fest. Ja, er beachtete sie nicht einmal, sah nur Gabriella. Sein Blick huschte über sie. »Geht es dir gut?«

Vom Ausgang hörte man Kampflärm. Eine scharfe Stimme. Jemand fluchte. Ächzen. Ein Aufschrei, der in ein Stöhnen überging. Ein dumpfer Fall. Kurz darauf kam jemand mit langen Schritten zurück.

»Markus.« Rita drängte sich an Darran und Malina vorbei, flog ihrem Liebsten entgegen, strauchelte im letzten Moment und fiel ihm stolpernd in die Arme. Er hielt sie fest und presste sie an sich, während er über ihren Kopf hinweg die Situation zu erfassen versuchte. Sein Blick fand Gabriellas. »Wo sind sie?«

Gabriella deutete wortlos auf Darran und die Frau. Er schob Rita sachte von sich und kam näher. Darran fixierte Markus, und Gabriella sah, wie er seine freie Hand ausstreckte, um ihn zu berühren. »Nein!«

Er hielt inne. »Er ist einer von uns.«

»Nein. Nein, nicht so.« Gabriella machte einen Schritt auf ihn zu. »Er ist nicht so. Du darfst ihn nicht mitnehmen.«

Die Frau lachte. »Wir haben ihn geschickt, um dieses Weib zu töten. Ja, lass ihn hier, Jäger, damit er seine Aufgabe endlich erfüllt.« Darrans Hand schloss sich so fest um ihren Hals, dass ihre Stimme erstarb. Sein Blick wurde kalt, als er Markus fixierte. Dieser sah in Gabriellas Miene, dass etwas schieflief. Er hob fragend die Augenbrauen.

Gabriella seufzte. »Diese Frau behauptet, Sie wären gekommen, um mich zu töten.«

Rita drängte sich dazwischen. »Nein, unmöglich. Das würde er nie tun!«

Markus' Lächeln hätte Feuer zum Gefrieren gebracht. »Dafür haben sie mir doch die Flucht ermöglicht. Aber offenbar habe ich es mir anders überlegt.« Er dachte nach, dann sagte er zu Gabriella: »Er soll sie mir überlassen.«

Darran legte ironisch den Kopf schief.

»Er kann sich vermutlich nicht daran erinnern, aber Malina hat«, in Markus' Blick flackerte etwas auf, erlosch jedoch sofort wieder, »auf Amisaya eine hohe Position eingenommen. Wenn er sie zurückbringt, werden die Nebel sie vielleicht töten, wahrscheinlicher aber nicht. Sie ist nicht durch die Barriere gegangen. Sollte sie aber am Leben bleiben, dann wird sie nicht ruhen, ehe Gabriella getötet worden ist.« Er machte einen Schritt auf den leeren Platz zu, wo er Darran vermutete. Seine Stimme wurde eindringlicher. »Wenn sie aber nie zurückkehrt ...«

Darrans Blick suchte Gabriella. »Weshalb will sie dich töten.«

Sie hob hilflos die Schultern. »Davon weiß ich nichts. Woher denn auch?«

In diesem Moment stieß Rita einen leisen Schrei aus und deutete den dunklen Gang entlang. Etwas bewegte sich dort. Ein Schemen. Noch einer. Gabriella zuckte zusammen, als ein kalter Hauch von hinten an ihr vorbeiglitt.

Markus spähte den Gang auf und ab. »Was ist?«

»Jäger.« Gabriellas Stimme war kaum verständlich. Zum ersten Mal hatte sie Angst vor diesen grauen Schatten.

Markus stieß ein Wort hervor, das Gabriella nicht verstehen konnte, aber nach einem ordentlichen Fluch klang. »Was tun sie?«, fragte er leise. »Sehen sie zu mir her?«

Gabriella hob die Schultern. »Sie ... scheinen unsicher zu sein.«

»Bist du in Gefahr?« Rita klammerte sich an ihn, die Augen weit aufgerissen.

»Möglich.« Er kniff die Augen zusammen, als könne er seine ehemaligen Kameraden dann sehen. »Immerhin bin ich durch die Barriere gebrochen. Und ich habe gekämpft, das muss sie angelockt haben.« Gabriella sah, wie er tief durchatmete, um ruhig zu werden. Es überlief sie zwar eiskalt, aber sie schob sich vor Markus, wie um ihn abzuschirmen, und fixierte die sich nähernden Jäger mit einem starren Blick. Sie schienen unschlüssig zu sein. Einer sah auf Darrans Gefangene, die anderen blickten auf die kleine Gruppe, die sich aneinanderdrängte. Sie hatten die Köpfe gehoben, als würden sie eine Witterung aufnehmen wollen. Gabriella ekelte es mit einem Mal vor ihnen. Darran stand völlig ruhig, hielt die Frau an der Kehle und beobachtete die Grauen. Sie konnte seine Anspannung fühlen.

»Wie viele?« Das war Markus.

»Mindestens sechs«, sagte Rita.

Markus lachte kurz auf, und Gabriella fröstelte. Wie Geister standen sie halb im Gang, halb in den Wänden und starrten mit ihren ausdruckslosen Mienen auf Markus und die Frau, die jetzt ganz still geworden war. Seltsam, Darran hatte sie niemals auf diese Art bedrohlich empfunden. Vielleicht weil seine Augen nie tot gewesen waren. Weil sie das lebendige Wesen in ihm gesehen hatte und nicht eine Art Zombie.

»Haut ab!«, sagte sie laut und deutlich. »Los, verschwindet!«

Der Blick des am nächsten stehenden Jägers traf sie. Es war ein noch junger Mann, mit langem dunklem Haar, von fast klassischer Schönheit, wäre da nicht der leere Blick gewesen. Dann fixierte er Markus. Er streckte die Hand nach ihm aus. Gabriellas Hand schoss vor. Sie griff zwar durch den Arm des Jägers, aber sie legte all ihren Zorn, all ihre Abwehr in diese Bewegung.

Der Jäger riss die Augen auf und zuckte zurück. Er griff nach seinem Arm. Gabriella funkelte ihn böse an. »Lass ihn. Er gehört zu mir.« Sie wusste nicht, ob das die Jäger wirklich beeinflusste, aber sie hatte nicht vor, ihnen Markus kampflos zu überlassen.

Der Jäger wirkte plötzlich unschlüssig, verwirrt. Er schüttelte den Kopf, als würde er eine Benommenheit abwerfen wollen. Gabriella streckte die Hand nach ihm aus und berührte seine Schulter. Er sprang einen Schritt zurück und wich taumelnd halb in die Wand hinter ihm zurück. Sie ließ seinen Blick nicht los. »Sag den anderen, sie sollen gehen.«

Er öffnete den Mund, aber kein Ton drang zu ihnen. Die anderen Jäger näherten sich, als hätten sie die Szene nicht einmal wahrgenommen. Rita klammerte sich ängstlich an Markus, der den Arm um sie legte.

»Lasst ihn«, herrschte Gabriella die Grauen an.

Der Graue, den sie berührt hatte, wich ein wenig vor ihr zurück, aber die anderen drängten nach. Wirklich wie Zombies, dachte Gabriella.

Und dann schob sich ein Arm zwischen sie und die Jäger, streifte ihre Schulter. Sie schloss erleichtert für einen Atemzug die Augen und legte sanft die Hand auf Darrans Rücken, das leichte elektrische Flirren zwischen ihnen beiden genießend.

Sie blickte ihm über die Schulter. Die anderen Jäger verharrten, die Augen ohne Ausdruck jeglichen Gefühls. Darran sagte nichts, fixierte sie nur. Die Zeit dehnte sich in die Länge, Gabriella hatte das Gefühl, dass aus Sekunden Minuten oder Stunden wurden. Und dann, endlich, wandte sich der erste Jäger ab und verschwand. Die anderen folgten. Einer blieb stehen und sah auf Malina.

»Bring sie zurück. Sie wollte morden.« Darrans Stimme klang ruhig, aber eine Autorität schwang darin mit, die sie noch nie zuvor an ihm gehört hatte.

»Was geschieht?« Markus' Stimme war kaum hörbar, als hätte er Angst, die Jäger wieder auf sich aufmerksam zu machen.

»Sie sind fast alle fort«, flüsterte Rita zurück. »Bis auf zwei. Der eine nimmt jetzt diese Schwertfrau mit.«

»Nei...!«

Gabriellas Hand legte sich über Markus' Mund und erstickte den wütenden Ausruf. »Nicht, sie wollten Sie haben. Darran hat sie verjagt.«

Zuletzt blieb jener übrig, den Gabriella berührt hatte. Er sah an Darran vorbei auf sie. Langsam formten seine Lippen Worte, Gabriella hatte Mühe, ihn zu verstehen. »Was ... bist ... du?«

Sie antwortete nicht, hob nur hilflos die Schultern.

»Geh.« Die Drohung in Darrans Stimme war unmissverständlich.

Der andere zögerte noch, aber endlich verneigte er sich vor Gabriella, drehte sich um und verschwand.

Mit einem Mal stand noch jemand neben Darran. Gabriella erschrak, weil sie ihn nicht hatte kommen sehen. Es war der hellhaarige Jäger, der sie gewarnt hatte. Er wollte Markus packen, aber Darran hielt ihn zurück.

»Er gehört mir. Ich bringe ihn zurück.«

»Das hier wird dir Ärger einbringen, mein Freund.«

»Damit werde ich schon fertig.«

»Nun gut, du wirst wissen, welches Risiko du eingehst.«

Als würde er spüren, dass Gabriella ihn ansah, drehte er den Kopf nach ihr. Ihre Blicke trafen sich und für einen Lidschlag blitzte Zorn in seinen Augen auf. Ritas Hand tastete nach Gabriella, aber sie schüttelte leicht den Kopf. Dann hatte er sich schon wieder abgewandt und ging davon.

Zurück blieben Markus, Darran, Gabriella und Rita. Minutenlang sprachen sie kein Wort.

Dann straffte Darran die Schultern. »Es wird Zeit.« Er machte einen Schritt auf Markus zu. Dieser konnte den Jäger nicht sehen, aber dessen bedrohliche Aura spüren. »Bitten Sie ihn, mich noch mit Rita sprechen zu lassen«, sagte er mit rauer Stimme. »Nur ein paar Minuten.«

Darran studierte Markus, der nur Augen für Rita hatte, die so eng an ihm klebte, als würde sie in ihn hineinkriechen wollen, und Hilfe suchende Blicke auf

Gabriella warf. »Es ist besser, ich nehme ihn mit als ein anderer«, sagte Darran ruhig. »Und sie werden wiederkommen.«

»Lass ihnen noch ein wenig Zeit«, bat Gabriella. Sie legte Darran die Hand auf den Arm. Sofort fuhr sein Kopf zu ihr herum. Sein intensiver Blick wurde weich. »Er hat mich gerettet«, sagte sie sanft. »Er hat einen Mann ... äh ... unschädlich gemacht, der mich töten wollte.« Hoffentlich war der Kerl inzwischen schon aus ihrer Wohnung verschwunden. Darran rührte sich nicht. »Bitte, nur wenige Minuten. Sie lieben sich«, flüsterte sie.

Markus sah sie drängend an. »Gibt er mir etwas Zeit?« Sie nickte, ohne ihren zärtlichen Blick von Darran zu lösen. Markus nahm Rita bei der Hand. »Nur wenige Minuten. Allein.« Er führte sie zu der Tür, zog sie auf, ehe er sie jedoch hinter ihnen schließen konnte, fühlte er eine Berührung. Warnend, aber nicht drohend. Als er den Kopf wandte, stand der Jäger vor ihm. Es war tatsächlich Ramesses. Alles andere als ein Unbekannter in einem früheren Leben, auch wenn er ihn jetzt nicht erkannte. Markus sah ihn mit einem ernsten Lächeln an.

Der Jäger erwiderte es nicht. Es schien Markus, als würde er bis an den Grund seiner Seele blicken wollen. Er war seinem Vater in diesem Moment ähnlicher als je. »Du kannst mir nicht entkommen. Du liefest nur Gefahr, von den anderen gepackt zu werden.«

Er nickte. »Ich weiß. Und wir müssen noch sprechen. Aber zuvor ...« Er neigte den Kopf zu Rita, die ihn ängstlich ansah.

Darran nickte und nahm seine Hand zurück. Im selben Augenblick wurde er für Markus' Augen wieder unsichtbar.

❈ ❈ ❈

Rita hatte Markus weiter in den Gang gezogen, bis dorthin, wo die halb blinde Glühbirne es ihr erlaubte, seine Gesichtszüge zu betrachten. Und nun standen sie einander gegenüber, wagten es nicht, sich zu umarmen.

Rita war die Erste, die sich bewegte. Sie hob die Hand und legte sie auf seine Wange. In ihren Augen glänzten Tränen, als sie sein hageres Gesicht betrachtete, die scharfen Linien darin, die Ringe unter den Augen, die Müdigkeit in jedem seiner Züge. Sie streichelte über seine Wangen, das von weißen Strähnen durchzogene dunkle Haar.

In Markus' Gesicht arbeitete es. »Ich habe mich verändert«, sagte er mit rauer Stimme. Die Entbehrungen in Amisaya, das harte Leben, die Kämpfe der Leute untereinander, oft nur um einen Fetzen.

»Nicht für mich.« Ritas Lächeln war zärtlich und traurig zugleich. »Was hat man mit dir gemacht, nachdem du verschwunden bist?«

Er schmiegte sein Gesicht in ihre Hand und schloss die Augen. Noch immer berührte er sie nicht, als hätte er Angst davor. »Nichts. Sie haben mich lediglich zurückgeholt.«

»Und dann haben sie dich gehen lassen? Um den Preis von Gabriellas Leben?«

Er zögerte nur unmerklich. »Darauf einzugehen war die einzige Möglichkeit, dich wiederzusehen.«

»Wer hasst sie so sehr? Der Herrscher eurer Welt?«

»Nein, jene, die wie ich festgehalten werden. Die an die Herrschaft kommen wollen.«

»Gefangene?«

Sein Gesicht nahm einen gequälten Ausdruck an. »Dort wird ein ganzes Volk gefangen gehalten, Rita.«

»Aber weshalb nur? Was …«

»Es ist eine andere Welt, meine Liebste.«

215

»Und du musst dorthin zurückkehren«, sagte sie bitter.

Er antwortete nicht, sondern zog sie endlich an sich, in seine Umarmung. Seine Hände glitten über ihren Körper, langsam, tastend, wie um die Erinnerung daran mitzunehmen. »Es ist das erste Mal, dass ich dich spüre«, flüsterte er. »Du fühlst dich wunderbar an.«

Sie lachte und weinte zugleich. Auch ihre Hände waren nicht untätig. Sie streichelten über seinen Rücken, ihre Finger liebkosten sein Haar. Mit ihrem Köper fühlte sie seinen. Den Körper eines Mannes und nicht den eines Schattens. Sie neigte den Kopf etwas zurück.

»Kann ich mitgehen?«

Er schüttelte den Kopf. »Niemals.«

»Wieder ohne dich leben mü…?« Ehe sie aussprechen konnte, was sie beide schmerzte, beugte er sich zu ihr herab und küsste sie. Der erste Kuss. Der letzte. Der einzige.

Vierzehntes Kapitel

»Es wird Zeit.« Gabriella zuliebe hatte Darran dem anderen Zeit geschenkt, aber als er die wachsende Unruhe unter anderen Jägern spürte, legte er ihm die Hand auf die Schulter.

Markus nickte ernst. Er sah erschöpft aus, resigniert. »Und wir beide haben ohnehin noch einiges zu besprechen.«

Rita wollte sich an ihn klammern, aber allein schon Darrans Berührung zog den Mann in die Zwischenwelt, und sie griff, laut aufweinend, durch ihn hindurch. Ein letzter Blick zu Rita, ein schweigender Abschied, dann brachte Darran ihn fort, zum ersten Mal mit einem großen Gefühl des Bedauerns. Markus' Zuneigung zu der jungen Frau war wie ein warmer Lichtstrahl – seiner eigenen Liebe zu Gabriella nicht unähnlich –, es war ihm, als würde er etwas zerstören, das ähnlich kostbar war wie sein Gefühl für Gabriella.

Darran spürte, wie sich das Tor für sie öffnete, die undurchdringliche Schwärze erfasste sie beide. Nur noch ein Augenblick, ein Wimpernschlag, dann war es vorbei. Er musste ihn nur loslassen, dann wurde er wie die Männer und Frauen vor ihm unweigerlich in die Welt von Amisaya gezogen. Und dort erwartete sie Strabo, um sein Urteil zu sprechen und sie den Nebeln vorzuwerfen.

Statt ihn jedoch gleich Strabo zu übergeben, verharrte Darran mit ihm in der undurchdringlichen Schwärze des Tors. Es gab noch einiges zu erfahren. »Wer will Gabriella töten?«

»Eine ganze Gruppe. Und Malina ist die Anführerin.« Markus' Unruhe war fast greifbar, seine Besorgnis, aber seltsamerweise nicht um sich selbst, sondern um ... um ihn, Darran. Er forschte dem Gefühl tiefer nach, stieß aber an Markus' Schild, mit dem er seine Gedanken schützte.

»Weshalb sollte Gabriella für diese Leute wichtig sein? Sie lebt in einer völlig anderen Welt.«

»Es hängt mit Gabriellas Herkunft zusammen«, erwiderte Markus sichtlich widerwillig und sehr zögernd. »Gabriellas Vater hat Feinde. Man hat dich fortgeschickt, damit du nicht in ihrer Nähe bist, und hat zusätzlich bezahlte Mörder auf sie angesetzt, Menschen, gegen die Jäger nichts ausrichten können.«

»Das habe ich begriffen, aber sprich deutlicher«, herrschte Darran ihn an. »Was soll das heißen? Wer ist Gabriellas Vater, dass er für diese Menschen hier von Bedeutung sein könnte?«

Er spürte, wie Markus tief Luft holte, ehe er ruhig sagte: »Strabo. Aber ich glaube nicht, dass sie es weiß.«

Darran schloss sekundenlang die Augen, als er begriff, als die Wucht der Erkenntnis über ihn hereinbrach und alles klar wurde. Deshalb also hatte ihre Berührung ihn verändert, ihn aus der Gefühllosigkeit geholt. Strabo war zweifellos mächtig genug, um auch seiner Tochter einige seiner magischen Gaben weiterzugeben. Deshalb also war sie anders als ihre Freundin Rita. »Und ihre Mutter?« Er hatte Mühe, ruhig zu sprechen.

»Ein Mensch.«

Und Strabo war, setzte Darran seinen Gedankengang fort, im Gegensatz zu ihm und seinesgleichen in der Lage gewesen, seine Geliebte in den Armen zu halten, sie körperlich zu fühlen. Ein Kind zu zeugen. Brennender Neid, sogar Hass kochten in Darran hoch. »Weiß er von der Gefahr, in der sie schwebt?«

»Es ist ihm vermutlich nicht bewusst. Andernfalls hätte er die Rebellengruppe, die sich um Malina geschart hat, schon vernichtet. Das allerdings würde wieder Krieg in unserem Land bedeuten. Es gibt viele, die dabei nicht tatenlos zusehen werden.«

»Sie werden es also ungehindert weiterhin versuchen«, sagte Darran mit gepresster Stimme.

»Sie haben es schon seit Jahren versucht, aber sie werden immer geschickter dabei. Es hat gewisse Leute dort mehr als nur ihr Leben gekostet, um mich zu schicken. Und sie müssen Helfer haben, ganz in der Nähe von Strabo.«

»Ich werde sie suchen.« Darran sah hoch, als Markus ihm die Hand auf den Arm legte.

»Sei vorsichtig. Andernfalls findest du dich eines Tages in Amisaya wieder«, warnte Markus. »In der Hölle. Du hast keine Ahnung, was dich erwartet. Nicht nur dieses dreckige, tote Land, das von Verzweifelten und menschlichen Monstern bevölkert ist, sondern tausende Erinnerungen. Dein früheres Leben. Aber das Schmerzhafteste«, fügte er in eindringlichem Ton hinzu, »das Schlimmste ist nicht dieses Land, sind nicht die alten Erinnerungen, sondern jene an *sie*. Und ich weiß nicht, ob es einen Weg gibt, sie hinüberzuholen.«

❊ ❊ ❊

Die bittere Szene war Darran nur allzu vertraut: Im Hintergrund drängten sich die Schaulustigen, geifernd, sensationslüstern und zugleich verängstigt. Dort war Strabo, wartete unbewegt darauf, den Entflohenen den Nebeln vorzuwerfen. Darran brauchte Markus nur loszulassen, dann wäre alles wie immer. Die Verwandlung, der sich krümmende Leib. Die Nebelwesen.

Darran zögerte jedoch, Markus in diese Welt zu stoßen. Er hasste es schon lange, die schmerzhafte Rückkehr mitansehen zu müssen, sogar bei jenen, die schon getötet hatten, deren Geist verwirrt war. Aber jetzt war es fast unerträglich, zuzusehen.

Markus merkte ihm seine Zweifel an. Er verzog das Gesicht zu einer Grimasse. »Schon gut. Es wird mich nicht unvorbereitet treffen.« Schon sahen sie, wie sich die Nebelwesen näherten, der Pöbel sich geifernd noch dichter herandrängte. »Strabo wird aufmerksam werden«, sagte Markus leise.

»Das soll er auch.« Dieses Mal wandte Darran nicht den Blick ab, als Strabo vor ihn hintrat. Die Miene des Herrschers wechselte von Verwunderung zu Begreifen. Er sah Darran lange schweigend an, schließlich fragte er: »Was willst du, Jäger?«

»Prüfe mich«, forderte Darran ihn auf. »Ich will dir zeigen, was geschehen ist.« Er sollte die Gefahr sehen, die Gabriella drohte. Strabos Blick wurde starr, als er die kühle Herausforderung in seinen Augen sah, und Darran spürte das fast unmerkliche Zögern, ehe der Graue Lord sich mit ihm verband. Es war das erste Mal, dass er Strabo Einlass in Bereiche seines Geistes und seiner Erinnerungen gewährte, die bisher vor ihm abgeschottet gewesen waren. Und auch jetzt gab er noch immer nicht alles preis, nicht seine Liebe und seine Beziehung zu Gabriella.

Er bemerkte Strabos Erschrecken, als Gabriella in seinen Erinnerungen auftauchte. An die Frau, die mit gezücktem Schwert auf sie losging. Neugierig geworden, begann er, seinerseits vorsichtig in Strabos Gedanken zu forschen. Er fand in der Tat ein ungewöhnliches Interesse für Gabriella. Zuneigung sogar, Angst um sie. Es stimmte, Markus hatte nicht gelogen, Gabriella war Strabos Tochter und er liebte sie ...

Strabos Zorn traf ihn wie ein Hammer. Er stürzte zu

Boden, ohne jedoch den Griff um Markus zu lösen, und zerrte, als er fiel, den ehemaligen Jäger mit sich zu Boden.

Markus war schneller wieder auf als er und zog ihn mit sich hoch. »Was, bei allen Nebeln, hast du getan?«, fluchte er, während Darran nur mit Mühe taumelnd auf die Füße kam.

»Genauer hingesehen«, erwiderte er gepresst. Er sammelte Kräfte für einen neuerlichen Angriff, aber Strabo schlug kein zweites Mal zu, auch wenn seine Augen vor Zorn glühten.

»Lass den Mann los, damit er eintreten kann, Jäger!«

Darran packte Markus nur umso fester. »Das könnte ihn töten.«

»Du bist verrückt«, sagte Markus mit gepresster Stimme. »Lass mich gehen.«

»Ich verlange«, fuhr Darran fort, »dass er ungehindert eintreten kann.« Er konnte nicht riskieren, dass Markus tatsächlich in den Nebeln starb. Gabriellas wegen nicht. »Dieser Mann hat einer Frau das Leben gerettet.«

»Du erzählst mir nichts, was ich nicht schon wüsste.« Strabos Stimme war tief. Er ging langsam um Markus und Darran herum. Noch immer hatte Darran das Tor nicht völlig verlassen. Zum ersten Mal überlegte er, ob darin nicht die Zwischenwelt bestand, in der er lebte: nicht hier und nicht dort, immer in einer Passage gefangen.

»Du hast also Gefühle.«

»Ist das alles, was dir dazu einfällt?« Darran spürte nicht nur Markus' Besorgnis, die wie ein kalter Strom durch seine Hand lief, sondern auch die Neugier anderer Jäger, die von diesem außergewöhnlichen Schauspiel angezogen wurden. Eine Bewegung links von ihm ließ ihn den Kopf leicht wenden. Die Nebelwesen rückten näher. Er presste die Lippen zusammen. Markus würden sie nicht bekommen. »Nicht wenn auch nur noch ein Funken Gerechtigkeit in dieser Welt herrscht.« Strabo sah ihn an und Markus ebenfalls. Er hatte diese Worte unbewusst laut ausgesprochen. Und nun wiederholte er sie.

Strabo sah zu Boden. Plötzlich spürte er ihn in seinem Geist. Nicht fordernd, nicht zornig, sondern mit seltsamer Müdigkeit. »Ich kann sie nicht fortschicken. Sie gehorchen mir nicht.«

Darran war es, als hätte ein Eiswind ihn ergriffen.

»Sie urteilen. Sie richten«, fuhr Strabo fort. »Nicht ich.«

»Sie sind deine Henker«, widersprach Darran.

Ein Zucken lief über Strabos Gesicht. Er wandte sich ab. »Nein. Und ich kann nichts tun.«

»Lass es gut sein«, flüsterte neben ihm Markus. »Lass mich los und mach dich aus dem Staub, wie die Menschen so bildhaft sagen.« Markus ließ die Nebelwesen nicht aus den Augen, eine wabernde silbergraue Masse, die drohend heranglitt. »Geh zu Gabriella. Es wird die letzte Gelegenheit für euch sein, jetzt, wo Strabo über dich Bescheid weiß.« Ein flüchtiges Lächeln, traurig und müde. »Nützt sie gut. Jede Sekunde.«

Darran löste seine Finger, langsam, widerwillig, einen nach dem anderen. Markus wurde von einem Sog erfasst, der ihn durch das letzte Stück des Tors in die reale Welt Amisayas zerrte. Er sah, wie er auf die Knie sank, sah, wie er sich krümmte, die Nebel ihn berührten, erfassten, einhüllten. Er hielt seinen Blick fest, bis Markus ganz in den wabernden Wolken verschwand. Kein Schrei. Kein Laut mehr. Stille.

Hass flammte in Darran hoch. Er wartete nicht darauf, dass Strabo ihn ergreifen ließ. Er verschwand. Zu Gabriella.

Er musste sie noch einmal sehen. Markus hatte recht,

er würde sie verlieren, wie Markus Rita verloren hatte. Und wahrscheinlich auch sein Leben.

❉ ❉ ❉

Seit sie heimgekommen war, saß Gabriella über ihrem Tagebuch und zeichnete. Stundenlang malte sie Männchen hinein. Eine Frau mit langem Haar, das sie wie ein Samurai trug. Sie klebte, aufgespießt von einem Schwert, an der Wand, und eine Figur, die Gabriella darstellen sollte, stand daneben, lachte höhnisch und applaudierte.

Sie hatte Rita nach Hause begleitet, und dort waren sie bereits von der Polizei erwartet worden. Ihren Georg hatte man kurz davor ins Krankenhaus verfrachtet. Seine Verletzung war nicht lebensgefährlich, er war mit einer Platzwunde und einer ordentlichen Beule davongekommen. Gabriella zeichnete mit satter Genugtuung einen Kerl mit einer riesigen Beule auf dem Kopf, so groß, dass er nicht mehr gerade stehen konnte, sondern auf allen vieren kriechen musste.

Ritas Vater war durch den Überfall so verwirrt gewesen, dass man ihn fürs Erste ebenfalls ins Krankenhaus gebracht hatte. Dort sollte er mit Medikamenten so eingestellt werden, dass sein geistiger Verfall verlangsamt wurde. Rita war unglücklich gewesen, aber Gabriella war froh für ihre Freundin; nun hatte sie einige Tage für sich, und diese Zeit würde sie auch brauchen, um sich von den Ereignissen dieser wenigen Stunden zu erholen.

Gabriella zeichnete einen kichernden Greis, der hinter einer üppigen Krankenschwester her war.

Drei Stunden hatten sie auf der Polizeiwache verbracht, gewartet, bis das Protokoll getippt war. Gabriella zeichnete auch ihre Freundin. Das traurige Gesicht, die Spuren verwischter Wimperntusche. Die kleine Figur strömte Verzweiflung und Müdigkeit aus. Gefühle, die Gabriella selbst empfand. Ihr war noch nie im Leben so jämmerlich zumute gewesen. Nicht einmal, als sie erfahren hatte, dass ihre Mutter todkrank war. Da hatte sie noch Hoffnung gehabt, Camilla könnte geheilt werden. Nicht einmal, als sie gestorben war, da hatte sie davor Zeit gehabt, dem Unabänderlichen entgegenzusehen.

Aber Darran vielleicht zu verlieren, das war unerträglich.

Die Frau mit dem Schwert. Markus. Den Kampf. Darran ... Darran und wieder Darran. Nicht als Männchen, sondern detailliert ausgeführt. Er gelang ihr gar nicht mal so schlecht. Dann der nette Polizist, der um Rita herumgeschwänzelt war. Sie musste lächeln.

Als das Mobiltelefon läutete, zuckte sie zusammen. Für den Bruchteil einer Sekunde hatte sie die absolut wahnwitzige Hoffnung, es könnte Darran sein, aber dann erkannte sie Ritas Stimme.

»Du, Gabi, ich weiß nicht, wie ich das aushalten soll. Kein zweites Mal. Und dass er die ganze Zeit über gelebt hat, irgendwo, und nicht zu mir konnte. Und ich nicht zu ihm, und ...« Ihre Stimme brach ab. Gabriellas Kehle zog sich zusammen. Sie wusste nicht, was sie sagen sollte, kein Wort, mit dem sie sie trösten konnte. Sie fühlte sich selbst zu elend. Das alles konnte ihr ebenfalls passieren.

Und nun drohte auch Markus abermals ein unbestimmtes Schicksal. Und Darran würde ihn verteidigen, weil Markus sie verteidigt hatte. Das wusste sie, und es machte ihr Angst. Es machte ihr solche Angst, dass sie, nachdem das Telefonat beendet war, ihre Strichmännchen weinend weiterzeichnete: sich selbst mit einer Maschinenpistole in der Hand, eine Figur wie Lara Croft, gegen eine Armee von Amisayern kämpfend, weil sie

Darran etwas antun wollten. Dann wieder hielt sie einen überdimensional großen Staubsauger in der Hand, mit dem sie diese Nebel, von denen Darran erzählt hatte, einsaugte und entsorgte. Ein Psychiater hätte sie vermutlich sofort einliefern lassen.

Sie malte, zeichnete, kritzelte, bis es dafür zu dunkel wurde und sie das Papier nicht mehr sah. Und dann saß sie einfach da, lauschte in die Dämmerung, die anbrechende Dunkelheit, und wartete. Und hoffte.

Erst als alles um sie herum still wurde, die Stadt ruhte und der Morgen nicht mehr fern war, kroch sie auf die Couch und starrte beim Fenster hinaus, bis ihr die Augen zufielen.

❊ ❊ ❊

Darran stand – wie schon so oft zuvor – neben Gabriella, um sie im Schlaf zu betrachten. Seine Geliebte. Seine Quelle aus Licht und Wärme, unwiderstehliche Lebendigkeit, mit der sie selbst noch seine Schattenwelt überstrahlte. Sie lag nicht im Bett, sondern völlig angezogen auf der Couch. Ihr Gesicht zuckte im Schlaf, ihre Augenlider waren gerötet und verschwollen. Sie hatte geweint.

Er bemerkte ihre wachsende Unruhe. Sie fühlte ihn. Früher hatte er sich beim leisesten Zeichen davongemacht, um seinen Beobachtungsposten auf der Straße einzunehmen, wo er dann mit brennender Sehnsucht zu ihrem Fenster hinaufblickte, aber als sie jetzt die Augen öffnete, blieb er neben ihr stehen. Es blieb ihnen nicht mehr viel Zeit füreinander. Er hatte zwar noch einmal vor Strabo fliehen können, aber sie würden ihn suchen und ziemlich schnell finden. Es konnte nicht mehr lange dauern, bis sie kamen, um ihn zu holen.

Gabriella fühlte bis in den Schlaf hinein Darrans Gegenwart. Er war hier! Zurückgekommen! Noch etwas schläfrig sprang sie taumelnd von der Couch auf. Da war er. Nicht mehr als zwei Handbreit vor ihr. Er war zurück. Ihre Freude darüber hätte sie kaum in Worte fassen können, sie überwog jede Angst um ihn, jede Vernunft.

Darrans Blick umfasste sie als Ganzes, als wollte er sie nie mehr loslassen. Er sah sie an wie etwas, das man lange entbehrt hatte, oder etwas, an das man sich später einmal erinnern wollte. Sie stand nur da, sah ihn ebenfalls an und brachte kein Wort heraus. Darran war der Erste, der sprach. Langsam und stockend. »Die Welt ist grau ohne dich. Dunkel. Kalt.«

Gabriellas Lippen zitterten. »Ich bin so froh, dass du hier bist. Ich hatte so Angst um dich.« Sie hielt ihm auffordernd und bittend zugleich die geöffnete Hand hin.

Darran legte seine darüber. Sie lag wie ein Schatten in ihrer. Und doch war die Verbindung da. Ein tiefes Gefühl der Liebe strömte über Gabriellas Hand in ihren Körper, bis in ihr Herz. Ihr Kopf legte sich wie von selbst in den Nacken, um ihm ihre Lippen darzubieten. Er beugte sich über sie. Der Kuss war nicht verspielt wie zuletzt, als sie ausprobiert hatten, inwieweit Geschöpfe aus verschiedenen Welten oder Dimensionen einander küssen konnten, sondern wehmütig. Eine Welle von Trauer und Sorge ging von ihm aus und fand ihren Widerhall in Gabriella.

»Ich wünschte so sehr, ich könnte dich berühren«, sagte er leise an ihren Lippen. »So wie ...« Ein Mann aus Fleisch und Blut, wie Markus Rita berührt und gehalten hatte. Er sah sie zärtlich an. »Was immer ich bin, ich liebe dich, Gabriella.«

Gabriella lauschte ihrem Namen nach, immer wieder entzückt von diesem vertrauten Klang aus ihrer

Kindheit. So wie er sprach ihn sonst niemand aus; dabei konnte er es nur ein einziges Mal von ihrer Mutter gehört haben.

»Ich weiß, dass du kein Phantom bist«, flüsterte sie. »Mein Vater ist wie du. Einer von euch.«

»Du weißt es also, Markus war sich nicht sicher.« Er strich mit den Fingerspitzen zärtlich über ihre Wange.

»Er sagte es mir. Und ich weiß jetzt, weshalb du mich weggeschickt hast.« Ein Lächeln umspielte seine Lippen und verschwand so schnell, wie es gekommen war.

»W...was war mit Markus?«

»Ich musste ihn den Nebeln überlassen.« Darran stockte, als eine Vision der Nebelwesen in ihm emporstieg. War es das? Schrien die Geflohenen deshalb so? Nicht vor Schmerzen, sondern weil sie die Einsamkeit und Leere nicht ertrugen, in die sie durch die Nebel gezogen wurden? Er schüttelte sich unwillkürlich.

»Du hast doch ...«, Gabriella wurde bleich. »Du hast doch nicht ... ich meine, du bist nicht auffällig geworden, oder?«

»Ich weiß nicht genau, was du mit auffällig meinst«, erwiderte Darran, fast ein wenig belustigt, »aber unauffällig war unsere Ankunft auf Amisaya nicht gera...«

Er unterbrach sich, fröstelte. Gabriella griff mit beiden Händen nach ihm. »Was ist denn?«

»Ich weiß es nicht ... als würde mich ein Sog von dir wegziehen. In ... Kälte und Leere.« War das möglich? Konnten die Nebel hier, in diese Welt, eindringen und ihn holen?

Gabriellas Augen waren dunkel und angsterfüllt. »Was dieser Mann, dieser Blonde, gesagt hat – stimmt es? Bist du jetzt in Gefahr? Und bin ich schuld daran?«

»Nein, nein«, er strich beruhigend mit seinen Lippen über ihre Stirn, ihre Wange, schloss die Augen, um so viel wie möglich an Erinnerung mit sich zu nehmen, gleichgültig, was geschah. Zweifellos waren sie schon hinter ihm her. Noch spürte er keinen der Jäger in seiner Nähe, aber er wusste, dass Strabo ihn nicht hierlassen würde.

Er studierte ihr Gesicht, als wollte er es sich für alle Zeiten einprägen. »Was immer geschieht, Gabriella, vergiss nie, dass ich dich liebe. Du hast keine Ahnung, wie sehr. Dass du damals durch mich hindurchgelaufen bist, hat aus einem gefühllosen Schatten erst wieder ein lebendes Wesen gemacht. Und hätte ich dich nicht wiedergetroffen, ich hätte dich den Rest meines Lebens gesucht.«

Gabriella wollte ihn halten, griff jedoch hindurch. Und dann geschah etwas, das ihm ebenso Angst machte wie ihr: Er löste sich vor ihren Augen auf. Verschwand einfach wie ein Trugbild.

Zurück blieb der leere Raum und Gabriellas hilflose Verzweiflung.

Fünfzehntes Kapitel

Das Erste, was Darran spürte, als er erwachte, war der Schmerz. Zuerst nicht weiter schlimm, eher wie ein unangenehmes Ziehen, befremdlich und ungewohnt, aber bald schon wurde es intensiver, und schließlich war es ihm, als brenne jede Zelle seines Körpers. Seine Lunge schmerzte. Er rang nach Atem, riss die Augen auf. Er wollte schreien, brachte aber keinen Laut heraus. Luft. Er konnte nicht atmen. Er zuckte, wollte sich aufbäumen – sein Körper gehorchte ihm nicht. Und dann, endlich, hob sich sein Brustkorb, und seine Lunge saugte den ersten tiefen Atemzug hinein. Er hustete, ächzte, stöhnte, krümmte sich, ehe seine Atemzüge gleichmäßiger wurden.

Wo war er? Er riss die Augen auf. Zuerst sah er gar nichts. Alles um ihn war schwarz. Dann, langsam tauchte ein grauer Schimmer über ihm auf. Er versuchte sich aufzusetzen, aber seine Glieder waren taub.

Der Nebel vor seinen Augen löste sich auf, und Darran fand sich auf dem Rücken liegend, um ihn herum waren Wände, als hätte er sich in einer winzig kleinen Kammer materialisiert, kaum größer als er selbst. Über ihm war es hell. Fingerbreit um Fingerbreit schob er seine Hände nach außen, um die Wände abzutasten. Er stieß dagegen. Sie waren massiv, undurchdringlich.

Aufsetzen. Sich nach dem fahlen Lichtschein über ihm ausrichtend. Als er es versuchte, brandete der Schmerz hoch, bis glühende Pünktchen in der Schwärze vor seinen Augen tanzten. Er ließ seine Arme neben seinen

Körper sinken und atmete tief durch, spürte in sich hinein. Er hatte seinen Körper, seit er Gabriella wiedergetroffen hatte, im Gegensatz zu früher gefühlt, manchmal sehr intensiv, aber nie so real wie jetzt. Es war, als bestünde er mit einem Mal aus Milliarden schmerzender Zellen.

Atmen, Kraft gewinnen. Sein Brustkorb hob und senkte sich regelmäßiger. Sein Herz schlug. Seine Muskeln zuckten, als würde er innerlich brennen. Da war wieder der Schmerz, mit jeder Bewegung wurde er schlimmer. Er versuchte, sich zu erinnern. Bild für Bild tauchten die Ereignisse der letzten Minuten? Stunden? aus der Tiefe empor. Gabriella. Sie hatten ihn verfolgt. Er war geflohen. Und dann ... da war nur noch Kälte da gewesen. Leere. Schwärze.

Strabo hatte ihn also gefasst und ihn nach Amisaya zurückgebracht. Aber etwas stimmte nicht. Üblicherweise landete man wie Markus vor dem Gericht, vor den Nebelwesen. Oder hatten diese schon Gericht über ihn gehalten und ihn in diese sargähnliche Kammer gesperrt? Verfuhr man so mit Jägern, die die Gesetze gebrochen hatten?

Er lag ganz still und lauschte, aber das einzige Geräusch, das er hörte, waren seine eigenen rasselnden Atemzüge. Etwas drückte auf seine Stirn. Er griff danach. Ein Stein. Ein Kristall, trüb und nahezu schwarz. Er drehte den Kopf, obwohl dieser sich so schwer anfühlte, dass er das Gefühl hatte, Zentner mitzuziehen. Und allein diese Bewegung reichte aus, um alles vor seinen Augen verschwimmen zu lassen. Er kämpfte gegen die Dunkelheit. Er lebte, so viel war klar. Und er hatte einen Körper. Einen lebendigen, atmenden Körper. Er wusste nur noch nicht, *wo* er lebte und atmete.

Er hob seine Hand vor das Gesicht und betrachtete sie, bewegte die Finger, schloss die Faust, öffnete sie wieder. Sie schmerzte. Dann blickte er an sich herab. Er war nackt.

Er tastete über die sonderbar durchsichtige Wand über ihm. Dann setzte er sich auf, so weit dies in diesem engen Gefängnis möglich war. Ein Gefängnis? War es das? Er stemmte sich gegen die Wand über ihm. Der Schmerz trieb ihm die Tränen in die Augen. Er gab jedoch nicht nach, sondern drückte weiter. Die Wand bewegte sich, begann zu rutschen, er schob sie zur Seite. Dann fiel er kraftlos zurück, musste erneut gegen den Schmerz ankämpfen. Kalte Luft drang zu ihm durch, und jetzt bemerkte er erst, wie stickig es in diesem Gefängnis gewesen war. Zugleich fröstelte er.

Weit über ihm war eine weitere Wand ... ein Gewölbe. Er lauschte. Es war völlig still außerhalb dieses Sarges ... Er musste hinaus. Sich zumindest aufsetzen, um zu sehen, wo er war. Er sank schon beim Versuch zurück. Beim zweiten Anlauf gelang es ihm, den Rand dieses Sarges zu fassen. Es kostete ihn seine gesamte Kraft, sich hochzuziehen, aber er schaffte es. Keuchend, mit zusammengebissenen Zähnen, schwitzend und zugleich zitternd, saß er aufrecht, klammerte sich mit einer Hand an den Rand dieser Steinkiste, mit der anderen stützte er sich hinten ab, um nicht wieder zurückzusinken. Seine Muskeln brannten, seine Zellen glühten, jeder Atemzug war schneidend kalt und stach. Sein Herz klopfte ihm bis zum Hals, und er spürte den Puls an seinen Schläfen pochen.

Und dann kam die Kälte. Sie drang nicht nur von außen auf ihn ein, sondern sie fraß sich auch von innen durch seinen Körper. So als würde sein Magen nur aus einem schmerzenden Eisklumpen bestehen. Er begann so unkontrolliert zu zittern, dass er mit den Händen kaum den Rand des Sarges fassen konnte. Aber er musste hier heraus.

Es gelang ihm, sich hochzuziehen. Er zerrte sich über den Rand dieses Sarges, kroch mehr, als er kletterte, weil seine Beine ihm nicht gehorchen wollten. Er schob sich weiter, dann verlor er das Gleichgewicht und stürzte auf der anderen Seite hinab. Schwer schlug er auf.

Und dann, als er sich auf die Knie ziehen wollte, packte ihn der Schmerz erst richtig. Noch weitaus schlimmer jedoch war, was mit seinem Gehirn, mit seinem Verstand passierte. Es wirbelte in seinem Kopf, alles drehte sich, Millionen, nein Milliarden Bilder stürzten auf ihn ein, Stimmen, Gerüche, Geräusche. Zuerst dachte er, seine Erinnerung an Gabriella sollte ausgelöscht werden, und kämpfte gegen diese Flut an, bis er begriff, dass es seine eigenen Erinnerungen waren, die vehement ihren Platz in seinem Kopf beanspruchten. Er krümmte sich keuchend zusammen und hielt sich den Kopf, kämpfte gegen den Schmerz und die Verwirrung.

Er wusste nicht, wie viel Zeit vergangen war, als der Schmerz schließlich langsam verebbte, und er sich hochstemmen konnte. Er lehnte sich gegen den steinernen Sarg und blieb schwankend stehen.

Er befand sich in einer Halle. Durch eine Reihe hoher, schlanker, jedoch halb blinder Fenster fiel dämmriges Licht herein. Was sich jenseits der Fenster befand, konnte er nicht ausnehmen. Er drehte den Kopf. Was er sah, ließ ihn den Atem anhalten. Sein Steinsarg war nicht der einzige. Die ganze Längsseite der Halle entlang standen Sarkophage. Einer nach dem anderen. Eine fast endlose Reihe.

Was war in den anderen Steinsärge? Männer wie er? Jäger? Gefangene? War Markus nach seiner Rückkehr in einem davon gelandet? Hatte er damit gemeint: Du wirst dich in Amisaya wiederfinden?

Er taumelte zu dem nächstgelegenen Sarkophag. Es waren nur wenige Schritte, aber es war ihm, als müsse er Tonnen mit seinen Beinen bewegen. Und er begriff: Er hatte wieder einen Körper, einen richtigen, atmenden Körper. Einen, der verdammt schmerzte. Nur noch drei Schritte. Er schleppte sich voran. Nicht fallen. Nur nicht fallen, das Aufstehen würde die Hölle sein.

Dann hatte er den Sarg erreicht. Er wischte mit dem Ärmel die Staubschicht von der Glasplatte. Tatsächlich, hier lag jemand. Ein Fremder. Er hatte ihn noch nie gesehen.

An der Wand hinter den steinernen Särgen hingen Schwerter. Auch hinter seinem. Darran schleppte sich, einer Erinnerung folgend, den Weg zurück. Er musste sich strecken, um das Schwert zu erreichen, und fiel vor Schwäche beinahe gegen die Wand. Er bekam es an der Schneide zu fassen und fluchte lautlos, als er sich schnitt. Die Wunde missachtend, hob er es mit zitternden Armen herab. Es rutschte ihm beinahe aus den Händen, aber mit einer fast instinktiven Geste fing er es am Knauf ab. Im selben Moment durchzuckte ihn das Gefühl von alter Vertrautheit, und er sah sich selbst, als Knaben, mit eben diesem Schwert in der Hand, fast zu schwer für sein Alter. Und doch hatte er es gehalten und geführt, und neben ihm ein hochgewachsener, kräftiger Mann. Sein Vater ...

Er schulterte das Schwert und ging die Reihe der Sarkophage weiter ab. Einer war leer, aber in den anderen lagen Männer, ähnlich gekleidet wie er. Zwei davon kannte er. Er hatte bereits mit ihnen gejagt. Sie sahen aus wie Tote. Und jeder von ihnen hatte einen Kristall auf der Stirn liegen. Nur im Gegensatz zu seinem schimmerten diese selbst durch das schmutzige Glas.

Und dann, fast beim letzten Sarg der Reihe angekommen, erblickte er durch das vom Staub getrübte Glas ein sehr bekanntes Gesicht.

Julian.

Der Schock ließ ihn halb zusammensinken und gegen das Glas prallen, ehe er sich wieder in der Gewalt hatte.

»Julian.« Er wollte seinen Freund rufen, aber nicht mehr als ein heiseres Krächzen kam heraus. Er lehnte das Schwert an den Stein und versuchte, die Platte wegzuschieben. Der Geruch von Moder stieg ihm in die Nase. Der gleiche Geruch, der ihm auch in seinem Sarg das Atmen erschwert hatte. Der Geruch nach einem Toten ...

Der Kristall auf Julians Stirn schimmerte heller. Darran beugte sich hinab, wollte Julian berühren, aber da ...

»Fasse ihn nicht an!«

Die Stimme schlug sich hallend an Steinwänden wider. Darran richtete sich auf, wollte herumwirbeln, stürzte jedoch beinahe taumelnd zu Boden, weil seine Beine nachgaben. Zugleich erfasste er mit einer vielfach geübten Bewegung sein Schwert.

Nur wenige Schritte von ihm entfernt, in der schlichten dunklen Kleidung der Amisayer, stand Strabo.

Hass wallte in Darran hoch. Der Graue Lord war allein. Wenn er nur ein wenig Kraft hätte, könnte er ihn töten. Und bei allen Geschöpfen dieser Welt, das wollte er. Mehr als alles andere. Er hob das Schwert an, wollte sich auf Strabo stürzen, und wusste doch, dass er nicht zwei Schritte kommen würde.

Die Miene des Grauen Herrn war nicht zornig, sondern bedauernd. Er klang sehr ruhig, als er sagte: »Du würdest ihn töten, wenn du ihn berührtest.«

Darran ignorierte die Nadelstiche in seinen Lungen und seinen Beinen und richtete sich auf, bis er sehr aufrecht stand. Er stützte sich leicht auf das Schwert, und seine Finger glitten wie aus alter Gewohnheit über das Wappen unterhalb des Knaufes.

»Er lebt? So wie ich?« Seine Stimme gehorchte ihm nun schon besser. »Weshalb hast du ihn hierher gebracht? Was hat er getan? Was hat er sich zuschulden kommen lassen, dass du ...«

Strabo hob die Hand. »Er schläft. Wie du auch geschlafen hast, ehe du erwacht bist.« Er kam heran und schob den Deckel wieder über Julians Sarg. Dabei drehte er Darran den Rücken zu. Hatte er so viel Vertrauen oder hielt er ihn für so schwach? Nicht zu unrecht. Darran musste sich gegen Julians Sarg lehnen. Noch immer kochte der Hass in ihm, aber sein Körper hätte ihm nicht gehorcht. Er musste erst kräftiger werden. Und dann würde er sich auf Strabo stürzen. Jetzt würde er sich nur lächerlich machen. Und vermutlich würde ihm sogar das Schwert entgleiten. Er hatte nur eine Chance, die durfte er nicht vertun.

»Das ist kein Schlaf.« Darran hatte Gabriella mehr als einmal dabei beobachtet hatte. Wenn Menschen schliefen, atmeten sie. Sie hatten vom Schlaf gerötete Wangen, zerstrubbelte Haare. Julian dagegen lag da wie ein Toter. Reglos, kalt, bleich.

»Nein«, gab Strabo zu. »Er befindet sich in tiefster Bewusstlosigkeit – sein Geist wurde von seinem Körper getrennt. Wie es bei dir Fall war. Berührst du ihn aber, stirbt sein Körper, und sein Geist findet den Weg nicht mehr zurück, sondern löst sich auf.«

Darran starrte durch das Glas.

»Sein Körper hat so wie der deine unser Reich nie verlassen.« Er musterte Darran scharf. »Dein Erwachen wurde durch deine Gefühle ausgelöst. Heftige Gefühle, die den Körper miteinschließen.«

Seine Liebe zu Gabriella. Seine Angst, sie zu verlieren. Zorn auf Strabo, auf die Nebelwesen.

»Weshalb?«, fragte er heiser. Er deutete mit dem Kopf auf die Sarkophage. »Weshalb diese lebenden Toten?«

Strabos Gesicht verschloss sich. »Nur so können sie in die Zwischenwelt gelangen, um die Flüchtenden zurückzubringen. Es wäre zu gefährlich, sie jedes Mal körperlich durch das Tor gehen zu lassen. Viele würden nicht mehr zurückkehren, sondern fliehen.« Er hatte ein Gewand in der Hand, das er auf den Sargdeckel legte. »Hier, zieh dir das über. Und dann lass uns gehen.« Er wandte sich um.

Darran besah sich die Kleidung. Hosen, ein Hemd, ein grob gewebter Umhang. Er schlüpfte hinein und stolperte dann mehr, als er ging, Strabo hinterher. Er durfte ihn nicht aus den Augen verlieren. Er hätte ihn gerne an der Kehle gepackt, um Antworten auf alle seine Fragen aus ihm herauszuquetschen, aber vorläufig konnte er froh sein, überhaupt halbwegs aufrecht gehen zu können. Das Schwert zog er hinter sich her, es hinterließ eine lange Furche in dem Steinboden.

Strabo stieß eine breite Flügeltür auf, und Darran trat hinter ihm hinaus ins Freie. Ein Windstoß erfasste Darran und zerrte an seinem Gewand und seinem Haar. Er hielt sich einen Zipfel des Umhangs vor das Gesicht und atmete erleichtert auf. Hier war die Luft trotz des wirbelnden Sandes besser, in der Halle roch es nach Toten.

Sein suchender Blick fand nichts als Mauern. Darran wusste plötzlich, wo er sich befand. Er wandte sich um und ließ seinen Blick über das Gebäude hinter ihm schweifen. Dies war einstmals eine prächtige Halle gewesen, in der sich die Krieger versammelt hatten. Nun lagen einige von ihnen als lebende Tote hier begraben. Direkt gegenüber der Halle befand sich eines der Tore, durch das er mit seinen Freunden geschritten war, wenn der Herrscher zum Mahl geladen hatte. Jetzt sah man nur noch die beiden Säulen, die es damals flankiert hatten, das Tor selbst war zugemauert worden.

Strabo war schon weitergegangen. Darran folgte ihm, ehe er um eine Ecke verschwinden konnte. »Du musst essen, damit dein Körper wieder zu Kräften kommt.«

»Essen? Kraft? Wozu? Damit deine verfluchten Nebelwesen sich auf ein schmackhafteres Mahl freuen können?«

Strabo blieb stehen und drehte sich um. Er sah überrascht aus. »Es gibt keinen Grund für die Nebel, das Todesurteil über dich zu sprechen. Du hast die Gesetze der Jäger gebrochen und bist zurückgekehrt, weil du dich Gefühlen hingegeben hast, aber du hast nicht getötet. Und du hast nicht die Barriere durchquert, die deinen Körper verändern würde.« Er ging weiter, sichtlich gleichgültig gegenüber dem Schwert in Darrans Hand. Woher wusste er, dass Darran ihn niemals von hinten angreifen würde? Selbst wenn er seinem Wunsch nachgegeben hätte, sich auf ihn zu stürzen, er hätte es nicht über sich gebracht.

Er torkelte ihm leise fluchend hinterher. Flüche, die er von früher kannte, die damals aber niemals über seine Lippen gekommen wären. Sie umrundeten die Halle. Darran blieb, auf sein Schwert gestützt, stehen.

Der Palast war ihm in seiner Jugend bezaubernd erschienen. Nur die unteren beiden Stockwerke besaßen geschlossene Räume. Die oberen bestanden aus Säulenhallen und vermittelten den Eindruck, als schwebe der ganze Bau in der Luft. Sein Vater hatte ihm erzählt, dass die Krieger des Herrschers in den goldenen Zeiten an heißen Tagen in eben diesen Säulenhallen gesessen, über das blühende Land geblickt und den leichten Wind, der sie umspielte, genossen hatten. Darran hatte Amisaya nie anders gekannt als jetzt. Trostlos und zerstört, vom Krieg zwischen den Völkern vernichtet.

Er sah Wachen um den Palast marschieren, bewaffnet mit den tödlichen Bogen. Strabo hielt allerdings nicht auf den Palast zu, sondern ging die Rückseite der Halle entlang, bis sie an ein niedriges Steingebäude stießen, in dem ehedem Diener gewohnt hatten.

»Hier lebe ich jetzt«, beantwortete der Graue Lord Darrans unausgesprochene Frage.

Darran folgte ihm in einen Raum, der im Quadrat wohl ungefähr zwanzig mal zwanzig Schritte messen mochte. Hier lebte der Herrscher? »Der Palast ist nicht mehr bewohnbar«, fuhr Strabo fort, als er Darrans Verwunderung bemerkte, »seit die Magie fast zur Gänze von den Alten eliminiert wurde.«

Darran hatte daran keine Erinnerung. Seine Erinnerungen endeten mit ... ja, mit dem Schmerz. Mit seinem Zorn, als er sich gegen Strabo aufgelehnt hatte, als er sich mit eben dem Schwert, das er jetzt mit sich schleppte, auf ihn hatte stürzen wollen.

»Wie viel Zeit ist vergangen, seit du mich meines Lebens beraubt hast?«, fragte er mit gepresster Stimme.

Strabo klatschte in die Hände, und ein alter Mann erschien. Er trug ein gefülltes Glas auf einem Kristalltablett und nickte Darran ernst zu. Er kannte ihn, er war Strabos Diener gewesen, seit Darran das erste Mal als Junge diesen Palast betreten hatte. Er stellte das Glas auf ein Tischchen, verneigte sich vor Strabo und verließ fast geräuschlos den Raum.

Strabo deutete auf eine Steinbank. »Setz dich und trink. Du wirst die Kraft brauchen. Aber nur langsam, dein Körper muss sich daran gewöhnen.«

»Wie viel Zeit?«, wiederholte Darran beißend. Er sah auf das Glas, rührte es jedoch nicht an.

»In Menschenjahren? Oder in unseren?« Strabo lachte kurz auf. »In Menschenjahren vermutlich, denn wir haben hier schon lange aufgehört, die Zeit zu messen. Ein Tag ist hier wie der andere, ein Jahr wie ein anderes.« Er machte eine Pause, dann sagte er knapp: »Einhundertacht.«

Einhundertacht Jahre! Das war mehr als das Dreifache von Gabriellas Alter und damit von jener Zeit, in der er begonnen hatte, zu fühlen. Seit er sie getroffen hatte. Der Schmerz, der ihn bei diesem Gedanken erfasste, war schlimmer als das Erwachen im Sarkophag, er schnitt wie ein stumpfes Messer quer durch seinen Körper.

Strabo wies ungeduldig auf die Bank. »Und nun setz dich.« Der Herrscher drehte sich um und verließ den Raum.

Darran starrte auf das Getränk, ohne sich zu rühren. Jetzt erst merkte er, wie trocken sein Mund war. Seine Eingeweiden verkrampften sich beim Anblick des Glases und beim Gedanken an Essen. Er ließ sich kraftlos auf den Stuhl fallen und beschloss, erst später über alles und vor allem über Strabos seltsames Verhalten nachzudenken. Er griff nach dem Glas und roch daran. Der aromatische Duft war vertraut. Jenes kostbare Getränk, das die Krieger im Kampf bei Kräften hielt, das Leben spendete. Die Menschen hatten es Ambrosia genannt und behauptet, es stünde nur Göttern zu. Vielleicht hatte sich sein Volk auch zu gottähnlich gefühlt und war zu Recht bestraft worden.

Zuerst benetzte er nur seine Lippen und fuhr mit der Zunge darüber. Sie fühlte sich an, als hätte er tagelang nur Sand geleckt. Er nahm einen winzigen Schluck und ließ ihn lange im Mund, ehe er ihn hinunterschluckte. Es schmerzte wie geriebene Steinchen. Er nahm einen weiteren Schluck. Süß, würzig, bitter, sauer, dieses Getränk vereinte alle Eigenschaften. Die Gier war heftig, aber er beherrschte sich.

Und dann setzte der Schmerz von Neuem ein. Noch heftiger als zuvor. Darran kauerte sich zusammen. Aber nicht der Schmerz war das Schlimme, sondern die weitere Flut an Erinnerungen.

Er wusste nicht, wie lange er so in sich zusammengekrümmt dagelegen hatte, bis ein Schatten auf ihn fiel.

Er blickte hoch und sah Strabo vor sich stehen. Zuerst wollte kein Wort über seine Lippen kommen, seine Kehle war wie zugeschnürt. Er kämpfte den Schmerz nieder, Strabo sollte ihn nicht schwach sehen. Er wusste nicht, wie er es schaffte, aber er erhob sich. Er würde Strabo nicht kniend begegnen. Nicht, wenn er es verhindern konnte.

»Es wird dir bald besser gehen, Ramesses.«

Ramesses. So hatte sein Name gelautet. »Darran«, entgegnete er mit rauer Stimme.

Strabo nickte. »Der Name deines Vaters. Ein guter Name. Du trägst ihn zu Recht nach seinem Tod.«

»Und du warst derjenige, der ihn tötete.«

Der Graue Herr sah ihn ernst an. »Und ich hätte auch dich töten müssen, denn du hattest dich aufgelehnt. Ich hatte nur die Wahl, dich zu töten oder dich in die Höhlen zu werfen.«

Wieder eine grausame Erinnerung, die jetzt in ihm hochstieg. In den Höhlen landeten jene, die sich gegen die Ordnung aufgelehnt hatten. Sie beherbergten Rebellen und Mörder, gefangen in einem endlosen, lichtlosen Labyrinth. Auch er war dort umhergeirrt, nachdem Strabos Männer ihn überwältigt hatten. Und dann, eines Tages hatten sie ihn geholt.

»Es war Markus, der mich damals bat, dich aus den Höhlen zu holen«, sprach Strabo weiter, »ehe du dem Wahnsinn verfallen konntest. Da ich dich jedoch nicht freilassen konnte, musste ich dir die Erinnerung nehmen.«

»Nicht nur meine Erinnerung! Auch meine Identität! Mein Ich!«, stieß Darran wütend hervor.

Strabo betrachtete ihn mit einem fast traurigen Ausdruck. »Erinnerungen und Gefühle sind oftmals eines, zu eng verbunden, um getrennt zu werden.«

»Hast du jetzt keine Angst mehr vor mir?«, fragte Darran bitter.

Der Graue Herr lachte leise. »Jetzt? Es kostet mich im Moment nur eine Handbewegung, um dich niederzustrecken. Wenn du allerdings zu Kräften kommst, werde ich dich fürchten. Dann werde ich dir keine Gelegenheit mehr geben, auch nur in die Nähe dieses Hauses zu kommen.« Er musterte ihn nachdenklich. »Du warst einer der besten unter den Kriegern deines Vaters. Tödlich und entschlossen. Und genauso warst du auch als Jäger, zielgerichtet, durch nichts abzulenken.«

»Du hast eine Puppe aus mir gemacht.« Darran wandte sich ab. »Sei verdammt!« Er schulterte sein Schwert und wandte sich ab. »Es gibt nur einen Grund, weshalb ich dich nicht bis zum Tod bekämpfen werde«, sagte er über die Schulter, »Gabriella.«

»Sie werden dir auflauern und versuchen, dich zu töten«, rief Strabo ihm nach. »Dort draußen gibt es nichts, wo du dich vor ihnen verbergen kannst! Meide die Siedlungen!«

Darran stieß einen Fluch aus, als er begriff. Ein ehemaliger Jäger war hier wohl nicht so gern gesehen. Er hatte die hasserfüllten und ängstlichen Blicke der Menschen nur allzu deutlich bemerkt, die in ihm den Mann sahen, der sie einfing und dem Tode übergab. Es machte für sie wenig Unterschied, ob er überhaupt gewusst hatte, was er tat. Ob er etwas daran hätte ändern können. Ob er nur ein Schatten gewesen war, den man von seinem Körper getrennt hatte, bis die Nebelwesen durch ihn das Opfer gefunden und in diese Welt gezerrt hatten. Sie würden sich mit Wonne auf ihn stürzen.

Er ging weiter, versuchte, sich gerade zu halten. Das Schwert war schwer, schien ihn zu Boden zu drücken, aber der Schmerz wurde leichter, auch wenn er das Gefühl hatte, dass sich bei jedem Atemzug die Welt um ihn drehte. Er überquerte den Platz, von dem sein Vater einmal erzählt hatte, er sei in alten Jahren ein blühender

Park gewesen, und spürte das Prickeln von Magie, als er die ehemaligen Tore erreichte. Ein Teil davon existierte also noch, vermutlich zu Strabos Schutz. Zwei Wächter standen davor. Sie sahen ihm ernst entgegen, dann öffneten sie ein kleineres Tor, besser zu verteidigen als die glänzenden Metallflügel. Darran trat hindurch. »Viel Glück«, hörte er einen der Wächter leise sagen, dann fiel das Tor mit dem Geräusch von Metall, das über Stein schabt, hinter ihm zu.

Darran blieb stehen und sah die Mauer entlang, die den Palast vom Rest des Landes abschloss. Eine Mauer, wie die Barriere, die diese Welt von der anderen trennte. Die ihn von Gabriella trennte. Graues, ödes, totes Land, wohin er auch blickte. Trockene, sandige Luft legte sich auf sein Gesicht, seine Augen, seine Lippen, seine Lungen. Er hustete, kämpfte gegen Übelkeit und Schwindel.

Er kniff die Augen zusammen. Flache Hügel formten ein träges Sandmeer, dessen Wellen langsam und behäbig über die Oberfläche rollten. In der Ferne, wohl gut eine Gehstunde entfernt, lag etwas, das eine Siedlung sein konnte. Strabo hatte ihn davor gewarnt. Darran setzte sich in Bewegung und ging zügig darauf zu.

Er kam nicht einmal so weit. Sie erwarteten ihn bereits hinter der nächsten Bodenwelle.

Sechzehntes Kapitel

Nach Darrans Verschwinden schlich Gabriella am nächsten Tag durch die Stadt zu Antonios Lokal, als wäre sie selbst ein Gespenst. Dabei war es ein schöner Tag. Die rötliche Herbstsonne hatte die letzten Schneespuren weggeschmolzen und war nun dabei, die Straßen zu trocknen. Gabriella hatte noch Zeit, bis ihr Dienst begann, und so ließ sie sich auf eine Bank vor dem Restaurant fallen und blinzelte in die Sonne.

»Er ist fort, nicht wahr?«

Gabriella sah hoch und brauchte eine Weile, um zu begreifen, dass die Frau, die neben ihr stand, Rita war. Sie sah völlig anders aus als sonst. Ihr Haar war dunkler. Und sie trug einen gesteppten schwarzen Wintermantel mit Kunstpelzkragen, warm, kuschelig, wenn auch ein wenig abgetragen.

Rita schmunzelte, als sie Gabriellas Staunen sah. »Markus hat mir, ohne dass ich es bemerkt habe, einen Umschlag in die Jackentasche gesteckt. Darin war ein Brief und Geld. Er hat geschrieben, ich soll mich in Zukunft anders anziehen. *Vernünftiger* hat er gemeint, ohne dass man bei meinem Anblick gleich friert.« Sie strich fast zärtlich über den Mantel. »Ich habe ihn in einem Second-Hand-Shop zwar selbst ausgesucht, aber er ist sein Geschenk.« Sie sah schnell zur Seite, aber Gabriella hatte gesehen, wie Tränen in ihren Augen standen.

»Wenn ich …«, ihre Stimme zitterte, sie unterbrach sich und brauchte einige Momente, ehe sie weitersprechen konnte, »wenn ich ihn trage, dann ist er bei mir. Die Haare habe ich auch umgefärbt. Das ist so in etwa meine Naturfarbe. So habe ich früher ausgesehen. Damals hat es ihm gut gefallen. Ich ... werde ihn nie wiedersehen, aber wenn ich so bin, dann habe ich das Gefühl, ihm näher zu sein als sonst.«

Gabriella drückte ihre Hand. »Steht dir gut.« Sie sahen sich an, aber ihrer beider Lächeln fiel so kläglich aus, dass sie den Versuch gleich wieder aufgaben.

»Bei mir hat sich auch sonst noch was geändert«, begann Rita nach einiger Zeit, in der sie schweigend die Leute auf dem Platz beobachtet hatten. »Ich habe Georg rausgeschmissen.« Dieses Mal ähnelte ihr Lächeln eher einem Grinsen. »War gar nicht so schwer, er war ganz froh, bei einer anderen unterzukommen, nachdem er eins auf die Birne bekommen hat.« Sie kicherte, und Gabriella stimmte ein. Wenn das keine gute Nachricht war! Ihr fiel ihre Zeichnung ein: Georg mit der überdimensionalen Beule auf der Stirn.

»Und für meinen Vater habe ich jetzt einen Zuschuss beantragt, schaut gut aus, hat der Mann dort gesagt. Ich kriege ihn vermutlich, wenn mein Dad dann aus der Geriatrie kommt.« Sie wandte sich Gabriella mit neu erwachter Lebhaftigkeit zu. »Davon kann ich dann jemanden bezahlen, der gelegentlich auf ihn aufpasst. Oder ihm das Essen wärmt oder sogar bringt. Er muss sich halt damit abfinden, wenn Fremde in die Wohnung kommen.«

Gabriella zog ihre kleinere Freundin ein wenig an sich und legte kurz ihre Wange an ihre. Es fühlte sich gut an, vertraut, als wären sie Schwestern. Aber dann seufzte sie.

Rita sah sie nicht an, als sie schließlich sagte: »Es ist schlimm, ich weiß.« Sie schob mit der Stiefelspitze ein welkes Blatt hin und her. Auch ihre Stiefel hatten sich geändert. Statt der kniehohen Kunstlackstiefel mit Bleistiftabsätzen trug sie bequeme Halbstiefel. Kuschelig warm und praktisch und doch attraktiv mit Pelzbesatz. Auf jeden Fall hübscher als Gabriellas derbe Boots. »Man kann ihnen nicht folgen. Man könnte überallhin, sogar im Gefängnis könnte man sie besuchen, aber nicht dort.«

Gabriella nickte. Was Rita sagte, stimmte. Aber galt das auch wirklich für sie? Das war ein Gedanke, der ihr nicht zum ersten Mal kam, und jedes Mal löste er heftigeres Herzklopfen aus. Sie war nicht wie Rita. Sie war die Tochter eines Amisayers. Musste sie wirklich hier sitzen und akzeptieren, dass ihr Liebster für immer verschwand? Ohne auch nur den Versuch zu unternehmen, ihm zu folgen?

Jedenfalls nicht, ohne alles getan zu haben, nicht ohne nicht jeden Grauen, der ihr über den Weg lief, zu jagen, bis er ihr Rede und Antwort stand. Und je länger sie hier in der Sonne saß und die Leute um sich herum beobachtete, desto mehr reifte in ihr der Plan, wie sie herausfinden konnte, was mit Darran geschehen war. Und ihn vielleicht sogar wiedersah.

Siebzehntes Kapitel

Es waren zehn oder zwölf, die wie aus dem Nichts auftauchten. Darran konnte es nicht genau sagen, weil sie ständig in Bewegung waren, immer um ihn herum, ihn so einkreisten. Wie Hunde, die sich um einen Bären scharten.

Sie hatten wirklich keine Zeit verloren. Ob sie immer hier lauerten oder Späher hatten? Sie ließen ihm keine Zeit für lange Überlegungen, denn der Erste stürzte in diesem Moment auf ihn los. Und dann fielen sie fast gleichzeitig über ihn her.

Steine flogen, einer traf ihn so heftig an der Schläfe, dass er taumelte. Sein Schwert fiel ihm aus der Hand. Schwere Knüppel schlugen auf ihn ein. Gleich der erste Schlag ließ ihn beinahe zu Boden gehen.

Fäuste droschen auf ihn ein. Sie wollten ihn zu Boden reißen. Worte stiegen in seiner Erinnerung hervor. Die vertraute sonore Stimme eines älteren Mannes, seines Lehrmeisters und Beschützers, seines Schattens: »Nur nicht fallen, mein Junge. Ein Krieger musst immer auf den Beinen bleiben.« Der Gedanke blitzte in ihm auf, sich dennoch einfach fallen zu lassen, sich nicht zu wehren. Sie würden ihn zu Tode treten, prügeln. Und dann wäre es vorbei. Nur nicht hier leben müssen. Nicht ohne Gabriella leben müssen.

Aber dann tauchte Gabriellas Gesicht vor ihm auf. Ihr Lächeln. Ihre Stimme. Die Gefahr, in der sie schwebte: Andere würden kommen, um sie zu töten.

Nein, nicht, solange er lebte.

Er riss die Arme hoch, wehrte die Schläge ab, wusste

selbst kaum, was er tat. Sein Körper reagierte von allein. Die Erinnerungen an jahrelanges eisernes Training, an frühere Kämpfe waren nicht nur in seinem Kopf gespeichert, und dort, wo sein Gedächtnis versagte, erinnerte sich sein Körper. Das Wissen, diesen Männern im Kampf überlegen zu sein, tauchte aus jeder Ecke seines Bewusstseins auf und verlieh ihm Sicherheit und Kampfkraft.

Knochen knirschten, als seine Faust auf einen Körper traf. Ein Schlag in seinen Rücken, Holz splitterte. Sein Verstand wollte stocken, aber sein Körper reagierte von selbst. Staub wirbelte auf. Noch im Herumwirbeln schlug er einem der Männer den Prügel aus der Hand, nützte die Wucht seiner Drehung, um sein Schwert mit aller Kraft im Kreis zu schwingen. Schreie. Einige taumelten, zwei fielen. Er drehte sich im Kreis, schwang das Schwert wie der Tod die Sense. Nicht auf die Köpfe, die schützten sie mit ihren Prügeln, nein, auf die Beine. Er war taub von ihren Schreien, von seinen Schmerzen, von seinem eigenen Wutschrei.

Er stolperte, stürzte, rollte sich ab und kam wieder auf die Beine, im Aufspringen stieß er seinen Kopf einem der Männer in den Unterleib, sein Schwert in die Brust eines anderen. Der Staub wirbelte höher. Er kam ihm in die Lunge, er rang nach Atem, aber er war nicht der Einzige, der hustete.

Um ihn herum verdichtete sich die Menge. Einige rollten blutend und schreiend am Boden, andere lagen still. Nicht mehr lange und sie würden ihn überwältigen. In Darrans Gegenwehr mischte sich Verzweiflung mit blinder Angriffslust. Zwei taumelten zurück, ein anderer stolperte beim Versuch, aus der Reichweite seiner Klinge zu kommen. Verflucht, es wurden immer mehr. Wie die Ratten fielen sie über ihn her. Und dann hatten sie ihn. Sie stießen ihn zu Boden, traten auf sein

Schwert, er konnte es nicht mehr heben. Sie rissen an seinen Haaren, Fäuste schlugen auf ihn ein.

Ein scharfer Befehl ließ sie zurückweichen. »Noch nicht! Aufhören! Nein, noch nicht. Erst soll er uns Fragen beantworten.«

Sie hielten ihn zu Boden, sodass er nicht aufstehen konnte und den Mann, der sich über ihn stellte, von unten her ansehen musste. Er hustete und spuckte Blut.

Der Mann betrachtete ihn lange. »Darrans Sohn. Ich hätte nicht gedacht, dir je als Verräter gegenüberzustehen.«

Darran versuchte, das Gesicht auszumachen, aber alles verschwamm vor seinen Augen. Sand und Staub bissen in den Augen und ließ sie tränen. Er blinzelte die Tränen weg. Der Mann holte aus und trat ihm in die Seite. Darran krümmte sich vor Schmerz.

»Erinnerst du dich an mich? Ja? Dein Vater ist im Kampf gegen Strabo und die Alten gefallen. Ich stand neben ihm, als die Klinge ihn traf.« Der Mann beugte sich herab zu ihm. »Und seinen Sohn sehe ich als Strabos Schergen wieder? Der unsere Leute zurückschleppt und sie den Nebeln vorwirft?«

Ein Scherge, der keine Wahl gehabt hatte. Dem man sein Gedächtnis genommen hatte. Darran hatte nicht vor, sich zu verteidigen. Er sagte das Erste, das ihm in den Sinn kam, auch wenn es aus der Welt jenseits der Barriere stammte, wie vieles, das sich in seinem Wortschatz eingegraben hatte. »Geh zur Hölle.«

Ein heiseres Auflachen. »Ich höre, du hast lange unter den Menschen gelebt. Wir sind hier schon in der Hölle, wusstest du das nicht? Aber das ist nichts gegen die, die dich erwartet.« Ein weiterer Tritt, der ihn laut aufstöhnen ließ. »Nun, wie fühlt sich das an? Nicht mehr so sauber. So gleichgültig. So überlegen wie sonst, wenn du uns auslieferst, was?«

Darran kannte den Mann, er war einer der Krieger seines Vaters gewesen. Und später war er in der ersten Reihe der Schaulustigen gestanden. Es war derjenige, dessen Augen vor Hass geglüht hatten, wann immer Darran einen Flüchtigen gebracht hatte.

»Erinnerst du dich an mich? Ja, ich sehe es dir an.«

Plötzlich entstand ein Tumult. Männer schrien auf. Eine wütende Stimme übertönte ihr Geschrei. Darran nützte die Unaufmerksamkeit der Männer, er riss sich los, rollte sich herum und war auch schon wieder auf den Beinen, das Schwert in der Hand.

Er wäre jedoch beinahe wieder gefallen, hätte nicht ein kräftiger Arm zugepackt und ihn gehalten. Als er sich losreißen wollte, zischte ihm eine bekannte Stimme zu: »Nicht fallen, mein Junge. Wie oft muss ich dir das noch sagen.« Er wandte den Kopf und sah sich seinem ehemaligen Lehrmeister gegenüber. Unmöglich! Er hatte zugesehen, wie er in den Nebeln verschwunden war.

Sein Freund hatte ihn jedoch schon längst losgelassen und hieb einem der Angreifer mit einem langen Stock den Prügel aus der Hand, ein anderer musste einen Hieb auf den Kopf einstecken.

»Schluss jetzt!« Seine Stimme rollte wie ein Donner über die Gruppe hinweg. Die Männer hielten tatsächlich inne. Aber nicht Markus' wegen, wie Darran im nächsten Moment sah, sondern weil sich bewaffnete Reiter näherten.

»Das sind Strabos Wachen«, flüsterte Markus.

Darran antwortete nicht. Sein ganzer Körper schmerzte. Aber er hatte Übung darin, sich nichts anmerken zu lassen. Erstaunlicherweise war es leichter, Schmerzen zu verbergen als Gefühle.

Er beobachtete den Trupp, der sich näherte. Die Tiere, auf denen sie ritten, sahen aus wie Pferde in Gabriellas Welt. Nur stämmiger. Die Köpfe waren gebogener, die Ohren kleiner, die Schweife kürzer, fleischig. Darrans Vater hatte ihm erzählt, die Krieger hätten sie lange vor Darrans Geburt von jenseits der Grenzen mitgebracht, gezähmt und gezüchtet.

Der Mann an der Spitze war ähnlich gekleidet wie Strabo. Dunkler Mantel, dunkle Hosen, grau von Staub. Er trug einen Hut mit rundem Deckel und breiter Krempe gegen die Sonne. Seine Aufmachung erinnerte Darran an einen irdischen Quäker. Allerdings blitzte hier unter dem Mantel eine kostbare Jacke hervor.

»Sei vorsichtig«, raunte ihm Markus leise zu. »Tabor ist inzwischen zu Strabos rechter Hand aufgestiegen. Aber ich traue ihm nicht über den Weg.«

Darran nickte leicht. Der Mann war ihm von früher kein Unbekannter, und die Erinnerung an den Speichellecker war keine erfreuliche. Er hatte ihn nicht gemocht, und sein Vater und er waren nicht gerade Freunde gewesen.

Die Angreifer wichen auseinander, und der Trupp kam knapp vor Darran und Markus zum Stehen.

»Einer der Jäger ist zurückgekehrt? Hat er Ärger gemacht?« Er musterte Darran eingehend, und dieser fühlte, wie kalter Zorn in ihm hochstieg. Ehe er jedoch eine scharfe Antwort geben konnte, legte Markus ihm die Hand auf den Arm.

»Es wird keinen Ärger geben, wenn wir einfach unseres Weges gehen können«, erwiderte er mit seiner ruhigen Stimme. »Außerdem«, fuhr Markus fort, und Darran hatte das Gefühl, er sprach eher für die verwahrlosten Männer um ihn herum als zu Tabor, »weißt du sehr wohl, wie es Jägern ergeht, die zurückgebracht werden. Du weißt auch, dass sie keine Wahl haben, als dem Befehl zu gehorchen.«

»Kritik an unserem Herrscher?«, fragte Tabor. In seinen kleinen Augen blitzte Gehässigkeit auf.

»Du weißt, dass ich ihm immer treu war«, hielt Markus ihm gelassen entgegen. »Du besser als andere.«

In Tabors Augen glitzerte etwas, das Darran interessiert beobachtete. Angst? Unsicherheit? Oder Zorn über Markus' selbstbewusstes Auftreten? Die Blicke der beiden Männer kreuzten sich wie blanke Schwerter. Jener von Tabor mit einem nervösen Flackern, der von Markus mit tödlicher Selbstsicherheit.

Tabor sah als Erster weg. Er wendete sein Reittier. »Haltet Frieden«, herrschte er die Männer an, »sonst landet ihr in den Höhlen. Oder gleich in den Nebeln. Und das«, setzte er mit einem abfälligen Blick auf Darran und Markus hinzu, »gilt gleichermaßen auch für euch.«

Bei diesen Worten spürte Darran, wie ein Schrecken durch die Männer ging, und ihm selbst lief ebenfalls eine Gänsehaut über den Rücken. Jeder hier fürchtete die Höhlen, manche vielleicht sogar noch mehr als die Nebel. Sie hatten schon existiert, bevor der Erste seines Volkes die früher fruchtbaren Ebenen dieses Landes betreten hatte. Man sagte, sie wären früher der Wohnsitz der Nebelgötter gewesen, der Ahnen seines Volkes. Aber das war lange her.

Er sah Tabor nach, der, gefolgt von den Wachen, in einer Staubwolke davonpreschte. Kaum hatte er ihnen den Rücken gekehrt, als sich der Kreis wieder enger um Markus und ihn zog. Er hielt sein Schwert gegen einen neuerlichen Angriff bereit, denn jetzt, wo sich die Wachen entfernt hatten, stießen offenbar weitere Männer zu dem Rudel, die sich bisher im Verborgenen gehalten hatten. Sie waren sogar noch besser bewaffnet, mit Bogen, Lanzen, einige trugen sogar Schwerter, die bislang nur der höheren Kriegerschicht vorbehalten gewesen waren.

Markus sah sie ebenfalls, aber zu Darrans Erstaunen entspannte er sich bei diesem Anblick.

»Darran wurde nicht schuldiger als jeder Einzelne von euch. Keiner der Männer, die jenseits der Barriere jagten, tat dies aus freien Stücken. Sie wurden gezwungen. Und jetzt genug davon. Ihr vergesst, wem ihr so feindselig gegenübertretet.« Er hob herrisch die Hand. »Verschwindet und lasst uns ziehen.« Zugleich schoben sich die Bewaffneten näher, und jetzt erst erkannte Darran unter ihnen einige Gesichter, ehemalige Getreue seines Vaters. Seine eigenen Leute. Er wagte ein leises Aufatmen.

Der Rädelsführer hatte die Änderung der Machtverhältnisse auch schon erkannt. »Er soll sich von uns fernhalten«, knurrte er. »Sehr fern. Wir dulden unter uns keine Verräter und Schlächter.« Er gab seinen Männern ein Zeichen, und sie gingen davon, drängten sich durch die Bewaffneten, die sie mit drohendem Ausdruck beobachteten. Darran sah ihnen mit zusammengebissenen Zähnen nach, bis Markus ihm freundschaftlich auf die Schulter schlug. »Lass uns gehen. Sie erwarten uns daheim.«

Seine Männer schlossen sich um ihn, er nickte ihnen zu, ergriff Hände, die sich ihm entgegenstreckten, blickte in erfreute Gesichter, in einige wenige lachende, öfter in ernste. Mehr und mehr Männer erkannte er. Und viele von ihnen hatten zu Markus' eigener Truppe gehört.

※ ※ ※

Zu Fuß war man gut drei Stunden unterwegs, um Darrans früheres Heim zu erreichen. Er hatte es damals an der Seite seines Vaters verlassen, um gegen Strabo zu kämpfen, und seitdem nicht mehr betreten.

Von dem einstmals stolzen Palast, seinen Stallungen, dem lichtdurchfluteten Haus, in dem Diener und Herren gelebt hatten, war nicht viel übrig geblieben. Der Hauptpalast stand noch, aber die niedrigeren Gebäude ringsum waren zum Teil völlig verschwunden, zum Teil waren nur noch Ruinen davon übrig geblieben, deren bröckelnde Mauern aus den Sandverwehungen ragten wie verwesende Finger toter Riesen.

Unvermittelt blieb er stehen. Seine Erinnerungen hatten nach dem Aufwachen seinen Kopf beinahe zum Bersten gebracht, aber nun schlug die gesamte Fülle seines früheren Lebens über ihm zusammen wie Wogen eines stürmischen Meeres. Sein Heim. Seine Familie.

»Meine ...«, er zögerte.

»Deiner Schwester geht es gut«, sagte Markus sofort.

»Und Alderan?«

»Ihr geplagter Schatten?« Markus lachte. »Den tyrannisiert sie nach wie vor. Es hat sich nichts geändert, auch nicht ihr Temperament. Als Strabo damals entschied, dich außer Gefecht zu setzen, war sie drauf und dran, ihm das Leben zur Hölle zu machen. Nur meine Warnung, dass sie sehr leicht dein Schicksal teilen könne, hat sie davon abgehalten, Dummheiten zu machen.«

»Hat Strabo sie nicht bedroht?«

»Nein, niemals. Und keiner von uns anderen gehörte jemals zu der Gruppe, die Malina um sich geschart hat.«

Darran legte ihm die Hand auf die Schulter, als er den defensiven Tonfall seines alten Lehrmeisters spürte. »Das musst du mir nicht beteuern, Markus.«

Ein Schatten huschte über Markus' Gesicht, als er nickte. Dann wandte er sich um. »Lass uns zu ihnen gehen.«

Markus hatte recht. Darrans Schwester hatte sich nicht verändert. Levana wartete nicht hoheitsvoll darauf, wie es ihre Mutter noch getan hätte, dass Darran den Palast betrat, sie lief ihm, Staub und Sand aufwirbelnd, entgegen, um sich in seine Arme zu werfen. Er zog sie an sich, hielt sie und fühlte zum ersten Mal seit seiner Rückkehr, seit Gabriellas Verlust, eine Zufriedenheit, die für einige Atemzüge beinahe an Glück grenzte.

»Ich habe es Aldi nicht geglaubt, als er sagte, er hätte Nachricht, dass du zurück bist.« Überschwänglich wie immer, packte Levana seinen Kopf und zog ihn zu sich, um ihn auf beide Wangen zu küssen. Dann musterte sie ihn kritisch, die feinen Brauen zusammengezogen, sodass sie sich an der Nasenwurzel berührten.

»Du hast dich geprügelt.«

Darran lachte. Es tat gut, auch wenn sein Gesicht und seine Prellungen dabei schmerzten. Er nahm sie abermals in die Arme, streichelte ihr über den Rücken und blickte dabei über sie hinweg. Hinter ihr stand – unverändert – ihr Schatten und Beschützer Alderan. Ernst, mit markanten Gesichtszügen. Er war kaum hundert Jahre älter als Levana, als Mensch hätte man ihn auf Ende zwanzig geschätzt.

Er nickte ihm zu, und Alderan erwiderte ernst seinen Gruß. Jeder Frau und jedem Mann aus seinem Geschlecht wurde bei der Geburt ein *Schatten*, ein Beschützer, zur Seite gestellt, der tatsächlich wie ein Schatten bis an ihr Lebensende bei ihr blieb, den Frauen bis zu ihrem Gatten folgte. Vielleicht war dies der Grund, weshalb man früher auch außerhalb von Amisaya sein ganzes Volk *Schattenvolk* genannt hatte.

Bei den Mädchen waren es meist Kriegerinnen, die ihnen Freundin, Mutter und Schwester zugleich war. Bei den Männern waren es Krieger. Ganz selten geschah es, dass ein Junge eine Kriegerin wählte oder ein Mädchen einen Krieger. Alderan war es zugestoßen. Darran war selbst dabei gewesen, als der damals noch junge Mann erwählt worden war. Allerdings, wie es der Tradition entsprach, nicht von den Eltern, sondern von dem Säugling selbst.

Die Frau, die seiner Mutter bei der Geburt zur Seite

gestanden hatte, war die Reihe der Kriegerinnen abgegangen. Es war eine Ehre, die Beschützerin einer Frau zu sein, die wie eine Prinzessin aufwuchs, und die Frauen hatten dem Säugling lockend zugelächelt – mit dem Ergebnis, dass das Kind zu weinen begonnen hatte. Alderan dagegen war mit einigen anderen Kriegern etwas abseits gestanden und hatte kaum seine Augen von dem Kind lassen können.

Darrans Schwester war rein zufällig bei ihm vorbeigetragen worden, als die Frau eine zweite Runde machen sollte. Und ihre Wahl war eindeutig gewesen. Sie hatte gekreischt, als man sie wegtragen wollte. Die Frau war stehen geblieben, hatte ratlos zu Levanas Eltern geblickt, die hatten ebenso ratlos die Schultern gehoben, und einige der Kriegerinnen hatten gelacht, als Alderan das Kind unbeholfen in die Arme nahm. Levana hatte Alderan mit ihrer zahnlosen Schnute angegrinst und ihm dann mit einem zufriedenen Rülpsen ihr Frühstück auf den Wams gespuckt. Das hatte den Bund besiegelt. Und schließlich hatte Alderan mit dem Baby im Arm und einem verklärten Ausdruck im Gesicht dagestanden und ihr mit leiser, aber fester Stimme einen Namen gegeben, den er für sie ausgesucht hatte. *Levana*. Eine mystische Prinzessin aus jenen Tagen, in denen Amisaya noch ein blühendes und glückliches Land gewesen war. Seitdem war er für ihre Sicherheit und Ausbildung zur Kriegerin ebenso verantwortlich wie die Frauen um sie herum für ihre Nahrung und Erziehung.

»Komm. Komm herein. Die anderen wollen dich begrüßen und deine Rückkehr feiern.« Darrans Schwester zog ihn mit sich, Darran ließ sich willig mitziehen. Alderan und Markus mit seinen Männern folgten.

Achtzehntes Kapitel

Gabriella versuchte seit Tagen, sich einen der Grauen *vorzuknöpfen*, wie sie es grimmig bei sich nannte, jedoch bislang erfolglos. Gelegentlich sah sie einen durch die Straßen streifen, zweimal gelang es ihr, so nahe zu kommen, dass sie ihn ansprechen konnte, aber ehe sie ihn berühren konnte, war er auch schon fort.

Und dann kam die Gelegenheit, die sie sich erhofft hatte. Sie erkannte den hellhaarigen Grauen sofort – es war derjenige, der sie und Darran gewarnt hatte. Zielstrebig überquerte sie die Straße, drängte sich durch eine Schar kichernder und gackernder Teenager, die in Türkisch, Deutsch und Englisch durcheinanderredeten, und baute sich vor dem Jäger auf.

Er blieb ungerührt stehen und sah durch sie hindurch. Mit demselben leeren, gleichgültigen Ausdruck, den sie alle hatten.

»Lass das Theater«, sagte sie in scharfem Ton. »Ich weiß, dass du mich siehst. Und dass du mich hören kannst.«

Ein Passant ging vorbei, sah zuerst verdutzt die leere Hausmauer, dann sie an, und ging kopfschüttelnd weiter. Gabriella beachtete ihn nicht, sie fixierte den Jäger. Für einen Herzschlag flackerte etwas in den hellen Augen auf, dann waren sie wieder völlig ausdruckslos, wie tot.

Gabriella trat noch einen Schritt näher. Jetzt brauchte sie nur die Hand auszustrecken, um ihn zu berühren, falls er abhauen wollte. Und diese Berührung würde er beileibe nicht so schnell vergessen!

»Ich will wissen, wo Darran ist.«

Er wandte sich ab, um die Straße entlangzugehen. Zumindest lief er nicht gleich davon oder löste sich durch die Hausmauer hindurch in Luft auf. Gabriella folgte ihm auf den Fersen.

Er ging schneller. Sie blieb dich hinter ihm. »Du hast Gefühle«, zischte sie ihn von hinten an. »Etwas, das euch verboten ist. Was ist, wenn ich es den anderen sage? Meinem Vater vielleicht?«

Er blieb stehen und wandte sich langsam um. Sein Blick richtete sich auf sie. Kalt und feindselig.

»Ich will zu Darran«, sprach sie weiter, seinen Blick nicht loslassend.

Er lachte kurz und spöttisch auf. »So bitte doch deinen Vater darum! Hast du Darran denn noch nicht genügend Unheil gebracht? Ich hatte ihn gewarnt«, fuhr er grimmig fort, »aber er wollte nicht auf mich hören. Wie besessen war er von dir.« Er musterte sie abfällig. »Und selbst wenn ich dir helfen könnte. Was hättest du davon? Er ist zweifellos schon längst tot. Die Nebel sind unbarmherzig.«

Diese Worte brachen Gabriella beinahe das Herz. Sie schnellte nach vorn, um ihm den Weg abzuschneiden. »Aber es besteht eine Chance, dass er überlebt hat? Ja? Ich will zu ihm!« Sie schaffte es, ihre Stimme fest klingen zu lassen, obwohl sie am liebsten geschrien hätte. Sie wollte wissen, was aus ihrem Liebsten geworden war. Und wenn er noch lebte, dann würde sie alles tun, um ihn zu beschützen. Wie auch immer sie das anstellen wollte, darüber machte sie sich noch keine Gedanken, sie wusste nur, dass sie wie eine Löwin – nein, wie ein feuerspeiender Drache! – für ihn kämpfen würde.

Er musterte sie von oben bis unten. »Wie stellst du dir das vor? Weißt du nicht, dass unsere Welten durch eine undurchdringliche Barriere getrennt sind?«

»Die wird mich nicht aufhalten. Es sind schon andere hindurchgekommen.«

Er hob spöttisch die Augenbrauen. »Wieder hinein wollte allerdings noch keiner. Aber was hättest du schon davon? Wenn die Nebel ihn zerfressen haben, kannst du nicht einmal neben einer Leiche weinen, wie das bei euch so üblich ist. Und«, er beugte sich drohend vor, »was glaubst du, hat Strabo mit ihm gemacht, nachdem er es gewagt hat, sich seiner Tochter zu nähern?«

»Ich will zu ihm«, wiederholte sie mit fester Stimme.

Als er sich dieses Mal von ihr abwandte, ging er langsamer weiter, den Blick nachdenklich auf den Boden vor ihm geheftet. Ob er in seiner Entschlossenheit wankte? Gabriella bemerkte, wie sicher er sich bewegte, er sank nicht ein, berührte nicht die Hausmauern, lief nicht durch Stangen mit Verkehrsschildern. Um sie herum strebten Männer und Frauen mit Taschen, Körben, Trolleys vorbei, ohne sie auch nur zu beachten, die meisten waren auf dem Heimweg oder noch unterwegs, um eilig Besorgungen zu machen.

Er blieb unvermittelt stehen und drehte sich zu ihr um. »Vielleicht kann ich dir doch helfen.«

Erwartungsvoll sah sie ihn an. Ihr Herz klopfte schneller.

»Ich kenne jemanden, der dich vielleicht durchschleusen ...«

»Ja ...?«, meinte Gabriella, als er stockte.

»Du darfst niemandem sagen, dass ich dir geholfen habe, verstehst du?«

Sie nickte.

»Schwöre es.« Er musste bei seinen Worten höhnisch auflachen. »Nicht, dass ich glaubte, der Schwur eines Bastards von diesem Schlächter könnte ehrlich sein.«

Gabriella sah ihn mit starrem Blick an. »Ich schwöre nicht als Strabos Tochter. Ich schwöre als die Frau, die Darran liebt und die ihm und seinen Freunden nicht schaden wird.«

»Darran würde es mir ebenfalls übel nehmen, brächte ich dich in diese Welt.« Sein Blick wurde milder, als er hinzusetzte: »Narr, der er ist.« Er wandte sich um. »Halte dich morgen Abend bereit. Bis dahin habe ich eine Möglichkeit gefunden, dich in unsere Welt zu bringen. Lebend«, fügte er ironisch hinzu.

Gabriella ließ ihn diesmal gehen, sah ihm jedoch nach, wie er die Straße zügig entlangschritt. Und dann, als hätte man eine Lampe abgedreht, war er verschwunden. Sie ging mit zitternden Knien, bebenden Händen und klopfendem Herzen heim.

Morgen Abend also. Lebend. Das Wort klang drohend, zumindest so, wie er es ausgesprochen hatte. Sie ließ sich auf den Küchenstuhl sinken und sah sich um. Langsam nahm die Vorstellung Gestalt an, dass sie all das verlassen und vielleicht nie wiedersehen würde. Und dann sprang sie auf. Noch so viel zu erledigen! Es war nicht, als würde sie auf Weltreise gehen und monatelang fortbleiben, nein, es war möglicherweise eine Reise ohne Wiederkehr.

Zuerst rief sie Antonio an und entschuldigte sich für die nächsten beiden Tage. Grippe. Sie hüstelte mitleiderregend ins Telefon. Ja, ganz plötzlich. Antonio klang verdrossen, nahm ihr Fernbleiben aber zur Kenntnis. Nun gut, er würde vermutlich noch länger auf sie verzichten müssen als diesen einen Tag. Die Symptome waren nicht einmal erfunden. Ihr Kopf wurde abwechselnd heiß und kalt, als schwankte sie zwischen Kreislaufkollaps und Schlaganfall.

Eilig suchte sie im Computer Vorlagen. Dann setzte sie sich hin, schrieb mit der Hand ein Testament, betitelte es »Mein letzter Wille« und vermachte alles Rita. Die konnte es gebrauchen, auch wenn es vermutlich schwierig war, jemanden, der in eine andere Welt verschwunden war, für tot erklären zu lassen. Die Wohnung war zwar nur gemietet, aber sie besaß noch ein bisschen Schmuck von ihrer Mutter. Ein Brief an Rita, in dem sie ihr nahelegte, einfach alles zu nehmen, was sich in der Wohnung fand, und nicht lange nachzufragen. Am nächsten Tag würde sie ihr gesamtes Geld vom Sparbuch abheben und es Rita auf den Tisch legen. Sie würde hoffentlich klug genug sein, es auch zu nehmen.

Nur ein Tag Zeit, um alles zu regeln! In ihrer Panik vergaß sie sogar ihre Angst vor dem nächsten Abend. Es dämmerte bereits, als sie begann, Staub zu wischen und zu saugen. Schmutzig wollte sie Rita diese Wohnung nicht hinterlassen.

Am Morgen bereitete Gabriella eine SMS an Rita vor, die sie in letzter Sekunde abschicken wollte. Sie sah ihr Handy ein wenig wehmütig an. Die ganze Nacht hatte sie gegrübelt, von wem sie sich noch verabschieden wollte oder sollte, aber der einzige Mensch war Rita. *Habe Weg gefunden, Darran zu suchen. Pass auf dich auf. Danke für alles. Bist liebste Freundin, die ich je hatte.*

Es war Nachmittag, als sie alles erledigt und den Brief an Rita mit dem Ersatzschlüssel in den Postkasten geworfen hatte. Danach saß sie angespannt auf ihrer Couch und starrte vor sich hin. Die Stimmen der Menschen auf der Straße, der Autolärm, alles drang nur wie von fern zu ihr. Sie hatte sich gut vorbereitet, trug bequeme Jeans, feste Sportschuhe, ein schwarzes T-Shirt, darüber eine Fleecejacke. Neben ihr lag ihr Rucksack, bis zum Platzen vollgestopft. Sie hatte keine Ahnung, was man so in Amisaya brauchte, also hatte sie eben gepackt, was bei einer Trekkingtour hilfreich wäre. Kosmetiksachen, Ersatzwäsche und warme Socken, jede Menge Müsliriegel, eine Tafel Schokolade und drei Flaschen Mineralwasser, ferner – nach einiger Überlegung – noch mehrere Tuben Zahncreme und zwei Ersatzzahnbürsten. Ganz zum Schluss hatte sie noch ihr Lieblingsbuch eingesteckt, die Gedichtesammlung von Christian Morgenstern. Und darauf thronte ihr handgroßer, schmuddeliger Teddy, der sie getreulich seit Venedig begleitete.

Ein wenig wehmütig sah sie auf die wenigen Dinge, die sie mitnahm. Wie wenig sie brauchte und wie leicht sie alles zurückließ. Vielleicht lag es daran, dass sie es gewöhnt war, lieb gewonnene Dinge zurückzulassen, wie sie es bei den Übersiedelungen mit ihrer Mutter gelernt hatte. Oder sollte sie eher sagen: Während ihrer jahrelangen Flucht? Was Camilla wohl sagen würde, wüsste sie, dass ihre Tochter im Begriff war, zu jenen Welten zu reisen, vor denen sie selbst jahrelang geflohen war?

Der Jäger kam noch früher als erwartet. Und sie war froh darüber, denn das Warten hatte schon empfindlich an ihren Nerven gezerrt. Obwohl sie keine Sekunde in ihrer Entscheidung gewankt hatte, hatten sie gelegentlich doch einige Zweifel gepeinigt, die nur von dem heißen Wunsch, Darran wiederzusehen, ausgelöscht geworden waren.

Sie erhob sich, als der Jäger mit diesem kalten, abschätzenden Blick vor ihr stand, griff nach dem schweren Rucksack, zog die bereitliegende Steppjacke mit Kapuze an und nickte ihm zu. »Ich bin bereit.«

»Wenn du durch das Tor gehst, gibt es kein Zurück mehr, ist dir das klar?«

Nein, das war ihr nicht klar gewesen, aber sie musste nicht lange darüber nachdenken. Sie nickte nur. Er ließ seinen Blick über ihre Aufmachung schweifen, hob die

Augenbrauen, zuckte dann jedoch nur mit den Achseln und drehte sich um. »Komm mit.«

Gabriella griff hastig nach ihrem Handy, schickte die vorbereitete SMS an Rita ab, legte das Telefon auf den Tisch und folgte dem Jäger.

Zu ihrer Überraschung führte er sie nicht weiter als bis in ihre Diele. Er legte die Hand auf den Türknauf. »Dahinter wird dich jemand erwarten, der dir den Weg zeigt.«

Gabriella musterte ungläubig ihre Wohnungstür. »Das ist ein Tor?«

Er sah sie abfällig an. »Die Tore in eurer Welt sind zahllos, von unserer können sie jedoch nur noch durch ein einziges betreten werden, das von den Schergen deines Vaters bewacht wird.«

»Das heißt, ihr programmiert euer Tor immer mit anderem Ausgang oder Eingang?« Raumschiff Enterprise sei Dank, da konnte sie zumindest mitreden.

Zu ihrem Ärger lachte er verächtlich auf. »Programmieren? Ich weiß nicht, wovon du sprichst, Weib, aber was immer es ist, niemals könnte es der Magie der Alten gleichen.« Mit diesen Worten zog er die Wohnungstür auf.

Anstelle des vertrauten Gangs blickte Gabriella in absolute Schwärze. Sie schluckte und schob sich die rutschende Brille wieder auf die Nase.

Der blonde Jäger sah sie kalt an. »Geh! Du wirst im Palast deines Vaters herauskommen. Aber vergiss nicht: Ab dann bist du auf dich allein gestellt.«

»Warte! Wie finde ich Darran?«

»Der ist leicht zu finden. Und jetzt geh! Das Tor bleibt nicht ewig geöffnet!«

Gabriella trat beklommen auf die Tür zu. Da war nichts dahinter. Kein Schimmern von Kraftfeldern, wie sie das erwartet hatte. Nicht der klitzekleinste Blick auf das, was hinter der Finsternis lag, der ihr ein bisschen Hoffnung machen konnte. Sie steckte die Hand aus – sie verschwand in der Schwärze.

Ihr schauderte, und mit einem Mal war ihr völlig klar: Sie musste total verrückt geworden sein! Hatte vor Liebeskummer völlig den Verstand verloren! Der blonde Typ konnte sie nicht ausstehen – der schickte sie vermutlich tatsächlich auf geradem Weg in die Hölle. Und selbst wenn nicht? Wie sollte sie sich in Darrans Welt überhaupt zurechtfinden? Was ihr bisher noch so leicht erschienen war, scheiterte an dieser beängstigenden schwarzen Bodenlosigkeit vor ihrer Wohnungstür. Ihre Knie begannen zu zittern, weigerten sich, den Schritt über die Schwelle zu tun.

Sie konnte sich doch nicht Hals über Kopf in ein Abenteuer stürzen, das nicht für Leute wie sie gemacht war. Für absolut durchschnittliche Frauen, die weder mit Superwoman noch mit Lara Croft die geringste Ähnlichkeit hatten!

Sie holte tief Luft, wollte sich soeben umdrehen und sagen, dass sie es sich lieber noch ein wenig überlegen wollte, als sie von hinten einen derben Stoß erhielt, der sie durch die Tür und ins Nichts hineinkatapultierte.

❄ ❄ ❄

Gabriella hatte sich bisher ein Portal vorgestellt, durch das man so einfach wie durch ein normales Tor schritt. Tür auf, ein Schritt hindurch, Tür zu, und schon war man im nächsten Zimmer. Oder eben in der nächsten Welt.

Und jetzt stand sie in absoluter Schwärze, mit weichen Knien, rasendem Herzen, schweißgetränkt und in Todesangst. Stimmte es vielleicht doch, was ihre Mutter gesagt hatte: Waren Darran und die anderen Grauen Todesengel? Und ihr Vater so etwas wie der Hüter des Hades? Man sagte, Sterbende wurden durch einen schwarzen Tunnel gezogen, bis sie am anderen Ende das Licht erblickten. Gabriella dagegen erblickte vorerst gar nichts, nicht einmal einen kleinen Hoffnungsschimmer.

Sie machte ein paar Schritte geradeaus. War das überhaupt die richtige Richtung? Einige tastende Schritte nach rechts und nach links brachten auch kein Ergebnis, es gab keine Wände, keine Begrenzungen, die Schwärze dehnte sich endlos.

Sie begann zu frieren. Wo immer sie gelandet war, es war eisig hier. Als Kind war sie in Venedig in einem harten Winter einmal in einem zugefrorenen Kanal eingebrochen. Man hatte sie schnell wieder herausgeholt, aber jetzt erinnerte sie sich daran. Das eisige Wasser, das einem die Luft raubte und den Körper binnen Sekunden ganz gefühllos machte. Genauso war es auch hier. Nur dass es im Kanal noch heller gewesen war. Sie beschloss, einfach so lange geradeaus zu gehen, bis sie entweder irgendwo anstieß oder in eine Grube fiel.

Sie wusste nicht, wie lange sie unterwegs war. Es konnten Sekunden gewesen sein, Minuten, bis sie einen letzten Schritt machte und sich ebenso schnell, wie die Schwärze sie verschluckt hatte, nun plötzlich in einem dämmrigen Raum wiederfand.

Abrupt blieb sie stehen und sah sich um. Um sie herum, wenn auch weit entfernt, waren Mauern. Durch schießschartenartige schmale Fenster fiel kaltes Licht herein. Schmale Lichtzungen leckten über einen mit Marmorplatten ausgelegten Boden – stern- und kreisförmige Muster in verschiedenen Farben dehnten sich über die ganze Weite dieser Halle aus. Und über ihr ... Gabriella legte den Kopf in den Nacken und blickte staunend zur Decke hinauf. In dieser Halle hätte vermutlich der ganze Stephansdom Platz gefunden!

In ihrem rechten Augenwinkel nahm sie eine Bewegung wahr. Sie fuhr herum und fand sich einem Mann gegenüber, der sie aus stechenden Augen betrachtete. Er trug das Haar lang, zu einem Pferdeschwanz gebunden, hatte ein breites Gesicht, seine Wangenknochen traten stark hervor, und dunkle Augen, deren Blick jetzt über sie glitt. Er musterte sie, als hätte er noch nie jemanden aus der anderen Welt gesehen. Besonderes Interesse fanden ihre Sportschuhe und der Rucksack.

Gabriella erwiderte die Prüfung. Der Mann war schließlich sehenswert, und von Darran und den anderen Grauen in ihren uniformähnlichen Anzügen abgesehen, hatte sie noch nie einen Einwohner von Amisaya zu Gesicht bekommen. Markus zählte nicht, er war als normaler Mensch in ihrer Welt herumgelaufen. Dieser Mann trug verwaschene Hosen – Beinkleider sagte man hier vermutlich noch dazu –, deren Farbe möglicherweise früher dunkelrot gewesen war. Dazu ein loses Hemd in derselben blassen Farbschattierung und darüber einen Lederharnisch. Gabriellas Blick blieb sekundenlang auf der Lanze haften, die er drohend in der Hand hielt.

Sie suchte nach Worten. Zum ersten Mal fiel ihr ein, dass sie diese Leute hier vermutlich nicht verstand und umgekehrt wohl ebenso. Sie deutete auf sich und sagte: »Ich su...«

Er zuckte mit den Schultern. »Komm mit.« Er ging voran und wies ihr den Weg zu einer kleinen Tür. »Du musst hier hinaus, der Haupteingang zum Palast wird bewacht, und nicht jeder ist gewillt, einfach irgendwelche Menschen hereinzulassen, die«, er kniff die Augen zusammen, »hier nichts verloren haben.«

Gabriella stolperte hinterher. »Ich bin nur zur Hälfte ein Mensch«, wollte sie ihn korrigieren, aber es war besser, den Mund zu halten. Ihr Vater schien – um es nett auszudrücken – hier nicht gerade beliebt zu sein, und sie wollte sich durch nichts von ihrer Suche nach Darran aufhalten lassen.

Als er die Tür nach innen aufzog, sah sich Gabriella nur einen Schritt davor einer schimmernden grauen Wand gegenüber. Er deutete mit vager Geste darauf. »Das ist die Barriere. Achte darauf, dass du sie nicht berührst, andernfalls werden alle Wächter alarmiert. Ganz abgesehen davon«, fügte er hämisch hinzu, »würdest du es auch sonst bereuen, weil sie dir schneller die Nase vom Körper brennt, als du sie hineinstecken kannst. Du musst dich links halten. Einige Schritte weiter endet die Palastwand, und du kommst ins Freie.«

Gabriella machte einen Schritt auf die Türschwelle zu und steckte vorsichtig den Kopf hinaus. Da sollte sie durch? Gut, sie war schlank, aber nur ein bisschen Wanken, ein bisschen Stolpern, und sie berührte diese unheimliche Wand.

»Nun mach schon!«, schnauzte der Mann sie an, als sie den Rucksack von den Schultern zog und in die rechte Hand nahm. »Oder willst du warten, bis uns jemand sieht und ich für meine Gutmütigkeit bezahle?«

»Einen Moment noch«, fauchte sie ihn gereizt an. »Wo finde ich Darran?«

Er sah sie verblüfft an, dann hob er die Augenbrauen. »Darran?«

»Ja, Darran! Gibt es denn so viele hier?«, fragte Gabriella in scharfem Ton zurück, um ihre Unsicherheit zu überspielen. Sie hätte den blonden Jäger doch genauer befragen sollen.

»Nur den einen.« Der Blick des Mannes wurde gehässig. »Du kannst auf der Rückseite des Palastes nach ihm Ausschau halten.« Er deutete mit dem Kopf in die entsprechende Richtung. »Gut möglich, dass du ihn dort findest.« Er sagte diese Worte mit einem höhnischen Grinsen. »Und jetzt verschwinde.«

Gabriella machte einen Schritt hinaus. Die Tür hinter ihr knallte so heftig zu, dass sie beinahe nach vorn getaumelt wäre. Sie blieb, eng daran gelehnt, mit geschlossenen Augen stehen und atmete tief durch. Dann schob sie sich langsam, Schritt für Schritt, seitwärts weiter, dabei immer wieder sehnsüchtig nach links schielend, wo die Mauer endete. Nur noch zwanzig Schritte. Fünfzehn. Zehn. Nur noch drei.

Sie wollte schon erleichtert aufatmen, als sie ein Windstoß erfasste, der Sand mit sich brachte und in ihren Augen brannte. Ihr stiegen die Tränen auf. Sie taumelte, ihr Rucksack schwang hin und her, und beinahe hätte er diese vermaledeite Barriere berührt!

Zitternd blieb sie stehen, bis sie sich wieder beruhigt und der Rucksack zu schwingen aufgehört hatte, dann ging sie weiter. Noch ein Schritt und jetzt ... aufatmend glitt sie um die Ecke und machte, eng an die Palastwand gepresst, noch zwei Schritte, weg von dieser grausigen Mauer, um dann staunend um sich zu blicken. Vor ihr dehnte sich endlose Ödnis, eine wenig vielversprechende Mischung aus Felsenmeer und Sahara. Interessant anzusehen, aber ... Gabriella tastete nach ihrem Rucksack. Drei Wasserflaschen. Sie hätte mehr einpacken sollen. Aber vielleicht sah es ja hinter diesem Gebäude anders aus. Wenn Darran dort lebte, dann gab es da vielleicht eine Siedlung mit Gärten? Darran hatte nie davon erzählt, er war trotz ihrer bohrenden Fragen nie darauf eingegangen. Der trockene Wind und der Staub überall sprachen allerdings nicht gerade für ein blühendes Land.

Der hämische Blick des Wächters fiel ihr wieder ein, während sie, halb geduckt und nach allen Seiten spähend, die Palastmauer entlangschlich. Warum dieser Hohn? Dieses widerliche Grinsen? Was – sie schluckte – was war, wenn Darran verheiratet war? Einen Haufen

Kinder hatte? Er hatte immer gesagt, er könne sich nicht erinnern. Vielleicht wollte er ja nicht. Oder er war zurückgekommen und – Überraschung! –, eine ganze Familie erwartete ihn. Und jetzt kam sie auch noch dazu.

Aber das war ein Problem, das sie sich lieber für später aufhob. Sie duckte sich unter den Schießscharten hindurch und bemerkte, dass diese anfänglich nicht so geplant gewesen waren. Steine und Mörtel füllten ehemals große Fenster aus, die vielleicht einmal durch Glas verschlossen worden waren. Sie sah die Mauer empor. Du liebe Zeit – dieses Gebäude schien ja fast bis in den Himmel zu wachsen. Sie machte, argwöhnisch um sich blickend, mehrere Schritte vom Palast weg und legte den Kopf zurück, bis ihr schwindlig wurde. Über diesem Stockwerk gab es noch weitere, die sich allerdings grundlegend unterschieden. Gabriella konnte Säulen erkennen, die ein Stockwerk nach dem anderen stützten und das Dach hoch emportrugen. Aber alles machte – wie dieses Sandmeer – einen verlassenen Eindruck, als wären die Wesen, die das einst gebaut hatten, schon lange dahingegangen. Tatsächlich wirkten der Palast und die Umgebung hier noch verlassener als die Pyramiden, denn dort drängten sich zumindest Scharen von Touristen. Hier war alles einsam. Wie tot. Aber zumindest Wächter musste es noch geben. Wo der eine war, trieben sich bestimmt noch andere herum. Aber was bewachten sie? Dieses tote Gebäude? Oder eher das Tor, durch das Gabriella gekommen war? Das war wahrscheinlicher.

Sie huschte weiter, mit dem Rucksack auf dem Rücken, die Kapuze gegen den sandigen Wind über den Kopf gezogen, und erreichte ein riesiges Portal. Es war verschlossen.

Gabriella eilte weiter, bis sie endlich am Ende der Mauer angekommen war. Sie steckte vorsichtig die Nasenspitze um die Ecke. Auch hier alles wie leergefegt.

Bis auf den Wind, der den Sand immer heftiger vor sich hertrieb. Langsam bekam sie Durst, zumindest wollte sie den Sand, der inzwischen schon zwischen ihren Zähnen knirschte, wegspülen. Sie überlegte, aber dann ließ sie die Flasche, wo sie war. Sie musste weiter.

Eine gute Stunde musste vergangen sein, als Gabriella endlich die Palastrückseite erreichte. Auf den ersten Blick entdeckte sie jedoch keine Gärten, sondern nur Felsen, Sand und Ödnis. Erst als sie genauer hinsah, schälten sich kleinere und größere Gebäude aus der grauen Landschaft heraus. Sie beobachtete, lauschte. Da war nur das leise Summen des Windes, der stetig den Sand gegen die Palastmauer und ihr zwischen die Zähne und in die Nasenlöcher rieb, sonst blieb alles still. Graues Land hatte Darran es einmal genannt, und es stimmte. Sogar der Himmel war eintönig grau, als hätte ein Maler in depressiver Stimmung seinen gesamten schwarzen und weißen Tubenvorrat vermischt. Sie huschte von Felsblock zu Felsblock, wie die Indianer in ihren Kinderbüchern stets Deckung suchend. Und dann, nachdem sie einen gewaltigen Felsblock umrundet hatte, sah sie die Siedlung knapp vor sich.

Betroffen blieb sie stehen. Nur Totenstille überall. Nichts rührte sich, nichts regte sich. Langsam schritt sie, den Schutz des letzten Felsens verlassend, auf das erste kleinere Gebäude zu. Und je näher sie kam, desto mehr bewahrheitete sich ihre Befürchtung: Der Ort, an den der Wächter sie geschickt hatte, war ein Friedhof.

❊❊❊

Ehe mit der anbrechenden Dunkelheit ein eisiger Sturm aufzog, zog sich Darran wie so oft in den letzten Tagen in jenen Teil der ehemaligen Palastanlage zurück, der früher die blühenden Gärten seiner Mutter beherbergt hatte. Er selbst hatte sie nicht mehr kennengelernt, denn als er geboren worden war, hatte der Sand schon die Herrschaft über dieses Land angetreten und mit jedem Jahr mehr davon in Besitz genommen.

Amisaya war seit jeher von felsigen Bergen dominiert gewesen, die das Land durchzogen wie versteinerte Erinnerungen an den Beginn allen Lebens. Dazwischen aber hatte alles gegrünt. Üppige Wälder hatten sich mit lieblichen Gärten abgewechselt. Zu seiner Zeit war der Großteil von Amisaya allerdings schon Steinwüste, und seine Mutter hatte viel Mühe aufgewandt, zumindest einen kleinen Teil des ehemaligen Parks am Leben zu erhalten. Er hatte ihr oft dort Gesellschaft geleistet, und sie hatte ihm von früher erzählt.

Sein Weg führte ihn durch den versandeten Garten zum Kraftort seiner Familie, einem Pavillon, der vom Ersten seines Geschlechts errichtet worden war. Hier hatten seine Vorfahren ihre Spuren hinterlassen, sowohl als in Stein gemeißelte Bildnisse als auch mit ihrer Magie, die sie im Tode an diesem Ort weitergegeben hatten, damit jene, die ihnen nachfolgten, daraus Kraft schöpfen konnten.

Viele waren hier freiwillig zu den Nebeln gegangen, am Ende eines langen Lebens. Auch seine Mutter war schon vor dem Tod seines Vaters hierhergekommen, um zu sterben. Darran hatte damals gedacht, dass der Tod seiner Mutter dazu beigetragen hatte, seinen Vater gegen Strabo in den Krieg ziehen zu lassen. Sie war an dem Land zugrunde gegangen. An der Trockenheit, an der Trauer über den Verlust des Paradieses, das es früher einmal gewesen war.

Er ließ sich auf der obersten Steinstufe des Pavillons nieder, ohne den magischen Kreis in der Mitte, in dem sich das Erbe seiner Ahnen sammelte, zu betreten. Er war noch nicht bereit dazu, zuerst musste er sich selbst finden, ehe er versuchte, mit seinen Ahnen Kontakt aufzunehmen. Vorausgesetzt, sie hatten sich in der Zwischenzeit nicht völlig zurückgezogen.

Strabo hatte recht gehabt, er war ein guter Krieger gewesen, tödlich und entschlossen, bis man ihm seine Persönlichkeit nahm und er erst durch Gabriella aus einer Marionette wieder zu einem Mann geworden war. Allerdings ein anderer als zuvor. Das Leben in Gabriellas Welt, sie selbst, seine Liebe zu ihr, hatte auch seinen Charakter neu geprägt. Er musste sich erst klar werden, wer der Mann war, der zurückgekehrt war.

Darran wandte den Kopf dorthin, wo sich in der Ferne jene Wand befand, die ihn von Gabriella trennte. Nur eine magische Barriere zwischen zwei Welten, nicht mehr, und doch undurchdringlicher als feste Mauern.

»Denke nicht einmal daran, sie zu durchbrechen.«

Er sah auf, als Markus neben ihm auftauchte. Er schien seine Gedanken lesen zu können. Vermutlich hatte er ihn sogar die ganze Zeit über beobachtet und geargwöhnt, sein ehemaliger Schützling könnte auf die Idee kommen, in die andere Welt zurückzukehren.

Er zuckte mit den Schultern. »Du hast es getan.«

»Weil sie mich sonst gepackt hätten, ich musste.« Markus wandte sich mit zusammengepressten Lippen ab.

Darran nickte leicht. »Sie haben dich Gabriellas wegen hinübergelockt, um sie zu töten. Und du bist nicht der Einzige.« Sein Blick glitt in die Ferne. »Wo befinden sich Malina und der Rest dieses Pöbels?« Er sprach die Worte leichthin, obwohl er wusste, dass er Markus damit nicht täuschen konnte. Markus kannte seinen ehemaligen Schüler zu gut, um zu wissen, dass Darran entschlossen war, nicht nur Malina aufzuspüren und zu töten, sondern auch die anderen, die sie um sich geschart hatte. Gleichgültig, was die Konsequenzen sein mochten.

Markus hob die Schultern. »Ich suche sie bereits, seit

ich zurückgekommen bin.« Er setzte sich zwei Armlängen entfernt auf eine sandige Steinbank. »Ich hätte sie doch töten sollen. Dann hätten wir jetzt ein Problem weniger in dieser schönen Welt.«

Darran musterte ihn prüfend. »Ich habe dich in den Nebeln verschwinden sehen«, sagte er schließlich leise.

Markus grinste schief. »Ich habe mich schon gefragt, wann du mich danach fragen würdest.« Er zuckte mit den Schultern. »Sie haben mich wieder ausgespuckt. Vermutlich war ich ihnen nicht mehr knusprig genug.« Sein Grinsen, mit dem er Darran jetzt ansah, war ansteckend. »Es tut gut, dich wiederzusehen, mein Junge, auch wenn wir bei unserem letzten Treffen keine Freunde waren.«

Das stimmte. Markus war Strabos Heerführer gewesen, als sein Vater gegen Strabo in den Kampf gezogen war. Gegen Strabo, gegen die Barriere, gegen das freudlose Leben in Amisaya. Er selbst war natürlich an der Seite seines Vaters gewesen und damit Markus' Gegner.

»Strabo hat mir gesagt, dass du derjenige warst, der mich aus den Höhlen geholt hat. War es auch deine Idee, mir meine Erinnerungen zu nehmen?« Er sah ihn bei diesen Worten nicht an.

Markus nahm einen tiefen Atemzug. »Ich hatte Angst, du könntest dem Wahnsinn verfallen. Und so hatte ich Zeit gewonnen.«

Darran drehte den Kopf, um seinen Freund zu betrachten. »Du warst auf Strabos Seite. Wie kommt es dann, dass du wie ich Jäger wurdest?«

»Musst du das wirklich fragen? Du?« Markus schüttelte wie in ungläubiger Erheiterung den Kopf. »Ich war dein Schatten, dein Beschützer. Daran hat sich auch nichts geändert, als ich Strabos Ruf folgte, um sein Heerführer zu werden.« Er beugte sich mit ernster Miene vor. »Glaubst du, ich hätte da tatenlos zugesehen und nie versucht, dich zu retten?«

»Du hast dich gegen ihn gestellt«, sagte Darran mit tonloser Stimme.

Markus nickte. »Ich hatte ihm einen Treueeid geschworen, aber dieser entband mich nicht meiner Pflicht dir gegenüber. Alles, was ich damals und später getan habe, geschah aus dieser Pflicht heraus«, fügte er leiser hinzu.

Er wandte sich ab und starrte nun gemeinsam mit Darran in die Richtung, in der die Barriere ihre Welten trennte. Darran trennte sie von Gabriella und Markus von der Frau, die er dort zu lieben gelernt hatte. Darran fragte sich, was geschehen würde, wenn man das Tor wieder öffnete, wenn ... Der Gedanke verlor sich in einer brennenden Welle, die durch seinen Körper fuhr. Er rang nach Atem.

Markus fasste nach seinem Arm. »Was ist denn?«

Er fuhr sich über das Gesicht. »Ich ... nichts.« Es war ihm beinahe gewesen, als hätte er Gabriella berührt und ihre Gefühle gespürt. Er schüttelte sich leicht. War es möglich, dass er immer noch in gewisser Weise mit ihr verbunden war? Seit seiner Rückkehr war sie ihm nicht mehr so nah, so greifbar erschienen wie jetzt.

»Was gibt es, Rado?« Markus erhob sich, als ein Mann mit stolpernden Schritten auf sie zukam. Er war klein, sein kurzes Haar stand nach allen Richtungen, und der Schweiß rann ihm über Gesicht und Hals. Darran runzelte die Stirn. Auch ihn hatte er schon unter den Neugierigen gesehen, wenn er Entflohene zurückgebracht hatte. Und davor war er oft an Markus' Seite gewesen. Einer seiner Diener.

»Du wolltest wissen, wenn das Tor wieder benützt wird.«

»Ja! Sprich.«

Darran setzte sich unwillkürlich auf. Das Gefühl, Gabriella zu berühren, verstärkte sich und vermischte sich mit der Vorahnung drohenden Unheils. Etwas schnürte ihm die Kehle zusammen.

»Die Frau«, ächzte der Mann, »Strabos Tochter, ist hindurchgekommen. Sie ist in Amisaya und in Gefahr!«

Neunzehntes Kapitel

Gabriella musste mit trockener Kehle einige Male schlucken, als sie auf die behauenen Steinblöcke zuging. Sie blieb beim ersten stehen und versuchte, die Schrift zu entziffern, die sie an eine Mischung aus Keilschrift, Hebräisch und Arabisch erinnerte. Aber selbst wenn sie all diese Sprachen gesprochen hätte, wäre diese hier ihr völlig unbekannt.

Vielleicht hausten hier ja doch irgendwelche Leute? Hoffnungsvoll ließ sie ihren Blick über die verlassen wirkende Totensiedlung schweifen. Ihre Mutter hatte einmal in Paris Fuß zu fassen versucht, war aber nach einem Jahr weitergezogen. Gabriella erinnerte sich jedoch an einen Friedhof, in dem Obdachlose in den kleinen Denkmälern, die wie Häuschen die Reihen bestanden, gewohnt hatten. Vielleicht war es hier ähnlich?

Diese Grabmäler – so es sich um welche handelte – waren denen in ihrer Welt gar nicht so unähnlich. Daheim hatte früher die Sitte geherrscht, Fotos der Verstorbenen am Grabstein anzubringen, und hier waren es eben Reliefs, fein ausgearbeitet, lebendig anmutend, auch wenn sie aus grauem Stein waren. Sie blieb vor einem der größeren Grabmäler stehen und betrachtete die Gesichter auf den Reliefs: Jedes wirkte individuell gestaltet, und alle sahen aus, als wären sie eben erst frisch gemeißelt worden. *Familiengräber*, kam ihr in den Sinn. Manche wirkten wie ganze Stammtafeln. Eltern, darunter offenbar ihre Kinder und Kindeskinder, nach der Familienähnlichkeit zu urteilen. Familiengruften. Gabriella weigerte sich eine Zeit lang, die Schlussfolgerung zu ziehen, aber der hämische Blick des Wächters kam ihr wieder in den Sinn, und sie spürte plötzlich eine Schwere, die sie beinahe zu Boden zog.

Sie wusste nicht, wie lange sie vor dem Grabmal stand, voller Angst, weiterzugehen, oder die anderen Gräber auch nur anzusehen. In ihrem Kopf drehte sich alles; das boshafte Grinsen des Wächters verschmolz mit der Warnung des Jägers und ihrer eigenen Angst um Darran. Ihre eigene, dumme Bitte an Darran, Markus und Rita Zeit zu lassen, die Erinnerung an die letzten Minuten mit ihm, ehe er einfach vor ihren Augen verschwunden war. Vielleicht zu Tode verurteilt wie jene, die er im Auftrag ihres Vaters, ihres eigenen Vaters!, zurückgebracht hatte.

Endlich atmete sie tief durch, hustete, weil sie dabei Staub eingesogen hatte, und wurde sich der einbrechenden Dämmerung bewusst. Die Grabmäler warfen lange Schatten, und die Reliefs hoben sich noch deutlicher vom Hintergrund der Steine hervor, als hätten sie neue Plastizität gewonnen. Gabriella schien es sogar, als erwachten manche zum Leben, aber es war nur der Sand, der um sie herumwirbelte.

Ein Blick nach der Sonne zeigte, dass sie bald unterging. Bis dahin sollte sie diesen Friedhof abgesucht haben und sich einen Platz zum Schlafen suchen. War es die schreckliche Vorahnung, die sie zittern ließ, oder wurde es wirklich kühler? Es hatte keinen Sinn mehr, das Unabänderliche hinauszuschieben. Irgendwo, in einer dieser Gruften, lag Darran begraben.

Sie hastete weiter. Der Wind nahm stetig zu, trieb den Sand hinter ihre Brillengläser und ließ ihre Augen tränen. Gut, dass sie auf ihre Kontaktlinsen verzichtet hatte, die wären jetzt schon staubtrocken und hätten ihre Augen aufgescheuert wie Sandpapier. Sie zog ihre Jacke enger um sich, während sie zwischen den Denkmälern hindurchlief und ihre Blicke scheu über die Reliefs gleiten ließ. Keines sah Darran auch nur annähernd ähnlich. Einmal erschrak sie, verharrte mit klopfendem Herzen, aber dann sah sie, dass sie sich nur von einer gewissen Ähnlichkeit hatte täuschen lassen.

Dort hinten war ein besonders großes Grabmal, bei dem sie sicherlich Unterschlupf finden konnte. Der eisig kalt gewordene Wind peitschte jetzt größere Sandkörner vor sich her, wurde zum Sturm, der sie mit kleinen Gesteinsbrocken, Hagel ähnlich, bombardierte. Er trieb sie an die Gruft heran, sie stolperte und fiel zwei Stufen hinab, wo sie sich zusammenkauerte, den Rucksack mit beiden Armen umschlang und die Kapuze tief ins Gesicht zog.

Dieser Blonde hatte so recht gehabt mit seiner Warnung! Sie hatte Darran nichts als Unglück gebracht und sogar seinen Tod verursacht. Mit Darran war der einzige Grund gestorben, für den sie hierhergekommen war und für den sie hier hatte leben wollen. Was sollte sie nun noch hier? Auf unbestimmte Zeit dahinvegetieren, bevor sie verhungerte und verdurstete? Da konnte sie auch gleich hierbleiben. Wahrscheinlich war es nur gerecht, wenn sie hier, in Darrans Nähe starb.

Die Müdigkeit, die Angst und Aufregung hatten sie erschöpft, und sie fiel in einen unruhigen Schlummer, bis Stimmen sie aufschrecken ließen. Die Nacht war inzwischen hereingebrochen, und der Wind hatte sich etwas gelegt. Sie wischte sich den Sand aus dem Gesicht und sah hoch. Dunkle Gestalten standen um sie herum, mit Fackeln in den Händen. Gabriella blinzelte erschrocken in die Flammen. Eine Gestalt löste sich von den anderen und kam auf sie zu, blieb dicht vor ihr stehen.

Metall klirrte, etwas blitzte im Fackelschein auf, und dann legte sich kaltes Eisen unter ihr Kinn und hob es unerbittlich an. Eine dunkle, erotische Stimme, die ihr

Blut zum Gefrieren brachte, sagte: »Sieh an, die Tochter der Menschenbuhle.«

Vor Gabriella, beleuchtet von den Fackeln, stand die hochgewachsene Frau, die ihr und Rita im Keller aufgelauert hatte. Und wieder hielt sie ein Schwert in der Hand, das genau auf Gabriellas Kehle zeigte.

❈ ❈ ❈

»Bei den Nebeln der Verdammnis!« Der Späher hatte kaum ausgesprochen, als Darran auch schon aufgesprungen war. »Wo ist sie jetzt?«

Rado beugte sich vor, die Hände auf die Oberschenkel gestützt, und schnappte nach Luft. »Ich habe sie zuletzt gesehen, als sie um den Palast herumging, Richtung Ahnenstätte.«

»Markus, du nimmst einige Männer und folgst mir. Ich reite voraus und werde dir Zeichen hinterlassen.« Darran rannte los, ohne auf Antwort zu warten. Er konnte kaum glauben, wie einfältig er gewesen war! Natürlich würde seine Gabriella nicht aufgeben. Während er sich in Selbstmitleid gesuhlt hatte, war sie auf die haarsträubende Idee gekommen, durch das Tor zu marschieren. Verflixtes, eigensinniges, geliebtes Geschöpf! Vielleicht hatte man sie sogar herübergelockt, um ihr eine Falle zu stellen.

Auf jeden Fall war keine Zeit mehr zu verlieren. Seine Angst um sie wuchs mit jedem Schritt, den er dem Palast näher kam, um seine Waffen und ein Reittier zu holen. Er würde alle töten, die ihr auch nur ein Haar krümmten.

❈ ❈ ❈

Gabriella presste sich gegen die Steinmauer in ihrem Rücken, um dem Schwert, das sich in ihre Kehle bohrte, auszuweichen, aber die Frau rückte mit jedem Millimeter, den sie auswich, um zwei nach. Und dann konnte Gabriella nicht mehr zurück. Der Druck der Schwertspitze wurde immer stärker, ein schmerzhafter Stich, und dann fühlte sie, wie etwas ihren Hals hinunterlief. Sie hätte gerne hingetastet, wagte jedoch nicht, sich zu bewegen, aus Furcht, die Frau könnte im nächsten Augenblick ihre Kehle durchbohren. Vielleicht wartete sie nur darauf, dass Gabriella eine falsche Bewegung machte.

Noch vor wenigen Minuten hatte Gabriella gedacht, dass es ihr gleich wäre, hier zu verdursten und zu verhungern, wenn Darran ebenfalls tot war, aber jetzt war ihr klar, dass sie sich auf gar keinen Fall töten lassen wollte.

»Hast du Angst?« Die falsche Freundlichkeit in der Stimme, der kaum verborgene Hohn ließ Gabriellas Nervenenden vibrieren. Die Schwertspitze fuhr langsam ihre Kehle entlang, tiefer, dem dünnen Rinnsal aus Blut nach.

»Es ist schade, dass ich jetzt zu wenig Zeit habe, um mich eingehender mit dir zu befassen. Aber um dir einen Vorgeschmack auf das zu geben, was dich nach meiner Rückkehr erwartet, nimm das hier.«

Sie riss das Schwert hoch, schwang es durch die Luft, und Gabriella, die erwartete, auf der Stelle geköpft zu werden, erstarrte vor Schreck. Im nächsten Moment zuckte die Schwertspitze glühend über ihr Gesicht. Die Klinge, scharf wie eines von Antonios Fleischmessern, zerschnitt ihre Wange, vom rechten Wangenknochen quer hinunter fast bis zum Kinn. Gabriella schrie auf, legte beide Hände über die Wunde, aber die Frau packte sie an den Haaren und riss ihre Hände fort. Sie fuhr mit dem Zeigefinger über die klaffende Wunde und besah sich dann den blutigen Finger. Gabriella wurde fast schlecht, als sie sah, wie ihr das Blut heruntertropfte.

»Dünn. Verwässert, wertlos«, spuckte sie Gabriella entgegen. Ihr Gesicht war so knapp vor Gabriellas, dass sie trotz der Dunkelheit das Glühen in ihren Augen sehen konnte. Dann packte sie ihr Haar fester und stieß ihren Kopf mit aller Kraft gegen den Stein hinter ihr. Graue, weiße und rote Punkte tanzten vor Gabriellas Augen, dann wurde alles schwarz.

Ein brennender Schmerz in ihrer Wange weckte Gabriella, der sich mit einem unangenehmen Pochen in ihrem Kopf vermischte. Eine Übelkeit erregende Mischung. Es würgte sie, sie hustete, und der Schmerz in ihrer Wange wurde so heftig, dass sie endlich völlig zu sich kam. Sie sah sich um. Die Frau war offenbar verschwunden, und eine Horde wild aussehender Kerle hatte sich im Kreis um sie herum niedergelassen.

Sie hob die Hand und betastete die Wunde. Sie brannte so stark, dass Gabriella abermals fast übel wurde, und sie brauchte all ihre Kraft, um sich den Schmerz nicht zu sehr anmerken zu lassen. Sie tastete mit der Zunge die Innenseite ihrer Wange entlang und war fast erleichtert. Der Schnitt war tief, aber nicht so tief, dass er ihre Wange ganz durchtrennt hatte.

Und nur wenige Minuten davor hatte sie noch gedacht, es könne nicht mehr schlimmer kommen! Am liebsten hätte sie sich zusammengerollt, alles vergessen und einfach nur geweint. Sie zog eine Wasserflasche heraus, kippte sie über die Wange und wurde von einer Welle der Übelkeit gepackt, als der Schmerz aufbrandete. Tränen quollen aus ihren Augen, dass sie die Umgebung vor ihr nur noch völlig verschwommen sah. Mit zitternden Händen suchte sie die Papiertaschentücher heraus und legte sich einige gefaltet über die Wunde, ehe sie den Schal fest darumband, damit der provisorische Verband nicht verrutschen konnte. Wahrscheinlich war es sowieso vergebliche Liebesmüh, und die Frau hatte, sobald sie zurückkam, noch Schlimmeres mit ihr vor. Gabriella zweifelte keine Sekunde daran, dass die Drohungen todernst gemeint waren.

Die Männer, die diese Schwertschwingerin zurückgelassen hatte, beachteten sie vorerst nicht; erst später kamen zwei von ihnen herüber und rissen ihr den Rucksack aus der Hand, um ihn nach brauchbaren Sachen zu durchwühlen. Gabriella sah teilnahmslos zu, wie sie den Inhalt achtlos ausschütteten und sich daran machten, Gabriellas gesamte Besitztümer unter sich zu verteilen. Am meisten schienen sie sich über die Wasserflaschen zu freuen. Sie sah zu, wie sie sie misstrauisch öffneten, daran rochen und dann gierig einige Schlucke nahmen. Jetzt erst bemerkte sie, wie durstig sie selbst war, und sie nahm verstohlen einen Schluck aus ihrer eigenen Wasserflasche, die die Männer gottlob nicht entdeckt hatten.

Einer von ihnen, der in Gabriellas Augen verblüffende Ähnlichkeit mit einem Schwein hatte, stieß soeben auf ihre Müsliriegel. Er hielt einen hoch. »Schaut mal! Was ist das denn?«

Ein anderer untersuchte den Riegel. »So etwas habe ich schon einmal gesehen. Das essen sie jetzt dort drüben. Hier«, wichtigtuerisch schälte er die Verpackung herunter, »man muss es so öffnen.« Der andere riss ihm den Riegel aus der Hand, biss hinein wie ein Krokodil, kaute und spuckte alles in hohem Bogen wieder aus. »Was ist das denn für Zeugs?«

Gabriellas Magen zog sich zusammen. Die Wunde brannte und pochte zugleich, Tränen liefen ihr die Wangen hinab, und sie tupfte sie vorsichtig ab, damit sie nicht in die Wunde kamen und noch mehr brannten. Um sich abzulenken, schaute sie, was aus ihrem Teddy geworden war. Er war, als diese Kerle den Rucksack ausgeleert hatten, zur Seite gerollt und lag nun unbeachtet einige Schritte neben dem Mann, der ihren Proviant ausgespuckt hatte. Plötzlich wurde der Wunsch, wenigstens diesen kleinen Teddy zu retten, unwiderstehlich. Sie erinnerte sich daran, wie Darran über ihn gelacht und sich dann ernsthaft entschuldigt hatte, als sie ihn zur Rede stellte. Am Ende hatte er sie geküsst. Mit seinen Lippen, seinen Händen, bis ihre Haut unter Feuer gestanden hatte.

Wenn sie nur an diesen Teddy herankam. Gabriella war so allein, so verzweifelt, dass schon der Gedanke, ihn bei sich zu haben, das beruhigende Gefühl des Fells zu spüren, ihn unter der Jacke an sich zu drücken, tröstlich war. Sie überlegte, wie sie am besten dazu kam, als derjenige, der den Riegel ausgespuckt hatte, seine Blicke um sich wandern ließ. Sein Blick näherte sich dem Teddy, glitt darüber hinweg, und Gabriella wollte schon aufatmen, als der Mann auf das kleine Stofftier aufmerksam wurde. Er steckte die Hand aus und packte es. »Was ist das denn?« Er hob seine Beute hoch und zeigte sie den anderen. Die lachten. »Damit spielen die auf der anderen Seite«, sagte einer.

»Spielzeug?« Der Widerling griff den Teddy am Kopf und am Körper und sah zu ihr herüber, lachte sie höhnisch an. Gabriellas Augen wurden groß. Sie öffnete den Mund, um ihn zu bitten, ihr den Teddy zu überlassen, aber zu spät. Ein harter Ruck und der Kopf war ab.

Er warf ihr beide Teile vor die Füße. Sie starrte darauf. Holzwolle quoll aus dem verstümmelten Rumpf, und der abgerissene Kopf sah aus stumpfen Augen vorwurfsvoll zu ihr empor.

In diesem Moment veränderte sich etwas in Gabriella.

Sie wollten sie töten. Als Vorgeschmack hatte diese Bestie von einer Frau ihr die Wange aufgeschlitzt.

Gabriella hatte zusehen müssen, wie sie ihr kostbares Trinkwasser stahlen. Hatte, ohne eine Miene zu verziehen, erleben müssen, wie das Schwein ihre leckeren Müsliriegel ausspie, aber jetzt verließ sie das letzte bisschen Vernunft und Überlebenswillen.

Sie sprang auf, die Fäuste geballt.

❋❋❋

Der Mann starb schnell und lautlos. Darrans Hand lag über dem Mund des Sterbenden, als er ihm den Dolch ins Herz stieß und wartete, bis die tödliche Magie sich entfaltete. Ein sanfter Schimmer erfasste den Mann, und dann löste er sich auf. Strabo wusste gewiss nicht, dass sich dieser Dolch noch in seinen Händen befand, andernfalls hätte er ihn längst von seinen Wachen holen lassen – spätestens nach Darrans Rückkehr von der Welt der Menschen.

Darran wartete nicht darauf, bis der leichte Schimmer verfloss, sondern schlich auch schon weiter, auf die Gruppe von Männern zu, die sich um eines der größeren Ahnenmale versammelt hatte. Fackeln und Lagerfeuer erhellten den Platz. Er sah Gabriella sofort, obwohl sie sich vor dem Sturm in eine Nische drängte. Sie hatte sich in ihre Steppjacke gehüllt, die er so gut kannte, der Wind zauste an einigen Haarsträhnen, die er unter der Kapuze hervorgezerrt hatte. Der Sturm hatte sich etwas gelegt, heulte aber immer noch zwischen den kleinen Gebäuden, als würden die Seelen der Ahnen mit den Lebenden in Verbindung treten wollen.

Darran konnte ihr Gesicht nicht sehen, weil sie es abgewandt hatte, aber zweifellos hatte sie große Angst. Eine brennende Welle aus Liebe und Sorge erfasste ihn.

Eine Hand legte sich warnend auf seinen Arm. Markus. Er schüttelte nur kurz den Kopf. In seiner Jugend hätte er sich schon längst auf diese Gruppe gestürzt, und auch jetzt war der Wunsch, diese Bastarde mit bloßen Händen in der Luft zu zerreißen, fast unbezwingbar.

Aber Gabriella wäre mit einem kopflosen Angriff nicht geholfen. Zum Glück verhielt sie sich ruhig und versuchte offenbar, so unsichtbar wie möglich zu bleiben. Das war vernünftig, denn je weniger sie diese Männer auf sich aufmerksam machte, desto sicherer war sie, bis er sie befreien konnte.

»Malinas Leute«, murmelte Markus, während er die Männer aus zusammengekniffenen Augen betrachtete.

So etwas hatte Darran sich schon gedacht. Malina hatte nicht aufgegeben. Der Zugang zu Gabriella war ihr verwehrt, also hatte sie ihr zweifellos eine Falle gestellt und sie hierher gebracht. Sie vielleicht mit ihm gelockt oder sie gar entführt? Er erkannte unter den Männern etliche, die ihm nach seiner Rückkehr aufgelauert hatten. Möglich, dass sie auch hinter dem Angriff steckte. Sie musste Helfer haben. Jemanden, der sowohl Zugang zum Tor hatte als auch in Gabriellas Welt seine Fäden zog. Tabor? Er war der Einzige, der die Möglichkeit dazu hatte.

Von links schob sich jemand neben ihn heran. »Ist das dort Strabos Tochter?«

Darran runzelte verärgert die Stirn, als er seine Schwester erkannte. »Was machst du hier?«

»Ich bin eine Kriegerin«, gab Levana selbstbewusst zurück. Sie sprach leise genug, um vom Heulen des Windes übertönt zu werden. Darran sah über ihren Kopf hinweg ihren Beschützer, der ihm gelassen zunickte. Er würde dafür sorgen, dass die *Kriegerin* ihre vorwitzige Nase nicht zu weit vorstreckte. Der Mann war nicht zu beneiden. Aber er selbst auch nicht; Darran seufzte unterdrückt.

Vor ihnen wurde es unruhig. Sie hatten einen Beutel – zweifellos Gabriellas Eigentum – gefunden, den sie jetzt ausleerten, um den Inhalt zu untersuchen. Er sah, wie ein Buch herausfiel, Kleidung; Wasserflaschen wurden herausgezogen. Sein Herz krampfte sich vor Rührung zusammen. Sie hatte es ernst gemeint, sich auf die Suche nach ihm vorbereitet. Und sich geradezu unverantwortlich in Gefahr begeben. Er bemerkte erst, dass er mit den Zähnen knirschte, als seine Schwester ihn neugierig ansah. Sie rutschte ein wenig näher, um ihren Mund dicht an sein Ohr zu bringen. »Willst du sie ihnen abnehmen?«

»Allerdings«, knurrte er kaum hörbar.

»Eine hervorragende Idee, damit haben wir ein Druckmittel gegen Strabo.«

Darran packte sie am Arm. Sein Blick war so zornig, dass sie ihn verschreckt ansah und Alderan, bereit, sie sogar vor ihrem Bruder zu beschützen, ihn argwöhnisch musterte. »Das dort drüben«, zischte er sie an, »ist Gabriella. Die Frau, die mich aus der Leere geholt hat, als Strabo mir meine Persönlichkeit und meine Erinnerung nahm. Und die Frau, die ich mehr liebe als mein Leben.« Das Letztere sagte er noch leiser, aber sehr eindringlich.

Levana sah ihn einige Atemzüge lang zuerst verblüfft, dann sehr ernst an, und schließlich nickte sie. »Dann sollten wir sie wohl retten, nicht wahr? Und den Rest wirst du mir später erklären.«

Darran musste lächeln, obwohl ihm wahrhaftig nicht dazu zumute war. Vor allem nicht jetzt, wo sich die Situation offensichtlich zuspitzte. Einer der Männer hatte etwas in der Hand, das aussah wie ein kleines Tier. Er packte es, riss ihm den Kopf ab und schleuderte beide Teile des Kadavers vor Gabriellas Füße. Ihr entsetzter Ausdruck schnitt ihm ins Herz. Aber er hatte nicht viel Zeit, sie zu betrachten, sondern behielt den Mann im Auge. Falls er sie belästigen würde, musste er rasch eingreifen.

Da geschah allerdings etwas, das ihm den Schweiß aus den Poren trieb: Gabriella sprang auf und ging auf den Mann los. Ihre Stimme klang etwas heiser, aber sie war laut und deutlich genug, um ihre Worte bis zu Darran und seinen Freunden zu tragen: »Stronzo! Canaille! Verfluchter Mistkerl! Mit einem nassen Fetz'n sollte man dich erschlagen!«

Darran stöhnte unterdrückt auf; konnte sie nicht wie jedes annähernd vernunftbegabte Wesen einfach dort sitzen bleiben und möglichst unauffällig sein? Sie jedoch fluchte weiter, in mehreren Sprachen, wobei die schlimmsten Schimpfwörter vermutlich aus ihrer Zeit in Wien und Venedig stammten. Darran verstand nicht einmal die Hälfte davon, und der Mann war so perplex, dass er wie die anderen Gabriella nur anstarrte.

»Was ist das denn?«, fragte Levana fasziniert.

»Das Temperament ihrer Großmutter.« Markus klang nicht eben glücklich darüber.

Darran ging nicht darauf ein, denn jetzt ballte sein Liebling auch noch die Fäuste und ging auf den Mann los. Er hatte keine Zeit mehr zu verlieren. »Sind deine Männer schon auf der anderen Seite?«

»Selbst wenn nicht, haben wir jetzt keine Wahl mehr.« Markus spannte seinen Bogen.

Darran erhob sich lautlos, den Dolch in der einen Hand, das Schwert in der anderen. Wie ein Schatten bewegte er sich im Halbkreis auf die Männer zu. Er konnte sich nicht direkt auf sie stürzen, sondern musste sie von hinten angreifen.

Die anderen Männer an den Feuern lachten und lehnten sich behaglich zurück, um das Spektakel genüsslich zu verfolgen. Darran dagegen hätte gut und gerne auf diese Art der Unterhaltung verzichten können. Er umrundete die Gruppe, dabei fiel sein Blick zum ersten Mal direkt von vorne auf Gabriella. Ihre Kapuze war zurückgerutscht, ein Schal hing ihr um den Hals und gab den Blick auf den hässlichen roten

Streifen frei, der sich quer über ihre Wange zog. Darran war es, als hätte ihm jemand mit einer Eisenfaust in den Magen geschlagen. Er krallte seine Hand um den Schwertknauf, bis der Schmerz ihn zur Besinnung brachte. Darran atmete tief durch, um die Wut zu beherrschen, und dann sprang er vor, um sich auf die Männer zu stürzen.

❊ ❊ ❊

»Die Nebel sollen dich fressen!«, beendete Gabriella ihre Tirade an Verwünschungen. Jedes Denken, jede Vernunft war ausgeschaltet, als sie sich, blind vor Wut und Schmerz, dann auch noch auf den Widerling stürzte. Das Schwein hatte nicht nur ihre Müsliriegel ausgespuckt, sondern auch noch das Einzige zerstört, das ihr ein kleiner Trost gewesen wäre.

Zuerst war der Mann so erstaunt, dass er sich nicht einmal wehrte, obwohl Gabriella ihn so fest boxte, dass ihre Fäuste wehtaten, dann hob er mit hassenswerter Gelassenheit die Hand, und eine gewaltige Ohrfeige, genau auf die Wunde, fegte Gabriella von den Füßen und ließ sie gegen einen Felsen stürzen. Sie prallte ab und schlug mit einem Stöhnen auf. Für Augenblicke wurde es schwarz um sie. Sie bemerkte noch, dass der Mann näher kam, nach ihr fassen wollte, aber plötzlich war etwas zwischen ihr und ihm. Oder jemand.

Das Nächste, was sie hörte, war ein grauenvolles Ächzen, und dann taumelte ein schwerer Schatten auf sie zu. Eher der Mann jedoch auf Gabriella fallen konnte, wurde er kraftvoll weggestoßen und landete vier Schritte von ihr entfernt auf dem Boden.

Die anderen waren aufgesprungen, schrien sich etwas zu, aber sie achtete nicht darauf. Sie blinzelte die schwarzen, vor ihren Augen tanzenden Pünktchen weg und sah zu dem Mann hinüber. Er lag mit offenem

Mund da, hatte ihr das Gesicht zugewandt und rührte sich nicht. Die Augen starrten leblos auf sie.

Um sie herum entstand ein befremdlicher Tumult. Taub, verwirrt, voller Schmerzen, achtete sie nicht weiter darauf. Sie kämpfte sich hoch. Dort musste ihr Teddy liegen. Es war ihr so wichtig, ihn zu haben. Sie erhob sich wankend, wollte mitten durch eine Gruppe miteinander kämpfender Männer hindurchtaumeln, als sie aufgehalten wurde.

»Verdammt! Gabriella!«

Gabriella. Nicht Gabi. Nicht Gabriela. Gabriella! Der Name durchfuhr ihren betäubten Verstand wie ein heller Lichtstrahl. Sie wollte sich herumdrehen, aber da packten sie kräftige Hände und wirbelten sie herum, weg von den Kämpfenden. Ein Blitz durchzuckte sie, dessen Vertrautheit sie nach Luft schnappen ließ, dann ein Stoß, sanft und doch kräftig genug, um sie direkt in die Arme eines schmalschultrigen Jungen zu befördern, der sie mit einem überraschten Laut auffing. »Weg von hier! Verschwindet! Beide!«

Einen Herzschlag lang starrten der Junge und sie einander in die Augen. Darrans Augen. Nicht ganz so intensiv, aber von demselben warmen Braun. Sogar die Form war dieselbe. Die Nase so ähnlich, nur viel zarter. Der Junge hob ihren kopflosen Teddy in die Höhe. »Wolltest du das?« Darrans Lächeln, allerdings auf eine sehr feminine Art. »Alderan sucht soeben den Kopf.« Die Stimme klang sehr weich und hell.

»Was …?« Sie drehte sich um, weil sie hinter sich ein Ächzen vernahm. Der Mann, der sie gerade noch gepackt und weggeschubst hatte, ließ soeben ein blitzendes Schwert über dem Kopf wirbeln, eher er damit einen anderen halb spaltete. Eine schmale Hand ergriff ihre und zog sie kräftig mit, weg von den Kämpfenden. Sie riss die Augen auf, als sie, mitten im größten Tumult,

Markus erkannte. Er versenkte soeben einen Dolch in den Leib eines Mannes, der mit einer Axt auf ihn losging.

Ein Mann schob sich in ihr Blickfeld. »Wenn Ihr nicht selbst geht, Levana, werde ich Euch von hier wegtragen.« Bei aller Emotionslosigkeit, mit der diese Drohung ausgesprochen wurde, klang sie todernst.

Die junge Frau funkelte ihn an. »Ich gehe nur, weil ich Gabriella in Sicherheit bringen muss!«

»Gewiss«, kam es gleichmütig. Die junge Frau schob Gabriella vor sich her. »Komm, Ramesses wird sonst zornig.«

»Ra...«

»Mein Bruder. So klebe doch nicht so an mir, Aldi! Das ist wahrlich unerträglich. Hier kann uns nichts mehr passieren.«

Der Mann hinter ihr wich mit ausdrucksloser Miene einen halben Schritt zurück, ohne dass jedoch seine Aufmerksamkeit auch nur einen Moment nachließ. Als sie einige Meter vom Kampfplatz entfernt stehen blieben, wurden sie sofort von vier Männern umringt, die sich mit gezückten Waffen und dem Rücken zu ihnen aufstellten. Das Mädchen drehte sich zu dem Mann um, den sie Aldi genannt hatte. Er kehrte ihnen den Rücken zu und beobachtete die Kämpfenden.

»Und? Was ist mit dem Kopf?«

Er griff in sein Wams und hielt ihr etwas vor die Nase. Sie strahlte ihn an. »Danke.« Sie drehte sich zu Gabriella um. »Hier! Den kann man sicherlich wieder anmachen.«

Gabriella starrte vom Rumpf auf den Kopf. Der Teddy glotzte blicklos zurück. Langsam wandte sie sich um. Ihr Blick suchte den hochgewachsenen Mann, der sich förmlich durch die Angreifer hindurchmähte, immer Markus im Rücken. Sie hätte ihn unter Tausenden erkannt. Und er lebte. Sie merkte kaum, wie Levana sie zu einem Steinblock schob, bevor ihr die Knie nachgaben. Sie sank darauf nieder und lehnte sich an eine Wand dahinter. Ihre Knie, ihre Hände zitterten, sogar ihre Zähne schlugen aufeinander.

Darrans Schwester hockte sich vor sie hin und wusch das Blut von ihrer Wange, tupfte mit einem nach Kräutern duftenden Tuch die Wunde ab. Sie hörte nicht auf, zu lächeln und mit leisen, beruhigenden Worten auf sie einzureden. Gabriella hörte nicht, was sie sagte, aber der sanfte Tonfall beruhigte sie, und seltsamerweise dämpfte er auch den Schmerz. Schließlich wurde eine Kräuterpackung auf die Wunde gelegt und mit einem Tuch, das die junge Frau fest um Gabriellas Kopf schlang, festgehalten.

»Hier, trink das.« Sanfte Hände strichen über ihr Haar, dann wurde ihr ein Becher an die Lippen gesetzt. Sie roch eine bittere Flüssigkeit, wollte den Kopf wegdrehen, aber die sanften Hände erlaubten keinen Widerstand. Sie nahm einen Schluck. Es schmeckte süßer, als es roch. Sie trank mehr davon und merkte erst, wie durstig sie war. Als der Becher geleert war, fühlte sie eine angenehme Müdigkeit und Ruhe, der Schmerz ließ nach, bis nur noch ein kaum merkliches Brennen zurückblieb, das sie schließlich völlig vergaß.

Die nächsten Minuten saß sie wie gelähmt auf dem Stein und starrte zwischen die Felsformationen und Gebäude hindurch auf den Platz, wo Darrans Männer gegen die anderen kämpften und endlich die Oberhand gewannen. Sie hielt den Rumpf ihres Teddys in der rechten Hand, den Kopf in der linken und sah Darran entgegen, als er endlich mit langen Schritten auf sie zukam. Kaum eine Armlänge von ihr entfernt, sank er vor ihr in die Knie. Er starrte auf das Tuch, mit dem Levana ihre Wunde verbunden hatte. Sie tastete danach.

»Nicht ...« Er hob die Hand, um ihre Finger wegzuziehen, ehe er sie jedoch berühren konnte, hielt er inne. Seine Hand war besudelt, vom Blut seiner Feinde.

»Das ist nicht weiter schlimm«, hörte sie Levana wie aus weiter Ferne sagen. »Ich kümmere mich dann daheim darum. Es wird sicher schön verheilen und kaum etwas zu sehen sein.«

Er nickte. Langsam glitt sein Blick von ihrem Gesicht zu dem Teddy. »Ah«, sagte er leise, »er war das.« Ein kurzes Lächeln huschte um seine Lippen, dann erhob er sich, ohne seinen Blick von Gabriella zu lassen. »Alderan, du bringst Levana und Gabriella nach Hause. Ich komme nach.«

Gabriella sprang auf, aber ehe sie ihn zu fassen bekommen konnte, war er auch schon aus ihrer Reichweite. Eine Hand legte sich leicht auf ihre Schulter.

»Er wird erst wieder vor deine Augen treten, wenn er das Blut deiner Feinde abgewaschen hat. Komm, ich bringe dich heim, dort kannst du ausruhen. Und dann werden wir sehen, was wir noch für die Wunde tun können.«

Zwanzigstes Kapitel

Levana hatte veranlasst, dass Gabriella den Ritt zu Darrans Domizil in einer provisorischen, von zwei Pferden getragenen Sänfte zurücklegen konnte. Diese bestand allerdings aus nicht viel mehr als einigen quer über die Pferderücken gelegten Stangen und dazwischen laufenden dicken Lederbahnen, in denen Gabriella hockte wie ein Baby in einem Tragebeutel. Sie kam sich unendlich lächerlich dabei vor und war doch dankbar dafür, nicht wie Levana, die in der stolzen Haltung einer Amazone auf dem Pferd saß, reiten zu müssen. Ihr ganzer Körper tat weh, die Wunde zog, zerrte und juckte trotz Levanas Mittelchen, und ihr Kopf pochte bei jedem Schritt. Außerdem hatte sie Magenschmerzen und Hunger.

Als sie an ihrem Ziel ankamen, konnte Gabriella nur die Umrisse einer düsteren Festungsanlage vor dem etwas helleren Nachthimmel erkennen. Um das hohe, mehrstöckige Haupthaus drängten sich mehrere Gebäude, wie ein Dorf um eine Burg.

Levana half ihr aus ihrem Tragebeutel und führte sie hinein. Gabriella war zu erschöpft, um viel von ihrer Umgebung aufzunehmen, aber im Inneren wirkte das Gebäude wesentlich weniger düster oder massiv als von außen. Hohe, weite Gänge wechselten mit großzügigen Treppenfluchten und Säulenhallen. Von innen heraus leuchtende Wände und Säulen tauchten alles in ein indirektes Licht, als wären Glühbirnen im Stein verborgen.

Zwei Treppenfluchten später fand sich Gabriella in Räumlichkeiten wieder, die – wie Levana sagte – besonderen Gästen vorbehalten waren. Auch hier strömten diese faszinierenden Steine Licht und Behaglichkeit ab. Gabriella kauerte sich dicht an eine Säule und hoffte, dass die Wärme hier drinnen bald die Kälte aus ihren Knochen vertrieb. Den ganzen Ritt über hatte der Wind kaum nachgelassen, und als sie über die endlose Ebene vor Darrans Haus geritten waren, war er noch stärker über sie hinweggetost und hatte ihr eisig kalte Steinkörner unter die Kapuze und in den Kragen getrieben.

Levana nahm ihr die staubige Jacke ab und reichte ihr einen Becher. »Hier, das fördert die Heilung und zieht den Schmerz aus der Wunde und deinen Gliedern. Und es stärkt.« Sie achtete darauf, dass Gabriella den Becher leerte, und lachte, als diese das Gesicht verzog. »Es muss nicht gut schmecken, weißt du?« Gabriella war anderer Meinung, aber zu müde und zu hungrig, um zu widersprechen.

Darrans Schwester nahm den Becher wieder an sich. »Ich schaue später wieder vorbei. Darran wird dich auch aufsuchen, aber in der Zwischenzeit ruhe dich aus.«

Wenig später erschienen an ihrer Stelle zwei ältere Frauen mit Wasserkrügen, sauberen Tüchern und Schüsseln mit getrockneten Kräutern, mit denen man sich – wie sie erklärten – den Körper und das Haar abrieb und dann mit dem Wasser aus den Krügen nachgoss. Kein fließendes Wasser und kein Duschgel, damit konnte Gabriella sich leicht abfinden. Noch weniger erfreulich allerdings war der peinliche, nachttopfartige Behälter, den eine der Frauen ihr auf ihre Frage nach einer Toilette hinhielt.

»Und wo leere ich ihn dann aus?« Gabriella gelang es kaum, die Panik aus ihrer Stimme zu verbannen.

»Die Diener werden ihn abholen.«

Gabriella nickte ergeben. Noch schlimmer. Die armen Leute. Die hygienischen Verhältnisse lagen hier mehr als im Argen. Sogar in mittelalterlichen Burgen gab es teilweise schon so etwas wie ein Plumpsklo, auch wenn der Unrat dann oft im Hof oder Burggraben gelandet und nur durch den Regen entsorgt worden war. Hier war man offensichtlich noch rückständiger.

Die ältere der beiden Frauen half ihr, die Kleidung abzulegen, und gab amüsiert nach, als Gabriella eisern darauf bestand, zumindest ihre Unterwäsche selbst auszuziehen. Gabriella wiederum fand sich damit ab, dass beide fest entschlossen waren, sie zu waschen, und so sank sie aufatmend auf die Stufen von etwas, das früher vermutlich eine sehr luxuriöse, in den Boden eingelassene Marmorbadewanne gewesen war, jetzt jedoch aussah, als wäre seit Jahrhunderten kein Wassertropfen mehr darin gelandet.

Die ältere Frau fasste eine Handvoll Kräuter aus dem Topf und begann, mit sanften, gleichmäßigen Bewegungen Gabrielles Körper abzureiben, während die andere den Sand aus ihrem Haar bürstete. Dankbar, einfach nur dasitzen und nichts tun zu müssen, ließ sie sich anschließend ein bodenlanges, seidiges Gewand überstreifen, das sich angenehm kühl und warm zugleich an ihren Körper schmiegte. Sie hatte es kaum übergezogen, als ein zarter Glockenton einen Besucher ankündigte.

Es war Markus. In der Hand hielt er ihren Rucksack, den er, als sie ihm erfreut entgegeneilte, auf den Boden fallen ließ, um sie in die Arme zu schließen. »Sie haben uns Sorgen gemacht, Gabriella.«

Er hielt sie eine Armlänge von sich weg, und sie lächelten einander an, bis er mit finsterem Blick Levanas Kräuterverband betrachtete.

»Welcher von denen war es? Wer hat Ihnen das zugefügt?«

Gabriella tastete nach ihrer Wange, sie schmerzte kaum noch, und wäre nicht der Verband gewesen, hätte sie die Wunde fast vergessen können – solange sie nicht in einen Spiegel sah. Davor graute ihr mehr, als sie vor sich selbst zugeben wollte. »Die Frau, die uns im Keller aufgelauert hat.«

Markus' ohnehin schon düsterer Ausdruck wurde grimmig. »Malina. Möge sie dafür in die ewige Verdammnis kommen.«

Gabriella konnte nur zustimmen. »Lassen *Sie* sich ansehen, Markus.« Sie schob ihre Brille zurecht, fasste nach Markus' Händen und trat einen kleinen Schritt zurück, um ihn von oben bis unten zu betrachten. Er hatte sich grundlegend verändert. Der Sandler im schlecht sitzenden Anzug war spurlos verschwunden, und statt seiner stand ein selbstbewusster, gut aussehender Mann in dunkler Lederkleidung vor ihr. An seiner linken Hüfte trug er ein Schwert. »Sie sehen aus wie eine Mischung aus Elfenkrieger und mittelalterlichem Ritter. Es ist mir jetzt fast peinlich, dass ich Sie noch vor Kurzem gebeten habe, Gemüsekisten zu schleppen.«

Markus drückte schmunzelnd ihre Hand. »Ich würde gerne mit Ihnen sprechen, ehe Darran kommt.«

»Ja, natürlich.« Sie konnte es kaum erwarten, Darran zu sehen, aber da sie ahnte, dass es Markus um Rita ging, sah sie sich um. »Wo können wir …«

»Vielleicht hier.« Er führte sie durch eine schmale Metalltür.

»In diesem Haus scheint alles aus Stein oder Metall zu sein«, bemerkte Gabriella.

»Früher gab es in unserem Land viele Wälder, aber inzwischen ist Holz eine Kostbarkeit, die in Ihrer Welt den Wert von Gold und Diamanten noch überstiege.« Er führte sie in einen Raum, der zur Außenseite hin mit schlanken Säulen und bunten Fenstern abgeschlossen war. »Diese Fenster wurden erst eingesetzt, als das Land davor starb«, sagte Markus, als Gabriella hinüberging und mit den Fingerspitzen andächtig Blumenranken, Blüten, Bäume und Tierfiguren nachzog. Es war kein Glas, wie sie zuvor vermutet hatte, sondern Stein, so als hätte ein Künstler Halbedelsteine hauchdünn geschliffen und zu leuchtenden Bildern zusammengesetzt. Bei Tageslicht mussten sie den Raum in ein überwältigendes Farbenspiel tauchen. »Da konnte man über das halbe Land sehen – nichts als fruchtbare Felder und blühende Gärten, so weit das Auge reichte.«

»Was ist geschehen?«, fragte Gabriella, von der kunstvollen Arbeit bezaubert.

»Machtkämpfe«, erwiderte er düster. »Was übrig blieb, waren tote Felder, auf denen dunkle Magie alle Fruchtbarkeit zerstört hatte. Vergiftete Wasser, Wüsten, Armut.«

»Und diese Barriere, von der alle sprechen?«

»Sollte die Überlebenden daran hindern, ihren Unfrieden und den Tod bis zu anderen Völkern zu tragen. Fast wäre es so weit gekommen«, sprach er leise, wie zu sich selbst. »Bis die Alten aus dem Vergessen stiegen, um uns in unser eigenes zerstörtes Reich zu verbannen.« Er wandte sich achselzuckend ab und ließ sich auf einer mit Kissen belegten Steinbank nieder.

»Und Sie, Markus?«, fragte Gabriella. »Wir hatten solche Sorge um Sie.« *Wir.* Er wusste, dass sie Rita damit meinte, und für einen Moment schien es, als sackte er ein wenig zusammen.

»Darran sagte mir einmal, dass die meisten von den Nebeln getötet werden«, setzte sie nach.

Er schwieg so lange, dass sie schon glaubte, er würde nicht antworten, bis er tief Luft holte. »All jene, die die Barriere durchbrechen und deren Körper sich verändert, werden getötet, aber ... die Nebel sind mächtig.«

»Mächtig genug, um Sie zu heilen?«

»Wenn ihnen daran liegt.«

Gabriella lächelte, als sie sich neben ihn setzte. »Und das war offenbar der Fall.«

Markus' Blick wurde verdrossen. »Sie haben mein Innerstes nach außen gekehrt, jeden Winkel meines Bewusstseins durchforscht. Sie wissen mehr über mich als ich selbst.« Er holte tief Luft. »Es war entsetzlich. Schlimmer als die Barriere. Lieber wäre ich gestorben.«

»Aber Sie sind am Leben geblieben.« Gabriella legte die Hand auf seine und lehnte den Kopf an seine Schulter. Mit einem Mal fühlte sie sich mit ihm verbunden, nahm seine Gefühle und seine freundschaftliche Verbundenheit wahr. Sie hob den Kopf und sah ihn erstaunt an. Dies war eine neue Erfahrung, die sie bisher nur mit Darran geteilt hatte.

Sein Lächeln war warm. »Das ist die Magie in Ihnen, Gabriella. Wir spüren das alle. Das ist der Grund, weshalb wir einander seltener berühren, als das in Ihrer Welt der Fall ist.«

Gabriella ließ das freundschaftliche Band zwischen ihnen auf sich einwirken, dann grinste sie. »Sie dürfen mich Gabi nennen.« Sie sahen sich an, lachten, und dann wurden sie beide schlagartig ernst und vermieden es, einander anzusehen. Es war, als stünde plötzlich Rita mit ihnen im Raum.

»Rita hat sich den Wintermantel gekauft«, sagte Gabriella sanft.

Er lachte leise.

»Sie trägt ihn für Sie. Und sie hat sich von diesem Kerl getrennt.« Sie spürte, wie er sich anspannte, und rieb ihre Wange an seiner Schulter. Das hätte sie daheim nie bei jemandem gemacht, aber bei Markus schien es so natürlich zu sein, ihm so nahezukommen. Es war ihr, als kenne sie ihn ihr ganzes Leben lang, und dieselbe Empfindung ging auch von ihm aus – eine fast brüderliche Verbundenheit. »Das heißt, er sich eher von ihr, nachdem er von diesen Schlägern eine Tracht Prügel einstecken musste.«

»Schade, dass ich es nicht war«, brummte Markus.

»Ich wünschte so sehr, sie hätte mit mir kommen können, und vielleicht hätte ich sie fragen sollen?«

»Nein.« Markus schüttelte vehement den Kopf. »Sie könnte hier nicht leben. Unsere Körper haben sich angepasst, schon vor sehr langer Zeit. Sie sind anders, Sie sind Strabos Tochter.« Er legte den Arm um sie, drückte sie sanft an sich, sie fühlte einen Atemzug lang seine Wange auf ihrem Haar, dann ließ er sie los. »Ich werde immer Ihr Freund sein, Gabi.«

»Das haben Sie schon bewiesen.«

Er nickte, plötzlich traurig geworden. »Nicht genug. Oder zu spät.« Er holte tief Luft, als würde er daraus Kraft schöpfen für seine nächsten Worte. »Es gibt etwas, das Sie wissen sollten: Ich war früher Ramesses' Schatten.« Ein kleines Lächeln ließ Fältchen um seine Augen erscheinen, als er ihren verständnislosen Blick sah. »So etwas wie Alderan für Levana, sein Beschützer, obwohl diese Beziehung weit darüber hinausgeht. Der Schatten wird bereits in den ersten Lebenswochen oder Lebensmonaten eines Kindes bestimmt und verbringt dann den Rest seines Lebens mit ihm.«

»Und wenn einer heiratet und wegzieht?«, fragte Gabriella verblüfft.

»Dann ziehen eben alle zusammen.«

Sie spitzte die Lippen. »Klingt für mich ein bisschen wie Leibeigenschaft.«

Markus dachte nach, versuchte offenbar, die Konzepte zu vergleichen, dann schüttelte er entschieden den Kopf. »Nein. Der Schatten könnte die Wahl auch ablehnen. Und die Beziehung zu dem Kind ist eine sehr enge – als hätte er oder sie einen Sohn oder eine Tochter dazugewonnen.«

»Mhm. Verstehe.«

»Was Sie auch verstehen sollten«, setzte er nach, »ist, dass das, was immer ich getan habe, für Ramesses geschah. Es war der erste Eid, den ich auf ihn schwor, und kein anderer Eid hat ihn je ausgelöscht.«

Gabriella sah ihn ob der Eindringlichkeit seines Ausdrucks prüfend an. Dann lächelte sie. »Darran muss Sie sehr lieben, Markus.«

Markus sah sie sekundenlang stumm an, dann erhob er sich abrupt. »Ich muss jetzt gehen.« Er mied ihren Blick, als er den Raum verließ, aber Gabriella hätte schwören können, Tränen in seinen Augen zu sehen.

Als Levana sie ein wenig später aufsuchte, saß Gabriella immer noch auf der Steinbank, so wie Markus sie verlassen hatte, und dachte nach. Über Darran, über Markus, dieses Schattenkonzept, die Barriere, ihren Vater und wie sie und ihr eigenes Leben in das alles hineinpassen sollten.

Levana nahm neben ihr Platz. Sie hatte Tücher und Tiegel mitgebracht und stellte sie zwischen ihnen beiden auf die Bank. »Wie fühlst du dich?« Sie musterte Gabriella eingehend, als sie den Kräuterverband abnahm.

Gabriella verzog das Gesicht zu einem einseitigen Grinsen. Eine wirklich ehrliche Antwort hätte gelautet: Seelisch und körperlich wie einmal durchgekaut und ausgespuckt. Auf jeden Fall wie jemand, der für den Rest seines Lebens einer Verrückten wegen verunstaltet sein wird. Und nicht zuletzt: Wie eine jämmerliche Zivilisationspflanze, die in einer Welt gelandet ist, wo es nicht einmal so etwas Fortschrittliches wie ein Plumpsklo gibt.

Gabriella wäre noch mehr dazu eingefallen, aber sie sagte: »Ganz in Ordnung.« Und im Grunde war das keine völlige Lüge, denn Darran war hier. Er lebte. Es ging ihm gut. Er hatte für sie gekämpft und sie befreit. Und sie hatte Markus wiedergetroffen, der für sie in den wenigen Tagen daheim zu einem Freund geworden war.

Levana nickte, als hätte sie ohnehin nichts anderes erwartet. »Es sieht auch schon besser aus.«

»Muss es denn nicht genäht werden?« Gabriella tastete vorsichtig nach der Wunde.

»Nähen?« Darrans Schwester riss die Augen auf. »Wie ein Kleid?«

Gabriella hob die Schultern. »Macht man das hier nicht so?«

»Nein!« Levana sah lachend zu Alderan, der an der Rückwand des Zimmers lehnte und mit den Achseln zuckte. Er folgte Levana offenbar tatsächlich auf Schritt und Tritt. »Wozu auch? Willst du dich einmal in einen Spiegel anschauen?«

Gabriella schüttelte den Kopf. Sie war nie jemand gewesen, der vor der Wahrheit davonlief, aber wenn sie sich jetzt mit einer tiefen, mehrere Zentimeter langen, quer über die Wange verlaufenden Wunde betrachten müsste, würde ihr auf der Stelle schlecht.

Levana öffnete einen der Tiegel. Gabriella zuckte unwillkürlich zurück, als sich Levanas Finger der Wunde näherte, und Darrans Schwester schnalzte ungeduldig mit der Zunge. »Halte doch still. Du kannst mir ruhig vertrauen. Ich bin in der Heilkunst bewandert. Man sagt sogar, ich hätte eine gewisse Begabung dafür. Obwohl ich natürlich eher Kriegerin bin.«

Auf ein leises Schnaufen von der anderen Raumseite hin drehte Gabriella den Kopf zu Alderan. »Sie ist die beste Heilerin unserer Welt«, sagte er mit einer ruhigen, fast gleichmütigen Stimme. »Es wäre klüger, sie würde sich darauf verlegen, anstatt ihre Zeit damit zu verschwenden, mit Schwertern zu spielen.«

Levana wedelte mit der Hand. »Beachte ihn gar nicht.

Es ist seine Pflicht, ständig hinter mir her zu sein, ob es mir nun gefällt oder nicht. Darran meinte übrigens, ich sollte dich nach dieser mit Wasser betriebenen Waffe fragen«, sagte sie beiläufig, während sie die ominöse Paste vorsichtig um die Wunde herumtupfte.

»Ein Wasserwerfer?«, fragte Gabriella, ob des Themenwechsels irritiert.

»Funktioniert das so? Dieser nasse ... äh ... nasse Fe...«

»Nasse Fetz'n?«, half Gabriella mit ersterbender Stimme nach.

Die junge Frau nickte lebhaft.

»Das ist ... äh ...« Sie konnte sich Darrans teuflisches Grinsen vorstellen, mit dem er seine Schwester zu ihr geschickt hatte. »Das ist so etwas wie ein nasses, altes Handtuch.«

»Und damit kann man jemanden töten?«, fragte Levana verblüfft.

»Ich hoffe nicht«, erwiderte Gabriella schaudernd. »Es ist mehr so eine Redensart. Aber keine sehr«, sie hüstelte, »gehobene.« Von der Seite, wo Alderan stand, kam ein unterdrücktes Grunzen.

Levana riss die schönen braunen Augen auf. »Ein Fluch!?«

Gabriella errötete, während sie angestrengt nachdachte. »Ich kann mich gar nicht mehr erinnern, was ich noch alles gesagt habe.«

Levana strahlte. »Das muss ich mir merken. Und sonst: Du hast den Wortschatz unserer Welt um etliche Flüche bereichert, würde ich meinen.«

Sie sahen einander an, Gabriella bestürzt, Levana grinsend, und dann, wie auf Kommando, begannen sie zu lachen.

❊❊❊

Darran war gerade dabei, sich saubere Sachen überzuziehen, als Markus in den Raum trat. Markus setzte sich auf den Fenstersims und sah ihm zu, wie er die Jacke über das lose Hemd streifte und sich mit den Händen durch das nasse Haar fuhr. Die vom Blut der Feinde besudelte Kleidung lag auf einem Haufen in der Ecke – ein Diener würde sie später, wie es die Tradition verlangte, verbrennen.

»Was wirst du jetzt tun?«

Er gab nicht vor, seinen Freund misszuverstehen: »Sie nach Hause schicken.«

»Sie ist hier wahrscheinlich eher in Sicherheit als daheim«, gab Markus zu bedenken. »Oder fürchtest du Strabo?«

Darran lachte kalt auf. »Er könnte sie mir tatsächlich fortnehmen. Wenn auch nicht ohne Kampf.« Er fuhr sich so energisch über das Gesicht, als könnte er damit auch den Wunsch, Gabriella bei sich zu behalten, auslöschen. »Nein, ich fürchte nicht Strabo. Aber sie kann nicht hierbleiben, das Land würde sie töten.«

»Und wenn sie genug von Strabo in sich trüge, um hier leben zu können? Weshalb überlässt du nicht ihr die Entscheidung? Sterben wird sie hier und dort.«

»Aber nicht innerhalb weniger Tage!«, fuhr Darran ihn wütend an. Er fasste sich und atmete tief durch. »Es ist müßig, auch nur ein weiteres Wort darüber zu verlieren.« Und das war es in der Tat. Vielleicht plante sie nicht einmal, für immer zu bleiben. Es sähe ihr durchaus ähnlich, sich waghalsig auf die Suche zu machen, nur um herauszufinden, was aus ihm geworden war. Vielleicht hatte sie auch nur die Neugierde hergetrieben. *Urlaub machen*, nannten sie das bei ihr daheim, wenn er sich recht entsann. Neue Länder kennenlernen, reisen. Der schmerzliche Gedanke, seine Liebste könne hier nur *Urlaub machen* und gar nicht erst auf die Idee kommen, den

Rest ihres Lebens mit ihm zu verbringen, bohrte sich allerdings wie ein Pfeil in sein Herz. Was war er nur für ein Narr. Denn bliebe sie hier, würde sie sterben. Und wäre es nicht diese Welt, die sie umbrachte, dann Malina. Die Wunde an ihrer Wange war noch das Geringste. Der Gedanke, was seinem Liebling alles hätte passieren können, ließ ihn frösteln.

»Haben deine Männer schon herausfinden können, wo Malina und der Rest ihres Pöbels sich verkriechen?«

Markus schüttelte mit einem verärgerten Ausdruck den Kopf. »Ich hätte sie doch töten sollen. Dann hätten wir jetzt ein Problem weniger in dieser schönen Welt.«

❊ ❊ ❊

Als Darran ein wenig später die Stufen zu Gabriellas Räumlichkeiten erklomm, kam ihm auf halbem Wege seine Schwester entgegen, gefolgt von Alderan, der seinen üblichen gelangweilten Ausdruck vor sich hertrug. Levana versperrte Darran den Weg und nahm ihren Bruder grimmig ins Visier. »Ich weiß jetzt, was nasse Fetz'n sind – keine Geheimwaffe, wie du vorhin behauptet hast.« Sie legte den Kopf schief. »Du bist ein Schuft, Ramesses, ein elender Schuft.« Darran musste grinsen. Über Levanas Kopf hinweg fing sein Blick den Alderans ein, der sich, um einen ernsten Ausdruck bemüht, auf die Lippen biss.

Dann war seine Schwester auch schon an ihm vorbei, blieb jedoch noch einmal kurz stehen und sah zurück. »Man sollte ihr raten, einen weiten Bogen um dich zu machen. Aber ich fürchte, da kommt jeder gute Rat zu spät. Armes Mädchen.« Und fort war sie, ihr Schatten hinter ihr her.

Vor Gabriellas Tür hielt Darran inne, weil er sich entsann, wie vehement sie damals darauf bestanden hatte, dass er *anklopfte*. Ein Lächeln huschte über sein Gesicht, wenn er sich an diesen Tag erinnerte. Davor war er einfach in ihrem Badezimmer aufgetaucht und hatte sie schon eine ganze Weile beobachtet, während sie, die Augen geschlossen, abwechselnd vor sich hingesummt und hingebrummelt hatte. Er hatte kaum fassen können, wie reizvoll sie war: schmale Fesseln, weiche Schenkel, wohlgeformte Hügel, der schlanke Hals, und alles appetitlich mit Schaumkrönchen verziert wie die Torten eines irdischen Bäckers mit Schlagsahne. Jetzt noch wurde ihm ganz heiß, wenn er daran dachte. An diesem Tag war sein Begehren nach ihr erwacht, auch wenn er anfangs versucht hatte, es vor ihr zu verbergen.

Er straffte die Schultern, als würde er in einen Kampf gehen, und pochte gegen die Tür.

»Ja?« Ihre Stimme. Wie sehr liebte er sie. Wie sehr hatte er sie vermisst.

Er trat ein. Leise fiel die schwere, ziselierte Metalltür hinter ihm ins Schloss. Sie waren allein.

Gabriella stand am Fenster. Sie hatte die Steingläser zurückgeschoben, um über das Land blicken zu können. Seine Schwester hatte ihr eines ihrer wenigen Kleider gegeben, die sie über die Jahrhunderte hinweg gerettet hatten: ein langes, fließendes Gewand, gegen das Dämmerlicht halb durchsichtig. Der laue Morgenwind schmiegte es gegen ihren Leib, ihre Schenkel. Er schluckte. Ein wahr gewordener Wunsch stand vor ihm. Sie zu berühren. Mit seinen Händen zu fühlen, mit seinem Körper. Die Vorstellung, diesen weichen Leib mit allen Sinnen zu erfassen, ließ sein Herz vor Erregung wild pochen. Hitze wallte in ihm auf, erfasste seine Lenden, weckte ein Verlangen, das seinen Mund austrocknete und in seinen Ohren rauschte.

Sie kam auf ihn zu. Sie konnte, wenn er sich nicht sehr beherrschte, alle seine Gefühle von seiner Miene ablesen. Sein Ausdruck wurde so abweisend, dass sie stehen blieb.

»Ich ...« Sie knetete ihre Finger, was sie oft tat, wenn sie unsicher oder aufgeregt war. »Ich habe dich gesucht.«

»Tatsächlich.« Er würde ihr mit keinem Schritt, keinem Wort entgegenkommen. Es war zu gefährlich, das Verlangen nach ihr so heftig, dass seine Hände zitterten. Aber es hatte keinen Sinn. Sie musste zurück, und er tat besser daran, sie nicht zu berühren, um zu den bisherigen Erinnerungen nicht auch noch die an ihren Körper ertragen zu müssen.

Ihre Brauen zogen sich ein wenig zusammen, als sie ihn musterte, die Augen zusammengekniffen, als würde sie hinter seine Stirn blicken wollen. Strabo hatte das fast dreißig Menschenjahre erfolglos versucht – da hatte sie auch keine Chance.

»Der Wächter hinter dem Tor hat mich auf diesen Friedhof geschickt«, sprach sie weiter, ihre Stimme vorwurfsvoll. »Ich dachte schon, du wärst gestorben und ich würde dich dort finden.«

Darran wusste, was ein Friedhof war, er hatte mit ihr einmal das Grab ihrer Mutter besucht. »Das ist kein Friedhof. Es sind auch keine Grabmäler. Dies sind Ahnentempel, Kraftstätten verschiedener Familien. Unsere Eltern bringen uns schon von klein auf dorthin, damit wir die Magie unserer Ahnen in uns aufnehmen.«

Sie war jetzt so nahe, dass er ihre Wärme und den Duft der Kräuter auf ihrer Haut wahrnehmen konnte. Er wich aus, ging um sie herum, bis das erwachende Licht des Tages auf ihr Gesicht fiel. Jetzt konnte er sie besser betrachten. Ein Fehler, stellte er schnell fest, denn die Sehnsucht und die Zärtlichkeit in ihren Augen straften ihre ruhige Stimme Lügen. Sein Blick fiel auf die Narbe an ihrer Wange. Levana hatte ihre Fähigkeiten in der Heilkunst in den vergangenen Jahren noch vertieft. Darran sah lediglich eine hellrote Linie über die Wange verlaufen, und auch diese würde nach einigen Wochen verblassen. Er allerdings würde sich für den Rest seines Lebens an die klaffende Wunde erinnern, das blutige, geschwollene Gesicht. Am liebsten hätte er die Stelle geküsst, bis Gabriella vergaß, was Malina ihr angetan hatte. Dafür, dass es kein zweites Mal passierte, würde er sorgen. Zuerst musste er sie zurück nach Hause schicken und dann Malina aufspüren und töten.

Er wies zum Fenster. Anstatt wie in Gabriellas Welt die Farben von Neuem erstrahlen zu lassen, beschienen die erwachenden Sonnenstrahlen hier nur totes graues Land. Und selbst die Sonne hatte nicht dieselbe Kraft, ihr Licht fiel fahl auf Amisaya herab. »Wenn du dort hinübersiehst, erblickst du die Hohen Berge von Amisaya. Man sagt, dass unser Volk hier seinen Ursprung fand. Und dort ...« Er rettete sich in weitere Ausführungen, nur um sie nicht ansehen zu müssen, aber zu seiner Überraschung lachte sie plötzlich auf.

»Was ist?«, fragte er verunsichert.

Sie stemmte die Hände in die Hüften und trat auf ihn zu. »Ich fasse es nicht! Ich fasse es nicht, dass ich einen Jäger erpresse, durch dieses Tor gehe und mich fast von der Barriere brutzeln lasse, anschließend von Verrückten gefangen genommen werde, die mein Gesicht mit dem Schwert aufschlitzen und meinen süßen, armen kleinen Teddy in seine Bestandteile zerlegen ...« Ihr ausgestreckter Finger wies anklagend auf das Stofftier, das in einer Ecke auf ihrem Lager saß und mit seinem unveränderlichen, leeren Grinsen herüberblickte. Jemand hatte den Kopf wieder auf die Schultern gesetzt. Allerdings verkehrt herum, sodass der arme Kerl jetzt in die falsche Richtung sah. Um Darrans Lippen zuckte es.

»... Bestandteile zerlegen ...«, drängte Gabriellas Stimme mit zunehmender Schärfe an seine Ohren, »nur um dann hier vor dir zu stehen und mir wie von einem Fremdenführer eure landschaftlichen Besonderheiten erläutern zu lassen!« Sie trat ganz knapp vor ihn, und er lehnte sich etwas zurück, als ihre Hand vor seinem Gesicht so energisch hin und her wedelte, dass der Luftzug seine Haare bewegte. Gabriellas unverkennbarer Duft, ihr Odem, der ihn vor Monaten zu ihr zurückgeführt hatte, überwältigte ihn beinahe.

Das Verlangen nach ihr wurde zur Gier. Ein Pochen war in seinem ganzen Körper fühlbar, ein schmerzhaftes Ziehen in den Lenden, zitternde Hände. Fast hätte er nach ihr gegriffen. Er legte die Hände auf dem Rücken zusammen, trat, schwer atmend, einige Schritte zurück und wandte sich ab.

Sie hatte einen Jäger erpresst? War also nicht blindlings in eine von Malinas Fallen getappt? Zumindest nicht von Anfang an. Wenn er den Jäger erwischte, der es ihr ermöglicht hatte, das Tor zu betreten, dann war das Leben dieses Idioten keinen irdischen Cent mehr wert.

»Ich weiß, was du getan hast, und mir ist die Gefahr, in der du schwebtest, nicht gleichgültig«, sagte er über die Schulter. Es war ein Glück, dass Malina sie nicht sofort getötet hatte. Und das vermutlich nur deshalb, weil sie andere Pläne verfolgte oder noch ein wenig länger mit ihr spielen wollte. Der Gedanke wühlte ihn derart auf, dass er Mühe hatte, ruhig zu sprechen. »Deshalb wirst du auch so schnell wie möglich wieder in deine Heimat zurückkehren.«

Als sie nicht antwortete, und das Schweigen zwischen ihnen eine Last wurde, die ihm fast den Atem nahm, drehte er sich nach ihr um. Sie stand da und starrte ihn aus großen Augen an.

»Weshalb siehst du mich so an?«, fragte er scharf. Ihr Blick tat weh, aber er wollte vollends verdammt sein, wenn er sie das merken ließ.

»Du hast dich verändert.«

Er sah spöttisch an sich herab. »Verändert? Sollte das vielleicht daran liegen, dass ich nicht mehr durch Wände gehen kann? Ich dachte, du machst dir nichts aus Gespenstern?«

»Du weißt genau, dass ich das nicht meinte! Nein, ich versuche zu verstehen, ob das wirklich der Mann ist, der mir seine Liebe geschworen hat. Noch vor wenigen Stunden, nach diesem Kampf, da hatte ich das Gefühl...«

Natürlich!, durchfuhr es ihn wie ein Blitz. Sie hatte ihn kämpfen sehen. Er war mit blutigen Händen, besudeltem Gewand, noch das blutige Schwert in der Hand, vor sie getreten, hätte sie beinahe berührt! Ob sie ihn in diesem Moment nicht sogar verabscheut hatte?

»Ich glaube, Gabriella«, unterbrach er sie grob, »das Problem ist, dass du eben zu gefühlvoll bist. Und nicht weißt, was das für ein Leben hier ist – falls man es überhaupt so nennen könnte. Vielleicht hast du sogar eine dumme romantische Vorstellung davon, aber ich kann dir...«

Er konnte nicht aussprechen, denn Gabriella war mit drei wenig eleganten, dafür langen Schritten bei ihm und stieß ihn mit beiden Händen so heftig an die Brust, dass er ächzend gegen einen Fensterpfeiler taumelte. Daraufhin packte sie seine Jacke und zerrte ihn wieder zu sich. Ihr Gesicht war dicht vor seinem. »Erzähl mir nichts von romantischen Vorstellungen und mach dich nicht über mich lustig! Sag es mir, wenn du mich nicht mehr willst! Sag es mir klipp und klar! Dann gehe ich und belästige dich nicht länger!«

Darran spürte ihren Atem auf seinem Gesicht, auf seiner Haut. Wenn ihre Augen so zornig funkelten, war sie noch schöner. Ihre Ausstrahlung betörte ihn. Hitze wallte in ihm auf, ihm wurde so unerträglich heiß, dass er für einen Atemzug glaubte, zu verglühen.

Und dann gehorchte ihm sein Körper nicht mehr.

Die Welt stand still, als Darrans Arme sich endlich um sie schlossen. Nicht sanft wie früher, als er Angst hatte, durch sie hindurchzugreifen, sondern mit einer Wildheit und Leidenschaft, die ihr den Atem aus den Lungen presste. Es war eine andere Art von Verschmelzung wie bisher, und jetzt erst merkte Gabriella, wie sehr ihr Körper seinen ersehnt hatte. Er schien ähnlich zu empfinden, denn er presste sie an sich, als wolle er sie nie wieder loslassen. Und ihr schien der Gedanke, auch nur einen Zentimeter zurückzuweichen, diesen innigen Kontakt zu verlieren, undenkbar.

Für längere Zeit dachte Gabriella nichts mehr, fürchtete und hoffte nichts mehr. Ihre Welt bestand nur aus Darrans Armen um ihren Körper, dem Geruch seiner Haut. Seiner Brust. Seinem Herzschlag. Seinen Hüften, Schenkeln. Sie wusste nicht, wie lange sie so standen, sich aneinander pressten, sogar sanft und zärtlich aneinanderrieben, den Körper des anderen genießend. Nein, er konnte nicht leugnen, dass er sie liebte und begehrte, dieses Gefühl durchflutete ihn und übertrug sich auf sie.

Ihr Körper und ihr Verstand protestierten, als er wie widerwillig die Arme löste, um sie an den Schultern ein wenig von sich wegzuschieben. Sie nützte jedoch die Gelegenheit, nahm sein Gesicht in beide Hände und küsste es, spürte Bartstoppeln. Sie lachte leise und spürte, wie er erschauerte. Ein lebendiger, atmender Mann, den sie umarmen und küssen konnte. Der auf sie mit Zittern und Gänsehaut reagierte. Der sie liebte.

Zuvor war sie so von Selbstzweifeln geplagt gewesen, dass ihr fast übel geworden war. Sie hatte sich ihm aufgedrängt, war einfach hierhergekommen und hatte ihn nicht einmal gefragt, ob ihm das überhaupt recht wäre. Vor Glück und Verlegenheit brach sie in ein unzusammenhängendes Stammeln völlig unwichtiger Erklärungen aus, bis er sich von ihr löste. Sie wollte sich beschweren, als er leicht den Kopf schüttelte.

»Lass mich bitte, ich brauche Zeit ... Ich muss das genießen.«

»Was denn ge...?«

»Das hier«, seine Stimme klang heiser. Seine Hände glitten über sie, gefolgt von seinem Blick, ungläubig, sehnsüchtig, als könnte er es nicht glauben, dass er sie endlich berührte. Sie hätte gern die Augen geschlossen, um sich völlig dem Gefühl hinzugeben, aber Darrans Gesicht trug einen Ausdruck, den Gabriella nie vergessen würde. Unglauben, Hoffnung, Entzücken ... Verzweiflung. Seine Fingerspitzen glitten über ihr Gesicht, ganz sanft, so, als hätte er Angst, wie früher hindurchzugreifen. Da war es wieder, dieses Prickeln seiner Berührung, der Zauber zwischen ihnen. Er streichelte ihre Stirn, ihre Schläfen, ihr Haar, berührte ihren Hals. Dann beugte er sich vor und küsste ihr Gesicht. Sie fühlte die hauchzarte Berührung seiner Lippen, sogar auf ihrer verletzten Wange.

Sein warmer Atem war fremd für sie. Auch seine warmen Hände. Und doch hatte sie das Gefühl von Vertrautheit, als hätte sie einen Teil ihres Selbst wiedergefunden. Seine Lippen näherten sich ihren, zuerst zögernd. Sie schloss die Augen, fühlte den Widerstand seines Mundes, das Spiel seiner Lippen, seiner Zunge, die nach ihrer suchte. Das hier war wirklich. Körperlich. Ein Schluchzen stieg aus ihrer Kehle empor.

Er zog sie an sich und presste sein Gesicht an ihren Hals. »Ich will dich überall berühren«, flüsterte er. Sein warmer Atem ließ kleine Schauer über ihre Haut wandern. »Aber ich weiß gar nicht, wo ich anfangen soll. Ich will alles an dir auf einmal spüren. Und doch langsam Millimeter für Millimeter deines Körpers erfühlen.«

Gabriella erschauerte wohlig bei diesen Worten. »Wir können alles ausprobieren«, flüsterte sie. »Du wolltest doch einmal wissen, wie das so mit dem Sex ist, oder? Jetzt hast du Gelegenheit, es aus erster Hand zu erfahren. Außerdem«, sie neigte den Kopf zurück, um ihn betrachten zu können, »will ich dich endlich nackt sehen.«

Als Antwort ließ er seine Hand über ihre Schulter wandern und zog dabei das Kleid mit, bis es über ihren Arm rutschte. Dann die zweite Seite, bis ihre Arme im Ausschnitt gefesselt waren, und sie sich nicht befreien konnte, ohne das schöne Kleidungsstück zu zerreißen.

»Was ...?«, machte sie verblüfft, aber da hatte er sie schon aufgehoben und auf die Kissen auf der Steinbank gelegt.

Er ließ sich Zeit, sie völlig zu entkleiden, ging behutsam vor, küsste, streichelte jedes frei werdende Stückchen Haut, bis sie nackt vor ihm lag. Er lächelte auf sie herab. »Das fand ich letztens schon sehr interessant, aber heute ist es noch wesentlich reizvoller.«

»Was hast du eigentlich vor?«, fragte sie ihn, als er tiefer an ihr herabglitt.

»Ausprobieren, welchen Unterschied es jetzt macht«, murmelte er dicht an ihrem Bauchnabel. Seine Stimme bebte leicht. Er sah hoch, und Gabriella hielt wegen der Intensität seines Blickes kurz den Atem an. »Ich möchte dir Vergnügen bereiten«, sagte er mit einem Lächeln, wie Gabriella es noch nie an ihm gesehen hatte. Erotisch, lüstern und intensiv genug, um eine Tiefkühltruhe aufzutauen. Ein Lächeln, das seine Augen teuflisch aufblitzen ließ.

Und teuflisch war auch, was er daraufhin mit ihr anstellte. Noch nie hatte sie einer ihrer Liebhaber nach allen Seiten gedreht, über ihren ganzen Körper gestreichelt, geküsst, jedes Fleckchen erkundet, Zehen eingeschlossen, bis er schließlich mit dem Kopf zwischen ihren Beinen war. Und das sehr unmissverständlich und entschieden.

Saugende Lippen, eine streichelnde, neckende Zunge. Lange Finger, die forschend tiefer hineinglitten, massierten, dehnten, rieben, während seine Lippen saugten, bis Gabriella nur noch als ein stöhnendes, keuchendes, sich windendes Etwas existierte, das schon genug hatte und noch bei Weitem nicht genug kriegen konnte. Der Mann wusste wahrhaftig, was er tat. Und er tat es so gekonnt, dass Gabriella, nach einem letzten Orgasmus, erschöpft in die Kissen unter ihr sank.

Sein schwerer Atem strich über ihren Hals, als er wieder neben sie glitt, ohne sie auch nur eine Sekunde loszulassen. Seine Lippen fanden ihr Ohrläppchen und saugten nicht minder erotisch daran wie zuvor an ihrer Klitoris. Als er sie küsste, konnte sie sich selbst schmecken. Es war erregend und fremd.

»Das war nicht schlecht«, seufzte Gabriella erschöpft in seine Lippen hinein. »Bringst du oft harmlose Frauen mit solchen Spielchen um den Verstand?«

Sein leises, tiefes Lachen vibrierte über ihre Haut, durch ihren Körper, setzte sich durch alle Nervenzellen hindurch fort, erfasste sie bis in die Haarspitzen. *Sämtliche* Haarspitzen. Vor allem jene, durch die seine Finger nun langsame, sinnliche Kreise zogen. »Mit harmlosen Frauen würde ich so etwas nie machen.«

Darran war zufrieden mit sich und Gabriellas Reaktion. Er selbst war sogar bis zu einem erstaunlichen Grad auf seine Kosten gekommen. Er wusste nun, wie sie schmeckte. Er wusste genau, wie sie sich anfühlte, wie heiß ihr Inneres war, wie feucht, wie es sich um seine forschenden, massierenden Finger schmiegte, pulsierte, während sie sich in Ekstase aufbäumte. Er hatte ihr zugesehen, wie sie sich wand, ihre feuchten Lippen geküsst, ihr das letzte bisschen Atem davon weggetrunken.

Er hatte ihr Vergnügen bereiten wollen in der Art, die in Zukunft alle anderen Männer in den Schatten stellen sollte. Wenn sie in ihre Welt zurückkehrte, dann sollte sie jeden anderen mit ihm vergleichen und jede Nacht ihres Lebens, die sie in den Armen eines Mannes verbrachte, an ihn denken.

Ihre glänzenden Lippen lockten, die feuchte Zunge, die genussvoll seinen letzten Kuss ableckte. Er verschloss sie ihr mit einem weiteren, ließ den Geschmack ihrer Scham mit dem ihres Mundes verschmelzen und kostete ihn zugleich mit dem süßen, erregten Duft ihres Körpers aus. Es war ein Duft, der seine Sinne benebelte, den er wie den Rest von Gabriella nie im Leben vergessen würde. Solange sein jämmerliches Leben auch andauerte, sie würde ein Teil davon bleiben. Vielleicht für ewig.

Er war soeben damit beschäftigt, mit Lippen und Zunge eine feuchte Spur zu ihrem Ohrläppchen zu ziehen, als sie ihn ein wenig von sich wegschob. Er hob den Kopf und lächelte sie träge an. Sie glaubte doch nicht wirklich, dass er schon genug von ihr hatte? Oder dass sie schlafen konnte, ehe er völlig mit ihr fertig war?

»Habt ihr hier eigentlich ein Gesetz, das es verbietet, dass ich dich nackt sehe?«, fragte sie gereizt.

Er sah sie überrascht an, dann lachte er. Es war das erste, wunderbare, freie Lachen seit einer halben menschlichen Ewigkeit, und es fühlt sich an, als würde er zum ersten Mal richtig durchatmen. »Nicht dass ich wü…«

Aber da hatte Gabriella schon sein Hemd gepackt und

zerrte daran, bis er nachgab und es sich von ihr über den Kopf ziehen ließ. Die Hosen folgten, und dann endlich hatte auch Gabriella die ganze Nacktheit seines Körpers vor ihren Augen. Es erregte ihn, wie sie ihn mit beiden Händen energisch auf den Rücken drehte und ihn von oben bis unten betrachtete. Eine unerträglich lange Zeit hielten sich ihre Blicke mit seinem Geschlecht auf. Er war schon leicht erregt gewesen, als er ihre Räumlichkeiten betreten hatte – allein ihr ersehnter Anblick hatte genügt –, und seine Liebkosungen hatten ein Übriges getan. Nun stand sein Penis, vom Stoff befreit, empor und reckte sich ihren Blicken entgegen.

»Na also«, stellte sie zufrieden fest. »Alles dran. Und mehr als ausreichend.«

»Das hoffe ich sehr.« Darran zog sie mit einem Lachen über sich. Zum ersten Mal fühlte er sie richtig, ihre Haut auf seiner, die weichen Brüste, deren Spitzen brennende Muster auf seine Brust zeichneten. Sein Geschlecht rieb an ihrem Schenkel und sehnte sich nach einem Ziel, das er sich versagen wollte. Es war zu gefährlich. Seine Liebe zu ihr war so stark, dass ein Mehr an Nähe eine Verbindung schaffen konnte, die nie wieder zu brechen war. Gabriella würde in ihrer Welt ebenso daran zugrunde gehen wie er in dieser. Es war eine Sache, alle zukünftigen Männer in ihrem Leben ausstechen zu wollen, aber eine andere, zu wissen, dass sie litt, krank vor Sehnsucht wurde.

Und dann tat Gabriella etwas, womit er nicht gerechnet hatte: Sie schob sich an ihm hinunter. So wie zuvor er es gemacht hatte, ließ sie ihre Lippen über seine Brust wandern, leckte seine Brustwarzen, kreiste verspielt mit den Fingerspitzen über seinen Bauch, während ihre Zunge sich leicht in seinen Nabel bohrte. Darran hielt den Atem an. Sein Penis zuckte. Konnte ein Mann noch erregter werden?

Er konnte.

Sie kraulte sein gekraustes Haar, zog mit den Fingernägeln sanfte, glühende Kreise über seine Hoden, streichelte seine angespannten Schenkel. Ihr schulterlanges Haar fiel wie ein Vorhang über ihn, kitzelte, erregte seine Lust noch mehr. Er stieß scharf die Luft aus, als ihre Finger sich um seinen harten Schaft schlossen, mit sanftem Druck darauf auf und ab glitten.

»Bringst du oft harmlose Männer mit solchen ...« Ihre Lippen stülpten sich über seine Penisspitze, und ihre Zunge, die ihn umspielte, hinderte Darran daran, weiterzusprechen. Seine Welt explodierte in unendlicher Lust.

Erschöpft, zufrieden, benommen fühlte er, wie sie wieder an ihm emporglitt. Er hob eine müde Hand, um ihr Haar aus dem Gesicht zu streichen.

Ihre Wangen waren gerötet, die Augen glänzten. Um den Mund ein Lächeln, das von Triumph sprach. »Mit harmlosen Männern«, sagte sie mit einer Stimme, die dunkel vor Lust war, »würde ich so etwas nie machen.« Als sie ihn küsste, schmeckte er sich selbst.

Darran konnte sich seit seiner Rückkehr an sein früheres Leben erinnern. Auch an die Frauen, die er gehabt hatte. An Geliebte. An Leidenschaft. Aber nichts war mit Gabriella vergleichbar. Er hatte Leidenschaft empfunden und es vielleicht für Liebe gehalten. Jetzt kannte er den Unterschied und er würde ihn nie wieder vergessen.

Einundzwanzigstes Kapitel

In der Halle war es so still, dass man selbst die leisen Schritte der Frau hören konnte, die, um sich blickend, suchend die Reihe der steinernen Särge entlangging. Die Gelegenheit war günstig, Strabo war fortgeritten, um dieses Weib zu holen, das sich bei Ramesses verkrochen hatte.

Vor einem der Sarkophage blieb sie stehen und rückte den Deckel zur Seite. Lange betrachtete sie den darin liegenden Mann. Er lag in einem todesähnlichen Schlaf, ohne Atmung, ohne das leiseste Zeichen von Leben. Lediglich der Stein auf seiner Stirn, die Verbindung zwischen ihm und seinem Geist, der seit Langem als Jäger unter den Menschen lebte, pulsierte im Takt seines ehemaligen Herzschlags.

Bedächtig zog sie einen Dolch aus ihrem Gürtel. Mit der Spitze schob sie das blonde Haar des Mannes zur Seite, fuhr damit über sein Gesicht, ohne auch nur seine Haut zu ritzen, über seinen Hals. Ihre Hand zitterte. Sie kostete das Gefühl von Macht aus. Er war völlig in ihrer Hand. Nur ein kleiner Stoß mit dem Dolch und er wäre tot. Er, Julian, der drüben mit Ramesses, dem Verräter, Freundschaft geschlossen hatte. Sie verzog den Mund, als hätte sie in etwas übel Schmeckendes gebissen.

Schließlich zog sie den Dolch zurück, hielt ihre Hand über seine Stirn, genau dort, wo der Stein lag, und fügte sich selbst einen kleinen Schnitt zu. Einige Blutstropfen perlten hervor, tropften auf den Stein, auf seine Stirn. Zufrieden sah sie, wie der Stein rötlich zu glühen begann, ehe er seine Farbe weiter veränderte, zu einem dunklen

Violett, dann Blau und endlich immer mehr verblasste, bis er farblos und stumpf auf Julians Stirn lag. Nur jene, in denen das Herrscherblut mächtig genug war, konnten die Jäger erwecken, ohne sie dabei zu töten.

Ein Zucken ging über das Gesicht des Mannes, dann durch seinen Körper. Seine Finger bewegten sich, als wollten sie nach etwas greifen. Seine Beine spannten sich an, sein Körper bäumte sich auf, er rang nach Luft, und dann, endlich, ein tiefer Atemzug.

Malina legte ihm die Hand auf die Stirn, verwischte die Blutstropfen, während sie ihren Blick langsam über seinen nackten Körper gleiten ließ. Als er die Augen aufschlug, war das Erste, was er sah, sie. So, wie sie es geplant hatte. Sie lächelte. »Es ist so weit.«

Er setzte zu sprechen an, es gelang erst beim zweiten Versuch. »Es wurde auch Zeit.« Er blinzelte, seine Augen tränten und mussten sich selbst an das dämmrige Licht gewöhnen. Er bewegte die Finger, ballte die Fäuste. »Verflucht sei Strabo.« Seine Stimme klang heiser, aber kräftig.

Sie half ihm, sich aufzusetzen. Einige schwere Atemzüge, dann stemmte er sich hoch und stieg heraus. Nicht mehr lange und er würde wieder völlig bei Kräften sein. Ihre Magie und ihr Blut halfen ihm dabei. Nicht wie Ramesses, der von selbst erwacht war und lange gegen die Schwäche hatte kämpfen müssen. Ein weniger kräftiger Mann als er wäre daran gestorben. Malina wäre die Letzte gewesen, die seinen Tod bedauert hätte.

Sie reichte Julian ein dunkles Gewand. Er warf es über und ließ sich auf einen Stein sinken, um nach dem Krug zu greifen, den sie ihm hinhielt. Seine Hände zitterten so stark, dass sie ihm helfen musste, ihn an die Lippen zu setzen. Der erste Schluck würgte ihn, er hustete, atmete tief durch und fasste sich wieder. »Verflucht sei Strabo«, wiederholte er.

»Er wird noch heute für alles bezahlen. Er und die anderen. Unsere Leute stehen bereit.«

Sein Blick glitt nachdenklich über sie, prüfend, forschend, als wolle er sichergehen, wie verlässlich sie wirklich war. »Darran? Ist er zurückgekehrt?«

Wut stieg in ihr hoch. Das war seine erste Frage? Nach diesem Verräter? Sie zuckte mit den Schultern. »Fast hätte ihn der Pöbel erwischt, aber Markus kam mit seinen Männern dazwischen.« Es waren ihre Leute gewesen, die Ramesses aufgelauert hatten. Allerdings hatte Markus offenbar seine Spione überall, und sie hatte Tabor schicken müssen, damit ihre Männer nicht von Markus' Kriegern getötet wurden. Julian würde es allerdings nicht gefallen, zu hören, dass sie Ramesses, oder Darran, wie er sich jetzt nannte, als sehr verzichtbar ansah.

Julian erhob sich, ging langsam in der Halle auf und ab, dehnte seine Glieder, ließ die Schultern kreisen, streckte sich. Er wurde zunehmend kräftiger, seine Bewegungen weniger hölzern, wieder geschmeidiger. Sie ließ keinen Blick von ihm.

»Was ist mit dieser Frau, die ich durch das Tor schickte? Hast du sie in deiner Gewalt?«

Das aufkeimende Begehren in ihren Augen wich einem besorgten Flackern. »Nein.«

»Was?« Er war mit einem Sprung bei ihr, packte sie an der Kehle. Sie neigte den Kopf zurück, kämpfte nicht gegen ihn an. Sie mochte es, wenn er sie beherrschte. Das hatte er immer getan. Selbst über die Jahre, die körperliche Entfernung hinweg, hatte sie immer gemacht, was er wollte.

»Darran hat sie befreit. Markus hatte Späher. Es ist nicht das erste Mal, dass er uns dazwi…«

Die Ohrfeige traf sie mitten im Wort. Ihr Kopf wurde herumgerissen. »Du hast versagt«, zischte ihr Liebhaber. Sein blondes Haar hing ihm wirr ins Gesicht, die Augen glühten vor Zorn.

Malina leckte sich über die Lippen, ein schmales Rinnsal aus Blut floss aus ihrem Mundwinkel. »Verflucht möge sie sein, die Tochter dieser Hure. Ich werde sie persönlich ausweiden!«

»Du wirst nichts dergleichen tun.« Seine Stimme klang leise und gefährlich. »Ich will sie in der Hand haben.« Er funkelte sie drohend an. »Ich brauche sie als Druckmittel.«

»Strabo ist so gut wie vernichtet. Die meisten seiner Wachen sind tot oder auf unserer Seite.«

Seine Hand packte ihr langes Haar, er zerrte sie zu sich heran, bis seine Augen dicht vor ihren funkelten. »Nicht gegen ihn!«, fuhr er sie an. »Als Druckmittel gegen Darran. Er ist immer noch mächtig, hat Anhänger, zumal mit Markus an seiner Seite.«

Er ließ sie los und trat einen Schritt zurück, um nach dem Krug zu greifen. »Du hast schon öfter versagt, sonst wäre ich schon längst zurück.« Er hob den Krug wieder an seine Lippen, legte den Kopf zurück, und Malina sah zu, wie seine Kehle sich bewegte, als er ihn leer trank. Dann warf er ihn in eine Ecke, wo er zerschellte, ehe er sich umwandte und mit sicheren Schritten zu dem Schwert ging, das an der Wand hinter seinem Sarkophag hing. Er nahm es herab und schritt die Reihe der Sarkophage ab. Er brauchte nicht hineinzusehen, um zu wissen, wer darin lag, die Schwerter trugen die Wappen der jeweiligen Familie. Vor einem leeren Sarkophag blieb er stehen.

»Hier lag Ramesses«, hörte er die Stimme der Frau so dicht an seinem Ohr, dass er ihren Atem fühlen konnte. Ihre Zunge fuhr langsam seine Ohrmuschel entlang. Ihr Körper berührte seinen, er spürte, wie sich ihre Brüste an ihn schmiegten. Hitze wallte in ihm empor, Lust. Wie lange hatte er darauf verzichten müssen. Wesentlich länger als Ramesses, der sich nun Darran nannte und inzwischen vermutlich längst bei diesem Weib lag. Plötzlich wirbelte er herum, stieß sie zurück. Ein schneller Schwerthieb und ihr Gewand klaffte vor dem Körper auseinander.

Sie lächelte ihn atemlos an. »Du hast nichts verlernt.«

»Nein.« Er kam auf sie zu, hob sie hoch und trug sie zu Darrans leerem Sarkophag. Er stieg mit ihr hinein, stieß sie zu Boden und drängte ihre Knie auseinander, ehe er sich auf sie legte. Er war längst bereit. Sie keuchte auf, die Augen halb geschlossen, als er hart in sie stieß.

»Haben sie die Vereinigung vor den Ahnen vollzogen?«

»Die Zeit war zu kurz.« Sie starrte ihn an, Verlangen und Furcht zugleich im Blick. Sie hob den Kopf, um ihn zu küssen, aber seine harte Hand auf ihrem Hals presste sie zurück. Erregt hob sie ihm ihre Brüste entgegen.

»Wenn sie diesen Bund schließen, dann steht Darran auf Strabos Seite und nicht auf unserer.«

»Ich werde nicht mehr versagen«, hauchte sie.

Er brachte sein Gesicht dicht an ihres. »Solltest du, werde ich dich bestrafen. Hast du mich verstanden?«

Sie nickte, weil seine Hand ihr die Luft abschnürte. Er ließ sie los, packte sie an den Schultern und stieß zu, immer härter, bis sie keuchte und sich unter ihm wand.

Zweiundzwanzigstes Kapitel

Die Nachricht, dass ihr Vater vor dem Haus stand, um sie abzuholen, riss Gabriella aus ihren süßen Träumen in Darrans Armen. Darran zog sich, ohne besondere Überraschung zu zeigen, an und ging hinunter, während Gabriella hastig in Jeans, ein sauberes T-Shirt und ihre Sportschuhe schlüpfte.

Als sie nur wenig später in die große Halle stürzte, standen ihr Vater und Darran einander gegenüber. Ihr Vater hatte die Arme vor dem Körper verschränkt, und Darran hatte eine ruhige, selbstbewusste Haltung eingenommen, nicht feindlich, aber auch nicht gerade liebenswürdig. An seiner linken Seite wartete Levana und musterte Strabo kritisch. Alderan hielt sich einen Schritt hinter ihr.

Bei Gabriellas Anblick leuchtete Strabos Gesicht auf. Er kam ihr mit ausgestreckten Armen entgegen und ergriff ihre Hände, um sie warm zu drücken. »Meine Tochter, wie dankbar ich bin, dich wohlbehalten zu sehen. Ich hörte erst vor Kurzem, was geschehen ist.« Sein Blick fiel unweigerlich auf die Narbe. »Du bist verletzt!«

»Sie wurde überfallen, nachdem sie aus dem Tor kam.« Darrans Stimme hätte die Steinmauern vor seinem Palast durchschneiden können. »Ich frage mich, Strabo, wie deine Tochter durch das Tor gelangen konnte, ohne dass du es auch nur bemerkt hast oder informiert wurdest.«

Gabriellas Vater legte den Kopf etwas schief und musterte Darran eingehend. »Bisher hatte ich gedacht, du stecktest dahinter.«

Darrans Augen wurden schmal. »Ich hätte sie nie hierher gebracht. Und es kommen mehr durch, als du auch nur ahnst. Allerdings in umgekehrter Richtung – und das sollte dir noch wesentlich mehr Sorge bereiten.«

Gabriella wäre gern zu Darran hinübergegangen, um seine Hand zu fassen und ihrem Vater damit zu zeigen, dass sie zu ihm gehörte, aber er hatte in dieser fremden Manier die Hände auf dem Rücken zusammengelegt, wie um Strabo zu beweisen, dass er seine Tochter nicht festhalten wollte. »Dein Vater ist gekommen, um dich abzuholen«, sagte er mit unnatürlich ruhiger Stimme. »Das trifft sich ausgezeichnet, denn ich wollte bereits einen Boten schicken.« Er drehte sich zu einem der Diener um. »Hol Gabriella Bramantes Gepäck. Und lass unsere Tiere satteln, wir werden sie begleiten.«

Gabriella rang nach Atem und nach Worten. Ein ersticktes »Darran!« war alles, was sie herausbrachte.

Er beachtete sie ohnehin nicht. »Es ist an dir, das Tor zu öffnen«, fuhr er, an Strabo gewandt, fort, »um sie wieder in ihre Heimat zu schicken. Aber«, seine Stimme senkte sich, und die Drohung darin schwang wie ein Schwert durch den Raum, »ich verlasse mich nicht mehr darauf, dass du imstande bist, sie zu beschützen.«

Strabos Blick ging zwischen ihnen hin und her. Gabriella versuchte, Darrans Aufmerksamkeit zu gewinnen, aber er sah an ihr vorbei ins Leere. Es war ihr, als miede er jeden Blick auf sie wie die Pest. Markus stand etwas abseits, sah verärgert aus und war auch keine Hilfe.

»Es wird nicht nötig sein, uns zu begleiten«, sagte Strabo ungeduldig.

»Wird es doch.« Darrans Blick war kalt und entschlossen. »Gleich nachdem sie durch das Tor kam, wurde sie von Malina gefangen genommen. Diese Narbe«, jetzt bebte seine Stimme vor unterdrücktem Zorn, »stammt von ihr.«

Gabriella sah, wie ihr Vater erbleichte, dann kroch eine dunkle Röte seinen Hals empor. Der Streit der beiden interessierte sie jedoch nicht. Sie holte tief Luft und trat dicht an Darran heran, der sie jetzt, wo ihre Nase nur eine Handbreit von seiner entfernt war, ansehen musste, ob er wollte oder nicht. »Ich denke ja gar nicht daran, wegzugehen.« Sie sprach sehr langsam und deutlich.

Er fasste sie am Arm und zerrte sie mit sich in eine Ecke der Halle, wo niemand ihr Gespräch mitanhören konnte. Dort wirbelte er sie herum und packte sie an den Schultern. »Gabriella, verstehst du denn nicht? Dieses Land ist tot. So wie seine Bewohner.«

»Welch ein Unsinn! Wenn dir nichts anderes einfällt, um mich loszuwerden ...«

Er schüttelte sie, sehr sanft. »Bitte, hör mir zu. Ich weiß nicht, was du dir unter diesem Leben hier vorstellst – vielleicht irgendein wunderbares Sagenland, eine Art Feenreich, so wie in den Märchenbüchern, die bei dir daheim herumstehen, und möglicherweise war es das früher auch. Aber das war lange, bevor die Alten uns zu diesem Dasein verdammt haben. Amisaya ist jetzt ein Land der lebenden Toten. Ein Gefängnis für ein ganzes Volk. Wir können nicht sterben, verstehst du? Wir *können* nicht. Nur wenn die Nebel uns töten oder wir uns gegenseitig umbringen. Wir sind in Ewigkeit verdammt. Du bist aber nicht verflucht wie wir.« Er tat einen tiefen, zitternden Atemzug und sah sie eindringlich an, seine Finger hatten sich schmerzhaft in ihre Schultern gekrallt, als könne er sie damit überzeugen.

Gabriella hatte nicht einmal die Hälfte von dem gehört, was er sagte. Es interessierte sie auch nicht. »Du willst, dass ich gehe«, fragte sie leise »nach dem, was heute war?«

»Eine wunderbare Erinnerung, für die ich immer

dankbar sein werde. Aber«, ein Lächeln huschte über seine Lippen, »was könnte eine Liebe schon wert sein, die duldet, dass du hier lebst.«

Gabriella musterte ihn nachdenklich, die Augenbrauen hochgezogen, die Lippen gespitzt, dann nickte sie. »Verstehe.« Sie verstand jetzt tatsächlich. Ihr Liebster war ein Einfaltspinsel. Selbst nach den vergangenen Stunden hielt er noch an dieser lächerlichen Überzeugung fest, sie könnte nicht selbst für sich entscheiden. Als ihr ein Mann schüchtern ihren Rucksack hinhielt, hätte sie ihn am liebsten gepackt, um ihn Darran um die Ohren zu schlagen.

Aber eine Gabriella Bramante wusste, wann es Zeit war, nach außen hin nachzugeben. Sie umarmte Levana, die sie traurig ansah, nickte Alderan zu, der ernst zurücknickte. Markus schüttelte den Kopf, als sie ihm die Hand reichen wollte. »Ich komme ebenfalls mit.«

Sie ging, ohne sich noch einmal nach Darran umzublicken. Er sollte aber nur nicht glauben, dass er das letzte Wort in dieser Sache hatte.

Vor dem Gebäude erwartete sie ein Trupp Berittener. Gabriella stockte, aber ihr Vater ging wie selbstverständlich auf zwei Pferde zu, die von einem Bewaffneten gehalten wurden. Strabo reichte ihm Gabriellas Rucksack, legte ihr einen festen Mantel um die Schultern und zog ihr die Kapuze ins Gesicht. »Die Sonne geht demnächst unter, und bald wird der Sturm aufkommen.«

Das hieß Sand in fast jeder Ritze ihrer Kleidung und ihres Körpers. Sie zog den Mantel eng um sich. Ihr Vater half ihr aufzusteigen, und Gabriella saß auf, bemüht, nicht gleich auf der anderen Seite wieder hinunterzurutschen. Oben angekommen, wetzte sie unbehaglich im Sattel herum. Zuletzt war sie mit acht Jahren auf so etwas gesessen.

Erst jetzt, bei Tageslicht, sah sie, wie groß Darrans

Heim tatsächlich war. Das Hauptgebäude ähnelte beileibe keiner Burg, wie sie während der Nacht gedacht hatte, sondern war, ähnlich wie das Schloss, in dem sich das Tor befand, aus luftigen Säulengängen erbaut. Sie sah sinnend hoch. Wie musste ein Land ausgesehen haben, in dem ein Volk solche Bauwerke schuf? So luftig, leicht. Es musste einmal paradiesisch schön hier gewesen sein. Jetzt allerdings trieb der Wind nur Sand zwischen den Säulen hindurch und keine Blütenblätter.

Sie sah, wie Darrans Männer erschienen, Staub aufwirbelten, als sie auf ihre Tiere sprangen, und riskierte einen weiteren Blick. Er selbst war dabei, dann Markus, der Strabos Leute kritisch musterte, und noch vier weitere Männer. Dort hinten preschte noch ein schlanker Reiter heran, dessen schwarzes Haar wie eine Fahne hinter ihm herwehte, gefolgt von einem weiteren. Levana und Alderan. Gabriella lächelte.

Dann trabten sie los. Sie richtete sich hoch auf, den Kopf stolz und gerade, für den Fall, dass Darran sie beobachtete.

❖ ❖ ❖

Sie hatte sich nicht einmal mehr nach ihm umgedreht, nur die Achseln gezuckt und war einfach losmarschiert. Darrans Stimmung war deshalb schon düster, aber als er mitansehen musste, wie erbärmlich Gabriella auf dem Pferd hockte, sank seine Laune noch um einiges. Sie hing auf dem Pferd wie ein Sack. Oder vielmehr wie ein Sack, der einen Stock verschluckt hatte und bei jedem Trabschritt des Pferdes mindestens zwei Handbreit in die Höhe hüpfte. Bis sie in Strabos Residenz ankamen, hatte sie gewiss überall am Körper Schmerzen, blaue Flecken und war wundgeritten.

Und je näher sie seiner Residenz kamen, desto mehr bestätigten sich seine Befürchtungen, zumal Gabriella bald schon mehr oder weniger hilflos auf dem Pferd herumrutschte und dabei so durchgeschüttelt wurde, dass Darran schon beim Zusehen jeder Knochen im Leib wehtat. Am liebsten hätte er sie auf sein eigenes Pferd gezerrt, um sie in seinen Armen zu halten.

Der Ritt verlief schweigend, kaum dass die Reiter ein oder zwei Worte miteinander wechselten. Sogar Levana saß still und in düsteres Brüten versunken auf ihrem Pferd. Nicht zuletzt deshalb, weil nicht nur der aufkommende Sturm, sondern auch die Hufe der Pferde Staub aufwirbelten, der jedes Gespräch sofort in einem Hustenanfall erstickt hätte.

Darran ließ seine Aufmerksamkeit von Gabriella zu ihrem Vater wandern. Strabo hatte sich verändert. Darran vermisste an ihm die Ausstrahlung von Macht, mit der Strabo früher so beeindruckend gewirkt hatte. Er hielt sich zwar gerade, aber dennoch wirkte er kleiner als früher, auf befremdliche Art geschrumpft, als laste sein Amt zu schwer auf ihm. Das war ein schlechtes Zeichen. Strabo stand für die Einhaltung der Ordnung. Wankte er, verlor er an Macht, so kam auch die gesamte Welt von Amisaya ins Wanken. Es gab genügend Familien, die seine Schwäche nützen würden, um an die Macht zu kommen, und das Land würde abermals in Kriegen brennen, bis es völlig zerstört war.

❊ ❊ ❊

Ihr Vater wechselte während des Rittes kein Wort mit Gabriella, lächelte ihr jedoch von Zeit zu Zeit aufmunternd zu. Anfangs fiel es Gabriella noch leicht, zurückzulächeln, aber zum Schluss blieb nur noch ein entschlossenes Zähneblecken übrig. Bereits zehn Minuten nach Aufbruch hatte sie von dem Gehopse Seitenstechen. Zwanzig Minuten später zusätzlich Kopfschmerzen, weil sie krampfhaft die Zähne aufeinanderbeißen musste, damit sie nicht bei jedem Schritt zusammenschlugen oder sie sich in die Zunge biss, und schon lange, bevor sie das Domizil ihres Vaters überhaupt zu Gesicht bekam, war sie wundgeritten. Sie schwor sich: Wenn sie je wieder heimkam, würde sie sich nie wieder über überfüllte U-Bahnen beklagen.

Vor dem Palast angekommen, hatte sie Mühe, überhaupt vom Pferd zu steigen. Sich der abschätzenden Blicke der Männer – und besonders Darrans – bewusst, schwang sie mit letzter Kraft das rechte Bein über den Sattel und ließ sich vorsichtig hinunter. Sie wagte es erst, ihren Griff vom Sattel zu lösen, als sie sicher sein konnte, dass ihre Beine sie auch trugen. Was alles wehtat, daran wollte sie gar nicht denken.

Sie begegnete Darrans Blick, der sie so finster musterte, als würde er sie noch zusätzlich übers Knie legen wollen, und wandte sich rasch ab. Sich vor ihm jetzt nur keine Blöße geben! Mit zusammengebissenen Zähnen stelzte sie neben ihrem Vater her, wild entschlossen, die Steifheit in den Beinen und die Schmerzen in ihrem Hintern zu überspielen.

»Das Tor«, hielt Darrans kalte Stimme sie auf.

Der Mann war wirklich unerträglich verbissen. Obwohl Gabriella zugegebenermaßen in diesem Moment nichts gegen einen kurzen Besuch daheim einzuwenden gehabt hätte. Im Gegenteil: Ein ganzes Jahresgehalt für nur eine Stunde in ihrem Badezimmer! Und ein weiteres für eine Kanne Kaffee mit Milch und Zucker und Frühstücksmüsli. Ihr Magen musste inzwischen schon auf die Hälfte geschrumpft sein. Aßen die hier nie etwas?

Ihr Vater wandte sich nach Darran um, und zu Gabriellas Verwunderung klang er eher besorgt. »Ich kann es jetzt nicht öffnen, die Dämmerung bricht gleich herein, wir brauchen das Tageslicht. Man wird euch Räume zuweisen, in denen ihr geschützt die Nacht verbringen könnt.«

»Wir werden in Gabriellas Nähe lagern, um sicherzugehen, dass ihr nichts zustößt.« Darran, die Hand auf dem Schwertknauf, kam näher. Gabriella sah, wie seine Leute und Markus sich misstrauisch umsahen, und Alderan scannte förmlich aus zusammengekniffenen Augen die Umgebung.

»Sie ist in meinem Heim«, fuhr Strabo ihn, nun doch verärgert, an. »Aber macht, wie euch beliebt. Ihr könnt Räume haben, aber auch, dem kommenden Sturm ausgesetzt, vor meinen Toren lagern.«

Er nahm Gabriella sanft am Arm, geleitete sie jedoch nicht zu dem großen Palast, in dessen monströser Halle sie vor so kurzer Zeit hier angekommen war, sondern zu einem flachen Gebäude, dem sich andere anschlossen. Als er sah, dass sie den Kopf nach dem vielstöckigen Schloss drehte, nickte er betrübt. »Früher hat meine Familie dort gelebt. Auch ich. Aber inzwischen wohnen lediglich die Wachen dort, um das Tor zu bewachen.«

Sie betraten das niedrige Gebäude, und Strabo führte sie in einen Raum mit schießschartenartigen Fenstern. Auch sie waren durch hauchdünne Steinfenster verschlossen, durch deren buntes Glas das Licht der Dämmerung fiel. »Hier, meine Liebe. Ruhe dich von dem Ritt aus. Man wird dir etwas Nahrhaftes bringen. Wir sprechen später weiter.« Er tätschelte ihren Arm. »Auch darüber, wie es dir gelungen ist, hierherzukommen.«

Sie sah ihm nach, wie er zur Tür ging. Dort blieb er stehen und sah unschlüssig zurück, ein leichtes Lächeln um die Lippen. Zum ersten Mal betrachtete sie ihren Vater eingehender. Als er ihr nach dem Tod ihrer Mutter »erschienen« war, hatte seine Gegenwart sie eingeschüchtert, aber inzwischen sah sie nicht mehr den unheimlichen Schatten in ihm. Und sein Gesicht war das eines älteren Mannes, mit Kerben und Furchen, wie das Leben sie in Gesichter zeichnete.

Ihr Vater. Unfassbar. Aus einem spontanen Gefühl heraus stakste sie steifbeinig zu ihm hinüber und küsste ihn auf die Wange. Für einen Augenblick legte er seinen Arm um sie und drückte sie an sich. Eine angenehme Wärme ging von ihm aus, eine Zuneigung, mit der sie nicht gerechnet hatte. »Ich bin glücklich, dich in meinem Leben zu haben, mein Kind.«

Gabriella blickte ihm nach, als er davonging, dann sah sie sich in ihrem Zimmer um. Zwei leuchtende Steinsäulen verbreiteten auch hier Licht und Wärme, aber sonst war es spartanisch eingerichtet. So lebte der Herrscher von Amisaya?

Eine Bettstatt – zumindest nannte Gabriella es so bei sich, weil es nicht die geringste Ähnlichkeit mit ihrem bequemen Polsterbett daheim hatte, stand am hinteren Teil der Wand. Dann ein Steintisch. Ein hölzerner Stuhl. Sie ging darauf zu und betrachtete ihn. Das war allerdings kein simpler Stuhl, sondern ein prächtiges Meisterwerk mit kunstvollen Schnitzereien. Sie erkannte Blumenranken, Bäume, und auf der Hinterseite der Rückenlehne sogar eine ganze Gartenlandschaft. Hatte es früher hier so ausgesehen?

Wenn sie in Betracht zog, was Markus über Holz in diesem Land gesagt hatte, dann hatte sie ein unbezahlbares Stück vor sich. Es schien ihr ein Sakrileg, sich darauf niederzulassen, also setzte sie sich auf das Bett. Es war auch weicher. Sie war müde, ihr Hinterteil tat weh, der Sand kratzte sogar in ihrer Unterwäsche und rieb zwischen ihren Zähnen. Erleichtert sah sie auf, als ein alter Mann hereinkam. Endlich etwas zu essen. Zu ihrer Enttäuschung brachte er jedoch nur ihren Rucksack, und dazu stellte er einen Krug und einen Becher auf den Tisch.

Er lächelte sie freundlich an, und sie trat zum Tisch und schnupperte am Krug. Es roch ähnlich wie das Getränk, das Levana ihr zu trinken gegeben hatte.

»Haben Sie vielleicht auch noch etwas anderes? Das hier ist sicher sehr delikat«, setzte sie rasch hinzu, als sie sein bekümmertes Gesicht sah, »aber ich habe großen Hunger.« Ihr Magen unterstrich diese Worte mit einem lauten Knurren.

»Leider. Das ist alles, was ich Euch anbieten kann.«

»Schon gut.« Hoffentlich hatte das Krokodil vom Vortag noch Müsliriegel übrig gelassen, und danach würde sie eben Strabo nach etwas zu essen fragen. »Wo finde ich meinen Vater?«

»Euer Vater ist am Kraftort Eurer Ahnen. Ihr könnt den Weg auf der anderen Seite des Hauses nehmen, der führt Euch direkt hin.« Er wies zur Tür hinaus. »Diesen Gang entlang, dann rechts und an den ehemaligen Stallungen vorbei.«

»Danke.« Sie lächelte verlegen. An dieses antiquierte »Ihr« und »Euch« musste sie sich erst gewöhnen.

Der alte Mann verließ sie, und Gabriella wandte sich ihrem Rucksack zu. Es fanden sich zwei unangetastete Müsliriegel darin. Die Wasserflaschen waren alle weg, dafür lag ihr Buch ganz zu unterst, und darauf die Tafel Schokolade. Sie überlegte, ob sie Levana suchen sollte, aber dann beschloss sie, zuerst zu Kräften zu kommen. Sie biss herzhaft in die Riegel und spülte dann mit dem Getränk nach. Seltsames Gebräu, schmeckte eigentlich gar nicht so schlecht, wenn man sich erst einmal daran gewöhnt hatte. Warm und vollmundig lief es ihre Speiseröhre hinunter und wärmte ihren Magen. Sie setzte sich auf das Bett, verspeiste bedächtig die kostbaren Müsliriegel und trank nach. Geschmacklich kein Vergleich mit einem Espresso oder einem Cappuccino – aber von der Wirkung her war es mindestens ebenso effizient. Die Kopfschmerzen ließen nach, ihre Sitzfläche fühlte sich besser an, und der Hunger wurde gestillt. Eine Art magisches Gesöff vermutlich. Der Gedanke ließ sie kichern, bis sie auf der anderen Seite des Raumes einen Spiegel entdeckte.

Ihre Finger tasteten unwillkürlich über ihre Wange. Als sie in Darrans Armen gelegen war, hatte sie kaum mehr an die Verletzung gedacht, aber nun war es wohl an der Zeit, den Tatsachen ins Auge oder eher auf die Wange zu sehen. Sie trat vor den Spiegel, blinzelte zuerst feige hinein, riss dann jedoch staunend die Augen auf. Da war nicht mehr als ein schmaler roter Streifen. Hässlich und ärgerlich genug, aber bei Weitem nicht so entstellend, wie sie befürchtet hatte.

Nachdem sie sich ausgiebig und zunehmend erleichtert bestaunt hatte, beschloss sie, sich auf die Suche nach ihrem Vater zu machen. Von diesen geheimnisvollen, magischen Kraftorten hatte Darran ihr schon erzählt, und auf den ihrer eigenen Familie war sie besonders neugierig. Sie klopfte ihre Jeans aus, schüttelte den Sand aus dem T-Shirt und den Schuhen und floh, in den dichten Mantel gehüllt, aus dem stickigen Raum.

Von Darran war weit und breit nichts zu sehen, auch nicht von den anderen. Entweder hatte er doch die von Strabo bereitgestellten Räume aufgesucht, oder er hatte anderswo Unterschlupf gefunden. Sie überlegte kurz, ob sie Levana suchen sollte, aber dann zog sie der Weg in einen versteinerten Park hinein. Früher musste dies ein üppiger Garten gewesen sein, sehr ähnlich dem auf der Rückenlehne des Stuhls. Trockene Brunnen, Steinbänke, Steineinfassungen erinnerten an die ehemalige Pracht.

In der Mitte des Parks tauchte ein tempelartiges Gebäude auf. Sie ging zügigen Schrittes darauf zu und wurde erst langsamer, als sie näher kam. Sie fand ihren Vater in der Mitte des Tempels sitzend, das Haupt gebeugt, mit herabhängenden Schultern. Er wirkte müde und erschöpft. Unsicher, ob sie ihn stören durfte, blieb sie stehen, aber da hob er den Kopf und lächelte sie an. »Komm nur, mein Kind, setz dich zu mir. Dies ist dein Ort wie der meine.«

Gabriella stieg die Stufen hinauf, und in dem Moment, als sie die Säulen passierte, auf denen das Dach ruhte, legte sich der Wind, als umgäbe diesen Ort ein unsichtbarer Schutz. Sie nahm neben ihrem Vater auf einer Steinbank Platz, und Strabo wies auf Reliefs an den Säulen. »Hier siehst du deine Vorfahren.«

»So etwas habe ich schon auf diesen Tempeln außerhalb des Palastes gesehen.«

Strabo nickte. »Die Kraftstätten all jener, die zum Hof der Herrscher von Amisaya gehörten. Sie haben ihre Tempel in unmittelbarer Nähe zum Palast gebaut. Damals herrschte hier noch blühendes Leben.« Er zeigte auf eine Säule ihnen gegenüber. »Dies hier ist der Vater meines Großvaters. Und hier mein Vater und ich selbst. Die Bilder entstehen von selbst, sobald ein neues Familienmitglied geboren ist. Es gab eine Zeit, da kamen die Ältesten hierher, um zu sterben. Deine Großmutter tat es, als sie entschied, zu den Nebeln zu gehen.«

»Dort will jemand freiwillig hin?« Gabriella schauderte.

Strabo lächelte milde. »Es war ein würdevoller Abschied, ein Eingehen in eine andere Welt. Jeder, der im Sterben lag, aus welchem Grund auch immer, dessen größtes Anliegen war es, am Kraftort seiner Ahnen zu sterben und so unmittelbar von ihnen aufgenommen zu werden.«

Gabriella erhob sich, um sich die Reliefs näher zu besehen. Das waren also ihre Vorfahren väterlicherseits.

Fast hätte sie erstaunt den Kopf geschüttelt. Jahrzehnte hatte sie ohne Vater gelebt, ihn für tot gehalten, und nun stand sie vor einer ganzen Ahnengalerie. Sich selbst musste sie wohl kaum unter den Reliefs suchen. Sie gehörte nur zur Hälfte dazu, und vielleicht nicht einmal das. Sie seufzte. In ihrem Rücken spürte sie den Blick ihres Vaters.

»Ich habe schon lange keinen Kontakt mehr zu unseren Ahnen«, sagte er leise. »Sie antworten mir nur mit Schweigen.«

Gabriella drehte sich nach ihm um, aber da fiel ihr Blick auf eines der Reliefs. Gabriella erstarrte mitten in der Bewegung.

Sie hörte das Rascheln eines Gewands, dann stand Strabo neben ihr. »Das«, sagte er mit tonloser Stimme, »ist Malina. Meine andere Tochter.«

Gabriella brauchte fast zwei Minuten, um diese Nachricht zu verarbeiten. Sie hatte eine Schwester. Eine, die mit dem Schwert auf sie losging. Mit der Hand berührte sie ihre Wange. Sie würde auf jeden Fall bis an ihr Lebensende eine nette Erinnerung an dieses Treffen mit sich tragen.

»Weshalb will sie mich töten?« Ihre Stimme klang belegt.

»Weil sie dir die Schuld am Tod ihrer Mutter gibt.«
»Mir?«

Strabo atmete tief durch, es klang wie ein Seufzen. »Meine erste Gattin war eifersüchtig, als sie herausfand, dass ich mich in eine Frau aus deiner Welt verliebt hatte. Aber als sie vernahm, dass sogar ein Kind dieser Beziehung entspross, durchbrach sie in ihrem Zorn die Barriere, um Camilla und dich zu töten.« Er sah Gabriella nicht an, als er sprach, sondern starrte auf Malinas Abbild. »Wie alle und alles hier war auch sie unfruchtbar geworden. Sie konnte den Gedanken nicht ertragen, dass meine Lenden jenseits der Barriere Leben gezeugt hatten.«

Buhlentochter. Jetzt erst begriff Gabriella den Hass, der hinter diesem Wort lauerte. Sie schluckte. Es war ihr, als hätte sie eine Handvoll Sand in der Kehle. »Hast du noch andere Kinder?«

»Du und Malina, ihr seid meine einzigen überlebenden Kinder. Mein Sohn starb damals im Kampf, als das Volk sich gegen die Barriere empörte.« Er wies auf ein Bildnis neben dem von Malina. Ein gut aussehender junger Mann blickte Gabriella entgegen. Ein Toter. »Er«, es schien ihm schwerzufallen, diese Worte auszusprechen, »stand nicht auf meiner Seite.«

Gabriella schloss für einen Atemzug die Augen. Ein Bruder. In einem Krieg gefallen, von dem sie kaum etwas wusste. Sinnlos vermutlich, wie jeder Krieg. Ihr Leben lang hatte sie sich Geschwister gewünscht, und nun wollte ihre Schwester sie töten, und ihren Bruder würde sie nie kennenlernen. »Und Malinas Mutter?«, brachte sie endlich hervor.

»Sie überlebte die Barriere, aber dann wurde ihr Geist verwirrt, sie mordete. Ehe sie dich jedoch töten konnte, packte sie ein Jäger und brachte sie zurück.« Er sah sie ernst an. »Der Jäger, Gabriella, war Darran.«

Gabriella sank auf die Steinbank nieder. Ihr Herz pochte wie wild.

Venedig. Diese Frau. Es war der Tag gewesen, an dem sie Darran das erste Mal getroffen und sich für sie beide alles verändert hatte, bis sie zueinander gefunden hatten. Und diese Liebe wiederum hatte sie hierher gebracht. So schloss sich der Kreis ihres Lebens.

»Ich bin damals durch Darran hindurchgelaufen«, sagte sie ein wenig atemlos. »Er hat sich dadurch verändert, hat er mir erzählt.«

»Dann hat er dir mehr erzählt als mir«, stellte Strabo halb verärgert, halb belustigt fest. Er ließ sich neben ihr nieder und legte seine Hand auf ihre, die eiskalt war. »Und er hat es verstanden, das viele Jahre hindurch vor mir zu verbergen.«

Gabriella umklammerte seine Finger. »Ich liebe ihn«, flüsterte sie mit eindringlicher Stimme. »Ich will mit ihm leben.«

»Ich wäre glücklich, dich hier zu haben, mein Kind, aber der Hass deiner Schwester ist nicht das Einzige, was dich hier töten könnte.« Strabo schloss sie in die Arme. Zuerst zögerlich, dann, als Gabriella sich in einem aufwallenden Gefühl von Zuneigung an ihn schmiegte, fester. Sie spürte Liebe und Geborgenheit.

»Ich möchte dich nicht vermissen. Es fiel mir schwer, deine Mutter und dich immer nur aus der Ferne zu beobachten. Ich habe Camilla sehr geliebt. Und du …«, er lächelte, »du warst wie ein Wunder für mich in einer Welt, wo seit Langem nicht mehr geboren wurde. Sogar … eine Hoffnung.« Das Letzte hatte er so leise gesagt, dass Gabriella nicht wusste, ob sie ihn richtig verstanden hatte.

Ein lautes Räuspern ertönte, und sie und ihr Vater sahen auf. Ein Mann in dunkler Kleidung stand vor dem Tempel. Der aufkommende Sturm riss an seinem Mantel und seinem schütteren Haar. Tiefe Furchen liefen von seiner Nase zu seinem Kinn, er hatte wülstige Lippen, die fast künstlich wirkten. Er ließ seinen Blick über sie huschen, aber als Gabriella ihn direkt ansah, senkte er die Augen.

»Verzeiht die Störung, aber ich dachte, Eure Tochter möchte vielleicht ins Haus zurückkehren. Ihre Freunde haben nach ihr gefragt.«

»Das ist Tabor«, sagte Gabriellas Vater. »Mein Berater. Er wird dich zurückbegleiten. Lass mich noch ein wenig hier, wo ich mich der früheren Welt näher fühle.«

Gabriella beugte sich hinunter, küsste ihn auf die Wange und folgte dann Tabor. Dieser ging neben ihr her, ohne mit ihr zu sprechen, und auch Gabriella bemühte sich nicht um eine Unterhaltung. Der Mann war ihr unangenehm, auch wenn sie nicht sagen konnte, woher dieses Gefühl kam. Sie blickte, um nicht in seine Richtung schauen zu müssen, zu der lang gestreckten Halle hinüber, die sie mit ihren hohen Spitzbogenfenstern an ein gotisches Kirchenschiff erinnerte.

»Ihr interessiert Euch für dieses Gebäude?«, ließ Tabor vernehmen. »Es ist die Halle der Jäger. Dort ruhen sie, ohne Erinnerung, während ihr Geistkörper von Eurem Vater in Eure Welt gesandt wird, um Flüchtige zu jagen. Es befinden sich noch Jäger dort. Falls es Euch interessiert, geleite ich Euch gern hinüber, ehe die Nacht hereinbricht.«

»Vielleicht ein andermal. Wir werden erwartet.« Obwohl ihr bei dem Gedanken ein Schauer über den Rücken lief, dass dort halbtote Männer lagen, hätte Gabriella gerne hineingesehen. Tabors Gegenwart war ihr jedoch so unangenehm, dass sie lieber weitergehen wollte.

»Auch Ramesses, der Sohn von Darran, hat dort gelegen«, fügte er hinzu.

Dieser Satz gab den Ausschlag. Grund genug jedenfalls, die Gegenwart dieses Mannes zu ertragen und dieser Halle einen Besuch abzustatten. Dort hatte Darrans Körper gelegen, während sie sich in seinen Geistkörper verliebt hatte. Der Wind war heftiger geworden, und Gabriella war erleichtert, als Tabor die Hallentür aufstieß und sie in die windstille Halle trat. Drinnen blieb sie allerdings sofort hinter der Tür stehen, als die drückende Atmosphäre einer dunklen Gruft sie überfiel. Sie hätte am liebsten wieder umgedreht, fühlte sich jedoch von Tabor beobachtet. Er zeigte zu einem Sarkophag in der Mitte der Halle. »Dort lag er.«

Es kroch ihr kalt die Wirbelsäule entlang, als sie sich vorstellte, dass Darran hier gelegen hatte. Wie ein Toter, während sein Geist, sich seines Körpers unbewusst, der Erinnerungen beraubt, in ihrer Welt Entflohene jagte. Es war grausam.

Wie magisch angezogen, schritt sie zu dem steinernen Sarg hin. Ein Glasdeckel wie bei Schneewittchen, dachte sie, oder wohl eher einer Horrorversion davon. Sie sah hinein. Er war leer. Sie atmete erleichtert auf, obwohl sie nicht wusste, was sie erwartet oder befürchtet hatte.

»Sind ...«, sie musste sich räuspern, »sind noch Jäger in den anderen Särgen?«

»Einige. Willst du dir die Männer ansehen?« Er hatte die übertrieben höfliche Anrede fallen lassen, aber Gabriella war so benommen, dass sie nicht weiter darauf achtete.

Tabor hob einen Stein auf, der neben einem der Sarkophage lag. »Damit nimmt er ihnen das Bewusstsein, die Erinnerung, macht sie zu seinen willenlosen Puppen.«

Gabriella gefiel der Tonfall nicht. Sie fragte dennoch: »Sind es nur Männer?«

Tabor lachte kurz auf. »Frauen sind zu kostbar in diesem Land. Selbst für jemanden wie Strabo, der sich seine Weiber auch in anderen Welten sucht.«

Zuerst glaubte Gabriella, sich verhört zu haben, aber als sie Tabors hämisches Grinsen sah, wusste sie, dass sie sich nicht getäuscht hatte. Ehe sie jedoch eine scharfe Antwort geben konnte, ertönte eine andere Stimme: »Da ist sie ja, die Buhlentochter.«

Gabriella wirbelte herum. Nicht nur dieser Ausdruck, auch die Stimme war ihr inzwischen nur allzu vertraut. Und da kam die schöne Frau auch schon mit geschmeidigen Schritten auf sie zu.

»Du hast nicht alle aufgeweckt«, fuhr Tabor Malina an.

»Willst du mir etwa Vorschriften machen?« Sie funkelte ihn an. »Geh jetzt! Mach dich nützlich!«

»Sprich nicht in diesem Ton mit mir«, begehrte Tabor auf. »Wir haben eine Vereinbarung ...«

»Du wirst deinen Lohn erhalten. Dessen sei dir gewiss. Und jetzt geh! Ich will mit ihr allein sein.«

Tabor warf Gabriella noch einen gehässigen Blick zu und ging dann. Als er die Tür aufstieß, trieb ein Windstoß Sand herein. Hinter ihm fiel die schwere Tür mit einem endgültigen Geräusch zu.

»So, und jetzt zu dir.« Malina zog ihr Schwert und schlich lauernd um sie herum wie eine Raubkatze, die sich nicht entscheiden konnte, von welcher Seite sie angreifen wollte. Angst kroch in Gabriella hoch. Und zugleich wurde ihr die Absurdität dieser Situation bewusst: Sie hatte eine Schwester, und ausgerechnet diese war ihre Todfeindin. Sie sehnte sich in diesem Moment mit jeder Faser in die Sicherheit ihrer Heimat zurück. Zu Antonio und seinen Suppenschüsseln. In ihre Wohnung. Zu Rita. »Ich habe gehört, dass wir Halbschwestern sind«, versuchte sie, an die familiären Instinkte der anderen zu appellieren.

Sie hätte wissen müssen, dass es sinnlos war, denn Malina lachte nur höhnisch auf. »Du willst mit mir verwandt sein? Ein Bastard? Und selbst wenn – ich habe keinen Vater mehr. Für mich ist er an dem Tag gestorben, an dem er meine Mutter den Nebeln vorwarf.«

Gabriella sah sich um. Der Weg zum Tor war ihr von Malina abgeschnitten. Sie bereute jetzt nicht nur, Tabor gefolgt zu sein, der sie in diese Falle gelockt hatte wie ein Schaf, sondern auch, Darran nicht Bescheid gesagt zu haben, als sie sich auf die Suche nach ihrem Vater gemacht hatte.

Malina lachte, als Gabriella hinter einem Sarkophag verschwand. »Wo willst du hin? Vielleicht zu ihm hinein? Als Schatten umherziehen? Es wäre eine gerechte Strafe. Allerdings würde ich dir dein Gedächtnis lassen, damit du es auch wirklich genießen kannst.« Malina zischte diese Worte wie eine Schlange, und mit dem vorgestreckten Kopf und dem starren Blick, sah sie für Gabriella auch einer ähnlich.

Gabriella schob sich schrittweise zur Tür. Der Kraftplatz lag näher als das Haus, wo Darran mit seinen Leuten auf sie wartete, und wenn es ihr gelang, an Malina vorbei und zu ihrem Vater zu kommen, dann würde er seine Tochter gewiss zur Vernunft bringen! Darin lag ihre einzige Chance. Sie rannte los, erreichte den Ausgang nur zwei Meter vor Malina, riss die Tür auf, prallte jedoch zurück, als plötzlich zwei Männer vor ihr standen und sie wieder zurück in die Halle drängten.

Und dann war Malina da. Gabriella wich ihr aus, taumelte, stolperte, drehte sich und stürzte zu Boden. Genau auf das rechte Knie. Sie versuchte aufzustehen und sank wieder ein. Die Kniescheibe stand in einem abnormen Winkel ab. Mit zusammengebissenen Zähnen streckte sie das Bein aus, packte ihre Kniescheibe mit beiden Händen und schob an. Sie schrie unterdrückt auf. Der Schmerz war so scharf, dass es für Sekunden dunkel vor ihren Augen wurde. Gabriella zog sich an einem Sarkophag hoch, das verletzte Bein gerade ausgestreckt.

Malina kam gemächlich auf Gabriella zu, wie jemand, der es nicht eilig hatte, zu töten, sondern sich genüsslich alle Zeit der Welt lassen konnte. Sie hob das Schwert, Gabriella wich zurück, hinter sich die Wand.

Malina wollte gerade zuschlagen, als eine Stimme sie aufhielt: »Das würde ich mir noch überlegen.«

Zu Gabriellas Überraschung betrat der blonde Jäger

die Halle. Jener, der ihr geholfen hatte, durch das Tor zu kommen. Ihr aufflackerndes Fünkchen Hoffnung wurde jedoch auf der Stelle zunichtegemacht, als er sich neben Malina stellte und Gabriella von oben bis unten musterte. »Ware, die man für Verhandlungen benützen will, sollte man unbeschädigt lassen. Vorerst jedenfalls.«

Dreiundzwanzigstes Kapitel

Es war kurz vor Einbruch der Nacht, als Strabo die Stufen des Pavillons hinabstieg. Zum ersten Mal seit langer Zeit hatten die Ahnen zu ihm gesprochen. Aber ihre Worte hatten ihm Angst gemacht, sie verhießen Krieg und Gefahr. Gefahr vor allem für Gabriella. Sein Herz wurde schwer, als er an seine Tochter dachte. Alles war umsonst, wenn er Gabriella nicht schnell wieder in ihre Welt zurückbrachte. Die Nebel würden sie aufsaugen, sie töten. Ihre Magie war zu schwach, um ihnen zu widerstehen.

Auch seine eigene Kraft ging verloren. Wie sollte er länger das Land und die wachsende Unzufriedenheit seines Volkes beherrschen, wenn sogar seine eigene Tochter gegen ihn arbeitete? Malina hatte nie begriffen, dass nicht er es war, der die Nebel rief, um zu urteilen und ... zu vernichten. Er hüllte sich in seinen Mantel, als ein Windstoß ihm Sand ins Gesicht schleuderte. Strabo schauderte. Es war ihm, als raunte ihm der aufkommende Sturm eine Warnung vor Tod und Unheil zu.

Er blieb stehen, als plötzlich mehrere Gestalten aus der Dämmerung vor ihm auftauchten. Tabor und zwei seiner Wächter. Er nickte ihnen zu, wollte weitergehen, als Tabor ihm den Weg vertrat. Das Gefühl von nahendem Unheil verstärkte sich.

»Was ist? Gib den Weg frei.«

Eine Kopfbewegung von Tabor. »Packt ihn!« Die Männer stürmten auf Strabo zu, die Schwerter in den Händen. Er wich dem Ersten aus, rammte ihm die Faust unter die Achsel des Schwertarms, als der Zweite schon heran war. Er spürte sie mehr, als er die Klinge kommen sah, duckte sich darunter hinweg und schlug dem Ersten das Schwert aus der Hand, als dieser sich unter dem Faustschlag krümmte.

Strabo hatte nicht nur geherrscht. Er hatte auch lange Jahre gekämpft, zuletzt an der Spitze seines Heeres, das sich gegen die Rebellen gestellt hatte. Er hatte keine Wahl gehabt, die Nebel hatten ihm niemals eine gegeben. Und sie würden auch Gabriella keine lassen.

Bei diesem Gedanken erfasste ihn eine verzweifelte Wut. Seine Hand griff wie von selbst nach dem Schwertknauf, als er auch schon herumwirbelte und dem zweiten Angreifer das Schwert tief in die Seite stach. Zwei weitere Männer stürmten aus der Dunkelheit auf ihn zu, als hätte der aufkommende Sturm sie an diesen Ort getragen. Einen konnte er zurückstoßen, dem Zweiten fuhr sein Schwert zwischen Hals und Schulter. Sein Schrei verklang in einem Röcheln. Er erkannte in ihm einen weiteren seiner eigenen Männer. Wachen, denen er vertraut hatte. Er blickte sich nach Tabor um. Markus hatte – wie in so vielen anderen Dingen – recht gehabt, Tabor war ein Verräter. Markus hatte ihn gewarnt, aber er hatte dem Falschen vertraut.

Plötzlich spürte er hinter sich eine Bewegung, wirbelte herum und sah Tabor mit erhobenem Schwert auf sich zuspringen. Er wich dem Schlag aus, stolperte, taumelte zurück, aber da war Tabor schon da. Er holte aus, Strabo sah das Schwert auf sich zukommen, und da schien es plötzlich, als würde sein Berater mitten in der Bewegung erstarren. Er sah an sich herab. Eine Pfeilspitze ragte aus seiner Schulter. Er starrte Strabo an, öffnete den Mund, aber nur ein Keuchen kam hervor, dann sackte er in die Knie. Das Schwert fiel aus seiner kraftlosen Hand, und schließlich fiel er langsam nach vorn. Der Pfeil, der aus seinem Rücken ragte, federte leicht im Wind. Schwer atmend drehte Strabo sich im Kreis, das Schwert zur Verteidigung erhoben, auf weitere Angriffe gefasst.

Der Wind nahm an Stärke zu, trieb mit dem Staub nun schon größere Sandkörner mit sich, die wie Nadeln in die Haut und die Augen stachen. Strabo blinzelte, als er jemanden durch den Vorhang aus Staub und Sand auf sich zukommen sah. Als er ihn erkannte, fasste er sein Schwert fester. Und zugleich wusste er, dass er endgültig verloren hatte. »Du bist zurück. Malina hat dich also schon erweckt.«

»Natürlich. Hast du daran gezweifelt? Hast du nie daran gedacht, dass es ein Fehler war, ihren Liebhaber einfach in die Zwischenwelt zu schicken?«

Es war ein Fehler gewesen, den er seiner Tochter zuliebe gemacht hatte, klüger wäre es gewesen, Julian sofort zu töten, als er sich damals gegen ihn gestellt hatte. »Du wolltest durch sie nur an die Macht, Julian.«

Julian hob die Schultern. »Das ist wohl wahr. Aber ich bin nicht der Einzige, nicht wahr?« Er stieß Tabor mit der Stiefelspitze an. »Die Gier nach Macht hat auch ihn dazu gebracht, dich zu hintergehen. Malina hatte ihm seinen Preis dafür versprochen, und ich habe ihn jetzt ausgezahlt.«

»Worauf bist du aus?«

Julian rieb sich das Kinn. »Meine Pläne haben sich nicht geändert. Und du weißt, dass Malina auf meiner Seite steht. Du hast sie zornig gemacht mit dieser *Schwester.*«

»Sie hat keinen Grund, sie zu hassen.«

»Wenn man davon absieht, weshalb du wirklich dieses Menschlein zeugen wolltest, nicht wahr? Es war doch nicht nur reine Liebe, oder? Es gab einen Grund dafür.« Er drehte sich um. »Bringt sie her, sie soll es selbst hören!«

Strabos Augen verdunkelten sich, als er sah, wie mehrere Männer sich aus dem Schatten lösten. Zwei von ihnen schleppten eine junge Frau heran, die sich wütend wehrte. Gabriella. Seine zweite Tochter ging daneben her.

Strabo schloss sekundenlang die Augen. Gabriella war verloren. Sie alle waren verloren.

※ ※ ※

Darrans blonder Jägerfreund war also Malinas Liebhaber. Gabriella hätte sich für ihre alberne Vertrauensseligkeit ohrfeigen können. Jetzt war es klar, weshalb er ihr die Gelegenheit gegeben hatte, sie anzusprechen, und sie war fröhlich in die Falle getappt, hatte an nichts anderes gedacht als an Darran.

Der Blick ihres Vaters war voller Schmerz, als man sie vor ihn zerrte. Sie sah das blutige Schwert in seiner Hand. Die Männer auf dem Boden. Einen, der einen Pfeil im Rücken stecken hatte, erkannte sie am Gewand. Es war dieser unangenehme Kerl, dieser Tabor. Ihr Blick glitt zu dem Bogen in Julians Hand. Da hatte offenbar jemand seine Schuldigkeit getan und war ausgeschaltet worden.

»Nun«, sagte der blonde Jäger, »erzähle ihr, Strabo, weshalb du ihre Mutter geschwängert hast. Oder soll sie es von uns erfahren?«

»Du musst nichts sagen, Vater«, warf Gabriella dazwischen. Der Schmerz in den Augen ihres Vaters, die Verzweiflung in seiner Miene waren kaum zu ertragen. »Was immer sie behaupten, ich werde es nicht glauben.« Sie streifte den blonden Jäger mit einem abfälligen Blick.

»Du sollst es von mir hören, ehe sie dir noch Lügen erzählen«, sagte Strabo müde. Er holte tief Luft und stützte sich auf das Schwert, als würde auf seinen Schultern mit einem Mal ein schweres Gewicht lasten. »Die Magie des Lebens war uns schon lange verloren gegangen, ein Kind sollte sie zurückbringen, und damit diese Welt wieder gedeihen lassen. Die Nebelwesen ...«, er zögerte, suchte nach Worten, »leben auch durch und mit uns. Es ist wie eine Symbiose, würdet ihr sagen, vor undenklichen Zeiten zu beiderseitigem Nutzen geschaffen.«

»Aber wenn sie Leben wollen, weshalb dann diese Barriere?«, fragte Gabriella erstaunt.

»Weil wir den Tod hinausgetragen haben zu anderen Völkern. Einige von uns wollten friedlich dort leben, aber die meisten kamen als Eroberer. Sie hätten die Menschen abgeschlachtet, versklavt und ihr Land in Besitz genommen.« Er fuhr sich über die Stirn, wie um die Erinnerung zu vertreiben. »Die Menschen waren hilflos gegen unsere Waffen und unsere Magie. Das Tor wurde erst geschaffen, als es einigen von uns gelang, die Barriere zu durchbrechen. Die Jäger sollten sie zurückholen.«

»Erzähle ihr nicht Dinge, die für sie nicht mehr wichtig sind«, unterbrach ihn Julian in grobem Ton.

Strabo presste seine Lippen zu einem dünnen Strich zusammen, als er den Jäger ansah. Dann holte er tief Luft. »Als ich damals deine Mutter traf, war ich durch das Tor gegangen, weil die Nebel es mir befohlen hatten.«

»Er spricht davon, dass du eine Art Züchtung bist«, warf Malina höhnisch ein. »Und deine Mutter war nicht mehr als eine Zuchtstute.«

»Deine Worte sind nicht angemessen, Tochter«, sagte Strabo mit scharfer Stimme. Er schüttelte müde den Kopf. »Lass sie gehen, Malina. Sie ist keine Gefahr für dich. Sie wird in ihre Heimat zurückkehren und nie wieder deinen Weg kreuzen.«

»Dazu dürfte es jetzt ein wenig zu spät sein«, erwiderte Malina kalt.

Strabos gequälter Blick wandte sich Gabriella zu. »Es tut mir so leid, mein Kind. Aber eines sollst du wissen: Ich habe deine Mutter geliebt und ich liebe dich. Ich war froh, als du zu wenig Magie hattest, um ...« Er konnte nicht aussprechen, Malina war vorgesprungen. Ihre Klinge blitzte auf. Sein Blick suchte den von Malina. In ihrem glühte Hass. Dann stach sie zu. Gabriella schrie unterdrückt auf.

Strabo krümmte sich, hielt sich mit beiden Händen den Leib, Blut quoll zwischen den Fingern heraus und färbte den Mantel dunkel. »Sie hätte dir nichts genommen, Malina«, flüsterte er. »Weder meine Liebe noch deine Stellung.«

Gabriella wollte sich losreißen, als er auf die Knie sank. Es war ihr, als würde alles Leben in ihr erstarren, als sie zusehen musste, wie er mit dem Gesicht in den Sand fiel.

Für eine endlose Zeit herrschte absolutes Schweigen. Alle, selbst Julian, standen wie erstarrt und blickten zu Strabo hinüber. Endlich sah der Jäger hoch und musterte Malina, die bleich, mit verzerrtem Gesicht daneben stand.

Malina starrte mit weit aufgerissenen Augen auf ihren Vater. »Er ... er hat jetzt nur bekommen, was ihm längst gebührt hätte. Aber das wollte ich nicht. Nicht so ...« Ihr Blick fand Gabriella. »Es ist deine Schuld! Alles nur deine Schuld! Und die deiner Hurenmutter!«

Gabriella ballte die Fäuste. Sie versuchte, durchzuatmen, aber es war, als läge ein schwerer Stein auf ihrer Brust. Es konnte nicht sein. Er konnte nicht tot sein. Malina hätte doch niemals ihren eigenen Vater getötet! Und damit auch ihren, Gabriellas, Vater, kaum dass sie ihn gefunden hatte! Sie konnte kaum den Blick von dem reglos daliegenden Körper lösen. Und endlich, langsam, kam wieder Gefühl in ihren Körper. Und als der Schock, die Taubheit vorbeigingen, kroch Wut in Gabriella hoch. Mehr Wut, als ihre wahnsinnige Schwester je besitzen konnte.

»Du widerliches, krankes Miststück«, sagte sie mit heiserer Stimme. »Meine Mutter, eine Zuchtstute? Deine war eine Mörderin! So wie du! Mich ekelt vor euch allen!«

Malina stürzte mit dem Schwert, rot vom Blut ihres Vaters, auf sie zu. »Nein!« Julians Stimme schnitt durch die Luft wie eine Klinge. »Wir brauchen sie noch.«

»Darrans wegen«, fauchte Malina, gehorchte jedoch. »Deine Idee, ihn auf unsere Seite zu ziehen, ist lächerlich!«

»Wir brauchen seine Unterstützung, seine Anhänger und die von Markus. Sollte er unser Angebot allerdings ablehnen, so darfst du sie töten. Auf welche Art auch immer.« Julian wandte sich ab. »Ich hole die restlichen Männer. Bring du sie in den Palast. Wir werden dort verhandeln. Und Malina«, er warf einen Blick über die Schulter. »Ich will sie dort lebend und unversehrt sehen, hast du mich verstanden?«

※※※

Darran hatte nach Gabriella gefragt, jedoch die Auskunft bekommen, dass sie sich in ihre Gemächer zurückgezogen hätte. Enttäuscht ließ er seine Männer zur Bewachung im Haus zurück und machte sich selbst zur Halle der Sarkophage auf.

Dieser Ort zog ihn irgendwie an, aber Ekel und Wut überkamen ihn, als er die Halle betrat, und er ballte die Fäuste. Hier hatte man ihn und die anderen so gut wie tot festgehalten, ihnen alles genommen. Ohne Gabriella würde er jetzt noch hier liegen, ohne Verstand, ohne Gefühl.

Zu seiner Überraschung bemerkte er, als er die Reihe abging, dass einige Sarkophage geöffnet worden waren. Er fand sie leer, nur in wenigen lagen noch Jäger. Männer, an die er sich erinnern konnte, sogar ehemalige Kampfgefährten. Was hatte das zu bedeuten? Er hatte gerade das Ende der Halle erreicht, als Levana hereinstürzte.

»Darran! Da bist du ja! Schnell! Ich habe soeben gesehen, wie Malina und andere Gabriella weggeschleppt haben!«

»Wohin?« Seine Stimme klang in seinen eigenen Ohren fremd, als er mit langen Schritten dem Ausgang zustrebte.

Levana lief neben ihm her. »Zum hinteren Teil der Palastanlage. Ich glaube, dort befindet sich der Ahnentempel ihrer Familie.«

»Es scheint, die Wachen haben die Seiten gewechselt.« Alderan schloss sich ihnen außerhalb der Halle an, immer einen halben Schritt hinter Levana. Er war blass, und während er sprach, ließ er keinen Blick von der Umgebung, als erwarte er in jeder Ecke Feinde. »Ich habe hinter der Halle zwei Tote gefunden.«

Markus lief ihnen entgegen. »Was geht hier vor? Dort hinten liegt ein schwer verletzter Wächter!«

»Malina hat Gabriella in ihrer Gewalt«, rief Darran ihm zu. »Suche Strabo, er soll seine Wachen zusammenziehen – sofern er ihnen noch vertrauen kann. Die anderen Männer schicke mir nach, Malina ist Richtung Ahnenstätte gegangen.«

Sie mussten nicht lange suchen, denn auf halbem Weg zum Ahnentempel stellte sich ihnen ein Trupp Männer entgegen. Angeführt wurden sie von einer Frau in lederner Kampfkleidung. Malina.

Darran, das Schwert in der Hand, ging auf sie zu. »Wo ist Gabriella?«

»Bei den Nebeln«, erwiderte die Frau spöttisch.

In Darran erstarrte alles zu Stein und zugleich wusste er, dass Malina log. Sie wollte ihn provozieren. »Wo ist sie?«, fragte er mit erzwungener Ruhe.

Die Bewaffneten traten beiseite, und nun sah er sie. Zwei Männer hielten sie in ihrer Mitte fest. Er gestattete sich ein vorsichtiges Aufatmen – sie schien unverletzt zu sein.

»Sie hat meinen Vater getötet.« Gabriellas Stimme zitterte, aber statt Angst sah er lodernde Wut in ihren Augen. Sie schienen von innen heraus zu leuchten.

»Wirst du endlich schweigen!« Malina hob drohend das Schwert gegen Gabriella. Darran sprang vor. Zugleich sah er, wie Levana vorwärtsstürzte, Alderan, kaum den Bruchteil eines Lidschlags später, hinter ihr her.

Die beiden Männer, die Gabriella hielten, wurden durch Levanas Angriff abgelenkt. Gabriella konnte sich losreißen. Anstatt aber aus der Gefahrenzone zu laufen, stürmte sie zu Darrans Entsetzen geradewegs auf Malina los. Er hechtete vorwärts, schlug einen Mann nieder, der sich ihm in den Weg stellte, und wollte sich zwischen die beiden Frauen werfen, aber da prallten Malina und Gabriella schon aufeinander, dass er vermeinte, Knochen brechen zu hören. Zu seiner Verblüffung taumelte Malina zurück, überrascht von Gabriellas vehementem Angriff. Der Abstand ermöglichte es ihr jedoch, das Schwert hochzureißen. Darran sprang dazwischen, und Malinas Klinge traf mit einem ohrenbetäubenden Kreischen auf seine. Anstatt ihn jedoch anzugreifen, drehte Malina um und ergriff die Flucht. Ihre Männer – sofern sie noch konnten – folgten ihr.

❊❊❊

Der Wunsch, Malina zu töten, war unvermittelt und heftig in Gabriella aufgestiegen und brannte nach wie vor in ihr. Malina und ihre Mutter hatten sie verfolgt, sie töten wollen, sie hatte ihr Mörder hinterhergeschickt, sogar versucht, Markus zu erpressen – und das mit Rita, ihrer besten Freundin. Sie hatte ihr gemeinsam mit dem blonden Schönling eine Falle gestellt und nun hatte sie Strabo, ihren wiedergefundenen Vater, getötet, den sie gerade erst zu lieben begonnen hatte.

Als Malina nun vor Darrans Schwert die Flucht ergriff, hatte sie nicht die Absicht, sie davonkommen zu lassen. Sie setzte ihr nach, aber schon nach fünf Schritten ließ sie ihr verletztes Knie im Stich. Sie stolperte, knickte ein und fiel – schimpfend wie ein Rohrspatz – der Länge nach hin. Fast unmittelbar darauf wurde sie gepackt, hochgerissen und an eine harte Männerbrust gedrückt, während warme Lippen sich auf ihre Schläfe, ihren Scheitel, ihre Wange, ihre Stirn pressten. »Du absolut hirnloses Geschöpf«, murmelte Darran zwischen den Küssen.

Sie schlang die Arme um seinen Hals. Der Zorn gegen Malina wurde von der immensen Erleichterung ausgelöscht, dass Darran da war, sie hielt, küsste, beschützte. Sie liebte.

Als er sie absetzte, knickte sie abermals an und sog scharf die Luft ein. »Hat sie dich verletzt?«, stieß er hervor.

»Nein, ich war selbst so ungeschickt.« Sie war bemüht, ein möglichst tapferes Gesicht zu machen, als sie weiterhumpelte, aber es misslang offenbar gründlich, denn er nahm sie auf seine Arme und trug sie zu einer Steinbank.

»Levana! Gabriella ist verletzt. Tu etwas!«

Seine Schwester kam bei dem dringenden Tonfall sofort herbeigelaufen. »Was ist mit ihr?«, fragte Darran ängstlich, als er sah, wie Levana beruhigend auf seine Liebste einredete.

»Nichts weiter. Nur die Kniescheibe ist hinausgesprungen, aber sie hat sie selbst wieder eingerenkt.« Levana lächelte anerkennend. »Jede wahre Kriegerin hätte das ebenfalls getan.«

»Jede Frau, die hysterisch vor Angst ist, weil eine Tobsüchtige mit einem Schwert vor ihrer Nase herumfummelt, hätte das getan«, murrte Gabriella. Sie rieb sich sanft das Knie und lächelte Levana an. »Es ist schon viel besser. Wie machst du das?«

Levana zuckte mit den Schultern. »Das ist nichts Besonderes, das konnte ich schon als Kind.«

»Es ist etwas ganz Besonderes«, hörte sie Alderan sagen, und für einen Augenblick war der Blick, mit dem er Levanas Rücken betrachtete, so zärtlich, dass Gabriella das Gefühl hatte, die Luft zwischen ihnen knistere. Aber schon im nächsten Moment fiel wieder der Vorhang der Gleichgültigkeit über seine Augen.

Darran hatte offenbar nichts gemerkt, als er sich ihm zuwandte. »Sieh zu, wo Markus bleibt, und rufe unsere Männer zusammen. Wir müssen Malina finden.«

Alderan nickte. Er trat vor Levana hin und packte sie erstaunlich grob am Arm. »Schwörst du mir, bei Darran zu bleiben, während ich weg bin?«

Levana hob die Schultern. »Wohin sollte ich sonst gehen?«

»Ich verlasse mich darauf.« Mit einem beinahe drohenden Ausdruck trat er zurück und lief zu einem Pferd.

»Pass du lieber auf dich auf!«, schrie sie ihm nach, als er sich auf das Tier schwang. Er nickte ihr kurz zu, dann ritt er los. Levana sah ihm mit zusammengezogenen Brauen nach.

»Mein Vater ist tot«, sagte Gabriella mit zugeschnürter Kehle, als Darran den Arm um ihre Schultern legte. Er drückte ihr Gesicht an seine Brust und küsste sie auf das Haar.

»Ich weiß, mein Liebling.«

»In diesem Fall haben wir keine Möglichkeit, das Tor zu öffnen«, meinte Levana, »denn diese Gabe wurde damals lediglich auf Strabos Familie übertragen. Und Malina wird wohl kaum so freundlich sein.«

»Wir werden sie zwingen«, erwiderte Darran mit kalter Stimme, und Gabriella hatte keinen Zweifel daran, dass er in der Wahl seiner Mittel nicht zimperlich sein würde. »Komm, mein Liebling, wir bringen dich vorerst in den Palast, dann werden wir weitersehen.«

Er wollte sie hochheben, aber sie schlug seine Hände weg. »Den Weg kannst du dir sparen. Ich gehe bestimmt nicht da durch. Und schon gar nicht, wenn Malina es für mich öffnet. Wer weiß, wo sie mich hinschickt!«

Darran nahm Gabriella trotz ihres Protests auf die Arme. »Hier kannst du auf gar keinen Fall bleiben. Und jetzt höre endlich auf, zu zetern und ständig zu widersprechen.« Trotz seiner harschen Worte hielt er sie, als trüge er eine Palette mit rohen Eiern.

»Du kannst wirklich nicht bleiben«, sagte Levana, die sich ihnen anschloss.

»Weshalb nicht?«

»Deshalb nicht«, sagte Levana leise. Ihre Stimme klang so bedrückt, dass Gabriella sie beunruhigt ansah. Darrans Schwester nahm eine Strähne von Gabriellas Haar und hielt sie ihr vor die Augen. Gabriella blickte darauf, ohne zu begreifen. Dann nahm sie die Strähne in die Hand und schielte sie an.

»Dein Haar wird weiß, Gabriella.«

Gabriella sah zu Darran, der sie mit zusammengepressten Lippen trug, den Blick starr geradeaus gerichtet. »Was hat das zu bedeuten?«

»Es bedeutet, dass du alterst«, erwiderte er harsch.

»Du hast vielleicht nicht einmal mehr Wochen, bis du stirbst, bis diese Welt dich tötet. Ich hatte es dir gesagt, aber du hast ja nicht einmal zugehört«, fuhr er sie in bitterbösem Ton an, als wäre alles ihre Schuld.

Gabriella holte tief Luft und ließ sie langsam durch die gespitzten Lippen entweichen. Das war absurd. Und ziemlich beängstigend.

»Darran hat recht.« Levana klang traurig. »Dieses Land hat alles Leben außer uns zerstört. Und es zerstört weiter.«

Dann hat Malina also recht, dachte Gabriella. Mein Blut ist zu dünn. Sie hätte weinen mögen.

※ ※ ※

Markus fand den Herrn von Amisaya nur wenige Schritte vom Ahnentempel seiner Familie entfernt auf dem Boden liegend. Er sank neben ihm auf die Knie und drehte ihn sanft herum. Strabo war noch nicht tot, aber das Leben entwich unaufhaltsam aus seinem Körper. Ein Zucken ging durch seinen Leib, und er versuchte, die Augen zu öffnen.

»Ich bin es«, sagte Markus ruhig.

Als Strabo seine Stimme erkannte, glitt ein Lächeln über sein Gesicht. »Das ist gut. Du musst sie aufhalten. Sie scharen Männer um sich. Haben Jäger geweckt, die sich ihnen angeschlossen haben, aus Rache.« Er riss die Augen auf und packte Markus mit erstaunlicher Kraft an der Jacke. »Sie wollen die Höhlen öffnen.«

Markus fühlte eine Gänsehaut über seinen Körper kriechen.

»Ich habe es gesehen«, sagte Strabo eindringlich. Seine Stimme klang heiser. »Ich habe alles gesehen, als Malina …« Er verstummte und legte die Hand auf die Wunde. »Gabriella …«, seine Stimme war kaum verständlich, »sie muss leben.«

»Wir werden sie beschützen.« Markus fasste Strabo unter den Schultern und den Knien und hob ihn hoch. Strabo war ein schwerer, kräftiger Mann, und Markus taumelte, als er auf den Ahnenplatz von Strabos Familie zuging. Er stieg schwerfällig die Stufen empor. In der Mitte, dort, wo die Magie der Alten sich früher gesammelt hatte, legte er Strabo vorsichtig zu Boden und blieb neben ihm knien.

Strabo starrte Markus an, als wolle er ihn hypnotisieren. »Nein, du verstehst nicht. Sie darf nicht ... sterben ... Darran muss für sie sorgen.«

Markus ergriff die blutige Hand. »Das wird er. Er liebt sie. Wir bringen sie nach Hause.«

Strabo packte mit unvermuteter Stärke sein Gewand. »Nein! Sie muss hierbleiben! Die Alten haben es mir vorhin gezeigt ... Sie ist wichtig für dieses ... verfluchte Land. Beschütze sie.«

Markus nickte. »Das tue ich. Mit meinem Leben. Ich schwöre es.«

Ein Zucken wie ein Lächeln glitt über Strabos Gesicht. Er schloss die Augen. Markus senkte den Kopf und begann zu sprechen. Es war eine Art Sprechgesang, die rituellen Worte, mit denen früher die Nebel gerufen wurden, um die Sterbenden zu sich zu nehmen. Markus wusste, dass es sinnlos war, aber er war es Strabo schuldig und hätte gewollt, dass es auch für ihn gemacht wurde.

»Lange hat das niemand mehr gemacht«, flüsterte Strabo. »Nicht, seit die Alten sich von uns zurückzogen und nur kamen, um zu richten. Es ist gut, in den alten Traditionen zu sterben, ehe man in die Vergessenheit eingeht.« Er drehte mühsam den Kopf und blickte Markus an. »Hab Dank.« Markus fasste seine blutige Hand und drückte sie sanft. Er blieb neben ihm knien, bis sein Atem erlosch und sein Körper sich entspannte.

Strabo, der Herr von Amisaya, war tot.

Markus erhob sich mit bleiernem Körper und sah auf den ehemaligen Herrscher hinab. »Es tut mir leid«, sagte er leise. »Das wollte ich nicht. Nicht so.«

Er wandte sich ab. Es war an der Zeit, Darran und Gabriella zu suchen. Er war jedoch keine zehn Schritte gekommen, als er eine neue Präsenz spürte. Ungläubig drehte er sich um. Um den Tempel herum stiegen Nebel hoch. Sie bewegten sich auf Strabo zu, hüllten ihn ein.

Markus schloss die Augen und betete zu den alten Göttern von Amisaya. Dann drehte er sich um und ging mit schweren Schritten auf sein Pferd zu. Er blickte sich nicht mehr um, als er sich auf das Tier schwang und davonpreschte, zurück zu Darran und Gabriella.

Deshalb sah er auch nicht mehr, was in seinem Rücken geschah, bemerkte nicht Alderan, der sich aus dem Schatten eines der umstehenden Gebäude löste, um das Schauspiel eine Weile zu beobachten. Die Nebel veränderten sich. Das bedrohliche Grau machte einem Glitzern Platz, als wiegten sich Milliarden von Diamantsplittern in einem spiralförmigen Tanz, ehe sie sich sanft auflösten.

Er wartete noch einige Herzschläge, dann stieg er die Stufen empor und trat vor die Ahnentafeln, um sie zu studieren, ehe er sich umwandte und zu seinem Pferd lief.

Vierundzwanzigstes Kapitel

Darrans Männer sicherten den Eingang zum Palast, während er Gabriella in einer Ecke auf einem Fenstervorsprung absetzte. Levana stellte sich neben Gabriella und ließ ihre Blicke durch die Halle schweifen. Je dunkler es draußen wurde, desto heller wurden die Außenwände des Gebäudes. Als Gabriella darüber eine Bemerkung machte, hob Levana die Schultern. »Ich weiß auch nicht, wie das funktioniert. Eine Art von magischem Stein, der in den Bergen gewonnen wurde. Fast jedes Haus hat Blöcke davon in den Wänden. Man sagt, sie erinnern sich an die Sonne, an das Licht und strahlen es dann, sobald die Sonne untergegangen ist, wieder ab.«

»So eine Art von Solarleuchten?«

»Nennt man das bei euch so?«, fragte Levana begierig. Ihnen gegenüber lag das Tor, durch das sie vor so kurzer Zeit gekommen war. Jetzt war es nicht mehr als ein sinnlos inmitten der riesigen Halle aufragender Torbogen. Levana seufzte, als sie es betrachtete. »Ich würde so gerne wissen, wie es drüben bei euch ist. Vielleicht könnte ich dich ja begleiten?«

Darran schüttelte den Kopf. »Wir wissen noch nicht einmal, wie wir dieses Tor öffnen können. Und wir wissen nicht, wie wir es aktivieren können, um dich dann wieder zurückzubringen.«

Das Geräusch von Hufschlägen näherte sich und verhallte vor dem Tor. Ein kurzer Wortwechsel und dann trat Markus ein. Zwei Krieger folgten ihm. Als er Gabriella sah, kam er mit langen Schritten auf sie zu.

»Den Nebeln sei Dank, Sie sind in Sicherheit, Gabi!«
»Gabi?«, brummte Darran.

Gabriella steckte Markus die Hand entgegen. Er ergriff sie und drückte sie sanft. Sein Gesicht war sehr ernst. »Es tut mir so leid. Ich habe eine schlechte Nachricht. Ihr Vater ist tot.«

Sie nickte, schluckte den Kloß in ihrem Hals hinunter. »Ich war dabei. Malina hat ihn erstochen.«

»Malina?« Markus presste seine Lippen zu einem schmalen Strich zusammen, ehe er tief durchatmete. »Die Frau muss den Verstand verloren haben.«

»Das«, fing Gabriella zögernd an, »glaube ich wirklich. Sie hat zeitweise nicht mehr normal auf mich gewirkt. So voller Hass, dass sie kaum mehr weiß, was sie tut oder sagt. Ich glaube, sie wollte es gar nicht. Aber als Vater sagte, er hätte meine Mutter ...« Sie brach ab und presste die Lippen zusammen. Das Bild, wie Malina ihrem Vater das Schwert in den Leib gerammt hatte, würde sie nie vergessen. Aber sie wollte nicht weinen. Nicht jetzt, sonst konnte sie nie wieder aufhören.

Markus kniete vor ihr nieder und legte trotz Darrans erhobenen Augenbrauen die Arme um sie. Gabriella sah ihn durch einen Tränenschleier hindurch an. »Er war noch nicht tot, als ich kam«, sagte er leise. »Er sprach davon, wie wichtig Sie für unsere Welt sind.«

»Wichtig ist, dass sie erst einmal in Sicherheit kommt«, sagte Darran mit einiger Schärfe in der Stimme. »Hier kann sie jedenfalls nicht bleiben.«

Markus sah stirnrunzelnd hoch. »Wir können sie beschützen.«

»Aber nicht davor«, fuhr Darran ihn an. Trotz seines zornigen Tonfalls nahm er sehr sanft eine Haarsträhne von Gabriella in die Hand und rieb sie fast zärtlich zwischen den Fingern. »Sie altert, Markus. Je eher sie heimkommt, desto besser.«

Markus hockte sich auf die Fersen und studierte Gabriellas Gesicht. »Ich bin mir nicht sicher, ob ...«

Darran unterbrach ihn. »Wir haben noch nicht darüber gesprochen, wie du überhaupt hierhergekommen bist, Gabriella. Wie war das doch gleich mit dem Jäger, den du angeblich erpresst hast?«

Gabriella fühlte Hitze in ihre Wangen steigen. Allerdings nicht, weil alle Blicke auf sie gerichtet waren, sondern weil sie diesem Julian tatsächlich in die Falle gegangen war.

»Nun?«, meinte Darran abwartend, als sie nicht antwortete. Er stellte seinen Fuß neben Gabriella auf die Bank und stützte sich mit dem Ellbogen auf sein angewinkeltes Knie. Es war eine machohafte Geste, die Gabriella ärgerte.

»Es war dieser Blonde«, sagte sie widerwillig. »Der dich seinen Freund genannt hat.«

»Julian?« Darran sah überrascht aus, aber dann zogen sich seine Augenbrauen zusammen.

»Malinas Geliebter«, sagte Markus. »Sie muss ihn erweckt haben. Und es würde mich nicht wundern, wenn er nicht sogar von drüben noch alle Fäden in den Händen gehalten hätte.« Er brummte verärgert. »Wenn es nach mir gegangen wäre, hätte er bei den Nebeln landen müssen, aber Strabo hatte Hemmungen, Malinas Liebsten zu eliminieren.«

Darrans Miene verdüsterte sich, und Gabriella griff nach seiner Hand.

»Es tut mir so leid. Du magst ihn, nicht wahr?«

Er atmete durch, dann nickte er langsam. »Er hat sich mir gegenüber nie anders als freundschaftlich verhalten. Allerdings fürchte ich, dass so manche Dinge mit einem Mal anders sind, als sie lange Zeit den Anschein hatten.« Er hob die Schultern. »Er war nie wie die anderen. Allerdings konnte ich das erst dann erkennen, als ich mich selbst veränderte.« Sein Blick huschte zärtlich über Gabriellas Gesicht. »Aber wie auch immer, alles, was mir wichtig ist, sitzt jetzt hier vor mir.« Er drückte liebevoll ihre Hand und zog sie dann mit einem innigen Blick an seine Lippen.

Markus erhob sich. »Aber das war noch die gute Nachricht.« Alle Blicke wandten sich ihm zu, und er nickte mit finsterer Miene. »Die schlechte ist, dass sie offenbar planen, die Höhlen zu öffnen. Ich habe einen Mann geschickt, der unsere Krieger holen und mit ihnen zu den Höhlen reiten soll, um das Schlimmste zu verhindern. Hoffentlich ist es noch nicht zu spät.«

Gabriella spürte das Entsetzen, das ihre Freunde bei diesen Worten erfasste, körperlich. »Was sind die Höhlen?«

»Ein dunkler Ort, in dem der Aussatz von Amisaya haust«, antwortete Levana mit gepresster Stimme. »Seit undenklichen Zeiten werden dort jene festgehalten, die die schlimmsten Verbrechen begangen haben.«

»Wenn sie vorher nicht schon von Sinnen waren, werden sie spätestens dann verrückt«, fügte Darran hinzu. »Wenn diese Leute befreit werden, herrscht hier der Wahnsinn.«

»Sind es viele?«

Darran zuckte mit den Schultern. »Es können einige Hundert sein. Niemand weiß das mehr so genau.«

»Das«, stieß Gabriella entsetzt hervor, »ist verantwortungslos!«

»Ich glaube nicht, dass Malina oder Julian so viel nachdenken«, fing Darran an.

»Ich rede nicht von ihnen!«, unterbrach ihn Gabriella. »Ich rede von denen, die diese Leute eingesperrt haben!«

Verständnislose Gesichter wandten sich ihr zu. »Wer immer nach meinem Vater hier an die Macht kommt, sollte, verdammt noch mal, daran was ändern. Und an so manchen anderen Dingen ebenfalls!«, setzte sie empört nach.

Die anderen sahen sie mit ausdruckslosen Mienen an. Nur um Markus' Lippen spielte ein kleines Lächeln.

»Vielleicht sollten wir uns vorerst dringenderen Problemen zuwenden«, sagte Darran, der keine Absicht hatte, mit seiner Liebsten deshalb einen Streit zu beginnen. »So, wie es aussieht, ist Gabriella im Palast nicht sicher, und wer weiß, wie lange wir brauchen, um einen Weg zu finden, das Tor für sie zu öffnen. Sicher zu öffnen«, betonte er.

Er wollte weitersprechen, wurde jedoch durch die erregten Stimmen seiner Männer unterbrochen, die mit den Waffen in der Hand in den Hintergrund der Halle zeigten.

Die Schritte von mehreren Männern klangen zu ihnen herüber, ehe sie die Ankömmlinge noch sehen konnten. Und dann stieß Markus einen leisen Fluch aus, als er den Mann erkannte, der selbstbewusst eine Gruppe Bewaffneter anführte, als wäre er hier bereits der Herrscher. »Julian. Und seine Geliebte ist auch nicht weit.«

Julian blieb, seine Männer hinter sich, in der Mitte der Halle stehen. Als er Gabriella entdeckte, grinste er. »Sieh an, da haben wir sie ja.« Er drehte sich nach Malina um, die dicht hinter ihm folgte. »Habe ich dir nicht gesagt, dass sie bestimmt nicht weit ist, meine Liebe? Und«, er machte eine weit ausholende Geste, »wir treffen gleich alle zusammen an. Ein guter Anfang für Erfolg versprechende Verhandlungen, nicht wahr?«

Gabriella sah, wie Darran einen schnellen Blick zum Eingang hinüberwarf. Markus nickte ihm unauffällig zu. »Dort kommt niemand herein, den wir nicht einladen«, sagte er leise. »Sie haben zweifellos einen Hintereingang benützt, den kaum jemand kennt. Für

Malina kein Problem, sie ist schließlich hier aufgewachsen.«

Julian schlenderte lässig noch ein Stück weiter, bis er neben dem Torbogen stand, und nickte Darran zu. »Es ist gut, dich lebend und frei wiederzusehen, mein Freund.«

Darran musterte ihn mit kaltem Blick. »Ich bin mir noch nicht sicher, ob ich diese freundliche Begrüßung erwidern sollte.«

Julian legte den Kopf schief. »Aber natürlich! Ich bin hier, um dir einen freundschaftlichen Vorschlag zu machen.«

»Weshalb sollte ich mir deine Vorschläge auch nur anhören?«, fragte Darran mit hochgezogenen Augenbrauen.

»Vielleicht, weil hier zwanzig Bogenschützen auf euch zielen?«, meinte Julian mit gespielter Liebenswürdigkeit. »Wäre meine Liebste hier«, er wies mit dem Kopf nach Malina, »nicht schon das zweite Mal so ungeschickt gewesen, diese Frau zu *verlieren*, besäßen wir natürlich noch weit bessere Verhandlungsgrundlagen. Aber ich denke, es geht auch so.«

Und in der Tat tauchten von mehreren Seiten Bogenschützen auf. Gabriella machte sich nicht die Mühe, sie zu zählen, sie hätte in diesem Moment auch schon die Hälfte der Männer erschreckt. Sie sah, wie Darran schnell zum Ausgang blickte. Der Weg zum Haupttor war frei und von ihren eigenen Leuten gesichert, aber bis sie es erreichten, würden sie vermutlich mit Pfeilen gespickt sein wie ein Dartboard.

»Außerdem«, setzte Julian nach, »bin ich tatsächlich als dein Freund hier.«

»Ein Freund, der von jeher ein doppeltes Spiel treibt«, erwiderte Darran.

»Ein Spiel für die Freiheit«, sagte Julian leichthin.

»Für die Macht«, zischte Gabriella.

Malina trat vor. Auch sie hielt einen Bogen in der Hand. Sie legte einen Pfeil ein, und die Pfeilspitze zeigte genau auf Gabriella. »Gib mir einen Grund, dich abzuschießen, Hurentochter«, sagte sie mit lauernder Stimme.

Darran schob Gabriella hinter sich. Sie spürte, wie er sich bei diesem gehässig ausgesprochenen Wort anspannte. »Schieße den Pfeil ab und stirb selbst«, sagte er drohend.

»Aber, aber, nur keinen Streit. Ich möchte dich auf meiner Seite haben, Darran. Und falls es dir bei deiner Entscheidung hilft: deinen Treueschwur gegen das Leben dieser Frau. Auch wenn ich nicht weiß, welchen Wert so ein Weib für dich besitzen sollte.« Julian lächelte maliziös. »Malina wird sie sonst töten – es ist ihr heißester Wunsch, ihr liebes Schwesterlein auszulöschen. Aber meinem Befehl wird sie gehorchen. Auch wenn«, er hob die Hand, und Gabriella sah zu ihrer Verwunderung, wie Malina zusammenzuckte, als er mit der Handrückseite über ihre Wange streichelte, »sie sich manchmal so ungeschickt anstellt, dass sie eine Lektion braucht.«

»Du musste erst an mir vorbei, wenn du Gabriella töten willst.« Darran hatte das Schwert gezogen, aber Gabriella hatte keine Ahnung, ob es gegen Pfeile hilfreich war. In Actionfilmen hatte sie schon gesehen, wie ein Superheld sie mit einer Klinge seines Schwertes abfing, aber das wirkliche Leben sah ja meist ganz anders aus.

»Das ist relativ einfach, weißt du?«, sagte Julian mit einer Selbstgefälligkeit, die Gabriela am liebsten mit einer Keule aus ihm herausgeprügelt hätte. »Aber es wäre schade. Ich brauche jemanden wie dich an meiner Seite.« Sein Ausdruck veränderte sich, und etwas Eindringliches lag mit einem Mal in seiner Stimme und seinem Blick. »Die Frau darf leben, wenn du dich auf meine Seite stellst.«

»Und dann?«, fragte Darran.

»Dann werden wir wieder in einer Welt herrschen, in der es Leben gibt. Ich hatte dank Strabo sehr viel Zeit, mir alles zu überlegen. Und ich weiß Mittel und Wege, mich dort wie hier recht behaglich einzurichten, sogar ihre Technik zu nutzen, um sie hier zu verwenden.«

»Und du glaubst, die Alten werden zusehen, wie du ihre Gesetze umgehst?«, fragte Markus spöttisch. Er hatte sich so gestellt, dass er Gabriella mit seinem Körper schützte.

Julian verzog den Mund zu einem bösen Grinsen. »Die Alten? Du meinst, wir kümmern sie noch? Wie lange ist es her, dass sie uns überhaupt beachtet haben, außer wenn Strabo die Nebel rief, um unsere Leute zu töten.« Er wandte sich wieder Darran zu. »Bist du so sicher, dass ich dein Feind bin? Dir nicht mehr Freund bin als der dort?« Er deutete mit dem Kopf auf Markus, der ihn mit schmalen Augen musterte. »Hast du überhaupt eine Ahnung, von wem die Idee, dein Liebchen als Druckmittel zu verwenden, überhaupt stammt? Wer alles *eingefädelt* hat, wie die Menschen jenseits der Barriere sagen würden?«

Markus war blass geworden. Seine Hand, in der er sein Schwert hielt, ballte sich so fest darum, dass die Knöchel weiß hervortraten.

Julian musterte ihn mit kaltem Hohn, während er einen seiner Männer herbeiwinkte. »Bringt ihn her.«

Gabriella presste die Hände auf den Mund, um ihren Schrei zu ersticken, als sie den Mann sah, der kurz darauf herbeigeschleppt wurde. Neben sich hörte sie Levana leise Verwünschungen ausstoßen. Sein Gesicht war kaum zu erkennen, so blau geschlagen war es, das eine Auge war fast zugeschwollen, das andere eine blutige

Masse, seine Lippen aufgeplatzt, Platzwunden auch am Kinn und auf der Stirn. Er konnte nicht allein stehen, sondern wäre zusammengesackt, hätten die Männer ihn losgelassen. Seine rechte Hand hielt er gegen seinen Körper gepresst, seine Linke baumelte nutzlos herab. Sie stießen ihn knapp vor Markus zu Boden. Er stöhnte auf, Blut tropfte zwischen seinen Lippen hervor.

»Seine Zunge«, sagte Julian, »ist das Einzige an ihm, das unversehrt geblieben ist. Schließlich soll er uns ja einiges erzählen, nicht wahr?«

Markus war neben dem Mann niedergekniet. Das indirekte Licht der Wände warf tiefe Schatten auf sein Gesicht, das verzerrt war vor Zorn, Mitleid und Reue. »Rado, mein Freund, es tut mir so leid.«

Levana drängte sich zwischen den anderen vorbei, lief zu dem Mann und hockte sich neben ihm hin. Sanft legte sie ihre Hand auf seinen Leib und schloss die Augen, als wolle sie in ihn hineinhorchen. Markus beobachtete sie, einen unaussprechlichen Ausdruck im Gesicht. Sie hob hilflos die Schultern. »Hier kann ich ihn nicht pflegen. Ich kann auch nicht sagen, ob er wieder völlig gesund wird«, das Letzte sagte sie mit einer Müdigkeit in der Stimme, die Gabriella noch nie bei der jungen Frau gehört hatte.

Gabriella lief ebenfalls los, ehe Darran sie zurückhalten konnte. Sie kniete sich neben Levana, obwohl ihr bei dem Anblick des am Boden liegenden Mannes übel wurde. Er roch nach Blut, nach Erbrochenem, nach Exkrementen. Aus der Nähe wurde die Grausamkeit der Verletzungen noch deutlicher. Sie sah hoch und traf auf Malinas Blick.

»Hat das Spaß gemacht?«, fragte sie mit vor Wut bebender Stimme. »Ja? Bist du schon so tief gesunken? Das war sicher ein großartiges Gefühl, einen Hilflosen so zuzurichten. Tust du das alles für den da?«, fuhr sie mit heiserer Stimme fort, wobei sie abfällig auf Julian deutete. »Tötest für ihn deinen Vater? Mordest für ihn? Siehst zu, wie man andere Menschen quält?«

Malina antwortete nicht. Sie blickte starr auf Gabriella. Die Hand, die den Bogen hielt, zitterte.

Jemand legte Gabriella die Hand auf die Schulter. Es war Darran. Als sie hochsah, schüttelte er leicht den Kopf, sie sah, dass er Malina scharf beobachtete. »Markus?« Seine Stimme war völlig ruhig, auch wenn er bleich war.

»Sollen wir ihn noch einmal zum Sprechen bringen oder redest du, Markus?«, ertönte Julians kalte Stimme.

In diesem Moment entstand ein Tumult bei den großen Toren. Und dann drängte sich ein schlanker, groß gewachsener Mann heran. Er eilte mit langen Schritten auf Levana zu und nahm hinter ihr Stellung ein, das Schwert in der Hand, die Umgebung, jeden Einzelnen scharf musternd. Sein Blick blieb auf dem Verletzten haften, und Gabriella sah, wie sich seine Kiefermuskeln anspannten. Levana griff in einer schutzsuchenden Gebärde nach seiner Hand.

»Ah ja, der Schatten deiner Schwester. Der darf natürlich nicht fehlen.« Julian legte den Kopf etwas zurück, um Darran und seine Freunde aus halb geschlossenen Augen zu betrachten. »Levana wird nichts passieren. Gegen sie hat Malina nichts. Ihr geht es nur um die andere. Und auch sie kann leben – das liegt ganz allein bei dir, Darran.«

Darran beachtete ihn nicht. Er sah nur Markus an, aus dessen Gesicht jede Farbe gewichen war. Gabriella fühlte sich mit einem Mal unendlich müde, so alt wie dieses Land und genauso verbraucht. Malina konnte sich den Pfeil sparen – sie brauchte nur zu warten, bis die verhasste Schwester von selbst alterte und starb. Sie sah auf ihre Hände, als erwarte sie, schon Altersflecken und Runzeln darauf zu sehen.

Sie hörte, wie Markus tief und schwer einatmete. »Es ist wahr, Gabriella«, sagte er tonlos.

Sie sah zu ihm hoch, erstaunt, dass er sie ansprach und nicht Darran.

»Sie erinnern sich an unser Gespräch in Darrans Haus?«

»Ja.« Sie hockte sich auf die Fersen, damit sie ihn besser ansehen konnte.

»Wissen Sie, weshalb ich Jäger wurde? Weshalb Strabo mich fortschickte und mir meine Erinnerung nehmen wollte? Weil ich herausgefunden hatte, dass Sie existierten.« Er kniete sich neben sie und sah sie eindringlich an. »Ich hatte Ihnen gesagt, dass ich Darrans Schatten war. Allein schon deshalb hätte ich alles versucht, ihn zu retten.« Er streckte die Hand aus, als wollte er sie berühren, aber eine Bewegung von Darran ließ ihn innehalten.

Er sah mit einem Ausdruck von Trauer und Schmerz auf den verkrümmt daliegenden Mann, durch dessen Körper manchmal ein Zucken ging, dann ein schwerer Atemstoß. Levana hatte die Hand auf seine Stirn gelegt, sie war bleich, dunkle Ringe lagen unter ihren schönen Augen, und Alderans Blick glitt immer wieder besorgt zu ihr.

»Rado half mir dabei, mein Vorhaben umzusetzen.« Markus schüttelte müde den Kopf. »Was wir nicht eingeplant hatten, waren Malina und ihre eigenen Pläne. Aber da konnte ich nicht mehr zurück. Wir – ich wollte niemals Ihren Tod, Gabi.« Gabriella nickte, als er sie beschwörend ansah. Sie glaubte ihm. Sie spürte die Wahrheit.

»Und mir bot sich eine andere, weitaus bessere Möglichkeit: Ramesses, oder Darran, als den Sie ihn kennen.« Ein geisterhaftes Lächeln huschte über sein Gesicht. »Ihr hattet Gefühle füreinander entwickelt. Ich musste Strabo nicht mehr mit Ihnen erpressen, denn mit Ihnen an Darrans Seite hätte Strabo ihm nichts mehr ange...«

»Genug! Es reicht mir jetzt! Ich will nichts mehr davon hören!«

Bei dem wütenden Schrei blickte Gabriella hoch. Sah, wie Malina den Bogen hob, sah den Pfeil. Sah, wie er von der Sehne schnellte, auf sie zukam. Und, erstarrt vor Schreck, wusste sie, dass er treffen würde. Wie aus weiter Ferne hörte sie Darrans Stimme, sah, wie er auf Malina losstürzte, und dann war etwas zwischen ihr und dem Pfeil. Markus. Sie schrie auf, als er sie packte und mit sich zu Boden riss.

Es war, als hätte Malina mit dem Schuss einen Damm gebrochen. Die Gegner stürmten aufeinander los. Von allen Seiten ertönten Schreie. Gabriella sah nichts, weil Markus sie zu Boden presste. Sie versuchte, unter ihm hervorzurobben, aber seine Hand packte sie. »Bleiben Sie, wo Sie sind.« Unter seinem Arm hindurch sah sie, wie Alderan Levana von dem Verletzten wegriss und sie neben Gabriella zu Boden drückte. Ein Gerangel entstand zwischen den beiden, während Alderan sie anschrie, sie solle gefälligst den Kopf unten behalten, und Levana ihn anfauchte, sie nicht wie einen Säugling zu behandeln.

Etwas Warmes floss über Gabriellas Hand. Sie blickte verständnislos darauf, als sie sah, dass es Blut war. Und da begriff sie, weshalb Markus so ruhig auf ihr lag, nicht aufsprang, nicht kämpfte: Er war schwer verwundet.

Gabriellas Angst um ihn war größer als die Furcht vor weiteren Pfeilen, vor den Schwertern der Männer, die jetzt aufeinanderprallten, dass die Halle von ihren wütenden Schreien und dem ohrenbetäubenden Klirren der Schwerter und Dolche dröhnte. Sie schob sich unter Markus' schwerem Körper hervor, obwohl er versuchte, sie festzuhalten, und keuchte entsetzt auf, als sie die Pfeilspitze aus seinem Rücken ragen sah. Er drehte den Kopf nach ihr und versuchte, sich aufzurichten.

»Nein, nicht.« Sie hatte viel in den letzten Tagen erlebt, hatte Angst gehabt, und mehr als einmal waren die Tränen sehr locker gesessen. Aber Markus so zu sehen ließ sie in ein haltloses Schluchzen ausbrechen. »Es wird gut. Es wird gut.« Sie wusste nicht, wie oft sie es Markus zuflüsterte, in ihrem Kopf wiederholte es sich unendlich oft. Sie sah sich nach Levana um, aber die war Alderan entkommen und sprang mit erhobenem Schwert auf einen Mann los, der Alderan angriff.

Markus verzerrte seinen Mund, als wollte er lächeln. »Es ist gut so. Ich könnte nicht mehr zurück. Ich könnte nicht dort leben. Und Rita, sie ist nicht wie Sie, Gabi. Nicht für hier ... geboren.« Ein Schauer ging durch seinen Körper, er krümmte sich zusammen, hustete. »Versprechen Sie mir, Rita zu schützen, so weit Sie können.«

»Ja, das tu ich. Alles, was ich kann.«

Er packte Gabriella so fest an der Hand, dass sie erschrak. »Strabo ... Sie sind wichtig für dieses Land. Sag Darran, es ist ...« Er riss die Augen auf. Ein singender Ton durchbrach seine Worte. Eine Klinge zuckte durch die Luft, zugleich riss ein kraftvoller Stoß sie von Markus weg.

Gabriella sah nicht mehr, was das Schwert Markus antat, denn grobschlächtige Hände griffen nach ihr. Sie wehrte sich, trat um sich, aber zwei Männer hatten sie an den Armen gepackt und hielten sie fest.

»Wirf deine Waffen weg, Darran! Sonst stirbt sie!« Die Stimme des blonden Jägers durchschnitt den Kampflärm.

Sie wollte sich losreißen, aber die Männer drückten

sie auf die Knie. Ihr Blick huschte zu Markus. Entsetzt schloss sie die Augen. Tränen liefen über ihr Gesicht. »Das alles ist Wahnsinn«, flüsterte sie. »Vollkommener Wahnsinn.« Sie warf den Kopf zurück und schrie. Es war ein Schrei voller Verzweiflung, voller Wut, ein Schrei, so intensiv, dass er für Momente jeden in der Halle lähmte. Sie sah, wie Darran auf sie losrannte, mehrere Männer stellten sich ihm in den Weg, er schlug mit einer Besessenheit auf sie ein, die ebenfalls beinahe an Wahnsinn grenzte.

Und dann geschah etwas, mit dem niemand gerechnet hatte. Und Gabriella am allerwenigsten. Nebel stiegen um sie herum aus dem Boden empor. Sie krochen bei der Tür herein. Sie kamen durch das Tor, durch die schießschartenartigen Fenster. Die Kämpfenden wichen zurück, und eine atemlose Todesstille herrschte im Raum, während die Nebel weiterkrochen, auf Gabriella und Markus zu.

»Sie hat die Nebel gerufen ...« Die Männer, die sie hielten, ließen sie los und wichen mit angstgeweiteten Augen zurück. Gabriella hätte es ihnen gern gleichgetan, aber sie kamen von allen Seiten, schlossen sie und Markus toten Körper ein.

»Gabriella! Raus da! Komm her!« Sie sah, wie Darran auf sie zustürmte und Julian ihm nachhechtete.

»Nein, nicht! Darran! Sie werden dich töten!« Der blonde Jäger warf sich von hinten auf Darran und brachte ihn zu Fall. Beide Männer rollten sich auf dem Boden, Darran hatte sein Schwert verloren und schlug wie von Sinnen auf Julian ein, aber der klammerte sich an ihn fest. Von der anderen Seite lief Levana auf Gabriella zu, wurde jedoch von Alderan gepackt und zurückgerissen.

Zu dieser Zeit leckten bereits Nebelzungen an ihr empor. Sie spürte ein kühles Prickeln, als würde sie durch

Eiswasser waten. Sie wollte schreien, aber ihre Kehle war wie zugeschnürt. Zuletzt hörte sie Darrans verzweifelte Flüche, als er versuchte, Julian abzuwerfen.

Dann wurde die Welt um sie herum still. Grau hüllte sie und Markus ein. Und in dem Grau glitzerte es, als schiene die Morgensonne auf Abertausende von Tautropfen.

❃ ❃ ❃

Darran schlug in verzweifelter Wut auf Julian ein, der sich mit der Kraft von zehn Männern an ihn klammerte. »Das ist das verfluchte Weib nicht wert!«

»Sei selbst verflucht!« Es gelang Darran, seinen Dolch aus dem Gürtel zu ziehen und ihn Julian in die Schulter zu rammen, ehe dieser ihn abwehren konnte. Sein Griff löste sich für einen Moment, Darran schlug ihm die Faust ins Gesicht, es knirschte, Julian ächzte, ein gurgelnder Laut, und dann erschlafften seine Hände, und Darran sprang auf.

Er stolperte, fing sich und stürzte zu der Stelle, wo Gabriella noch vor Kurzem neben Markus gekniet hatte. Sie war verschwunden. Nur eine Blutlache erinnerte noch daran, dass sein Freund mit seinem Leib den Pfeil aufgefangen hatte, der für Gabriella bestimmt gewesen war. In hilflosem Zorn ballte er die Fäuste und schrie los. »Ihr verdammten Nebel! Lasst sie! Holt mich stattdessen!«

Er hörte Malinas triumphierendes Lachen, dessen Echo von den hohen Wänden der Halle zurückgeworfen wurde. Es klang wie das Lachen einer Irren. »Die Nebel vernichten alles, was nicht hierher gehört!«

Darrans Blick fiel auf Markus' Schwert. Sich danach bücken, herumwirbeln und auf Malina losgehen war eins. Sie lachte nicht mehr, als er auf sie einschlug. Mit dem ersten Hieb hatte er ihr das Schwert aus der Hand geschlagen. Mit katzenhafter Gelenkigkeit wich sie einigen Schlägen aus, wehrte andere mit dem Bogen ab. Dennoch trieb er sie gezielt immer weiter, in eine Ecke hinein. Aus seinem Augenwinkel sah er, wie Julian sich erhob. Der blonde Jäger wischte mit seinem Ärmel das Blut aus dem Gesicht und kam auf Darran zugelaufen, das Schwert in der Hand.

Der Kampf um sie herum kam indessen zum Stillstand. Die Bogenschützen waren von Darrans Schwertkämpfern angegriffen worden, einige hatten noch ihre tödlichen Pfeile abschießen können, aber die meisten lagen am Boden. Der Sieg neigte sich Darran und seinen Leuten zu. Nur noch wenige leisteten Widerstand, denn ein Großteil der Gegner war beim Anblick der Nebel geflohen.

»Du wolltest meinen Schwur?«, keuchte Darran, als er den ehemaligen Jäger und Freund angriff. »Hier hast du ihn! Ich schwöre, dass keiner von denen am Leben bleibt, die sich auf deine Seite gestellt haben! Und dass auch diese Mörderin sterben wird!«

»Sie will fliehen!« Das war Levanas Stimme. Und in der Tat sah er, dass Malina zu entkommen versuchte. Vermutlich wollte sie Hilfe holen. Er konnte nur hoffen, dass Markus' Männer die Höhlen bewachten. Die schlanke Gestalt seiner Schwester raste wie ein Irrwisch hinter Malina her, gefolgt von Alderan, dessen Fluchen von der Hallendecke widerhallte. Levana sprang wie eine der irdischen Großkatzen los und klammerte sich mit allen vieren gleichzeitig an den Rücken der Fliehenden. Malina schrie auf. Sie schlugen beide hin, rollten herum, aber Levana ließ sie nicht los. Malina schlug mit dem Bogen auf sie ein. Aber da war Alderan schon bei ihr, und Darran konzentrierte sich wieder auf Julian, der ihn umkreiste. Er blutete ebenso wie er bereits aus mehreren Wunden. Als Darran einem der Verletzten zu nahe kam, trat dieser mit dem Fuß nach ihm. Darran taumelte, wich einem zweiten Tritt aus und ging zu Boden. Er rollte sich blitzschnell herum, aber da stand Julian schon über ihm.

»Du bist ein Narr«, keuchte der Jäger. »Alles wegen eines Weibes. Du bist von ihr völlig besessen! Wir hätten gemeinsam herrschen können.«

»Fahr in die Verdammnis«, quetschte Darran zwischen den Zähnen hervor.

»Du zwingst mich, dich zu töten. Das werde ich dir nie verzeihen.« Schmerz zuckte über Julians Gesicht, als er das Schwert hob und es auf Darran niedersausen ließ.

Dieser riss seine Klinge in letzter Sekunde hoch, zugleich wälzte er sich herum. Julians Schwert fraß sich in den Steinboden, als er, von Darrans Schwert aufgespießt, zu Boden ging.

❋ ❋ ❋

Gabriella kniete stocksteif da und sah sich, fast ohne den Kopf zu bewegen, um. Nach allen Seiten nichts als glitzernde Nebelwände. Und Markus war fort. Dabei hatte er eben noch direkt vor ihr gelegen.

Stimmen drangen durch die glitzernden Wolken zu ihr. Wortfetzen. Schemen bildeten sich um sie herum und verschwanden wieder. Köpfe, teilweise menschlich, teilweise absurd und beängstigend, neigten sich ihr zu. Und alle starrten sie aus unterschiedlichsten Augen an.

»Was wollt ihr von mir?« Gabriella hatte kaum ausgesprochen, da war es, als würden Hunderte Hände sie berühren. Und ebenso viele Stimmen drangen auf sie ein wie ein Chor, in dem jeder sang, was ihm gerade einfiel. Sie hallten in ihrem Kopf wider, vibrierten in ihrem ganzen Körper. Einzelne Worte formten sich, stachen aus der Masse des Chors heraus.

Sie hat uns gerufen. Verwunderung, Zweifel, Ungeduld waberten von allen Seiten auf sie ein. Einmal hatte Gabriella das absonderliche Gefühl, von einer kritischen alten Dame wie durch ein Lorgnon betrachtet zu werden.

»Ich weiß, was ihr tut«, sagte Gabriella. Darran hatte ihr einmal von diesen Nebeln erzählt, davon, wie die Gefangenen kreischend darin verschwanden. Sie hatte das nie vergessen, auch nicht das kaum verhüllte Grauen in seinen Augen. Sie wollte selbstsicher klingen, ihre Stimme war jedoch sogar in ihren eigenen Ohren viel zu hoch. »Aber ehe ihr mich tötet oder auffresst oder was immer, werdet ihr zuerst diesen Kampf beenden. Das muss ein Ende haben!«

… das Leben ist stark in ihr … menschlicher Wille, fordernd …

Ein Gesicht näherte sich ihr. Es hatte mehr Runzeln als eine verschrumpelte Orange. Neugierige schwarze Augen, in denen die Iris fast den ganzen Augapfel einnahm, blickten sie an.

Gabriella drehte sich um ihre eigene Achse. »Wo ist Markus? Was habt ihr mit ihm gemacht?«

Der Tumult schwoll zu einem Crescendo an, das ihren Kopf zu sprengen drohte, und dann, plötzlich, hob sich eine klare, deutliche Stimme aus dem Chor heraus.

Wir billigen dich. Der Bund wird erneuert. Nicht hier. Kein Blut darf vergossen …

»Was soll das heißen? Wie …«

Gabriella bekam keine Antwort mehr. Die Stimmen verschwanden aus ihrem Kopf. Die Nebel lichteten sich.

Fünfundzwanzigstes Kapitel

Als Gabriella aus den grauen Nebelschleiern auftauchte, fand sie sich innerhalb der großen Halle wieder, genau dort, wo sie zuvor gekniet war, ehe die Nebelwesen sie entführt hatten. Der Platz, an dem Markus gelegen hatte, war allerdings leer.

Sie sah, völlig verwirrt, um sich. Sie wusste nicht, wie viel Zeit vergangen war, aber das Szenario in der Halle hatte sich grundlegend verändert. Täuschte sie sich oder waren jetzt wirklich mehr Menschen in der Halle als zuvor? Als sie verschwunden war, hatte sie Darran und Julian kämpfen sehen. Nun war von Julian keine Spur mehr zu entdecken, aber dort war Darran, umgeben von mehreren Männern. Sie schloss sekundenlang die Augen und schickte ein Dankgebet gen Himmel. Sie konnte nur sein Profil sehen, aber er stand aufrecht und schien bis auf ein paar Kratzer unversehrt zu sein.

Sie musste zu ihm. Sie brauchte jemanden, der sie hielt und ihr sagte, dass alles in Ordnung war. Gleichgültig, ob er log, und wie lächerlich es im Grunde war. Als sie jedoch losging, merkte sie, wie zittrig sie war, ganz abgesehen davon, dass ihr Knie dank Levana zwar weniger schmerzte, aber immer noch nicht ganz funktionsfähig war. Vorsichtig setzte sie einen Fuß vor den anderen. Mehrere Gruppen von Männern und Frauen standen herum, beobachteten Darran und die Männer, die ihn umgaben. Die Stimmung war so angespannt, dass Gabriella die schwelende Feindseligkeit fast greifen konnte. Darran gegenüber stand ein mittelgroßer Mann, der auf ihn einredete. Das war Tabor! Der Mann, der mit Malina gemeinsame Sache machte! Und er lebte? Er reckte sich, um größer zu erscheinen, während Darran kalt auf ihn hinabsah. In diesem Moment glitt sein Blick jedoch an den Männern vorbei, durch die Halle, und blieb an ihr hängen. Sein Gesichtsausdruck, eben noch hart, mit einem bitteren, finsteren Zug, veränderte sich. Einen Augenblick später leuchteten seine Augen auf, und er stieß Tabor achtlos zur Seite, um auf Gabriella zuzulaufen.

Sie stolperte ihm entgegen, und er riss sie so heftig an sich, dass er dabei ihre Rippen quetschte und es ihr den Atem aus den Lungen trieb. Und im nächsten Moment küsste er sie, als hätte er den Verstand verloren, ihre Lippen, ihre Wangen, den Hals, die Schläfen, die Ohren. Stammelte dabei unverständliches Zeugs.

Gabriella klammerte sich ihrerseits an ihn und streichelte unaufhörlich über seinen Rücken. »Ich hatte solche Angst um dich!«

»*Du* hattest Angst um mich?« Seine Hände legten sich um ihr Gesicht. »Mein Liebling. Ich dachte ... den Nebeln sei Dank, ihr habt sie mir zurückgegeben.« Wieder begann er, ihr Gesicht zu küssen. »Ich dachte schon, ich hätte dich verloren.«

Die anderen Männer waren näher gekommen »Ich erzähle dir später alles«, sagte sie rasch, ehe sie so nahe waren, dass sie ihre Worte hören konnten. Sie war sich noch nicht ganz sicher, ob sie nicht nur eine Vision gehabt hatte. Eine Halluzination. Einen hysterischen Anfall. Allerdings, so wie Darran reagierte und alle sie anstarrten, war sie tatsächlich fort gewesen. In einer Welt aus lebenden Nebeln – ihre Nackenhärchen stellten sich auf.

Aus den Augenwinkeln sah sie, wie Levana herbeilief, Alderan wie immer dicht auf den Fersen. Levana hatte eine Schramme an der Stirn, und Alderan hinkte leicht. Seine Hose war in der Mitte der Wade blutgetränkt, und sein Jackenärmel war aufgerissen. Darrans Schwester stieß einen erstickten Freudenschrei aus, als sie Gabriella um den Hals fiel und sie Darran damit aus den Armen riss. »Ich hätte nicht gedacht, dich wiederzusehen! Wo warst du denn nur?«

Gabriella zuckte hilflos mit den Schultern. »Und was ist hier los?«

Darran hielt ihre Hand so fest umklammert, als würde er sie zerquetschen wollen, als er sich nach Tabor umdrehte, der mit seiner ganzen Gruppe auf ihn zukam. Auch die anderen schlossen auf.

»Die verschiedenen Geschlechterführer sind gekommen, als sie davon hörten, dass Strabos Palast von Julian und Malina übernommen wurde«, sagte Levana etwas atemlos.

»Und wo ist Malina nun?«

»Darran hat sie gefangen nehmen lassen. Und der hier«, Levana wies verärgert auf Tabor, »will, dass wir sie freilassen. Das ist absurd! Eine Verrückte, die ihren Vater getötet hat«, rief sie dem Mann mit erhobener Stimme entgegen.

»Dafür gibt es keinen Zeugen.« Tabor hatte sie erreicht. Er ging leicht gekrümmt, als hätte er Schmerzen. Seine Männer nahmen hinter ihm Aufstellung, und Gabriella sah, wie auch Darrans Männer sich schützend um sie herum verteilten. Alderan stand hinter Levana und betrachtete den Verräter mit dem Blick eines Mannes, der ein lästiges Insekt inspiziert.

»Doch, mich«, sagte Gabriella scharf. »Ich habe gesehen, wie Malina meinen Vater mit dem Schwert tötete!« Den Anblick würde sie den Rest ihres Lebens nicht vergessen, gleichgültig, wie kurz oder lang es noch andauern sollte. Sie hatte, was ein hohes Alter betraf, neuerdings gewisse Zweifel. »Ich weiß, dass Sie gemeinsame Sache mit ihr gemacht haben! Ihr beide habt mir eine Falle gestellt und Vaters Tod beschlossen! Ich habe gehört, wie ihr sogar von einer Belohnung gesprochen habt!«

Der Mann sah sie mit ausdrucksloser Miene an. »Du magst Strabos andere Tochter sein, die seiner Buhle, aber du hast hier nichts zu sagen.«

»Hüte deine Zunge«, fuhr Darran ihn scharf an. Gabriella zerrte ihn am Ärmel zurück und baute sich vor Tabor auf. Sie hatte nie wie andere Frauen einen männlichen Beschützer gehabt, der für sie eingetreten wäre. Sie war es gewöhnt, ihre Angelegenheiten selbst zu regeln. Und in diesem Fall war es ihr ein Anliegen.

»Wenn hier einer noch einmal etwas gegen meine Mutter sagt, dann wird er mich kennenlernen«, zischte sie den Mann an. »Und Sie als Allererster, Sie Verräter! Würde Vater noch leben, hätte er Sie schon längst zur Verantwortung gezogen. Julian scheint Sie schlecht getroffen zu haben, als er den Pfeil auf Sie abschoss.« Ihre Augen funkelten so wütend, dass Tabor einen Schritt zurücktrat, er griff an seine Schulter. Hinter sich hörte sie Levana zustimmend murmeln.

»Sie ist zurück«, sagte ein anderer. Es war ein sehr alter Mann, der von der anderen Seite mit einer kleinen Gruppe Bewaffneter dazustieß. Sein Blick war jedoch nicht feindselig, sondern voller Verwunderung. »Es ist unvorstellbar. Sie hat die Nebel gerufen, und sie haben sie wieder gehen lassen. Das ist ein Zeichen, dass die Alten sie akzeptiert haben.«

»Das ist ein Zeichen, dass sie nur Mensch ist«, schnarrte Tabor. »So wie ...«, ein Blick auf Gabriella, »wie ihre Mutter.«

Gabriella stemmte die Hände in die Hüften. Darran stand dicht neben ihr, behielt Tabor im Auge, schien sich jedoch nicht einmischen zu wollen. Dennoch war seine Unterstützung körperlich zu spüren. Doch trotz seiner

Unterstützung: Ihr Vater war vor ihren Augen von ihrer Schwester erstochen worden. Markus war tot. Auch durch die Schuld ihrer Schwester, und sie selbst war die Nächste auf Malinas Todesliste. Die Nebel hatten sie verschluckt und wieder ausgespien.

»Gut, Tabor. Dann lassen Sie uns einmal etwas klarstellen: Ich habe genug.« Sie deutete mit der flachen Hand eine imaginäre Linie über ihrer Stirn an. »Bis hierher genug. Aus, Schluss mit Mord und Totschlag und euren Intrigen! Und wenn Sie jetzt Ärger machen, werden Sie der Erste sein, der das zu spüren bekommt.«

Inzwischen drängte sich schon ein ansehnliches Grüppchen näher heran, um ja nichts zu versäumen. Tabor wandte sich wieder Darran zu. Er schien entschieden zu haben, dass seine Anhängerschaft groß genug war, um ihm den Rücken zu stärken, und es nicht lohnte, sich länger mit Gabriella abzugeben. »Wir verlangen, dass ihr Malina freilasst. Als Strabos wahre Tochter ist sie die Einzige, die durch den alten Bund noch Zugang zu den Alten hat.«

Wut stieg in Gabriella hoch. Diese Frau, die so viel Unglück gebracht hatte, freilassen? »Sie ist nicht die Einzige«, fuhr sie ihn an. »Oder sind Sie blind? Ich war bei ihnen! Sie kamen, weil ich sie gerufen habe!« Hatten sie zumindest behauptet.

Gemurmel brandete auf, wurde lauter, Gabriella sah, wie Tabors Männer nach ihren Waffen griffen, sie spürte Darrans Anspannung, und seine Männer rückten näher. Die Lage wurde greifbar bedrohlich. Und ihr Wunsch, Tabor mit den Fingernägeln genüsslich über das Gesicht zu kratzen, während sie mit ihrem gesunden Knie die relevante Stelle zwischen seinen Beinen traf, wurde unwiderstehlich.

Sie wurde von einer Seite davon abgehalten, mit der sie nicht gerechnet hatte.

»Hört mich an.« Die Stimme war kühl und doch würdevoll und autoritär. Sie schnitt wie kühles Wasser durch die hitzigen Stimmen und ließ die Menschen in der Halle verstummen. Es war Alderan.

Levanas Schatten trat neben Gabriella. »Ich habe gesehen, wie Markus Gabriellas Vater zum Ort seiner Ahnen brachte, als er im Sterben lag. Und Strabo ging sterbend in die Nebel ein. Das ist seit sehr langer Zeit nicht mehr geschehen.« Er sprach nicht nur zu Gabriella oder Tabor, sondern in die Runde. »Etwas hat sich verändert, seit Gabriella Bramante, seine Tochter, in unsere Welt gekommen ist. Und sie selbst trat in die Nebel und kehrte wieder zurück. So wie es in alten Zeiten war, an die sich nur die wenigsten von uns erinnern können.«

Ein leises Gemurmel hob abermals an, das zunehmend lauter wurde und verstummte, als Alderan mit seiner dunklen Stimme weitersprach. »Aber das ist nicht alles.« Er machte eine kleine Pause, um seinen nachfolgenden Worten mehr Gewicht zu verleihen. »Ihre Ahnen haben sie erkannt.«

Alle, Gabriella eingeschlossen, sahen ihn mit großen Augen an. »Ich war bei ihrer Ahnentafel.« Er lächelte zu Gabriella herüber, was Levana erstaunt die Augenbrauen hochziehen ließ. »Das Bildnis von Gabriella Bramante, Strabos Tochter, hat sich geformt.«

»Die Nebel«, sagte Gabriella unbehaglich, weil jeder sie anstarrte, »haben zu mir gesprochen. Sie wollen den Bund fortführen.«

In der nachfolgenden Stille war nichts zu hören als das stetige Flüstern des Windes, der kleine Sandkörnchen über den Boden trieb und in den Ecken zu winzigen Wirbelstürmen formte. Gabriella sah jedoch, dass sich der Kreis um sie herum veränderte. Die feindseligen Blicke wichen Neugier. Verwunderung, sogar Zustimmung strahlte ihr entgegen.

Und da sagte Alderan etwas, das sie beinahe um ihre Fassung brachte. »Es war nicht nur Gabriella Bramantes Bild zu sehen. Es sind noch zwei weitere Bildnisse erschienen, unmittelbar unter ihrem. Strabos weitere Blutlinie. Allerdings«, schränkte er mit einem ernsthaften Blick auf Gabriella ein, »sind sie noch nicht ausgereift.«

Gabriella starrte ihn mit offenem Mund an, dann wandte sie sich an Darran. »Und was heißt das wieder?«

Darrans Gesichtsausdruck war völlig leer, aber langsam breitete sich ein ungläubiges Lächeln auf seinem Gesicht aus, das zu einem breiten Grinsen wurde. »Nachkommen, meine Liebste. Unsere Nachkommen!«

»Unsinn!«, wetterte Tabor.

»Du magst hingehen und dich davon überzeugen«, sagte Alderan mit schneidender Stimme.

»Unmöglich!«, rief ein alter Mann, der mit einer Gruppe schwer Bewaffneter dazugetreten war, aber es klang nicht aggressiv. »Seit Jahrhunderten sind unsere Lenden unfruchtbar.«

»So wie der Boden unfruchtbar wurde, das ganze Land, seit uns die Magie entzogen wurde, weil wir nur Unheil damit bewirkten«, setzte eine wohlklingende Stimme hinzu. Alle drehten sich nach ihr um.

Eine Frau stand im Eingang der Halle. Die Männer machten ihr ehrerbietig Platz, als sie näher schritt. Gabriella hielt sie zuerst für eine alte Frau, weil ihr Haar weiß war, aber dann blickte sie in ein altersloses Gesicht, und als sie vor ihr stehen blieb, sah sie, dass das Haar nicht weiß war, sondern silbern. Es reichte ihr bis weit über die Hüften.

Alderan verneigte sich tief vor ihr. Die Frau hob die Hand und streichelte ihm mit einem zärtlichen Lächeln über die Wange.

»Alderans Mutter«, flüsterte Levana in Gabriellas Ohr. »Sie hat all die Jahre in den Felsenbergen gelebt, weit weg von uns. Dass sie jetzt zurückkommt, ist ein Zeichen, dass sich wirklich etwas verändert. Man sagt«, sie senkte ihre Stimme noch mehr, »sie wäre außer Strabo die Einzige, die noch Kontakt zu den Nebeln hatte. Das sieht man auch an ihrem Haar. Es ist silberweiß. Wie Strabos und wie ...«, sie schluckte, »deines jetzt.«

Gabriella zuckte zusammen. Sie griff in ihr Haar und zog eine Strähne vor die Augen. Tatsächlich vollkommen weiß. Darran hatte recht gehabt. Das Land tötete sie, ließ sie schneller altern, und die Nebel hatten vermutlich ein Übriges getan. Und doch hatte sie sich noch nie so jung gefühlt. So voller Energie, auch wenn die Ereignisse eine traurige Müdigkeit in ihr Herz gelegt hatten, die lange nicht vergehen würde.

Alderans Mutter lächelte Gabriella an. »Sie war bei den Nebeln, und diese haben ihre Magie erkannt und sie akzeptiert.« Sie trat zu Gabriella, nahm ihre Hände und drückte sie sanft. »Strabo folgte dem Rat seiner Ahnen, als er in die Welt deiner Mutter ging, um neues Leben zu finden. Er beriet sich auch mit mir. Und der Rat war gut, denn du stehst hier vor mir, eine neue Hoffnung für unsere Welt.«

Darran legte die Hand auf Gabriellas Rücken, und bevor sie ihn zurückhalten konnte, sagte er mit weithin tragender Stimme: »Ich bestätige den Anspruch von Gabriella Bramante, Strabos Tochter, die Herrscherlinie und den Bund mit den Nebeln weiterzuführen.«

Ehe Gabriella sich von dem Schrecken erholt hatte, zog Alderan sein Schwert und ließ sich vor ihr auf ein Knie nieder. »Nach Levana, der mein Leben gehört, schwöre ich Euch die Treue, Gabriella Bramante.«

Levana sah ihn einen Atemzug lang an, dann trat sie neben ihn und zog ebenfalls ihr Schwert. Zu Gabriellas Erleichterung sagte sie jedoch nur: »Meine Freundschaft und Liebe, Gabriella. Ich erkenne dich als Strabos Erbin an. Und als meine künftige Schwägerin«, setzte sie mit einem verschmitzten Blinzeln hinzu.

Einige der Männer und Frauen in der Halle folgten Alderans Beispiel, selbst der alte Mann mit seinem Gefolge. Andere sahen sich unschlüssig um.

»Das ist eine Farce!«, empörte sich Tabor mit seiner hohen Stimme. »Ich werde mich selbst davon überzeugen, dass Levanas Schatten die Wahrheit gesprochen hat! Und ich verlange, dass diese Frau vor meinen Augen in ihrem Tempel Verbindung mit ihren Ahnen aufnimmt! Andernfalls werde ich sie und alle anderen, die ihr zustimmen, der Lüge bezichtigen!«

»So soll es sein«, ließ sich Alderans Mutter vernehmen. »Morgen, wenn die Sonne unser Land erweckt, wie es seit Jahrtausenden üblich war.«

Tabor drehte sich ohne ein weiteres Wort um und verließ mit seinen Anhängern die Halle.

Gabriella sah ihnen nach, bis Alderans Mutter leicht ihren Arm berührte. »Du musst es tun. Niemand sonst kann jetzt den Platz der Tradition gemäß einnehmen«, sagte sie leise, aber eindringlich. »Andernfalls wird ein neuer Krieg ausbrechen.«

»Aber ...« Gabriella wurde klar, dass sie hier in etwas hineinschlitterte, das sie nie geahnt, geschweige denn, gewollt hätte. Ihr wurde abwechselnd heiß und kalt. Alles drehte sich um sie, ihre Knie zitterten, die Stimme wollte versagen, ihr brach der Schweiß aus, und es konnte nicht mehr lange dauern, bis ihr Fluchtinstinkt die Oberhand gewann und sie entweder in Ohnmacht fiel oder davonrannte.

»Soll die Vatermörderin gewinnen?«, fragte die Frau ernst.

Gabriella schüttelte stumm den Kopf.

»Dann sprich jetzt zu jenen, die dir folgen.«

Gabriella ließ ihren Blick über diejenigen wandern, die noch in der Halle warteten. Als das erwartungsvolle Schweigen anhielt und Darran ihr ebenfalls aufmunternd zunickte, holte sie tief Luft und sagte laut: »Ich nehme das Erbe meines Vaters an.« Mögen Gott oder die Nebel oder wer auch immer mir und diesem Land helfen, dachte sie erschöpft.

Levana umarmte sie. »Du hast recht gehandelt, Schwester.«

»Tja«, murmelte sie ironisch, als sie Levanas Umarmung erwiderte. »Gabriella Bramante for president. Lang lebe die Republik Amisaya.«

»Das klingt gut.« Levana riss ihr Schwert in die Höhe und rief: »Lang lebe die Republik Amisaya!« Aus dem Mundwinkel fragte sie, zu Gabriella gewandt: »Was ist das, eine Republik?«

Links von ihnen hörten sie ein ersticktes Geräusch. Es war Alderan. Er lachte leise.

❊ ❊ ❊

Gabriella stand nun schon gut fünfzehn Minuten ihrer Zeitrechnung – ein Blick auf ihre Armbanduhr bestätigte dies – vor dem Ahnentempel ihrer Familie und starrte hinüber, ohne sich zu rühren. Darran wartete dicht hinter ihr, hatte eine Hand auf ihre Schulter gelegt, und wenn sie sich ein wenig zurücklehnte, konnte sie seine beruhigende und zugleich tröstliche Nähe noch intensiver spüren. »Es wird dir nichts geschehen«, sagte er in leisem, aber eindringlichem Ton, als müsste er sich selbst Mut machen. »Ich würde mit dir gehen, aber deine Ahnen würden mich nicht akzeptieren.«

Gabriella schauderte. »Hast du das je gemacht?«

»Als junger Mann. Damals konnte ich sie fühlen. Nicht hören, nicht sehen, so wie du in der Halle, aber ihre Kraft spüren. Mein Vater erzählte mir, dass er zu seiner Zeit noch mit ihnen sprechen konnte.«

Auch Alderans Mutter hatte sich eingefunden. Sie stand neben ihrem Sohn und Levana, die sehr blass war, und um sie herum hatten sich Gruppen gebildet. Deutlich war zu erkennen, auf welchen Seiten sie standen. Jene, die Gabriella zugeneigt waren, hielten sich hinter ihr, während Tabors Anhängerschaft sich um ihn versammelte. Er sah gehässig herüber. Vermutlich hoffte er, dass Gabriella dieses Mal endgültig verschwand. Malina saß, unter strenger Bewachung, in Darrans Haus fest. Er hatte angeregt, sie in die Höhlen zu bringen, aber allein schon die Andeutung hatte Gabriellas Blick so starr werden lassen, dass er auf weitere Vorschläge dieser Art verzichtet hatte.

»Da drüben steht ein Intrigant und Verräter«, sagte sie leise zu Darran. »Und es gibt keine Polizei, bei der man Anzeige erstatten könnte.«

»Nimm Strabos Platz ein und du wirst Gerechtigkeit bekommen.«

»Du meinst das ernst, hm?«

Seine Lippen streiften sekundenlang ihr Ohr. »Um es mit einer eurer Phrasen zu sagen: »Ich bin dein größter Fan, Frau Präsidentin.«

Gabriellas Grinsen verschwand schnell wieder, denn sie hatte Angst vor dem, was vor ihr lag. »Gut. Dann los.« Sie straffte die Schultern und atmete durch.

Darran begleitete sie bis zu den Stufen, seine Hand auf ihrer Schulter. Sie drehte sich blitzschnell um, packte ihn und zog ihn zu sich, um ihn zu küssen. Dann riss sie sich los und stieg entschlossen die Stufen hinauf.

»Ich liebe dich«, hörte sie seine Stimme in ihrem Rücken, aber sie wandte sich nicht mehr um, sonst hätte sie vielleicht wieder den Mut verloren.

In der Mitte des Pavillons, bei der Steinbank, wo sie

mit ihrem Vater gesessen hatte, blieb sie stehen und drehte sich langsam im Kreis. Sie war nicht mehr hier gewesen seit dem Tag mit Strabo, und nun suchte sie das Bildnis, von dem Alderan gesprochen hatte. Sie sah es direkt unter dem ihres Vaters und sog scharf die Luft ein. Das war sie, sich – im wahrsten Sinn des Wortes – wie aus dem Gesicht geschnitten. Sogar jene weniger schmeichelhaften Details fanden sich, die Gabriella sonst lieber an ihrem Spiegelbild übersah. Die etwas zu breiten Wangenknochen, die Nase, ein ganz, ganz kleiner Ansatz zu einem zukünftigen Doppelkinn. Nur auf die Brille hatten sie verzichtet. Halb kritisch, halb fasziniert sah sie darauf, bis sie ihren Blick tiefer senkte.

Alderan hatte auch hier die Wahrheit gesprochen. Zwei kindliche Abbilder. Unausgereift, ja, aber es war, als würden sich ihre Züge in jedem Moment, den Gabriella darauf sah, verändern. Mit ungläubigem Staunen streckte sie die Hand aus und ließ ihre Fingerspitzen über die beiden Gesichter wandern. Kalter Stein, und doch auf magische Art lebendig, und ihre Finger prickelten bei der Berührung. Ihre Kinder? Darrans und ihre Kinder? Sie schüttelte lächelnd den Kopf. Sie hatte nie an Kinder gedacht. Jedenfalls nicht ernsthaft, dazu war ihr Leben zu ... ungewöhnlich ... gewesen, Aber nun ... Sie wandte den Kopf, sah zu Darran hinüber und erschrak. Sie konnte ihn kaum sehen, er war nicht mehr als ein hinter Nebelschleiern verborgener Schemen.

Du musst nicht erschrecken, erklang eine sanfte Frauenstimme.

Gabriella drehte sich um ihre eigene Achse, konnte jedoch niemanden entdecken. Dann sah sie, dass sich die Konturen eines der Reliefs über dem ihres Vaters verschärft hatten. Das Bild wirkte lebhafter, echter. Lebendige Augen blickten sie an. Sie erschrak, dabei war das Gesicht nicht bedrohlich. Es war schön. Viel schöner als ihres. Und es lächelte.

Du bist gekommen, wie die Tradition es verlangt. Seit undenklichen Zeiten sprachen wir zu unseren Vorfahren, und nun sprechen unsere Nachfahren zu uns.

»Wieso gerade ich?«

Weil du die Gabe besitzt. Es war die Aufgabe deines Vaters, dich zu zeugen. Gabriella wirbelte herum, als eine tiefe männliche Stimme in ihrem Rücken sprach. Sie stammte von einem Bild auf einem gegenüberliegenden Pfeiler, hoch oben.

»Und wo ist mein Vater jetzt?« Gabriella sah hoffnungsvoll auf Strabos Relief. Es wirkte ruhig, distanziert, unwirklicher als die anderen. »Kann ich auch mit ihm reden?«

Noch nicht. Er war sehr schwach, als er starb.

»Und … Markus?« Seltsam, sie empfand seinen Verlust noch schmerzhafter als den ihres Vaters.

Auch er ist bei seinen Ahnen.

Gabriella schloss für einen Atemzug die Augen. Das war die beste Nachricht seit Langem.

Lass uns den Bund durch dich erneuern. Gib uns wieder eine Stimme. Wir geben dir dafür Macht.

»Ich weiß nicht, ob ich …«, begann Gabriella, aber niemand hörte ihr zu.

Magie …

Leben für diese tote Welt …

»Und was ist nun dieser Bund? Was hm … habe ich dabei zu tun?«

Das Bildnis ihrer Großmutter lächelte. *Der Bund wurde vor undenklichen Zeiten geschlossen, zwischen der Ersten unseres Volkes und den Nebeln.*

Früher gingen viele aus diesem Volk freiwillig zu den Nebeln, um sie mit Lebenskraft zu beschenken. Aber der alte Brauch ist schon lange tot.

Gabriella hatte im Moment auch nicht vor, ihn wieder aufleben zu lassen.

Du wirst diesem Land Hoffnung geben. Hoffnung ist das stärkste Gefühl.

Und die bitterste Enttäuschung, fügte eine sehr alte Stimme hinzu.

Sie haben das Land fruchtbar gemacht, flüsterte eine Stimme an ihrem linken Ohr. *Damals gab es auch noch jenseits der Barriere Priesterinnen, die sie nährten.*

Sie gaben ihnen die Kraft der Hellsichtigkeit.
Der Heilung.
»Wie Levana?«
Sie ist sehr stark, und ihr Schicksal ist wichtig für diese Welt.
»Es wird ihr doch nichts passieren, oder?«, fragte Gabriella besorgt.

Sie wird ihr Schicksal erfüllen. Es ist nicht das deine. Und nun geh. Führe den Bund fort.

Das sagten sie so einfach. »Wie soll ich jetzt aber weitermachen?«

Wieder diese sanfte Stimme ihrer Großmutter. *Du wirst es selbst erkennen. Und du wirst wiederkommen. Geh, mein Kind. Geh.*

Die Welt um Gabriella herum wurde wieder klar. Sie konnte die Konturen des Tempels sehen, die Menschen davor, die sie anstarrten. Als Gabriella sich nach Darran umblickte, stand er dort wie ein Mann, der kurz davor war, sich auf einen Feind zu stürzen, die Fäuste geballt, das Gesicht bleich.

Als ihre Blicke sich trafen, schloss er die Augen und atmete tief durch. Ein zittriges Lächeln spielte um seine Lippen. Gabriella stieg mit weichen Knien die Treppe hinunter und blieb vor ihm stehen. Er schloss sie ohne ein weiteres Wort in die Arme.

»Noch ist nicht das letzte Wort gesprochen«, hörte sie Tabors feindselige Stimme. Sie wandte sich nicht um, als sie Schritte hörte, die sich entfernten.

Alle, die zurückblieben, wussten, dass noch lange kein Frieden in Amisaya einkehren würde, aber mit dem Bund, den Gabriella schließen sollte, war ein erster Schritt getan.

Epilog

Levana und Gabriella saßen in einem von Gabriellas Räumen und blickten einträchtig aus dem Fenster. Sie hatten das bunte Steinglas zur Seite geschoben, und Gabriellas Blick verlor sich in den hohen Felsenbergen am Horizont. Wie weit dieses Land war.

»Ich frage mich immer noch, wie es bei euch daheim ist«, sagte Levana verträumt seufzend.

»Es gibt schöne und weniger schöne Orte«, erwiderte Gabriella. »Friedliche und solche, wo das Leben noch eine schlimmere Hölle ist als hier. Ich komme aus einem friedlichen, relativ sicheren Land, aber ...«

»Aber?«, meinte Levana aufmunternd.

Gabriella griff nach einem Becher neben ihr und nahm einen Schluck dieses Gebräus, das sie – wenn schon nicht sättigte – so zumindest bei Kräften hielt. Vermutlich war es so etwas wie Astronautennahrung. Der Gedanke an andere Speisen war tabu, sonst begann ihr Magen wieder zu knurren. »Ich war immer ein bisschen anders, weil ich die Jäger sehen konnte. Und ich musste mein Anderssein verstecken, meiner Mutter hat es Angst gemacht. Wir waren viele Jahre auf der Flucht. Und hier ...« Sie erhob sich und trat unter den Fensterbogen, »hier ist nicht nur Darran, ohne den ich nicht leben will, sondern ich fühle etwas, das mich anzieht, und es wird mit jedem Tag, mit jedem Moment stärker.«

»Die Magie der Alten«, sagte Levana leise.

Gabriella nickte und griff nach einer Haarsträhne, um sie zu betrachten. Sie war weiß. Silberweiß wie das Haar von Alderans Mutter. Wie das ihres Vaters. Es war ein Glück, dass sie die kräftige Augenfarbe und den dunklen Teint ihrer italienischen Vorfahren geerbt hatte, sonst hätte sie ausgesehen wie ein Geist. So jedoch hatte ihr Darran – glaubhaft – versichert, dass allein ihr Anblick ihn schon um den Verstand brachte. Allerdings war diese Bemerkung auch schon eine knappe Woche her, und ihr waren keine Taten gefolgt. Und das machte sie allmählich besorgt.

Sollte sie sich Levana anvertrauen? Wen sonst konnte sie fragen? Sie musste es nur diplomatisch anstellen. »Da gibt es etwas, das mir Sorge macht«, begann sie, »und ich würde dich gerne etwas fragen. So von Frau zu Frau.«

»Oh«, Levanas Augen leuchteten auf. »Ja! Natürlich.« Sie drehte sich zu ihrem Beschützer um, der, wie üblich nur wenige Schritte von ihr entfernt, an der Wand lehnte. »Lass uns allein, Aldi. Wir wollen *Frauengespräche* führen.« Sie ließ sich dieses Wort auf der Zunge zergehen.

Alderan hob eine Augenbraue. »Das klingt besorgniserregend.«

Gabriella musste schmunzeln, Levana dagegen maß ihn mit einem hoheitsvollen Blick. »Davon verstehst du nichts, so völlig gefühllos wie du bist.« Sie wandte sich Gabriella zu. »Er kann nichts dafür, er muss schon so geboren worden sein.«

Gabriella sah zu dem jungen Mann hinüber, der ein wenig mehr Abstand zwischen sich und seinen Schützling brachte und dann ausdruckslos die Zimmerdecke betrachtete. Gefühllos? Wie immer hatte sie eher das Gefühl, es bewege sich eine ganze Menge unter seiner gleichmütigen Fassade.

Levana setzte sich näher zu Gabriella, eine leichte Röte auf den Wangen. »So etwas habe ich mir immer gewünscht. Eine Freundin. Gespräche von Frau zu Frau.

Ich bin eine der Letzten, die geboren wurden, ehe das Land und das Volk völlig unfruchtbar waren. Die anderen sind alle viel älter als ich.« Sie musterte Gabriella neugierig. »Das ist bei dir daheim wohl anders?«

»Im Grunde hatte ich auch nicht viele Freundinnen, oder keine, denen ich Geheimnisse anvertraut hätte. Bis auf eine.« Gabriella dachte an Rita. Nicht zum ersten Mal, seit sie hier war, und der Wunsch, ihre Freundin zu sehen, wurde immer stärker. Sie machte sich gewiss Sorgen. Und dann musste sie von Markus erfahren. Aber alles zu seiner Zeit. Sie räusperte sich. »Es geht um ... äh ... ich frage mich, wie ...« Und dann platzte sie heraus: »Was kann ich tun, damit Darran mit mir schläft?« So viel zu ihren diplomatischen Fähigkeiten. Ihr Gesicht wurde schlagartig glühend heiß. »Er ... weicht mir seit Tagen aus.« Hatte sie nicht einmal mehr geküsst.

Levana staunte sie minutenlang an. »Nicht? Ohhh ... aber ich dachte ... Vielleicht ist es wegen des Bundes?«

»Der Bund mit den Nebeln?« Gabriella riss die Augen auf. »Soll das heißen, ich bin jetzt so was wie eine vestalische Jungfrau?«

»Ich weiß nicht, was das ist«, erwiderte Levana, »aber wenn es bedeutet, dass er dich deshalb nicht berühren darf, so stimmt es nicht.« Sie machte eine wegwerfende Geste. »Du könntest so viele Liebhaber haben, wie du wolltest, das wäre gleichgültig. Und er so viele Geliebte, wie er ertragen kann. Aber ich glaube, er wartet darauf, dass du mit ihm die Vereinigung am magischen Kraftort unserer Ahnen vollziehst.« Sie nickte lebhaft, als Gabriella fragend die Augenbrauen hochzog. »Wenn ich es richtig verstanden habe, dann habt ihr auch so etwas in eurem Land. Man nennt es ...«, sie zog die Stirn kraus, »Vermählung oder so.«

Gabriella ließ sich das im Kopf herumgehen. Schließlich sagte sie: »Aber was ist, wenn er mich gar nicht heiraten will?«

Levana tätschelte ihr mit einem mütterlichen Ausdruck den Arm. »Und ob er will, vertrau mir.«

»Und weshalb sagt er es dann nicht?«

»Weil er dir die Wahl lässt! Das ist hier so Tradition! Du bist diejenige, die den ersten Schritt tut, nicht umgekehrt!«

Offenbar waren die Frauen in dieser Beziehung hier emanzipierter als daheim. Gabriella biss auf ihrer Unterlippe herum, dort, wo Darran in ihrer ersten Nacht ebenfalls gern geknabbert hatte. Der Gedanke daran ließ sie leicht erröten. Sie war sich bisher nicht altmodisch vorgekommen, aber Darran einen Heiratsantrag machen? Sie war schließlich nicht die Königin von England.

»Das ist doch nicht so schwierig«, redete Levana ihr gut zu. »Du musst ihn doch einfach nur verführen. Fertig.« Ihr Lächeln hatte etwas Katzenhaftes.

Unwillkürlich glitt Gabriellas Blick an ihr vorbei zu Alderan, der wie immer gleichmütig in die Luft schaute. In diesem Moment jedoch, als spürte er ihren Blick, sah er ihr in die Augen. Ein kaum merkliches Lächeln, ein Kopfnicken. Er fand die Idee also auch gut. Gabriella konnte sich langsam ebenfalls dafür erwärmen.

»Vermutlich denkt mein Bruder sogar, du lässt ihn absichtlich zappeln«, fuhr Levana fort.

Sollte ich eigentlich, dachte Gabriella rachsüchtig. »Er kann schließlich nicht annehmen, dass ich eure Traditionen so gut kenne, oder?«, fragte sie laut.

Levana zuckte mit den Schultern. »Männer«, sagte sie von oben herab. »Neunundneunzig Teile Körper, ein Teil Verstand.«

Gabriella sah zu Alderan hinüber, der verdrehte die Augen. Sie verbiss sich ein Grinsen.

»Das habe ich gesehen«, rief Levana empört.
Alderan sah mit unschuldigem Blick in die Luft.

❊ ❊ ❊

Darran schritt zügig durch den ehemaligen Park seiner Mutter. Gabriella hatte ihn durch einen Diener zu sich bitten lassen, und obwohl er ihr in den vergangenen Tagen ausgewichen war, hatte er es nun sehr eilig. Sie erwartete ihn bei seinem Ahnentempel, und das konnte nur eines bedeuten: Sie wollte sich dauerhaft an ihn binden.

Als er den Tempel erreichte, blieb er stehen, um das reizvolle Bild aufzunehmen. Tatsächlich, alles war vorbereitet. Gabriella hatte Leuchtsteine um den Pavillon drapiert, die ein warmes Licht abgaben und die Kälte des nächtlichen Windes abhielten, und sie selbst fand er im Mittelpunkt des Gebäudes, auf Kissen sitzend, in einem Kreis aus Kerzen. Bei seinem Anblick erhob sie sich und sah ihm entgegen.

»Levana hat mir davon erzählt«, sagte sie. Sie klang entschlossen, auch wenn ihr Blick etwas unsicher war. »Du warst ja leider nicht in der Lage, auch nur ein Wort zu sagen, sondern hättest mich eher dumm sterben lassen.«

Darran antwortete nicht. Wozu hatte man eine Schwester, die mit den Traditionen vertraut war? Sie hatte damit nicht mehr als ihre Pflicht erfüllt und sich – seiner Meinung nach – ohnehin reichlich Zeit dazu gelassen.

Er stieg die Stufen empor. Die in den Stein gehauenen Gesichter seiner Vorfahren schienen ihm zuzusehen, als er langsam auf Gabriella zuging. Auch sein Kopf war in Stein gemeißelt auf einer Tafel, neben der mit dem Kopf seines Vaters. Sein Relief war im Augenblick seiner Geburt entstanden und hatte sich mit ihm verändert, die kindlichen Züge waren erwachsen geworden.

Er blieb vor dem Kreis aus Kerzen stehen und blickte sich um. Hier lag das Zentrum der Magie seiner Familie. Hier hatten Generationen vor ihm Kraft gefunden und ihre Kraft bei ihrem Tod wieder abgegeben. Heute war sie besonders lebendig, flüsterte ihm zu; er konnte die Berührung seiner Ahnen spüren, fühlen, wie ihre Magie über seine Haut streichelte und in seinem Inneren wiederklang.

Gabriella sah ihn aufmerksam an, das Gesicht vom Schein der Kerzen erhellt, die Augen dunkel und fragend. Als sie seine Aufmerksamkeit hatte, griff sie nach der Spange, die ihr Gewand über ihrer Schulter zusammenhielt, und öffnete sie. Der weiche Stoff fiel zu Boden und auf die Kissen.

Sein Blick glitt über die sanften Rundungen ihres Körpers, die matt schimmernde Haut. Gleich nach ihrer Ankunft hatte er sie in ihren Räumlichkeiten geliebt, von ihrem Duft, ihrer Süße, ihrem Leib gekostet und sich selbst in seinen Zärtlichkeiten verloren. Aber wenn er jetzt den Kreis durchschritt, dann war es mehr als das gemeinsame Lustspiel zweier Liebender. Ob sie sich dessen wirklich bewusst war?

»Du weißt, was das bedeutet und was du im Begriff bist zu tun, Gabriella?«, fragte er mit ruhiger Stimme, obwohl ihr Anblick sein Herz pochen ließ und ihm das Blut in den Kopf und – sehr heftig – in andere Körperteile trieb.

Sie nickte. »So etwas wie eine Heirat. Ein Eheversprechen.«

Seine Hände zitterten, aber nicht allein vor Gier nach diesem Körper, der sich ihm so anbot, sondern vor Erregung darüber, was er in ihren Augen las, und über das, was sie zu tun im Begriff waren. Aber dennoch musste er völlig sicher sein. Und sie ebenfalls. »Es ist mehr«, sagte er. »Viel ernster. Eine Verbindung, die sich nicht mehr trennen lässt, weil sie durch das Band der Magie geknüpft wird.« Er brachte ein Lächeln zustande. »Wenn du dich danach entscheiden solltest, mich zu verlassen, wirst du vor einem ziemlichen Problem stehen, mein Liebling.«

Gabriella stemmte die Hände in die Seiten. »Und wenn du nicht schnellstens zu mir kommst, mein Liebling, wirst du ein Problem haben. Also zier dich nicht länger. Ich weiß, was ich tue, und ich weiß, dass du es auch willst.«

Das jedenfalls stimmte. Er atmete tief durch und löste seinen Gürtel, legte sein Schwert ab. Seine Ahnen schienen ihm zuzulächeln.

»Halt!« Gabriellas Befehl hielt ihn zurück, ehe er den Kreis aus Kerzen durchschreiten konnte. »Mit Kleidung kommst du mir hier nicht herein.«

Es zuckte um seine Lippen. »Wie du es wünschst.«

Gabriella sah ihm dabei zu, wie er seine Stiefel abstreifte. Ihr silbernes Haar bewegte sich, als würde ein leichter Wind damit spielen. »Und bevor du wieder auf dumme Gedanken kommst«, fügte sie hinzu, »heute wird's ernst. Richtig ernst.«

»Ja, meine Geliebte.« Seine ärmellose Jacke folgte, dann das Hemd. Die Hosen.

Gabriella hatte die Arme vor der Brust verschränkt und betrachtete ihn von oben bis unten. »Na also«, sagte sie schließlich. »War doch gar nicht so schlimm, oder?« Er stand ruhig da, ließ sich schmunzelnd die gründliche Musterung gefallen, während er selbst seine Blicke über ihren Körper gleiten ließ. Die runden Brüste, der Nabel, die Versprechungen ihres Leibes.

»Was ist?«, riss ihn ihre Stimme aus seinen Betrachtungen. »Muss ich erst kommen und dich holen?«

Lachend trat er durch den Kreis. Sie würde sich wundern. Wenn er sie jetzt liebte, dann war das nicht mehr der verspielte Liebhaber, dessen Berührungen nur darauf abzielten, sie zu erfreuen, sondern ein ungeduldiger Mann, der seit Monaten an nichts anderes gedacht hatte, als sie vollständig zu besitzen.

Die Magie erfasste ihn mit einer Kraft, die ihm für Sekunden den Atem raubte. Noch nie war sie so stark gewesen, so unerwartet beglückend. Das hing mit Gabriella zusammen, die ihn lächelnd ansah, bevor sie sich anmutig auf den Kissen niederließ. Sie streckte die Hand nach ihm aus, und er glitt neben sie.

Noch berührte er sie nicht. Zuvor musste er die traditionellen Worte sprechen. »Meine Treue gehört dir, Gabriella, Tochter von Strabo und Hüterin des Bundes«, sagte er ernst, »und meine Liebe bis in den Tod.«

»Und meine gehört dir, Darran.« Sie lächelte. »Sie dürfen die Braut jetzt küssen.« Darran ließ sich das nicht zweimal sagen.

Gabriella schnappte nach Luft, als er sie endlich wieder losließ, aber er gedachte offensichtlich nicht, ihr mehr als notwendig davon zu lassen, denn kaum hatte sie einen tiefen Atemzug gemacht, als seine Lippen, seine Zunge ihr schon wieder den Atem raubten.

»Aber bevor ich ersticke«, keuchte sie atemlos, »möchte ich endlich den Mann, in den ich mich vor Monaten verliebt habe. Ich will ihn ganz. Völlig. Und ohne Spielereien. Für die haben wir nachher noch Zeit genug.

Darran verstand. Er glitt über sie, und Gabriella griff nach seinem pulsierenden Glied, um es zu führen, als er sich auf sie senkte. Sehr langsam und mit Bedacht, als würde er jeden Augenblick, jeden Zentimeter, den er tiefer in sie sank, auskosten. Sie spürte ihn in sich dringen, die Dehnung, bis er völlig in ihr war, auf seine Ellbogen gestützt, ihre Brüste an seine Brust gepresst, und sie kaum einen tiefen Atemzug machen konnte.

»Keine Spielereien mehr, versprochen.« Er blickte mit diesem teuflisch sinnlichen Lächeln auf sie herab. Und dann begann er, sich in ihr zu bewegen. Abwechselnd quälend langsam, dann wieder mit einer Heftigkeit, die Gabriella dazu brachte, sich keuchend an seine Schultern zu klammern, bis ein ihr bis dahin unvorstellbarer Höhepunkt ihr einen Schrei von den Lippen entrang. Etwas, das ihr bisher noch nie passiert war.

Als er endlich zufrieden auf sie sank, schloss sie die Beine um ihn, um ihn festzuhalten und das Gefühl tiefer Verbundenheit auszukosten.

»Ich kann nicht sagen, in wen du dich verliebt hast, Gabriella Bramante«, flüsterte er an ihr Ohr. »In den Jäger ohne Erinnerung oder in denjenigen, der ich wirklich bin. Aber eines weiß ich: Hier ist der Mann, der dich mehr liebt, als er selbst begreifen kann.«

Lisa Kleypas

»Sexy und umwerfend romantisch!« *Booklist*

»Eine Kleypas zu lesen, ist ein Traum!« *Romantic Times*

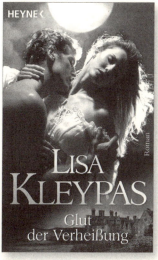

978-3-453-77259-5

Leseprobe unter: **www.heyne.de**

HEYNE ‹

Johanna Lindsey

Warmherzig, witzig, sexy

»Eine Lindsey zu lesen, versüßt den Tag.« *Romantic Times*

978-3-453-77257-1

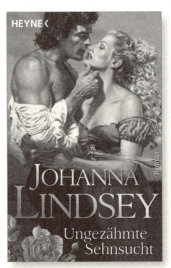

978-3-453-49109-0

Leseproben unter: **www.heyne.de**

HEYNE‹